中国文学史

主编 王文生

先秦两汉文学史

李敬一 编著

U1016455

普通高等院校汉语言文学专业规划教材

武汉大学出版社
WUHAN UNIVERSITY PRESS

图书在版编目(CIP)数据

中国文学史·先秦两汉文学史/李敬一编著.—武汉：武汉大学出版社,2009.5(2024.8 重印)
普通高等院校汉语言文学专业规划教材
ISBN 978-7-307-06702-8

Ⅰ.中…　Ⅱ.李…　Ⅲ.①文学史—中国—先秦时代—高等学校—教材　②文学史—中国—两汉时代(前 202～220)—高等学校—教材
Ⅳ.I209

中国版本图书馆 CIP 数据核字(2008)第 194965 号

责任编辑:陶洪蕴　　　责任校对:刘　欣　　　版式设计:马　佳

出版发行:**武汉大学出版社**　(430072　武昌　珞珈山)
(电子邮箱:cbs22@ whu.edu.cn　网址:www.wdp. com.cn)
印刷:武汉邮科印务有限公司
开本:720×1000　1/16　　印张:17.5　　字数:311 千字　　插页:1
版次:2009 年 5 月第 1 版　　2024 年 8 月第 5 次印刷
ISBN 978-7-307-06702-8/I·348　　定价:49.00 元

版权所有,不得翻印;凡购我社的图书,如有质量问题,请与当地图书销售部门联系调换。

目 录

秦汉文学

绪论

王文生

一

中国文学，以诗歌开其端绪，最早以民间歌谣形式出现。它发轫于什么时代？迄今是一个没有明确答案的问题。汉代郑玄在《诗谱序》中说："诗之兴也，谅不于上皇之世。大庭、轩辕，逮于高辛，其时有亡，载籍亦蔑云焉。"①由于没有典籍可据，他较为相信，诗歌不产生在虞、夏之前。梁代沈约则认为："虽虞、夏以前，遗文不睹，禀气怀灵，理无或异。然而歌咏所兴，宜自生民始也。"②他虽然没有掌握远古时代的材料，但根据人生而有情，即有抒情的诗歌来推断，诗歌的产生应该是与人类的存在同步的。刘勰是沈约的同时代人，生卒年相去不远，③我不知道他是否读过沈约的《宋书·谢灵运传论》，但可以肯定，他是同意"歌咏所兴，宜自生民始也"这个观点，并举出材料来加以证明的。《文心雕龙·明诗》云："人禀七情，应物斯感，感物吟志，莫非自然。昔葛天氏乐辞云：玄鸟在曲；黄帝云门；理不空绮(按：唐写本绮作弦)。至尧有大唐(按：唐写本唐作章)之歌，舜造南风之诗，观其二文，辞达而已。"《文心雕龙·乐府》云："至于涂山歌于候人，始为南音；有娀谣乎飞燕，始为北声；夏甲叹于东阳，东音以发；殷整思于西河，西音以兴。"刘勰举出的材料，涵盖三皇五帝的远古时代，然而古代和

① 郑玄：《诗谱序》，阮元刻《十三经注疏》本《毛诗正义》卷首。

② 沈约：《宋书·谢灵运传论》，中华书局本二十四史《宋书》卷六十七。

③ 沈约(441—513)，刘勰(465—520)。

近代学者已对上述材料提出质疑。葛天《玄鸟》出自《吕氏春秋·仲夏纪·古乐篇》；黄帝《云门》，见于《周礼·春官·大司乐》，均仅存乐曲名。刘勰谓“理不空弦”，乃是有乐曲必有乐辞的一种揣测，并不能作为那个时代已有歌诗的证明。至于尧有《大章》，汉代郑玄已云“周礼阙之”，难以稽考；舜造《南风》之诗，郑玄也说是“其辞未闻”，唐代孔颖达以为出自《尸子》，又说“尸子杂说，不可取证正经”。关于《文心雕龙·乐府》提到的四音之始，源出《吕氏春秋·季夏纪·音初》。范文澜说：“案吕氏之说，不见经传，附会显然，或者谓《国风》托之以制题，殆信古太甚之失也。”①由此可见，把中国文学的起源，指向浩渺的远古，还有待可信的文献和材料来证实。因此，渊博而严谨的学者孔颖达说：“讴歌自当久远，其名曰诗，未知何代。”②然而，学者们从《诗经·大雅》发现，其中的《生民》、《公刘》、《绵》、《皇矣》、《大明》五篇，是一组周民族的史诗，保存了周民族从兴盛发展到武王伐纣建立统一王朝的大致过程。它们的存在有力地证实了中国诗在公元前11世纪已经以成熟的形式出现，中国文学至少已有三千余年的信史。

在三千余年漫长的岁月里，中国作家比肩接踵而出。一个个耀眼的名字，像“众星罗秋旻”似地照亮了文坛艺苑。仅就《中国文学家大辞典》的著录，最著名的作家就有六千八百余人。至于文学作品，更多如恒河沙数，不可胜数。中国第一部诗歌总集《诗经》，收集公元前11世纪至公元前6世纪的诗歌三百零五首。战国时期，产生了中国诗史上第一个有主名的诗人屈原和以他的作品为代表的与日月争光，并天地长存的《楚辞》。汉代文学以赋著称。据班固《两都赋序》记载武帝、宣帝时群臣献赋的盛况云：“故言语侍从之臣……日月献纳……时时间作……故孝成之世，论而录之，盖奏御者千有余篇。”汉武帝“立乐府而采歌谣”③，后人把这个管理音乐机构收集的民谣和当时被它谱成曲调供人歌唱的文人诗；以及唐代文人用乐府古题写的并不入乐的诗；或不能用乐府古题仅仅是继承乐府精神而写的诗，通通称之为《乐府》诗。宋人郭茂倩把西汉至唐代的乐府诗收集起来，名曰《乐府诗集》，集中收诗二千二百三十九首。魏晋南北朝时期是文学自觉的时期，萧统用纯文学标准编选的《文选》收集了从先秦到梁代的作者一百三十人，诗文七百余篇。这也是文学思想空前活跃的时代，它产生了中国文学思想史上第一篇完

① 上书论据，均见《文心雕龙·明诗》、《文心雕龙·乐府》注，据人民文学出版社1958年版范文澜《文心雕龙注》。

② 孔颖达：《毛诗正义》卷首。

③ 班固：《汉书·艺文志》，中华书局本二十四史《汉书》卷三十。

整而系统的文学论文《文赋》，和“体大而虑周”自成体系的《文心雕龙》，以及“思深而意远”的诗歌理论《诗品》。唐代是诗文创作的黄金时代，《全唐文》记载作家三千余人，作品一万八千四百八十八篇。《全唐诗》收入诗人二千二百余家，诗四万八千余首。继唐代文学之盛，宋代文学担负了承前启后的重任，文学创作在数量上更多于唐代。万鹗《宋诗记事》著录宋代诗人三千八百一十二家。日本宋诗研究学者小川环树说：宋诗“作者约在六千八百以上。作品总数虽不易点算，但达到《全唐诗》所收作品的几倍，相信毫无问题”①。词是宋代文学的标志，《全宋词》著录作家一千三百余人，词作达两万首。元、明是戏剧、小说兴盛的时代。据《录鬼簿》和《录鬼簿续编》的著录，除“无闻者不及录”，元代著名剧作家达二百二十余人。据《宋元平话集》，元杂剧有五百三十余种，南戏二百一十多种。据《古典戏曲存目汇考》，列明代剧作家五百余人。另据《中国古代小说百科全书》的约略统计，明代通俗小说作者有一百余人。四部著名小说《三国志通俗演义》、《水浒传》、《西游记》、《金瓶梅词话》都出现在这一时期。明代诗歌在质量上不及唐、宋，数量上堪称洋洋大观。《明诗综》著录诗人三千四百余家，作品数量也有“明诗多于唐诗、宋诗”②之说。清代是中国文学全面总结的时代，在“兼有以前各代的特点的”基础上，各种文体都有创新和发展。仅就作为中国文学主流的诗来说，其数量、质量超越元、明，直追唐、宋。徐世昌在《晚晴诗簃汇》中，收入清代诗人六千余家。戏曲方面的《长生殿》、《桃花扇》，小说方面的《聊斋志异》、《儒林外史》都是一代名作。特别值得一提的是，曹雪芹创作的《红楼梦》融抒情、叙事于一体，冶小说之白描和诗词的隐秀于一炉，彰明昭著地体现了中国小说的民族特点和优势。它不只是中国小说史上的里程碑，即使置诸世界小说之林，也是不可企及的典范。中国文学作品是如此的丰富，以致无法用数字作出全面的统计，只能借用“处则充栋宇，出则汗牛马”来对它作一个模糊而精确的形容。

至于中国文学的影响，它有如浤浤汩汩的长江大河，滋润着古往今来的中国人的心田，培养出一种中国人特有的“直而温、宽而栗、刚而无虐、简而无傲”③的敦厚中和的气质。它不仅泽被四邻，影响着周边国家文学的形成和发展；而且光耀五洲，使地理距离、思维方式俱属道阻且长的西方世界也景仰着它的流光溢彩，为之目眩神摇。

① 小川环树：《论中国诗》，(香港)中文大学1986年版，第138页。

② 金性尧选注：《明诗三百首》前言，上海古籍出版社1995年版。

③ 《尚书·尧典》，孙星衍《尚书今古文注疏》。

无论从哪方面说，中国文学当之无愧地是世界文学中历史最悠久，内容最丰富，文体最完备，特点最鲜明，影响最深广，成绩最辉煌的文学。

二

对于中国文学这个无比丰富的宝藏，古代作家、诗人、文学思想家、史学家曾做过发掘、整理、研究、评析的工作。他们的努力或集中于作家作品的考证、注释、评介、欣赏，或聚焦于溯流别、述传承、记轶闻、谈经验，等等。虽然有的作家对某个时期、某种体裁的文学作品作极为简略的概括，但没有人对整个文学历史或一个时代的文学风貌作全面、细致的描述；更没有人对整个中国文学发展规律和整体特点作深入的探讨。在论及文学史研究的历史时，有的学者溯源到《史记·屈原贾生列传》、《汉书·司马迁传赞》、《宋书·谢灵运传论》等等，认为它们对上述作者以前的辞赋、历史、诗歌的发展过程作了初步的描述。其实，这些描述极为局部，过于简单，虽然保存了一些有用的文学资料，还算不上是文学史的先导。也有的文学史家提到二十四史中的《文苑传》等。自南朝·宋代的范晔撰《后汉书》，首创《文苑传》起，后来的史家，相继在部分正史中立《文苑传》、《文艺传》、《文学传》。它们或收集文人传记；或记载文学活动；或宣传皇朝的文化措施；或论及文学流派的发展、变化；或阐述自己的文学观点；大都略而不详，偏而不全。如李延寿的《北史·文苑传》约略提到南北文学之不同；李百乐的《北齐书·文苑传序》浅谈“文之所起，情发于中”的道理；魏征的《隋书·文学传序》粗略地论叙炀帝以下的“时之文人”；宋祁的《新唐书·文艺传序》点提“卓然以所长为一世冠”的文人、诗人、作者，甚至“班班有文在人间”如韦应物、祖咏等著名诗人也“弗得而述”；脱脱的《宋史·文苑传序》应景似地提到北宋几个作家而不及南宋以后的诗人、文人；张廷玉的《明史·文苑传序》，我认为是同类作品中的佼佼者，它简述明代文学的发展、变迁，叙及“有明一代文士，卓卓表见者”的名家，也仍是挂一漏万，遗珠甚夥。总之，这些专论文艺的史传，保存了十分有用的文学史资料和线索，还远远称不上是一个朝代的断代文学史或文学史纲要。除此之外，近代著名文学史家刘师培说：“……晋人、宋人、齐、梁人所撰各文章志……此均古代文学史之专书也。”[①]其实，文章志

① 刘师培：《搜集文章志材料方法》，见罗根泽、郭绍虞主编：《中国近代文论选》下册，(香港)嵩华出版事业公司，第586～587页。

只不过是“以人为纲”的文学著作的目录，与“古代文学史”相去甚远。古籍中，只有刘勰的《文心雕龙·时序》以“文变染乎世情，兴废系乎时序”的史识，重点叙述了自陶唐至南朝齐代的作家作品，可称为关于文学史方面的专门论文，还不是全面系统的文学史的雏形。经过对有关古代文献的考察，我还是维持我们在《中国历代文论选》里阐述的一个观点：严格地说，“古代没有人写过文学史”①。

中国文学史研究，是随着西方文化的传入而开展的。朱自清说：“西方文化的输入改变了我们的‘史’的意念，也改变了我们的‘文学’的意念。”②所谓“史”的概念的改变，是把过去作为历史唯一内容的“记时事”，扩大为对各种科学技术、学术思想的产生和发展进行描述和研究。所谓“文学”概念的改变，是不再把文学的范围局限于“正统”的诗、文，而扩大到小说、词曲、诗文评等各种文类。这两个方面概念的改变，提供了对文学产生发展过程进行全面、系统研究的思想基础，产生了独立的文学史研究学科和作为这一研究成果的中国文学史。

20世纪出版的《中国文学史》不下数十种。我只能择其要者把它们分上半期、下半期来述说。

据黄霖《中国文学史学》的介绍，除了“分体文学史”，按年代为序，最早的全面的《中国文学史》是由日本人笹川种郎撰写的。它被“题名为《支那历朝文学史》，出版于明治三十一年(1898年)。光绪癸卯(1903年)由上海中西书局翻译出版，当为最早汉译的一部外国人所著的中国文学史”。另外，他还提到，“英国的嘉尔斯(Giles)、德国的葛鲁贝(Grube)等曾分别于1901、1902年出版过《中国文学史》”③。

中国学者自己编写，在20世纪上半期出版而影响较大的文学史，有林传甲的《中国文学史》(1904年编写，1910年出版)；黄人的《中国文学史》(1904年开始编写，1909年前后完成，未正式出版)；谢无量的《中国大文学史》(1918年初版)；胡适的《白话文学史》上卷(1928年出版)；胡小石的《中国文学史》(1930年初版)；胡行之的《中国文学史讲话》(1932年初版)；郑振铎的《插图本中国文学史》(1932年出版)；刘麟生的《中国文学史》

① 郭绍虞主编、王文生副主编：《中国历代文论选》第1册，上海古籍出版社1979年版，第220页。

② 朱自清：《诗言志辨》，见《朱自清文集》下，(香港)崇文书局1971年版，第1 113页。

③ 黄霖：《中国文学史学》，见王运熙、顾易生主编：《中国文学通史》第7卷，上海古籍出版社1996年版，第783页。

(1932 年出版)；郑作民的《中国文学史纲要》(1934 年初版)；刘大杰的《中国文学发展史》(1941 年出版上卷，1949 年出版下卷)。

20 世纪下半期出版的中国文学史，在数量上、质量上都较上半期的同类著作有所提高，其中最著名、影响最大者，当数中国科学院文学研究所中国文学史编写组的《中国文学史》(1962 年出版)；游国恩、王起、萧涤非、季镇淮、费振刚主编的《中国文学史》(1963 年出版)；邓绍基、刘世德、沈玉成主编的《中国文学通史系列》(1990 年起陆续出版)；章培恒、骆玉明主编的《中国文学史》(1997 年出版)；袁行霈主编的《中国文学史》(1999 年出版)。郭豫衡主编的《中国文学史》(2000 年出版)。

总的说来，20 世纪的中国文学史建设取得了辉煌的成绩。从"筚路蓝缕以启山林"的林传甲在京师大学堂编写的讲义《中国文学史》，到北京大学教授袁行霈主编的获得国家图书奖的《中国文学史》，文学史研究在不断超越中递进。它收集的文学史实愈来愈丰富，它对作家、作品的评介愈来愈深刻；它划出了研究者比较一致认同的文学史分期，也尝试着去探讨中国文学发展的规律；它大致描述了中国文学的整体轮廓，给读者提供了大量的文学史知识，也初步勾勒了中国文学发展的线索，给研究者提供了探源溯流的脉络。然而，一百年来的文学史研究也存在一个亟待解决的问题，那就是深刻地影响着中国文学史研究的文艺思想问题。

20 世纪的中国文学史研究是在西方文艺思想影响下进行的。我之所以把它分为前后两个时期来论述，是因为前后两个时期所受的西方影响分别来自两个不同的思想体系。大抵说来，前期的影响来自欧洲大陆。这里有必要提到两个史家们较为熟习的法国人，一个是斯塔尔夫人(Madame de Staël，1766—1817)，她主张从文化传统、地理环境、社会制度三个方面来考察一个国家的文学特点。另一个是泰纳(Hippolyte Adolphe Taine，1828—1893)，他认为传统、环境、时代的主要潮流，像遗传因子一样影响着一个国家、一个时代文学的定型和发展。他们的说法略有不同，实质上并无二致。我没有根据可以肯定中国文学史家们曾直接读过他们的书或文章。但可以肯定，他们曾直接或间接受到上述学说的影响并在自己的著作里留下痕迹。刘师培云："后世文章之士，亦取法各殊，然溯文体之起源，则皆墨家、纵横家之派别也。故论其大旨著于篇。"①这是以思想传统作为文体源起的明显主张。

① 刘师培：《文章学史序》，见罗根泽、郭绍虞主编：《中国历代文论选》下册，(香港)嵩华出版事业公司，第 569 页。

至于地理环境对文学的影响，曹丕的《典论·论文》、李延寿的《北史·文苑传》都曾论及，斯塔尔夫人更明确地说："我觉得有两种完全不同的文学存在着，一种来自南方，一种源于北方。"①重视地理环境对文学的影响在20世纪上半期的文学史研究里是相当普遍的。如刘师培写的《南北文学不同论》；李笠的《中国文学述评》第六编，"文学与环境"；段凌辰《中国文学概论》中的"文学与地域"；朱维之《中国文艺思潮史略》有"北方现实思潮底发达"、"南方浪漫思潮底发达"、"南北思潮底合流"等等。②至于注重时代潮流、社会制度对文学的影响，这种情况在中、外古代文学研究中都有存在，只是到了近代，它越来越受到重视。在这方面表述得最直接的莫过于胡蕴玉的《中国文学史序》了。他说："一代之兴，即有一代之治；一代之治，即有一代之学；一代之学，即有一代之书。一王之法而播之天下者，谓之治；研究其立法之意者，谓之学；举所学而载之文字、垂之久远者，谓之书。是文学者，一代之治之学之所系焉者也。"③概括地说，从传统、环境、社会制度、时代潮流来探索文学发展动因的研究是取向乎外而不是取向于内的，它被西方文学家概括为通过外部因素而深掘文学内部变化的"科学决定论"(scientific determinism)。这种科学决定论伴随着西方科学发展和"赛先生"的被引入中国，而日益加强其影响于中国文学研究，以至于成为20世纪上半期中国文学史研究的主导思想。

20世纪下半期对中国文学史研究影响最大的理论来自苏联。苏联前身俄国的文学史从罗蒙诺索夫(1711—1765)开始，历史十分短暂。它的文学思想全部由西方传入。它之不同于传统西方文艺思想的，只不过是根据时代和现实的需要对西方某些理论的问题作了修改和强调。在文学史理论方面，由于他们所崇尚的哲学思想反对地理环境决定论，以及出自文艺为社会现实服务的需要，20世纪的苏联文学史家不再强调斯塔尔夫人和泰纳所重视的地理环境和文化传统对文学的影响，而强调文艺与社会现实的关系。他们把俄国革命民主主义理论家别林斯基(1811—1848)、杜勃罗留波夫(1836—

① 斯塔尔夫人：《从社会制度与文学的关系论文学》，见《西方文艺理论名著选编》中卷，北京大学出版社1986年版，第13页。

② 以上材料引自蒋述卓、刘绍瑾、程国赋、魏中林著：《二十世纪中国古代文论学术研究史》，北京大学出版社2005年版。

③ 胡蕴玉：《中国文学史序》，《中国近代文论选》下册，(香港)嵩华出版事业公司，第469页。

1861)、车尔尼雪夫斯基(1828—1889)强调文学社会层面(emphasis to the social aspect of literature)的思想发展成一个概括的理论：文学是社会生活的反映。这个理论在20世纪30年代传入中国，在40年代成为中国文艺的指导思想，而极大地影响了20世纪下半期的中国文学史研究。它导致史家们以各个时代社会生活的变化发展作为解释文学艺术变化发展的唯一根据；以强调反映社会生活的广度、深度来削弱文艺对传统的继承和艺术追求；以作者的政治立场、经济地位代替其文化修养、个性特点来考察他的创作道路和风格；以认识作用、教育作用、社会效果代替美感作用来判断作品的价值。

"文学是社会生活的反映"的理论支配中国文学史研究近半个世纪之久。直到20世纪末，才有史家感到它对总结中国文学经验、描述中国文学发展历程、评价中国文学作品碑缍难入。章培恒在他主编的《中国文学史》导论里，一开始就引用《诗经·秦风·蒹葭》、陈子昂《登幽州台歌》、李白《静夜思》、崔颢《黄鹤楼》为例说："这些都是千古传诵的名篇。但若就其反映社会生活的广度和深度加以考察，实算不上有突出成就。"①"这些都说明反映社会生活的广度与深度并不是决定一篇作品高下的主要尺度。"②因此他觉得有必要对上述理论作出补充而成为下面的表述："文学乃是以语言为工具的、以感情来打动人的、社会生活的形象反映。"③袁行霈对此颇有同感，他在自己主编的《中国文学史》总绪论中说："把文学当成文学来研究，文学史著作应立足于文学本位，重视文学之所以成为文学并具有艺术感染力的特点及其审美价值。当然，文学的价值在很大程度上取决于它反映现实的功能，这是没有问题的，但这方面的功能是怎样实现的呢？是借助语言这个工具以唤起接受者的美感而实现的。"④章培恒、袁行霈根据他们从事文学研究史研究的经验，感到用"文学是社会生活的反映"这个定义来总结中国文学传统经验总有些鉴枘不合，而问题又在于这个权威定义并不包含中国文学普遍表现情感和具有审美作用的特点的理论基础。章培恒、袁行霈不约而同地把上述内容补充进去，旨在维护这一定义的正确性并扩大它的适应范围，以解决它与中国文学经验的矛盾。然而，这样的做法是可行的吗？中国有一句俗话："一把钥匙开一把锁。"文艺理论是特定文学经验的总结并反过来对那种

① 章培恒、骆玉明主编：《中国文学史》上卷，复旦大学出版社1997年版，第2页。

② 章培恒、骆玉明主编：《中国文学史》上卷，复旦大学出版社1997年版，第5页。

③ 章培恒、骆玉明主编：《中国文学史》上卷，复旦大学出版社1997年版，第59页。

④ 袁行霈主编：《中国文学史》总绪论，高等教育出版社1999年版，第4页。

文艺进行指导的思想。普遍适用于一切文学的理论或思想是不存在的。我们提倡不同文艺经验的结合以创造新的文艺，也提倡不同文艺思想的交流以发展出新的理论；但不能用某种理论体系去规范另一种文艺思想，或把另一种文艺思想强行注入某种理论框架。这如同器官移植一样，把异体器官移入主体，其成功的是异体变成主体的一部分，而意味着异体特质的消融；不成功的则出现异体、主体相互排斥而导致两个方面的解体。给"文学是社会生活的反映"的定义增加史家们想要增加的内容，在理论上会遭到原有的思想体系的排斥，在实践中也是行不通的。为了解决这个权威定义与中国文学史研究之间的矛盾，我以为要对中国文学传统的特点和这个定义的起源、实质、内涵和适应范围作一个深入细致的考察。

三

"文学是社会生活的反映"这个著名的定义和它所包含的思想虽然是在20世纪经由前苏联传入中国的，它的源头却直接追溯到西方的古希腊时代，其雏形就是"诗和一切艺术都是摹仿"。有如"诗言志"是中国文学的"开山的纲领"，"一切艺术都是摹仿"是西方文艺思想的源头。据称这种说法是由古希腊哲学家苏格拉底(Sokrates，前469—前399)提出的，最早见于柏拉图(Platon，前427—前348)的《对话集》："绘画、诗歌、音乐、舞蹈、雕刻等艺术按苏格拉底的说法都是摹仿。"柏拉图自己也说："从荷马开始的一切诗人都不过是摹仿者。"①柏拉图的学生、欧洲美学思想的奠基人亚里士多德(Aristotle，前384—前322)在他著名的《诗学》里说："史诗、悲剧、喜剧、赞美诗、横笛与竖琴演奏的大部分音乐——所有这一切，主要的都是摹仿。"②他以"摹仿"为基础，建立起系统的叙事文学理论体系。1. 他说："人之所以不同于其他动物，就在于人在有生命的东西之中是最善于摹仿的。"在他看来，摹仿是人的天性，是文学创作的动力。2. "摹仿的对象是人的行动。""既然摹仿的对象是行动，行动也就是性格和思想的表征。性格和思想是行动的两种天然动因。人们通过行动获得成功和失败。对行动的

① The Dialogue of Plato (trans. by Benjamin Jowett, Encyclo pedia Britannica, Inc., 1988), pp. 430~431.

② Aristotle, Poetics (trans. by Ingram Bywater, Introduction to Aristotle, by Richard Mckeon, The Modern Library, New York), 1447a.

摹仿也就构成情节。”“情节是悲剧的第一要素和灵魂，性格则是第二位的。”[①]由摹仿对象是人的行动，亚里士多德创造了以情节为中心的叙事文学理论。行动是表现于外的，所以亚伯拉姆斯(M. A. Abrams)说：“《诗学》的重要品质在于它总是考虑艺术作品的各种外部联系。”[②]它被称为外向的诗论(extroversion poetics)。3. 亚里士多德还认为摹仿的人物不同产生不同的剧种，如悲剧的情节一般的是描写好人由福转祸；“喜剧摹仿的对象是比一般人较差的人物”等等。4. 他还认为由于摹仿的媒介不同而产生不同的文艺种类，如文学用语言、绘画用色彩、线条、音乐用音响节奏等等。5. 他说：“人一开始学习，就通过摹仿。”“人们看到逼肖原物的形象而感到欣喜，就由于在看的时候，他们同时也在学习，在领会事物的意义。”[③]《诗学》认为摹仿的文艺可以引起愉悦，而引起愉悦的原因则是认识和学习。它强调的是文学的认识教育作用。6. 亚里士多德的《诗学》的内容，主要是总结史诗、戏剧的经验。他虽然把他的论文称之为“诗学”，实质上正如温萨特(William K. Wimsatt)和布鲁克斯(Cleanth Brooks)在他们的《文学批评简史》中所说：“亚里士多德的诗学是戏剧的诗学，尤其是悲剧的诗学。”[④]另一个美学家鲍桑葵(Bernard Bosanquet)在《美学史》中对此作了更详细的说明：“在《诗学》里，经常讨论的并不是韵文，而主要是史诗、悲剧、喜剧作品；音乐仅仅被认为是诗的插曲；表演艺术和狂想曲在实质上被认为是独立于史诗、戏剧之外。上述各种诗虽然在实质上被当作文学来处理，但只是在涉及观众与听众的感情时才被提及。抒情诗的名字甚至没有单独提到过，它也没有被认为是一种文类。”[⑤]《诗学》把抒情文学经验排除在外，使得它成为纯粹的叙事文学理论。这一理论从它的最初阶段就显出与抒情文学较然有别，也预示着用它来总结、规范、诠释抒情文学将是窒碍难通。

亚里士多德的《诗学》，诚如车尔尼雪夫斯基所说的是西方“一切美学概

① Aristotle, Poetics (trans. by Ingram Bywater, Introduction to Aristotle, by Richard Mckeon, The Modern Library, New York), 1450a.

② M. A. Abrams, The Mirror and the Lamp (Oxford University Press, 1953), p. 10.

③ Aristotle, Poetics (trans. by Ingram Bywater, Introduction to Aristotle, by Richard Mckeon, The Modern Library, New York), 1447a.

④ William K. Wimsatt Jr., and Cleanth Brooks, Literary Criticism, A Short History (The University of Chicago Press, 1957), p. 36.

⑤ Bernard Bosanquet, A History of Aesthetic (George Allen & Unwin Ltd., London, 1904), p. 56.

念的根据”。至于他说，“亚里士多德是第一个以独立体系阐明美学概念的人，他的概念竟雄霸了二千余年”[1]，则需要作一个修正。在西方，从4世纪到13世纪这个被称为中世纪的黑暗时代里，教育、文化掌握在封建僧侣手中，文艺、学术处于完全停滞的状态。亚里士多德在这期间受到极大的忽视。他的《诗学》据说在这以前还一度被他的学生隐藏在小亚细亚一个地窖里达一百五十年之久。《诗学》的影响较车尔尼雪夫斯基说的二千余年最低限度应减少一千年。

然而，《诗学》对西方文艺和美学的影响是无与伦比的。它在14世纪中叶至16世纪末的“文艺复兴”(Renaissance)时期迸发了无限的光芒和力量。文艺复兴被认为是古代学术的重生，它的产生就是以对亚里士多德《诗学》的翻译、评注、研究为标志的。随着《诗学》的广泛流传，它的理论也被注进新的内容而得到深化和发展。这表现在下面几个问题上。第一，关于“摹仿”。文艺复兴时期的学者普遍认为摹仿不应该是被动的写真，而应该融入作者主观的理想和对摹仿对象的选择。他们根据自己的特点，对“摹仿”一词作了不同的诠释，如反映(reflection)、代表(representation)、仿造(counterfeiting)、拟似(feigning)、复制(copy)、酷似(image)等等[2]。第二，摹仿的对象。文艺复兴时期的学者们纷纷认为，应该把亚里士多德的“摹仿的对象是人的行动”，扩大到人的性格、思想、甚至无生命的事物。第三，摹仿的效果。当柏拉图谈到文艺是摹仿时，他认为文艺只是对感性事物的摹仿；而感性事物又是对形而上的“理式”的摹仿；只有理式才是最高的美和真。文艺犹如隔着真理的迷雾，被他看成是和真实隔三层的“影子的影子”。亚里士多德认为人们可以从摹仿的文艺中看到，“逼肖原物的形象”，而理在事中，通过摹仿也同时获得知识。文艺复兴时期的作家们把自己看成是“拿着镜子对着自然”的人，文艺也被认为反映自然认识自然的镜子。希腊时期“一切文艺都是摹仿”的定义在这一时期发展成为“艺术摹仿自然”的信条而成为文艺家们普遍奉行的原则。

文艺复兴运动的中心在16世纪末由意大利转移到法国，产生了新古典主义。新古典主义原则中最著名的，就是它的代表人物布瓦罗(D. N. Baileau，1636—1711)把亚里士多德所要求的“动作和情节的整一”加上时间、空间的整一，合成所谓“三一律”(只有一件事在一地一日里完成)，

---

① 见车尔尼雪夫斯基的《美学论文选》，人民文学出版社1957年版，第124、129页。

② M. A. Abrams, The Mirror and the Lamp (Oxford University Press, 1953), p. 11.

成为戏剧创作的法典。最著名的不一定是最重要的。我以为布瓦罗对《诗学》的贡献，还在于他对“艺术摹仿自然的”中的“自然”所作的新解。他在《诗简》第九章中说：“只有真才美，只有真才可爱。”“但自然就是真实，凡人都可体验：在一切中人们喜爱的只有自然。”①他又在《论诗艺》中说：“让自然作你唯一的研究对象”；“永远一步也不要离开自然”。②布瓦罗认为“自然”，并不仅仅是自然景物和现实世界，而包括一切自然而然的东西，如人们的天性、物的自然生成等等。所谓自然，相当于中国成语中的天然。天然的东西是纯真无瑕的，是引起人持久愉悦的。他把“理式”的真和艺术的美统一在“自然”里，说出了“真”即“美”的名言，特别突出了“文艺摹仿自然”的真实性，为过渡到现实主义打下了理论基础。

“一切文艺都是摹仿”的思想，经过文艺复兴时期所提倡和新古典主义所发展的“文艺摹仿自然”，到18—19世纪逐渐形成领一代风骚的现实主义。它的主要成就在小说创作。我们最熟悉的司汤达、福楼拜、巴尔扎克、托尔斯泰、狄更斯、茅盾、巴金都是现实主义小说家。关于现实主义的内涵和它产生的时代，有各种不同的说法。现将《读者百科全书》的有关部分迻译如下：“现实主义这个术语常用来描述一种文学，它用完全客观态度来描绘生活，没有理想化和迷人的色彩，没有说教和道德的目的。现实主义可以说是从早期英国小说家笛福（Daniel Defoe，1660—1731）、费尔丁（Henny Fielding，1707—1754）、斯摩莱特（Tobias Smollett，1721—1771）开始的，至19世纪成为明确的文学潮流。”③中国最著名的西方美学史家朱光潜对现实主义开始的年代考证和上述说法有所不同，对其内容的诠释却是相当一致的。他说：“客观性是现实主义的一个基本特征。这有不同的提法，最突出的是巴拿斯派诗人所提的‘不动情感’（impassibilite）和福楼拜所提的‘取消私人性格主义’（impersonalisme）这就是说，作家应像一面镜子那样很客观地如实地反映现实，不流露自己的情感，甚至不让自己私人性格影响到对事物的描绘。”④现实主义是“一切文艺都是摹仿”的思想发展的最高峰。这种思想在文艺复兴和新古典主义时期表现为“文艺摹仿自然”，注意力集中在摹仿对

① Boileau，Epitres，IX.

② Boileau，L'Art Poetique，ed. Smith，Cambridge University Press，1898，“Chant Premier”，lines 359，414.

③ Benet's Reader's Encyclopedia，(Happer & Row，Publishers，New York efc. 1987)，p. 816.

④ 朱光潜：《西方美学史》下卷，人民文学出版社1982年版，第734页。

象的客观性；至19世纪的现实主义，则进一步要求文艺创作主体的客观性。至20世纪，客观性的要求发展成了王国维的文学“无我之境”和艾略特(T. S. Eliot)的“无个性文学”。

朱光潜在《西方美学史》里曾引用夏莱伊对现实主义所作的一个简单概括：“现实主义，有时也叫做自然主义，主张艺术以摹仿自然为目的。”① “摹仿自然”，是西方文艺家一直拳拳服膺的基本原则。到了19世纪中叶，俄国革命民主主义者别林斯基等人要求文艺与社会改革运动结合起来，突出地强调客观世界里的社会现实。20世纪30年代，前苏联出现了“在革命发展中真实地、历史具体地描写现实”的文学要求。它传入中国后，现实世界里的社会生活受到更大的重视和强调。“文学是社会生活的反映”成了传统的现实主义文学的新标帜。它对中国文学实践和文学研究产生了极其深刻的影响。

细察“文学是社会生活的反映”的定义，我们可以作出下列几点概括：1. 在理论上，它源自“一切文艺都是摹仿”；在实践上，它是叙事文学经验的总结；在文学与现实的关系上，它突出现实对文学的决定性作用；在文学研究中，它着重考虑文学的各种外部联系；各个方面都表明这种理论的取向是外在的，所以又称之为外向的文学理论(literary theory of extroversion)。2. 在作家与作品的关系上，这种理论强调作品反映现实的客观性、真实性，而忽视作家自身的主观性、能动性。20世纪以来，“文学是社会生活的反映”的定义，被补充为“文学是社会生活在作家头脑中的反映的产物”。其目的并不是要发挥作家的主观作用，而是要使得作家的头脑以适应于反映生活发展的要求。客观性仍然是这种理论的基本特点，所以它又被称为客观的文学理论(literary theory of objectivity)。3. “文学是社会生活的反映”，要求以生活本来的形象来反映生活的本质，强调以真实的细节来描绘典型环境中的典型性格。它们创作模式不是用富于象征的情境来表现内在的感情，而是对生活的具体描绘。4. 在作品与读者关系上，文学反映社会生活的目的与其说是美感作用，还不如说是提供知识、教育读者认识生活。这种理论影响下的文学又被称之为知识的文学(the literature of knowledge)。

“一切文艺都是摹仿”、“文艺摹仿自然”、“文学是社会生活的反映”，一脉相承，是长期影响西方文学的同质性理论纲领。在它们的影响下，西方创造了极其辉煌的现实主义文学。18世纪末至19世纪30年代，西方世界

① 朱光潜：《西方美学史》下卷，人民文学出版社1982年版，第732页。

出现了“提倡想象与感情胜于知识与理性”的浪漫主义文艺思潮，虽然光彩夺目，影响深远，终因为时短暂，不足与历史上以各种形式出现的现实主义文学一较短长。因此可以说，西方文学在其长期发展过程中，是以外向的、客观的、注重真实性和认识教育作用的现实主义文学为主流的。其成绩突出地表现在戏剧、小说等叙事文学上。以“文学反映社会生活”为其现代标志的文学思想传统既然主导着西方文学发展的历史，自然也是诠释西方文学作品、评价西方文学思潮、分析西方文学现象的理论金钥匙。至于这把钥匙是否也能同样地用来打开中国文学传统的宝库？上述理论是否可以同样用来指导中国文学史研究？这就要看中国文学传统的内容和特点是什么了。

四

中国文学传统的内容丰富而多样。其主要特点是，在三千余年从未间断的文学发展过程中，以抒情文学为主流。它表现为抒情文学是中国文学的源头，是长期发展的方向，是其内容中最具民族特点的精华；它对其他文类发挥着最大的影响；使中国享有世界上莫之与京的“诗国”的美誉。

在中国第一部诗歌总集《诗经》所收集的三百零五首诗里，除了少数几篇叙述周族产生发展的叙事诗，其余大多是表现男女思恋、戍客怀乡、行役愤懑、弃妇幽怨等等的抒情诗。它被称作“饥者歌其食，劳者歌其事”①，“男女相与咏歌，各言其情”的“私情谱”②。

《诗经》之后，作为先秦文学标志的屈原《楚辞》，是一组继承《诗经》传统而又有进一步发展的抒情文学作品。屈原的作品，学者们认为确实可信的，有《离骚》、《九歌》、《天问》、《九章》和《招魂》。关于《离骚》，司马迁说：“屈平疾王听之不聪也，谗谄之蔽明也，邪曲之害公也，方正之不容也，故忧愁幽思而作《离骚》。”又说：“屈平之作《离骚》，盖自怨生也。”③班固根据司马迁的评价而对《离骚》作了题解：“屈原以忠信见疑，忧愁幽思，而作《离骚》。离犹遭也；骚，忧也，明己遭忧作辞也。”④王逸尊《离

① 何休：阮元刻《十三经注疏》本《春秋公羊传·宣公十五年解诂》，《春秋公羊传注疏》卷十六。

② 朱熹：《诗经传序》，见宋元人注《四书五经》中册，中华书局版。

③ 司马迁：《史记·屈原贾生列传》，中华书局点校本《史记》卷八十四。

④ 班固：《离骚赞序》，《四部丛刊》影明翻宋本《楚辞》卷一。

骚》为经，并作《离骚经序》：“离，别也；骚，愁也；经，径也；言已放逐离别，中心愁思，犹依道径以风谏君也。”①上述作家一致认为，是愁与怨促使屈原写出了这篇“气往轹古，辞来切今，惊采绝艳，难与并能”②，“兼诗风雅而与日月争光”的抒情作品。《九歌》是祀神之歌，屈原创作其词，藉此“上陈事神之敬，下见己之冤结”，表现自己“怀忧苦毒，愁思沸郁”③之情。《天问》是屈原对天发问，藉对历史和自然界许多难以理解的现象表示疑惑、愤激，“以渫愤懑，舒泻愁思”④。《九章》是屈原第二次流放时的作品。它有如王逸说的：“屈原放于江南之野，思君念国，忧心罔极，故复作《九章》。”⑤《招魂》是屈原在放逐途中的大江之南，遥招客死于秦的怀王之魂，寄托无尽的悲哀。

屈原的赋，以其耀艳的辞藻、奇特的想象、丰富的象征，来叙情怨、述离居、申郁结、悼亡魂。他笔下的香草美人、山川景物、云龙迂怪都是感情的表现。“为情而造文”是他作赋的宗旨。他在自己的作品里，一再明白地表达了这一点。如“惜诵以致愍兮，发愤以抒情”；“退静默而莫余知兮，进号呼又莫吾闻。申侘傺之烦惑兮，中闷瞀之忳忳”(《惜诵》)。“心郁郁之忧思兮，独永叹乎增伤”；“道思作颂，聊以自救兮。忧心不遂，斯言谁告兮”(《抽思》)。“介眇志之所惑兮，窃赋诗之所明”(《悲回风》)等等。

《诗经》、《楚辞》，像并峙的双峰耸立在先秦时期的中国文学史上，在这一时期里，神话传说、诸子散文、历史散文、寓言故事已有了成熟的作品。但比较起来，它们总不如《诗经》、《楚辞》在文学史上的地位高、影响大。古今文学家都以《诗经》、《楚辞》作为先秦文学的标志。它们标志着抒情文学在中国文学发轫期已占据主流地位，后来又汇集千流百派，成为滔滔大河，流入三千余年的时空里。

两汉文学在叙事与抒情两方面都有进一步的发展。这一时期产生的《史记》、《汉书》、《吴越春秋》等历史散文著作，以其描写人物、叙述故事的技巧和个性化的语言，为中国叙事文学提供了丰富的经验；它们记载的历史事件也成了后来戏剧小说情节题材的宝库。叙事诗《孔雀东南飞》、《陌上桑》

---

① 王逸：《离骚经序》，《楚辞》卷一。

② 刘勰：《文心雕龙·辨骚》。

③ 王逸：《九歌序》，《楚辞》卷二。

④ 王逸：《天问序》，《楚辞》卷三。

⑤ 王逸：《九章序》，《楚辞》卷四。

是中国文学史中为数不多的叙事诗的翘楚。

比起叙事文学来，汉代抒情文学是一个更有成绩的部门。作为一代鸿文的汉赋是散文与诗相结合的新诗体；著名的“乐府诗”，代表着诗与音乐这对孪生姐妹的通力合作。更为重要的是，汉赋经历了“腴辞云构，夸丽风骇”①的大赋到“情以物兴”“物以情观”②的抒情小赋的发展；乐府诗中的抒情诗，经文人提高而成为“游子之歌”“思妇之词”的五言诗，被称作“众作之有滋味者也”③。汉代文学虽经历了汉武帝“罢黜百家、独尊儒术”，力图把文学与政治、道德结合起来的干扰，它仍然坚持着《诗经》、《楚辞》的传统，向着抒情方向发展，为魏晋南北朝的所谓“文学自觉”开了先河。

魏晋南北朝，起于汉献帝改元建安的公元196年，止于隋文帝统一中国的公元589年。这394年的文学发展，按时代顺序举其要者，有以曹操父子为中心的建安文学，以阮籍、嵇康为代表的正始文学，陆机、潘岳为代表的太康文学，陶渊明的田园诗、谢灵运的山水诗，沈约、谢朓的新体诗，萧纲等人的宫体诗，等等。此外，这一时期骈文兴起、小说兴盛、南北朝民歌丰富都是特点。

史家们常以“文学的自觉”④作为这一时期文学发展的标志。这种说法虽然标示了魏晋南北朝文学发展的趋势，然而含义模糊、内容空泛，把它与西方19世纪“为艺术而艺术”的主张相提并论，更是不甚确切。“我个人认为，所谓‘文学自觉’指的是文艺在思想上摆脱其作为政治、哲学、伦理等等的附庸而取得独立的地位；在实践中廓清政治、哲学、伦理等等的干扰而遵循自身的创作规律。”⑤这一时期的“文学自觉”是在总结抒情文学经验的基础上获得的，它表现在一批杰出文艺思想家给抒情文学的定义中。首先是陆机在《文赋》里“第一次铸成‘诗缘情而绮靡’这个新语”(朱自清：《诗言志辨》)。沈约主张“以情纬文，以文被质”，揭橥“情”为文质。刘勰在《文心雕龙·情采》里，十分明确地作出了“情者，文之经”的判断。钟嵘《诗品》

① 刘勰：《文心雕龙·杂文》。

② 刘勰：《文心雕龙·诠赋》。

③ 钟嵘：《诗品序》，见何文焕《历代诗话》。

④ “文学的自觉”见鲁迅《魏晋风度及文章与药及酒之关系》一文：“他(曹丕)说诗赋不必寓教训，反对当时那些寓训勉于诗赋的见解，用近代的文学眼光看来，曹丕的一个时代可以说是‘文学的自觉时代’，或如近代所说是为艺术而艺术(Art for Art's Sake)的一派。”《鲁迅全集》第3卷，人民文学出版社1996年版，第504页。

⑤ 王文生：《论情境》，上海文艺出版社2001年版，第155页。

说："感荡心灵，非陈诗何以展其义？非长歌何以骋其情？"萧绎《金楼子·立言》云："吟咏风谣，流连哀思者，谓之文"；"至如文者，惟须绮縠纷披，宫徵靡曼，唇吻遒会，情灵摇荡"。上述文学思想家以不同语言共同确立"情"为抒情文学的基本质素。并把文学与作为"孝敬之准式，人伦之师友"的"姬公之籍，孔父之书"，以及"以立意为宗，不以能文为本"的"老、庄之作，管、孟之流"区别开来；从本质上确立了文学的独立地位和价值。

魏晋南北朝时期的作家、理论家也从各个角度论述了抒情文学创作的有关问题。如曹丕在《典论·论文》里提出"文以气为主"来表明作家与作品的关系。周颙发现汉语四声，沈约将四声运用到诗歌声律上，创建了定型的、富有节奏感的诗歌格律，为古体诗向近体诗过渡创造了条件。钟嵘《诗品序》云："故诗有三义：一曰兴，二曰比，三曰赋。……宏斯三义，酌而用之，干之以风力，润之以丹彩，使味之者无极，闻之者动心，是诗之至也。"他继承前人，以赋、比、兴作为创造诗的情境的表现方法，并以情味作为衡量诗的价值和标准。尤其值得提出的是，刘勰的《文心雕龙》上篇对文学一般原理和三十三种文体作了理论阐述。下篇则全方位地阐述了抒情文学创作各个层次的问题，创造了中国抒情文学理论体系的雏形。

"魏晋南北朝的'文学自觉'表现在理论上有如上述。它表现在创作上，则是摆脱以铺陈排比、体物为工的汉赋传统而创作了大量的抒情小赋；摆脱'平典似《道德论》'和'诗杂仙心'的'理过其辞，淡乎寡味'的玄言诗的影响而兴起以抒情为主的山水诗、讲究声韵的新体诗、表现艳情的宫体诗等等。"①

魏晋南北朝的"文学自觉"为唐代文学，特别是诗歌的繁荣创造了条件。史家常称唐代为"中国诗歌史上的黄金时代"。唐代诗坛，有如李白说的"文质相炳焕，众星罗秋旻"②；也有如明代诗人高棅说的，"有唐三百年诗，众体备矣"③。在这一时期里，产生了陈子昂的感遇诗；元结的救时劝俗诗；白居易的讽谕诗、闲适诗、杂律诗；孟浩然、王维、韦应物的山水田园诗；高适、岑参、李颀的边塞诗；刘禹锡的咏史诗、竹枝词；张籍、王建的乐府诗；李贺、李商隐的朦胧诗等等。尤其突出的是，它拥有"壮浪纵恣，摆去拘束"，"尽得古今之体势，而兼人人之独专"的李白、杜甫诗。名家擅场、

① 王文生：《论情境》，上海文艺出版社2001年版，第157页。

② 李白：《古风二首之一》，《四部丛刊》影明本《分类补注李太白诗》卷二。

③ 高棅：《唐诗品汇总序》，明嘉靖本《唐诗品汇》。

诗美毕凑，构成了百家争鸣、百花齐放的唐诗繁荣的盛况。

促使唐诗发展和总结唐诗经验的理论有二：一是“兴寄论”；一是“辨味说”。所谓“兴寄论”，始创于初唐的陈子昂，具见于他的《与东方左史虬修竹篇序》这篇短文里。其重要内容如下：“文章道弊五百年矣。汉、魏风骨，晋、宋莫传，然而文献有可徵者。仆尝暇时观齐、梁间诗，彩丽竞繁，而兴寄都绝，每以永叹。思古人常恐逶迤颓靡，风雅不作，以耿耿也。一昨于解三处见明公《咏孤桐篇》，骨气端翔，音情顿挫，光英朗练，有金石声。遂用洗心饰视，发挥幽郁。不图正始之音，复睹于兹，可使建安作者相视而笑。……”①概括这篇文章的内容，即是针对“齐梁间诗，彩丽竞繁”，也就是后人所谓“形式主义”的弊病，提倡《诗经》传统中颂美刺恶的兴寄手法，来表现忧时念国、裨于政治教化的内容，以达到服务于现实的目的。陈子昂所批评的齐、梁间诗，是否可以用“彩丽竞繁”来概括？“彩丽竞繁”是不是阻碍文学发展的原因？在作品里表现颂美刺恶、裨于教化的内容是不是体现了诗歌的价值？这都是值得深入研究的。但是陈子昂打出诗三百的权威旗帜，标举颂美刺恶的兴寄手法，提倡“惩劝”、“稽政”的道德、政治要求，使得拥护者鼓掌欢呼；怀疑者不敢置言；依违者任其两可。他的诗论一时间成了沛然莫之能御的显学；后世也把唐诗的繁荣归功于它。唐代卢藏用认为他的诗论起到了“横制颓波，天下翕然，质文一变”的巨大作用。②韩愈说：“国朝盛文章，子昂始高蹈”③，认为他开启了唐代诗歌繁荣的先河。金代元好问甚至说：“沈、宋横驰翰墨场，风流初不废齐、梁，论功若准平吴例，合著黄金铸子昂。”④明代的高棅称赞陈子昂“……高才倜傥……掩王、卢之靡韵，抑沈、宋之新声，继往开来，中流砥柱，上遏贞观之微波，下决开元之正派”⑤。清代的王士祯也说：“唐五言古诗凡数变，约而举之：夺汉、魏之风骨，变齐、梁之俳优，陈伯玉之力最大。”⑥在文学思想史上，一种理论，受到这么多、这么高、这么热情、这么过分的礼赞，是不多见的。

然而陈子昂的“兴寄论”是否真的在唐代文学发展中发挥了如此重大的

---

① 陈子昂：《与东方左使虬修竹篇序》，《四部丛刊》影明本《陈伯玉文集》卷一。

② 卢藏用：《右拾遗陈子昂文集序》，《四部丛刊》影明本《陈伯玉文集》卷首。

③ 韩愈：《荐士》，蟫隐庐影宋彩堂本《昌黎先生集》卷二。

④ 元好问：《论诗三十首》，《四部丛刊》影明弘治本《遗山先生文集》卷十一。

⑤ 高棅：《唐诗品汇·五言古诗叙目》，明嘉靖本《唐诗品汇》。

⑥ 张宗柟辑：《带经堂诗话》卷四，乾隆刻本。

作用呢？我们只要看看陈子昂理论的继承者、发扬者，“新乐府”诗的倡导者白居易的一番话，就十分清楚了。他说：

唐兴二百年，其间诗人不可胜数。所可举者，陈子昂有《感遇诗》二十首，鲍防有《感兴诗》十五首。又诗之豪者，世称李、杜。李之作，才矣奇矣，人不逮矣，索其风雅比兴，十无一焉。杜诗最多，可传者千余首，至于贯串今古，覼缕格律，尽工尽善，又过于李。然撮其《新安吏》《石壕吏》《潼关吏》《塞芦子》《留花门》之章，“朱门酒肉臭，路有冻死骨”之句，亦不过三四十首。杜尚如此，况不逮杜者乎！①

白居易所说的“唐兴二百年”间，是唐诗繁荣的巅峰期。在陈子昂之前，已产生初唐四杰和刘希夷、张若虚；在陈子昂之后，有张九龄、王维、储光羲、高适、岑参、王昌龄、李颀、王之涣、崔颢、李白、杜甫、刘长卿、韦应物等与天地并存、共日月争辉的伟大诗人。对于这个众星炳耀的诗人群，白居易承认他们“不可胜数”，却偏偏不在他的“所可举者”之列。白居易所标举的是另一类“风雅比兴外，未尝著空文”(《读张籍古乐府》)的作家作品，也就是按照陈子昂兴寄论去进行创作的实践者。可是这方面的作家又是寥若晨星。由此可见，陈子昂的诗论不曾横制那不是颓波的齐梁文学；不曾掀起按他的方向“质文一变”的实践效果；也与后人“合著黄金铸子昂”的最高赞美不相符称。“兴寄论”的风靡一时和它的实践效果发生如此巨大的差距，其原因何在？白居易在《与元九书》中不经心地给我们提供了答案。他对元稹谈到读者对自己的诗的反应时，说了下面的一段话：

今仆之诗，人所爱者，悉不过杂律诗与《长恨歌》以下耳。时之所重，仆之所轻。至于讽谕者，意激而言质；闲适者，思淡而词迂；以质合迂，宜人之不爱也。②

白居易把自己平生所作诗分为三类，又对三类诗作了说明。其文曰：

故仆志在兼济，行在独善，奉而始终之则为道，言而发明之则为

① 白居易：《与元九书》，文学古籍刊行社影宋本《白氏长庆集》卷四十五。
② 白居易：《与元九书》，文学古籍刊行社影宋本《白氏长庆集》卷四十五。

> 诗。谓之讽谕诗，兼济之志也；谓之闲适诗，独善之义也。故览仆诗，知仆之道焉。其余杂律诗，或诱于一时一物，发于一笑一吟，率然成章，非平生所尚者，但以亲朋合散之际，取其释恨佐欢。今诠次之间，未能删去，他时有为我编集斯文者，略之可也。①

白居易所说的三类诗，本质上只有两类：表“兼济之志”的讽谕诗，述“独善之义”的闲适诗都是载道的诗；“释恨佐欢”的杂律诗则是抒情的诗。白居易重视前者而轻视后者，可是读者偏偏和他唱了一个反调。出现了“时之所重，仆之所轻”的现象。他原想在全集中删去抒情诗，却偏偏又是“人所爱者”。这种轻重倒置、爱憎相违的现象为什么会出现呢？他对此大惑不解。我以为问题出在他的诗歌价值观上。陈子昂、白居易都提倡风雅比兴，把“惩劝”、“稽政”、“载道”、“明理”的任务强加到诗歌身上。这就像迫着公鸡生蛋，逼着母鸡司晨一样，让诗歌承担它不能也不应承担的任务。尽管他们可以硬扭着平仄对仗写出一些似诗非诗的“讲义语录之押韵者”的作品，把它们硬塞给读者，却不能吸引读者的兴趣，获得读者的认同。这种现象透露了一个重要的消息。诗之所以为诗，自有其价值在。作者只有尊重诗歌的价值法则，才能创造出千古传诵、历久弥新的作品来。任何使“天下翕然”于一时的理论家、孔武有力的掌权者、因循苟且的卫道士想要偷换其价值，违背其规律而创造“载道”的诗，必然经不起时间长河的冲刷，遭到读者硬性、柔性的抗拒。

诗歌的价值是什么？唐末司空图作出明确的回答，把它概括为一个“味”字：“文之难，而诗之难尤难。古今之喻多矣，而愚以为辨于味，而后可以言诗也。”②关于“诗味”，陆机、刘勰、钟嵘都曾提出过、论述过，司空图的辨味论，显然是在前人理论基础上的一个飞跃发展。而他之所以能作出这样的发展，应归功于唐诗繁荣的经验。

司空图认为诗“味”并不决定于某一特定的诗的内容。他在《与李生论诗书》中，用近乎二分之一的文字，说明诗味可“得于早春”、“得于山中”、“得于江南”、“得于塞下”、“得于丧乱”、“得于道宫”、“得于夏景”、“得于佛寺”、“得于郊园”、“得于乐府”、“得于惬适”，他用“不拘于一概也”作上述长段文字的结尾，在于阐明一个重要的结论：“诗味”存在于表现各

① 白居易：《与元九书》，文学古籍刊行社影宋本《白氏长庆集》卷四十五。

② 司空图：《与李生论诗书》，《四部丛刊》影旧抄本《司空表圣文集》卷二。

种不同内容的诗中。

司空图也认为，诗味并不是某一诗派的专利。他在自己的文章里，既欣赏沈佺期、宋之问、张九龄之“风流”；王昌龄之“杰出”；李白、杜甫之“宏肆”；柳宗元之“深远”；刘梦得、杨巨源之“各有胜会”；孟郊、刘得仁之“时有佳致”；而尤其是王维、韦应物之“澄澹精致”、“趣味澄复”。

各个流派、各种内容、不同诗人的诗有高低、雅俗、深浅、文野之别，但必须有一定的诗味，才能称之为诗。“味”是诗的普遍价值。

司空图既以“味”为诗的价值，又以“味在咸酸之外”说明味的特点；“以全美为工”说明情境结合与诗味的相互联系；又以自得于诗味的二十四种写成《诗品》。他的辨味论对后代诗学理论有深刻的影响。宋代严羽的“兴趣”说，明代陆时雍的“情韵”说，清代王士祯的“神韵”论，都是他的诗论的继承和发展。至于它对文学创作实践的影响，不仅见于宋诗、宋词、元代剧曲和散曲之中；也表现在明清时期许多著名的、抒情与叙事相结合的散文、小说、戏剧里。

继唐代文学之盛，宋代文学发展到一个新的高度。在这一时期里，话本、诸宫调、杂剧、南戏等通俗叙事文学虽然有了发展，但文学的主流仍然是抒情的诗、词。

关于宋诗，史家总喜欢拿它来与唐诗作比较，如杨慎说：“唐人诗主情”，“宋人诗主理”①；傅以砺说：“唐人以诗为诗，宋人以文为诗”②；何景明说：“唐诗工词，宋诗谈理”③；王士祯说：“唐诗主情，宋诗主气”④；《四库全书总目提要》云：“诗至唐而极其盛，至宋而极其变。盛极或伏其衰，变极或失其正。”总之，人多数把唐诗与宋诗作比较的论者都趋向于扬唐抑宋。

我认为这种评价从某个角度来看不无道理，但作为唐宋诗的整体判断，是不公平、不准确的。从总的趋势来说，唐诗、宋诗都是朝着提高诗的情味的方向发展的。所不同的是，唐代诗人是在不自觉的情况下实现诗的价值；宋代诗人是在司空图“辨味论”的影响下有意识地追求诗的价值。苏轼说：

① 杨慎：《唐诗主情》，《升庵全集》卷七十，新都周参元重刊本。

② 傅以砺：《诗法正论》，乾隆敦本堂刊本《诗学指南》卷一。

③ 何景明：《汉魏诗集序》，赐策堂本《何大复先生全集》卷三十四。

④ 王士祯：《诗友诗传续录》，见《清诗话》，上海古籍出版社 1978 年版，第 152 页。

"信乎表圣之言，美在咸酸之外，可以一唱而三欢也。"①张戒云："诗人之工，特在一时情味，固不可预设法式也。"②杨万里说："读者必知味外之味。不知味外之味，而曰我能读书者，否也。"③上述大诗人、诗论家，把诗味直接称之为情味，为诗美，对司空图的"辨味论"的认识，更加深入一层；在实践中更是拳拳服膺不止。司空图总结唐诗经验而创造了"辨味论"，"辨味论"又促进了宋诗的发展。在提高诗的情味的方向上，唐诗、宋诗之相同远胜于它们之相异。

唐诗、宋诗毕竟各有自己的特点。其原因在于，唐代诗人不自觉地实现诗的价值，他们创作的诗浑然天成，不知所以神而自神。宋人有意识地追求诗的价值，则在诗歌创作技巧方面足足地下了工夫。如果能够纠正以诗的技巧不足道的偏见，我们将可在文学史里把宋代诗人这方面的创造大书特书。举例来说，宋人陈师道称北宋三大家云："王介甫以工，苏子瞻以新，黄鲁直以奇。"④王安石"工"在何处？金性尧概括前人的意见说："他的诗，不尚华艳却丰肌健骨。归纳起来，大致有三个优点：下字工，用事切，对偶精。"⑤苏东坡的"新"在何处？我以为，在于他全面地丰富了赋、比、兴、融的传统表现方法。黄庭坚的"奇"，在于他善于学习古人而推陈出新。其他如南宋的陆游善于把爱国主义的激情与"锻炼精"的技巧结合起来，创造气盛情激的情味的诗。杨万里在流年短景里表现淡情微感，创造出清新活泼的"杨诚斋体"。如此等等，不一而足。宋诗在诗歌创作技巧方面积累了许多有益的经验，值得史家们去深入开掘。

宋诗虽有许多辉煌而富有特色的篇章，但作为宋代文学标志的是宋词。词是在诗的基础上进一步发展起来的更适于抒情的文学体裁。宋词的第一个特点就是表现浓情。诗与词都是表现情感的。但从孔子说了"诗三百，一言以蔽之，曰：思无邪"以来，诗人们或多或少地受了这样的影响，务求诗歌表现的感情"不失其正"（范仲淹：《唐异诗序》）。所谓正情，指的是有关社稷、国家、合乎儒家伦理道德之情。它的最大容忍度也不过是友情、闲情、

① 苏轼：《书黄子思诗集后》，见《经进东坡文集事略》卷六十，文学古籍刊行社 1957 年版。

② 张戒：《岁寒堂诗话》，无锡丁氏校印本《历代诗话续编》卷上。

③ 杨万里：《习斋论语讲义序》，《四部丛刊》影宋抄本《历代诗话续编》卷上。

④ 胡仔：《苕溪渔隐丛话》卷四十二引《后山诗话》，《海山仙馆丛书》本。

⑤ 金性尧：《宋诗三百首》，第 99 页。

手足之情，而很少涉及男女私情。钱钟书说："据唐宋两代的诗词看来，也许可以说，爱情，尤其是在封建礼教眼开眼闭的监视之下那种公然走私的爱情，从古体诗里差不多全部撤退到近体诗里，又从近体诗里大部分迁移到词里。"①这种说法是符合事实的。但应该补充一点。从《诗经》后，即使在古体诗、近体诗里，爱情的表现也显得十分浮浅而平淡。只有宋词才把"无物似情浓"(张先：《一丛花》)表现得那样浓烈而幽深。写爱情成了词的专利，也成了宋词的最大特点和优点。

宋词的另一个特点是它的音乐性。词，广义地说，就是合乐的歌词，本来就是与音乐结合在一起的。宋词的原始形式是隋、唐时流行的由西域传入而用于宴会上的乐章，名之曰曲子词。曲子词，最初是由歌女们在宴会上歌唱的，它的内容多为自伤沦落、自诉相思离别之苦。后来引起了文人填词的兴趣，遂有变伶工之词为士大夫之词的出现。文人词作在中唐时期已开其端绪，至晚唐、五代逐渐兴盛，至宋代而达到空前繁荣。宋词的贡献有如李清照说的在于"变旧声为新声"②，也就是把以前词人习用的简短词调，变为繁复的长调(慢词)；把过去词人习用的接近于诗的整齐的或略有变化的词句变为错综不齐变化多样的词句。长调(慢词)提供了更多的空间来抒发长情；有更多的层次来曲折地表现情感的跌宕起伏；形成了写景抒情结合一体互相烘托的气势来充分地表现情感的丰富和充实。

宋词的音乐性还表现在词人们善于把字义与字音结合起来为抒情服务。从中国诗歌发展的历史看，诗的"以声为用"先于"以义为用"。后来由于孔子开创用《诗经》说义理的"诗教"，"义理之说日胜，则声歌之学日微"。③片面发展以义为用，是诗的政治、道德化削弱了诗的抒情本质的结果。宋词抒发浓情，情感的强烈激荡使得字义的抒情作用和字音的抒情作用配合得更紧密，联系得更直接，创造了一个全面发挥字义、字音来表现情感的法式。体现这种法式的词不可胜数，李清照的《声声慢》对叠字的巧妙运用应为其杰出的代表。

宋代文学的成就表现在诗词创作实践里，也表现在理论创造上。整体来说，宋代的诗话多于词话。诗话中最突出的是严羽的《沧浪诗话》。从时代看，它是宋代诗话的殿军；以质量说，则是宋代诗话的翘楚。

① 钱钟书：《宋诗选注》，人民文学出版社 1958 年版，第 9 页。

② 李清照：《论词》，见《苕溪渔隐丛话》后集卷三十三。

③ 程廷祚：《诗论十五》，《金陵丛书》本，《青溪集》卷二。

严羽论诗，重在"兴趣"。经过考辨，"兴趣"即是"情味"。他比司空图，单挑一个"味"字论诗更具有理论上的合理性。他揭示"情"与"味"的内在联系，比司空图的理论更具完整性。他对情味的质感作了精致的描述，也给司空图的理论增添了新的内容。《沧浪诗话》是在《诗品》基础上发展而来的，它把中国美学思想推向一个新的高度。

严羽以禅喻诗，通过"禅道唯在妙悟，诗道亦在妙悟"，说明诗人的心理活动，在于感情直觉而不是理性思维。

《沧浪诗话》云："夫诗有别才，非关书也；诗有别趣，非关理也。然非多读书、多穷理，则不能穷其至。"它阐明诗与学与理的联系和区别。

《沧浪诗话》的重要贡献是确立以"情味"作为抒情文学的价值，并以之为中心构建了中西美学史上第一个抒情美学体系，它不仅是中国文学思想上璀璨夺目的瑰宝，也是世界文学思想史上的不朽巨著。

元代文学以曲最为著名。曲，作为合乐的诗体，在中国文学史上源远流长。最早的《诗经》，本是适于歌唱的歌词；汉代《乐府》，即是配乐歌唱的诗体；南朝乐府里某些长短相杂的歌词，已接近宋、元词曲的格律；宋词曾有"曲子词"的别称。曲之所以称作元曲，是因为它在元代特别繁荣起来，形成了新的特点，更适合于抒情的需要，具有特殊的情味，独领一代文学之风骚。

元曲的第一个特点，是它的音乐味。它在诗、词"不可被管弦"的趋势发展之后，进一步加强了文学与音乐的联系，成为"和乐可歌"的新诗体。

元曲的另一个特点，是它的自然美。它表现了作者摆脱拘束、一任自然的感情。自然的感情需要自然的语言来表现。它采掇最多的民间语言用到曲词里，更显得"曲情人情，字字本色"，促进了文学语言的通俗化、白话化。

明代文学，是在唐诗、宋词、元曲、话本、杂剧、南戏的基础上发展起来的。辉煌的文学传统给后人提供了无限的启发和有益的借鉴，也设置了难以超越的高度。然而明代文学并不如前人所说的盛极难继，而是自创新途，在 277 年的时间里，创造了中国文学史上又一个新的高峰。这个高峰的特点可以概括为文学实践的多样化、抒情化，和文学思想的理论化、系统化。

就文学实践来说，在一向被认为是文学主流的诗词方面，明诗、明词比不上处于巅峰时期的唐诗、宋词。但在其他文体方面，明代文学取得了空前的繁荣和辉煌的成就。

就小说言，明代长篇小说在唐、宋传奇和宋、元话本的基础上，出现了演绎历史的罗贯中的《三国志通俗演义》、描写英雄传奇的施耐庵的《水浒传》、表现神话幻想的吴承恩的《西游记》和反映社会生活的《金瓶梅》（作者不详)等四部巨著，把小说创作推向高潮。在短篇小说方面，有洪楩辑印的《六十家小说》；有冯梦龙搜集、整理、部分创作的《喻世明言》、《警世通言》、《醒世恒言》，总称“三言”；有主要是凌濛初创作的《拍案惊奇》、《二刻拍案惊奇》，总称“二拍”等等。

明代戏剧，在中国文学史上，有着十分重大的影响，主要有杂剧和传奇两种形式。明杂剧作者约一百余人，创作了五百多种剧目，但在数量上、质量上不及元杂剧，也不及明代传奇。在南戏基础上发展起来的明传奇是一个成绩斐然的部门，作者众多，佳构如林。而值得大书特书的是明代后期汤显祖的“临川四梦”。其中的《牡丹亭》是充满情味具有中国风格的戏剧典型，是中国文学史上的不朽名著，也是与莎士比亚的《罗密欧与茱丽叶》同时并列于世界剧坛的伟大作品。

就散文言，明代是中国散文由说理、叙事为主转向抒情为主的时代。宋濂、归有光、袁宏道、钟惺、徐弘祖、张岱、夏完淳等创作了许多脍炙人口、动人心弦的名篇。

总的来说，在文学实践上，明代是一个文体大备和各种文体均以发展情味为目标的新时代。

明代文学思想建设的伟大成就，是前、后七子打着复古的旗帜而提出了真诗论。真诗论是由前七子领袖李梦阳最早提出的，它针对明代前期台阁体的“恢张皇度，粉饰太平”(倪谦《艮巷文集序》)，性气派的提倡在鸢飞鱼跃之间写出“万古乾坤万古心”(庄鹄：《定山集：泉上和司马》)，为政者的“明道立政”(方孝孺：《逊志斋集·与郭士渊论文书》)，以及八股文的形式主义倾向而阐述真正的诗歌创作规律。其核心内容是真情直抒。秉着“真诗乃在民间”(《李空同全集·诗集自序》)的认识，李梦阳在提倡真诗的同时，大大提高了民间文学的地位，掀起了学习民间文学的高潮。由于《诗经》中的风、雅，大都是民间歌谣、情爱之作，他又提倡诗经的抒情传统。他的文学主张并不如史家们给它贴上的标签：“文必秦汉，诗必盛唐。”

前七子以真情为真诗的基本质素，后七子领袖王世贞作出了“盖有真我然后有真诗”(《弇州山人四部稿·邹黄州鹪鹩集序》)的判断，把创作主体的个性化提高到对创作具有决定性的位置上来。竟陵派提出以精神为真诗(《隐秀轩集·诗归序》)，则把文学的个性化原则看成是古往今来的普遍规律。

明代文学家总结二千余年文学创作、文学思想的历史经验，明确地提出了以真情为真诗的诉求，从理论上论证了真诗与道、真诗与理、真诗与意、真诗与真我、真诗与复古、真诗与格调等各个方面的关系，形成一个完整真诗论体系。它不是某一个别作家、诗人、思想家独立创造的，而是通过不同流派的作家对文学问题的研究、探讨、学习、辩论而集体创造的。这个真诗论体系是如此的宏伟璀燦、影响深远，却长期被埋没在枝枝节节的议论、琐琐碎碎的材料、矛盾重重的纠结、陈陈相因的见解之中。它们被发现，证实了中国文学思想的系统性、独创性和理论深度，较之西方文艺思想有过之而无不及。

关于清代文学，郭绍虞师曾作出很好的描述："就拿文学来讲，周秦以子称，楚人以骚称，汉人以赋称，魏晋六朝以骈文称，唐人以诗称，宋人以词称，元人以曲称，明人以小说、戏曲或制艺称，至于清代的文学则于上述各种中间，或于上述各种之外，没有一种比较特殊的足以称为清代的文学，却也没有一种不成为清代的文学。盖由清代文学而言，也是包罗万象而兼有以前各代的特点的。"①这就是说，清代文学的特点是各种文体全面发展，而不是由某种文体独擅胜场。至于造成这种全面发展的原因是什么？我以为是在明代把抒情文学经验理论化、系统化之后，清代作家更自觉地把抒情文学的经验和技巧融入各种文体，甚至叙事文学之中。它促使了各种文体的全面发展，而又共同丰富了抒情化的中国文学传统。

在文艺思想方面，如果说明代重在理论的总结，清代则重在技巧的精进。清代王士祯提倡神韵，汪森主张句琢字练、方苞倡导文章义法、沈德潜着重格调、刘大櫆从音节以求神气、袁枚独标性灵、翁方纲之"肌理"说、周济之"寄托"论等等，从各个角度，讨论了诗、文创作的技巧问题。在晚清，以重视技巧著称的宋代诗人"黄庭坚的诗集卖过十两银子一部的辣价钱"②，可视为清代诗文重视技巧的典型事例。

既接受明代真诗论的影响，又注意创作"别才"的锻炼，清代诗词在明诗明词一度中落之后，出现了中兴的盛况。在清代267年里，产生了许多著名的词人、诗人，以及风格迥异、体裁创新、情味盈溢的诗词作品。约略数来，诗的方面有顾炎武、黄宗羲、王夫之等人的格调苍凉、情词悲怆的遗民诗；钱谦益夹黍离之悲和忏悔哀婉之情的虞山诗；吴伟业"以唐人格调，写目前近事"（赵翼：《瓯北诗话》卷九）的歌行体；王士祯含蓄蕴藉具有味外味的神韵诗；施闰章的兼有铺叙时事和冲淡闲远的抒情叙事诗；宋琬、查慎行、赵执信等伤时感世、自然真切的诗作；其他如沈德潜主格调、翁方纲言

① 郭绍虞：《中国文学批评史》，新文艺出版社1955年版，第5页。

② 引自钱钟书《宋诗选注》，人民文学出版社1958年版，第11页。

肌理、袁枚倡个性、郑燮重真趣、黄景仁道凄凉等等。词的方面，有陈维崧阳羡派的以豪情抒悲愤；朱彝尊浙派词人的清空醇雅、蕴藉空灵；纳兰性德的婉丽清新、纯任自然；张惠言常州派词情隐秀、寄托遥深；龚自珍的"才也纵横，泪也纵横"(《丑奴儿令》)，以豪放写真情，自创新风等等。

继明代散文抒情化的发展趋势，清代散文更加强了对散文情味的审美要求。清代著名的散文流派桐城派三祖之一的姚鼐继清初散文昌盛之后，把散文的艺术要素，概括为"神、理、气、味"和"格、律、声、色"，既提倡内容与形式的完美结合；又把美感分为"阳刚"与"阴柔"，要求二美相济、协合为体。他创作的《登泰山记》、《游云岩记》、《复鲁挈夫书》，与恽敬的《游庐山记》、张惠言的《书山东河工序》、蒋士铨的《鸣机夜课图记》、钱大昕的《弈喻》、龚自珍的《尊隐》、《病梅馆记》都是清代散文的名篇。骈文在经历唐、宋两代古文运动之后一度衰落，清初随着散文的发达而振兴，至清代中叶走向鼎盛。洪亮吉的《游天台山记》、《戒子书》，尤其是汪中的《哀监船文》被认为清代骈文的最高成就。吴鼒的《国朝八家四六文钞》、曾燠的《国朝骈体正宗》、李兆洛的《骈体文钞》收集了许多骈文作家的作品，为清代骈文的兴盛作了见证。

清代戏剧创作十分繁荣。其中成就最大、影响最深的，当推洪昇的《长生殿》和孔尚任的《桃花扇》。《长生殿》通过演绎唐明皇、杨贵妃的历史故事，抒发"感金石，回天地，昭日月，垂青史"(《长生殿·传概》)的人间浓情。《桃花扇》把侯方域、李香君的情感矛盾与明末弘光小朝廷的兴亡结合在一起，"不独令观者感慨零涕，亦可惩创人心"(《桃花扇小引》)。这两部具有代表性的清代戏剧，共同体现了汤显祖"为情作使，劬于剧伎"(《续栖贤莲社求友文》)的戏剧纲领，把抒情文学传统与叙事文学结合起来，为创造富有情味的中国戏剧作出了巨大的贡献。

清代小说，品类繁多；文言小说，白话小说，长篇小说，短篇小说，言情小说，演义小说佳作如林。其中的《聊斋志异》、《儒林外史》、《红楼梦》更是脍炙人口的三部巨著。

在这里，我要特别提到矗然屹立于世界小说创作巅峰的《红楼梦》。关于它，鲁迅在《中国小说的历史的变迁》中曾经说过："自有《红楼梦》出来以后，传统的思想和手法都打破了。"言情的《红楼梦》与传统思想发生矛盾，并不曾破茧而出，打破思想传统的禁锢。而且，描写这种矛盾冲突，也出现在《西厢记》、《牡丹亭》等许多传统戏剧里，它并不是文学史上的第一遭。再说，突破思想传统，并不是小说《红楼梦》的任务。十分显然，《红楼梦》的成就不在这一方面。鲁迅说它打破了传统的写法，这一点非常重要。可惜的是他并没有进一步说明，它是怎样打破传统的写法，在传统基础上创造了什么新的东西。我认为，《红楼梦》的成功，在于它把中国抒情文学的传统经验与叙事文学创作完美地结合起来，创造了一种具有中国民族特点的诗体小说。抒情与叙事的结合，像盐溶于水一样，无间无痕地遍及全书。它表现在情节结构的安排里，也渗透在人物性格和环境细节的描写之中。冷雨敲窗、清灯照壁、良宵花解语、静日玉生香、戏彩蝶、泣残红、菊花诗、螃蟹咏，处处是生活的真实描绘，处处是情味的挹之不尽。如果把《红楼梦》放在世界文学的范围来考察，即使在以戏剧、小说擅长的西方文学里，这样抒发内在感情与反映外在生活的统一，也只是作家们不可企及的理想；还没有一部别的小说达到这样完备的高度。如果把它放在文学发展进程中来考察，《红楼梦》像是路标和灯塔，它指引着世界文学的正确道路和航向。因此，总结《红楼梦》的创作经验，并在可操作的层面上把它介绍给作家、读者；阐明《红楼梦》在艺术上的伟大成就，把这份中国文学精华变成世界文化遗产，将是中国文学史家不可推诿的光荣任务。

追溯中国文学的源流，我们对它的特点有一个概括的认识：在三千年的历史发展中，中国文学由抒情文学开其源，主其流，引导着它的发展方向。

把以抒情为主的中国文学和以叙事为主的西方文学相比较，这两种文学在下列几个方面有不同的特点：(1) 在理论上，西方文学理论主要是叙事文学经验的总结，以“一切文艺都是摹仿”为其最早纲领，它着重考虑的是文学与现实或与超现实的关系，被称为“外向的文学理论”。中国文学理论主要是抒情文学经验的总结，以“诗言志”为其最早的纲领，以人的内在情感为文学的基本质素，并在情感基础上考虑情物互动的关系，被称为内向的文学理论（literary theory of introversion）。(2) 在作家与作品关系上，西方文学强调反映生活的客观性、真实性，被称为客观的文学。中国文学强调作家的主观性、能动性，被称为主观的文学。(3) 西方文学要求以生活本来的形式来反映生活的本质，它的基本写作模式是描绘。中国文学要求以富有象征的情境来表现内在的感情，它的基本写作模式是表现（the mode of expression）。(4) 在作品与读者的关系上，西方文学反映生活的目的是为了认识生活，被称为知识的文学。中国抒情文学的客观效果是引起读者情感的共鸣和给予鼓舞的力量，所以又被称之为力量的文学（the literature of power）。

我在这里概括抒情文学和叙事文学的差别，并不是说，它们没有交集和互动。总的来说，抒情文学和叙事文学都是主客观统一的产物。内向的抒情文学需要外在的物境来表现；外向的叙事文学有时也需要描绘人物的内心世界来加强作品的力量。抒情文学以象征来表现内在的感情，有时会采用铺叙的手法；叙事文学在描绘生活画面的同时，也会采用独白、咏叹等抒情方式。以情味为主的抒情文学，会曲折地反映生活；以反映生活为主的叙事文学也不可避免会流露出某种情味来。揭示这两种文学的不同，只是就其主要方面来说的。而且，揭示它们的不同，只是为了说明各有其特点，并无高下之分；各有其经验，并无优劣之别；各有其发展规律，并不存在谁正确、谁错误的问题。

五

我之所以要花费许多笔墨去划分中、西文学的区别，描述中国文学发展的历史简况，是为了强调天生万物，各有其用；花相万殊，各呈其美。我们不能用一种文学经验去代替另一种文学经验；用一种文学规律去规范另一种文学的发展；用一种文学标准去衡量另一种文学作品的价值；用一种文学理论去判断另一种文学现象。否则，即使是正确的钥匙也打不开与它不相适应的锁，真理越过了界线反而成了谬误。20 世纪中国文学史研究的症结，就在于用反映生活作唯一正确的标准来指导对以抒情为主的中国文学历史的研究。其结果不是圆凿方枘，龃龉难入，产生许多自相矛盾的评论；就是削足适履，刻肌伤骨，造成对中国传统的戕害。

试以钱钟书的《宋诗选注》为例。这是一个大学者花了两年时间精心选注、影响很大的宋诗选本，贯彻全书的中心思想即是反映社会生活。《前言》第一部分是关于选目的。他着重阐明了他是怎样选取三种不同方式来反映社会生活的诗：(1) 以梅尧臣的《田家语》和《汝坟贫女》为例，说明诗歌反映生活里真实发生的事。(2) 以范成大的《州桥》为例，“说明诗里写的事情在当时并没有发生而且也许不会发生”①，但是可能发生的事。(3) 以萧立之《送人之常德》为例，说明诗歌可以反映在生活基础上形成的理想和愿望。以上三个方面的诗都与贯穿宋代的汉皇朝与辽、金、蒙古等少数民族的战争有关。除此之外，钱钟书在《宋诗选注》里，选了大量的如梅尧臣的《田家》、《陶者》，文同的《织妇怨》，王安石的《河北民》，王令的《饿者行》，吕南公的《老樵》，张耒的《劳歌》，刘克庄的《开壕行》、《建粮行》、《苦寒行》等反映劳动人民疾苦的诗。他也指出宋诗的缺

① 引自钱钟书《宋诗选注》，人民文学出版社 1958 年版，第 4 页。

点，“宋代的五七言诗虽然真实反映了历史和社会，却没有全部反映出来”，“譬如宋江领导的起义那件伟大事迹，当时的五七言诗里都没有‘采著’”。[①]总之，钱钟书选诗的目光，集中于反映宋代重大社会生活和占人口大多数的劳动人民生活方面。他吃力地维护着文学反映社会生活这个理论和标准。然而，这个理论是否适合于宋诗的实际呢？宋诗绝大部分是抒情诗而不是叙事诗，它以善于用精致的技巧来抒情著称，而不以反映社会生活见长，这就是宋诗的实际。顾名思义，“宋诗选”应该选出的是宋代的好诗。钱钟书苦心孤诣地从为数不多勉强被解释为反映生活的诗篇里，选出许多被时间所湮没、为读者所遗忘、遭论者所忽视的诗，充其量也不过是符合反映生活标准的诗，而说不上是宋诗的精华。

文学反映社会生活的广度、深度、全面、片面是不是衡量诗的好坏和高下的标准呢？我的答案是一个明确的“否”。请看那些中国文学历史上被人民传诵不绝的诗句：“关关雎鸠，在河之洲”（《周南·关雎》）；“蒹葭苍苍，白露为霜”（《秦风·蒹葭》）；“青青河畔草，绵绵思远道”（《饮马长城窟行》）；“明月照高楼，流光正徘徊”（曹植：《七哀》）；“采菊东篱下，悠然见南山”（陶渊明：《饮酒》）；“池塘生春草，园柳变鸣禽”（谢灵运：《登池上楼》）；“余霞散成绮，澄江静如练”（谢朓：《晚登三山还望京邑》）；“明月松间照，清泉石上流”（王维：《山居秋暝》）；“床前明月光，疑是地上霜”（李白：《静夜思》）；“千家山郭静朝晖，日日江楼坐翠微”（杜甫：《秋兴八首》其三）；“春蚕到死丝方尽，蜡炬成灰泪始干”（李商隐：《无题》）等等。包含这些名句的诗篇或抒爱恋，或叙离情，或寄乡思，或写客况，或偶得于自然，或迸发于宿构，很难说反映了社会生活，却都是千古绝唱。由此可见，反映社会生活与否并不是好诗的条件和标准。如果执著于用这个标准来选诗，势必把这类诗的精华排斥于选本之外。钱钟书《宋诗选注》的问题恰恰出在这里。在这部著名的宋诗选里，我们读到许多诗味不浓的诗，而没有林逋那首含有“疏影横斜水清浅，暗香浮动月黄昏”的名诗《山园小梅》；王安石的诗选了《河北民》，却没有选他那脍炙人口、含有“对得极工似又令人不觉为对句”的“含风鸭绿粼粼起，弄日鹅黄袅袅垂”的《南浦》，和“细数落花因坐久，缓寻芳草得归迟”的《北山》；至于以技巧著称的大诗人黄庭坚，钱钟书只选了他的三首诗，他那首含情蕴藉、结构精巧的《鄂州南楼书事》之一（“四顾山光接水光，凭栏十里芰荷

① 引自钱钟书《宋诗选注》，人民文学出版社1958年版，第7～9页。

香。清风明月无人管，并作南楼一味凉。”）和他那用典贴切，情味悠长，含有“桃李春风一杯酒，江湖夜雨十年灯”名句的《寄黄几复》也没有入选。同样的情况也发生在杨万里身上。钱钟书选了杨万里的《悯农》、《插秧歌》等十首诗，却偏偏漏掉了那首使胡适和许多文人奉为座右铭的《桂源铺》（“万山不许一溪奔，拦得溪声日夜喧。到得前头山脚尽，堂堂溪水出前村。”）类似的情况，不一而足。

钱钟书的夫人杨绛回忆《宋诗选注》工作情况时说：“许多人认为《宋诗选注》的选目欠佳。钟书承认自己对选目并不称心：要选的未能选入，不必选的都选上了。其实，在选本里，自己偏爱的诗不免割爱；钟书认为不必选的，能选出来也不容易。”[①]钱钟书编选宋诗的心情是十分矛盾而复杂的了。如果深问一句，孰令改之？应该是他错误地片面地接受了以文学反映社会生活作为选诗的标准，而在实践中又发现这个标准与宋诗实际扞格不入。对于一个写过《谈艺录》具有很高欣赏水平的大学者来说，他虽在理智上不得不接受这个标准，在感情上却自觉或不自觉地对它有所抗拒。《宋诗选注》这个“并不称心”的选目，乃是钱钟书的理论与实践、理智与感情的天人交战的产品。

钱钟书《宋诗选注》前言的第一部分以对生活的各种不同形式的反映作为选诗的标准。前言第二部分则强调社会生活是文艺的唯一源泉，把它作为反形式主义、反古代传统、反文艺技巧的理论根据，并以此来指导宋诗的注释。本来，倡导者把生活和文学分为“源”和“流”，是为了反对文学艺术家在自己圈子里创作，而要求他们深入到占人口大多数的工农兵的生活和斗争中去，并没有把“源”和“流”对立起来的意思。这种分法是否恰当，是可以进一步探讨的。但是，后来一些文人把生活是文学艺术唯一的源泉强调得过了头，并把它用来排斥被称为“流”的文学遗产，掀起了现实生活与文学传统之争；反映生活与注重技巧之争；“厚古薄今”与“厚今薄古”之争。不知是为了自赎还是为了自救，喜欢掉书袋特别重视技巧的钱钟书通过选宋诗，鲜明地表明了自己的立场站在源泉派一边。他把整个宋诗的特点归结为“偏重形式的古典主义发达到极端”[②]；创作方面，“会在技巧和语言方面精益求精”，“放纵了摹仿和依赖的惰性”[③]；至于作家，“把末流当

① 杨绛：《我们仨》，生活·读书·新知三联书店2003年版，第137页。

② 引自钱钟书《宋诗选注》，人民文学出版社1958年版，第17页。

③ 引自钱钟书《宋诗选注》，人民文学出版社1958年版，第13页。

作本源的风气仿佛是宋代诗人里的流行性感冒”①。他把这种看法贯穿到宋诗注释和作家介绍中，在他认为是宋诗形式主义始作俑者的王安石的介绍中写道：“他比欧阳修渊博，更讲究修词的技巧……而后来宋诗的形式主义却也是他培养了根芽。他的诗往往是搬弄词条和典故的游戏、测验学问的考题，借典故来讲当前的情事，把不经见而有出处的或者看来新鲜而其实古旧的词藻来代替常用的语言。”②钱钟书特别举出王安石的名诗《书湖阴先生壁》来作为他这段话的根据。我们有必要来读读这首诗的全文：茅檐长扫静无苔，花木成畦手自栽。一水护田将绿绕，两山排闼送青来。

这首诗的后二句，常被论者引来作为修词技巧的成功例子。钱钟书根据叶梦得《石林诗话》指出，“‘护田’和‘排闼’都从《汉书》中来”；根据吴曾《能改斋漫录》指出“整个句法从五代时沈彬的诗里来”，他还是肯定了这种技巧说：“可是不知道这些字眼和句法的‘来历’，并不妨碍我们了解这两句的意义和欣赏描写的生动，我们只认为‘护田’和‘排闼’是两个比喻，并不觉得是古典。所以这是个比较健康‘用事’的例子。”③然而，他对这方面的肯定是非常有限的。他又说：“《书湖阴先生壁》里把两个人事上的古典成语来描写青山绿水的姿态，可以作为‘借事发明’的例证。这种把古典来‘挪用’，比那种捧住了类书，说到山水就一味搬弄山水的古典，诚然是心眼儿活得多，手段高明得多，可是总不免把借债来代替生产。结果是跟读者捉迷藏，也替笺注家拉买卖。”④钱钟书凭着王安石用古典，就把他说成是心眼活、手段高明的借债人，而不是自食其力的生产者，这种说法是公平的么？它使我想起了《蔡宽夫诗话》中记载的王安石的一段话：“荆公尝云：‘诗家病使事太多，盖皆取其与题合者类之。如此乃是编事，虽工何益？若能自出其意，借事以相发明，情态毕出，则用事虽多，亦何所妨！⑤’”这段话道出了一个重要的标准。使用典故，不是为了獭祭故实，掩盖贫乏的感情，而是为了情态毕出。王安石的《书湖阴先生壁》无劳注家卖弄学问，也能使读者直接领会绿水护田、推门送青的山情水意，结合前两句茅檐无苔，花木成畦，而在心中构成一幅清静自然的田园光景。

① 引自钱钟书《宋诗选注》，人民文学出版社1958年版，第16页。
② 引自钱钟书《宋诗选注》，人民文学出版社1958年版，第47页。
③ 引自钱钟书《宋诗选注》，人民文学出版社1958年版，第55页。
④ 引自钱钟书《宋诗选注》，人民文学出版社1958年版，第50页。
⑤ 见《蔡宽夫诗话》，据中华书局排印本《宋诗话辑佚》。

如果王安石写诗时突然想到《汉书》的“护田”和“排闼”，那也只是严羽所说别才非书又须多读书，和杜甫的“读书破万卷，下笔如有神”的经验的再现。无论是运用典故、描写情景，王安石这首诗都表现出很大的创造性，这应该是一种创造性的“生产”而不是“借债”。钱钟书以“借债”诬之，只能是他在维护源泉、反对传统和技巧方面，比别的学者“心眼儿活得多”，“手段高明得多”，心情也急切得多。

钱钟书认为王安石培养了宋诗形式主义的“根芽”，遂把他说成是不事生产的借债者，还算是嘴下留情的。对于他认为是把宋诗形式主义发展到“登峰造极”的黄庭坚，他则是采取了钱钟书式的“车轮战法”，搜尽中外古典，把一个一个的骂名掷到黄庭坚的头上，如“领有营业执照的盗贼”、“江洋大盗”、“偷鸡贼”、挨门排户大大小小人家都去光顾的“劫贼”、把“偷窃变成师徒公开传授的专门学科”①的祖师爷等等。是什么使得钱钟书对黄庭坚如此深恶痛绝而把他变成嬉笑怒骂的箭垛子？简言之，就是因为黄庭坚提出了“无一字无来处”的说法和“点铁成金”、“夺胎换骨”的学习古典的具体方法。下列两则诗论是争论的焦点：

> 自作语最难，老杜作诗，退之作文，无一字无来处，盖后人读书少故谓韩、杜自作此语耳。古之能为文章者，真能陶冶万物，虽取古人之陈言入于翰墨，如灵丹一粒，点铁成金也。②

> 山谷曰：诗意无穷；而人之才有限；以有限之才追无穷之意，虽渊明、少陵不得工也。然不易其意而造其语，谓之换骨法；窥入其意而形容之，谓之夺胎法。③

黄庭坚这两段话受到当时和现代文人的许多批评。其中的精神实质在很大程度上是被误解和歪曲了。首先，黄庭坚所谓“老杜作诗，退之作文，无一字无来处”，并不是空穴来风，而是他对杜甫、韩愈诗文创作经验的认识。杜甫《奉赠韦左丞文二十二韵》云：“读书破万卷，下笔如有神。”韩愈《进学解》云：“沉浸浓郁，含英咀华，作为文章，其书满家。”黄庭坚

① 见钱钟书《宋诗选注》，人民文学出版社 1958 年版，第 23～24 页。
② 黄庭坚：《答洪驹父书》，《四部丛刊》影宋本《豫章黄先生文集》卷十九。
③ 见惠洪《冷斋夜话》卷一。

对他所景仰的古文家、诗人的学习丰富估计得过了头，对学习古典的重要性也强调得过了分，遂有“无一字无来处”的说法，引起以抄袭来代替创造的误解。然而黄庭坚是注意到这一点的。所以他立即接着说：“古之能为文章者，真能陶冶万物。”揭橥了以“陶冶”来对待古典的宗旨。“陶冶万物”，不是原物照搬，而是熔铸、消化、融合吸取其精华以实现新的创造。韩愈曾经说过：“惟古于词必己出，降而不能乃剽贼。”①“己出”必经陶冶，反之，乃是“剽贼”，陶冶与剽窃的界线是非常清楚的。杜甫也说：“登临多物色，陶冶赖诗篇。”②客观的物境，必经诗人的陶冶，才能成为主客观相结合的情境，这是诗歌创作的规律。对待文学遗产，不是抄袭，而是陶冶，才是黄庭坚所说的“无一字无来处”的实质，这与他所提倡的“以故为新”的意思是一致的。

黄庭坚还提出“点铁成金”、“夺胎换骨”的方法，屡遭批评，却看不出有什么大了不起的谬误。这只不过是两个比喻罢了。前者喻古人之陈言似铁，经过“陶冶”成金。后者借用道家语，脱换凡人之躯壳而成仙人之谓。《扪虱新话》云：“文章虽不要蹈袭古人一言一句，然自有夺胎换骨等法，所谓灵丹一粒，点铁成金也。”二者的意旨是一样的。即学习古人，须经“陶冶”而推陈出新，泯其迹象。黄庭坚曾经说过：“妙在和光同尘，事须钩深入神。听它下虎口著，我不为牛后人。”③吕本中《童蒙诗训》也说：“鲁直云：‘随人作诗终后人’，又云：‘文章切忌随人后’，此是鲁直见处也。”④黄庭坚清楚地宣示了学习前人而不蹈袭前人的意旨。他在《与王观复书》中，推重“杜子美到夔州后诗，韩退之自潮州还朝后文章，皆不烦绳削而自合矣”⑤。他在《赠高子勉》诗中又说：“拾遗句中有眼，彭泽意在无弦。”⑥黄庭坚对于他所景仰的“无一字无来处”的诗人、文人“陶冶”万物，达到“不烦绳削”、“意在无弦”的境界赞美不尽。他提倡“点铁成金”、“夺胎换骨”，正是为了实现推陈出新、泯其迹象的高格。又怎能如钱

① 韩愈：《南阳樊绍述墓志铭》，蟫隐庐影宋彩堂本《昌黎先生集》卷三十四。

② 杜甫：《秋日夔府咏怀，奉寄郑监李宾客一百韵》，见《四部丛刊》影宋本《分门集注杜工部诗》。

③ 黄庭坚：《赠高子勉》，《四部丛刊》影宋本《豫章黄先生文集》卷十二。

④ 吕本中：《童蒙诗训》，中华书局排印本《宋诗话辑佚》卷下。

⑤ 黄庭坚：《与王观复书》，《四部丛刊》影宋本《豫章黄先生文集》卷十九。

⑥ 黄庭坚：《赠高子勉》，《四部丛刊》影宋本《豫章黄先生文集》卷十二。

钟书说的是一种把“继承和借鉴”去“替代自己的创造”的“偷儿”的伎俩呢？我真为黄庭坚叫屈，也对深受宋诗影响，而又最喜欢搬弄典故的钱钟书的这种偏颇而极端的评价百思不解。更何况钱钟书在早期著作《谈艺录》中应许元好问“抬山谷高出于其弟子”；又肯定元好问在《杜诗学引》中称述其父言：“近世唯山谷最知子美”，对黄庭坚是相当肯定的。关于这一点，周振甫、冀勤作出了很好的解释：

> 这一则讲元好问《论诗》中论黄庭坚的诗：“古雅难将子美亲，精纯全失义山真。论诗宁下涪翁拜，未作江西社里人。”钱先生先抓住“宁”字来讲，认为是“宁可”的“宁”，即宁可向黄庭坚拜倒，不作江西诗派中人。即把黄庭坚突出于江西诗派以外，认为黄庭坚还是可取的。……钱先生又引元好问《杜诗学引》称“近世唯山谷最知子美”。朱弁《风月堂诗话》：“山谷以昆体工夫，到老杜浑成地步。”元好问“宁下涪翁拜”，可能就为了这点。所以他的诗里就称杜甫的古雅，李商隐的精纯，认为黄庭坚都不及。虽不及，但他“以昆体工夫，到老杜浑成地步”，所用的功夫还是好的，所以还推重他吧。①

周振甫、冀勤对钱钟书的思想的体会是很深的。他们认为钱钟书肯定黄庭坚的就是他的“功夫”，他的学习前人遗产的“陶冶”功夫和在创作实践中积累的做诗的技巧。钱钟书称道黄庭坚的“功夫”于前，又把它称之为偷儿的伎俩于后。是什么原因促使钱钟书对黄庭坚作出这种前伸而后绌的评价？当然不是黄庭坚变了，而是钱钟书换了脑子。他的《宋诗选注》序言里一句话道出了其中的秘密。他之所以痛责黄庭坚，是因为黄庭坚“撇下了‘唯一的源泉’，把‘继承和借鉴’去‘替代自己的创造’”②。原来钱钟书是借对黄庭坚的无情批判来维护“人民生活是文学艺术‘唯一的源泉’”这个至高无上的原则呀！

即使按照文学是社会生活的反映的原则，文学与生活也不过是反映与被反映者的关系。生活是客观存在的，文学通过作家头脑对生活作出反映，是主客观相结合的产物。它们并不是同质的事物，也不是源和流的关系。至于

① 周振甫、冀勤编著：《钱钟书〈谈艺录〉读本》，上海教育出版社 1992 年版，第 22～23 页。

② 引自钱钟书《宋诗选注》，人民文学出版社 1958 年版，第 23 页。

古典文学和现代文学，虽然它们产生的时代，有先后之分；在性质上，有如君住长江头，妾住长江尾，生小不相识，同饮长江水，无论是源头的水，下游的水，都是长江水，在本质上是一致的，它们共同汇成长江的整体。单独把古典文学挑出来说成是"流"，而与反映生活对立起来，是不合逻辑的。把文学与生活的关系说成"流"与"源"的关系，造成20世纪中国文学史研究中三个方面的问题：（1）用反映生活作为衡量文学的唯一标准而造成对大量存在于文学史上的抒情文学的否定和错误的诠释；（2）把占人口大多数的人的生活说成是源，而贬低在各个历史时期都是占少数的作家和诗人的生活；（3）把古人积累的文学经验和技巧说成是"流"，从而把学习古典与学习生活对立起来，制造了厚今薄古的理由。

这几个方面的问题，十分强烈地表现在《宋诗选注》里。首先，钱钟书用反映生活的多少来选目。排斥了许多情味悠长，感人至深的抒情诗，我在上面已经说过了。其次，通过注释，他把宋代许多重要诗人都打入文学形式主义的行列。除了我在上面已经论及的，被他认为是"培养了形式主义根芽"的王安石，和"把形式主义发展到登峰造极"的黄庭坚，还有许多为大家所喜爱的诗人遭到他的不公平的批判。关于欧阳修，他写道："在'以文为诗'这一点上，他为王安石、苏轼等人奠了基础，同时也替道学家像邵雍、徐积之流开了个端。"①关于苏轼，他写道："苏轼的主要毛病是在诗里铺排古典成语，所以批评家嫌他'用事博'、'见学矣然似绝无才'、'事障'、'如积薪'、'空、积、芜'、'獭祭'，而袒护他的人就赞他'故实小说'和'街谈巷语'，都能够'入手便用，似神仙点瓦砾为黄金'。他批评过孟浩然的诗'韵高而才短，如造内法酒手而无材料'，这句话恰恰透露出他自己的偏向和弱点。"②关于秦观，他写道："秦观的诗内容比较贫薄，气魄也显得狭小，修辞却非常精致。"③关于刘克庄，他写道："下了比江西派祖师爷黄庭坚还要碎密的'帖括'和'短钉'的工夫，事先把搜集的古典成语分门别类作了好些对偶，题目一到手就马上拼凑成篇。这可以解释为什么他的作品给人的印象是滑溜得有点机械，现成得似乎店里的宿货。"④除了上述诗人，即使是被钱钟书肯定较多的陆游、杨万里等也遭到他的横扫和

① 引自钱钟书《宋诗选注》，人民文学出版社1958年版，第27页。

② 引自钱钟书《宋诗选注》，人民文学出版社1958年版，第71页。

③ 引自钱钟书《宋诗选注》，人民文学出版社1958年版，第85页。

④ 引自钱钟书《宋诗选注》，人民文学出版社1958年版，第278页。

罗织。他自己说，他的作家评述和诗的注释是为了表现一种思想："从下面的评述和注释里也看得出，把末流当作本源的风气仿佛是宋代诗人里的流行性感冒。嫌孟浩然'无材料'的苏轼有这种倾向，把'古人好对偶用尽'的陆游更有这种倾向，不但西昆体害这个毛病，江西派也害这个毛病，而且反对江西派的'四灵'竟传染着同样的毛病。"①他也把这个"毛病"说成整个宋诗的痼疾，并把它扩大成宋词乃至整个中国旧诗词的通病。在阐明注释原则的《宋诗选注》前言第二段的结尾，钱钟书以他的风格和武断写了下面一段令人愤愤难平的话语：

> 偏重形式的古典主义有个流弊：把诗人变得像个写学位论文的未来硕士博士，"抄书当作诗"，要自己的作品能够收列在图书馆的书里，就得先把图书馆的书安放在自己的作品里。偏重形式的古典主义有个流弊：把诗人变成领有营业执照的盗贼，不管是巧取还是豪夺，是江洋大盗还是偷鸡贼，是西昆体那样认准了一家去打劫还是像江西派那样挨门排户大大小小人家都去光顾。这可以说是宋诗——不妨还添上宋词——给我们的大教训，也可以说是整个旧诗词的演变里包含的大教训。②

包括在语言的"小结裹"方面的尖刻和刁蛮，我不敢相信这段话和行文方式竟出自国学大师的笔端。既然是选注宋诗，有什么必要，连一点分析和说明也没有，就把人们最喜爱的宋词和"整个旧诗词"一概打成"偏重形式的古典主义"。纵使是诗人、作家喜欢学习古人的技巧，不管学得好或学得不好，又怎能和江洋大盗、偷鸡贼相提并论。中国抒情文学，讲究情与境合，构成精美的情境来表现情感、引发情味，在技巧和语言方面精益求精，又有什么错？又怎么引起最喜欢在文章里獭祭故实的钱钟书如此义愤填膺？我对这段文字的必要性、合理性曾经百思不得其解。最后，还是钱钟书自己道出了其中的原因。那就是"偏重形式的古典主义"，"撇下了'唯一的源泉'，把'继承和借鉴'去'替代自己的创造'"③。为了维护文学是社会生活的反映这个理论，他需要把不是直接反映生活的中国抒情文学统统说成是偏重形式的内容贫乏；为了拥护从这个理论引申出来的生活是文学的源

① 引自钱钟书《宋诗选注》，人民文学出版社1958年版，第16～17页。

② 引自钱钟书《宋诗选注》，人民文学出版社1958年版，第23～24页。

③ 引自钱钟书《宋诗选注》，人民文学出版社1958年版，第23页。

泉的思想，他需要把偏重形式的古典主义的帽子强加在中国古典诗词头上，作为批判的靶子；为了说明这个源自西方的理论的放之四海而皆准，他不惜付出牺牲中国文学精华的代价。由此可见，用这个从西方文学总结出来的理论来指导对中国古典文学史的研究不仅是窒碍难通，还必然导致对中国文学的贬低、曲解和否定。这就是钱钟书通过《宋诗选注》给予我们的“大教训”。

在对钱钟书的《宋诗选注》进行剖析之后，我们还有必要对李泽厚的《美的历程》作一番解读。这两本书都是以文学反映生活的原则来研究中国古代文艺的很有影响的著作，但它们运用这个原则各有重点的不同。《宋诗选注》从反映生活的理论中引申出生活源泉论，把中国古代文学打成“偏重形式的古典主义”；李泽厚则从上述理论中引申出经济决定论，对许多文艺作品、文艺现象作出各种各样的错误诠释。李泽厚的经济决定论的具体内容是什么呢？他说：“艺术趣味和审美理想的转变并非艺术本身所能决定；决定它们的归根到底仍然是现实生活。”①在社会生活中，经济和它的集中表现的政治是最活跃的、有决定性的因素，因此，他又说：“只要相信人类是发展的，物质文明是发展的，意识形态和精神文化最终（而不是直接）决定于经济生活的前进，那么这其中总有一种不以人们主观意志为转移的规律，在通过层层曲折渠道起作用，就应可肯定。”②李泽厚为了论证上述原则的正确，他在《美的历程》中做了两个方面的工作：一是在中国五十年文艺中，选择有利于他的论旨的作品，把它们解释成是由社会经济生活决定的；二是根据他对一个时代生活的概括，主观地制造一种“艺术趣味”或“审美理想”，然后把它们强加到文艺作品上。

先来看看他的第一个方面的工作。以《美的历程》第二章“青铜饕餮”为例，他在这一节里提到了青铜器和汉字。他认为青铜器的饕餮纹饰体现了“神秘的威力和狞厉的美”，“体现了早期奴隶制度的统治者的威严、力量和意志”。③可是当他谈到“与青铜时代同时发达成熟”的汉字时，他无法说明汉字的“线的艺术”与“狞厉的美”和“早期奴隶制度”有什么联系，而只有顾左右而言他，大谈汉字的形体结构和造字方式。李泽厚打了一个马虎，却让细心的读者看到了他的普遍原则不能普遍应用的窘境，并引起了对

① 李泽厚：《美的历程》，中国社会科学出版社 1989 年版，第 113 页。
② 李泽厚：《美的历程》，中国社会科学出版社 1989 年版，第 200 页。
③ 李泽厚：《美的历程》，中国社会科学出版社 1989 年版，第 34 页。

他的原则的普遍性的怀疑。

同样的做法也出现在《美的历程》其他章节里。以第五章“魏晋风度”为例，李泽厚以大量篇幅引用了魏晋间的哲学、文学、绘画和书法著作，却完全没有论述这些著作和社会生活有什么必然联系。大量引用只是为了营造一个全面论述的印象；言不及旨则是为了规避所引用的材料与他的论旨不能相称的矛盾。这种做法在《美的历程》里比比皆是。

在这一章里，李泽厚总算是提出了一个与生活沾了一点边的论题：“魏晋风度”。且看看他是怎么解释这个论题的：

> 从魏晋到南北朝，皇帝王朝不断更迭，社会上层争夺砍杀，政治斗争异常残酷。门阀士族的头面人物总要被卷进上层政治漩涡，名士们一批又一批地被送上刑场。……正是由于残酷的政治清洗和身家毁灭，使他们的人生慨叹夹杂无边的忧惧和深重的哀伤，从而大大加重了分量。他们的“忧生之嗟”由于这种现实政治内容而更为严肃。从而，无论是顺应环境、保全性命，或者是寻求山水、安息精神，其中由于总藏存这种人生的忧恐、惊惧，情感实际是处在一种异常矛盾复杂的状态中。外表尽管装饰得如何轻视世事，洒脱不凡，内心却更强烈地执著人生，非常痛苦。这构成了魏晋风度内在的深刻一面。①

这段话似乎解释了魏晋风度形成的原因，证明它是社会生活的反映。然而只要我们略加考察，就会发现事情并不是这样的。这里所说的“社会上层争夺砍杀，政治斗争异常残酷”，“头面人物总要被卷进上层政治漩涡，名士们一批又一批地被送上刑场”等现象，在阶级社会里屡见不鲜，并不是魏晋时代社会生活的特殊性。再说，李泽厚把魏晋风度内在深刻的一面概括为“忧生之嗟”，也不过是一句空话。因为“忧生之嗟”在任何年代里都是存在的，在古代文学作品里尤其是吟咏不绝的主题。“人生譬朝露，居世多屯蹇。忧艰常早至，欢会常苦晚。”（秦嘉：《留郡赠妇诗》）“人生自有命，但恨生日希。”（孔融：《杂诗》）“人生几何时，怀忧终年岁。”（蔡琰：《悲愤诗》）“薤上露，何易晞。露晞明朝更复落，人死一去何时归。”（《乐府歌辞·薤露歌》）。“生年不满百，常怀千岁忧。”（《古诗十九首》之一）信手拈来，表现忧生之嗟的汉代诗歌有如上述，实际上远不止此。李泽厚惯

① 李泽厚：《美的历程》，中国社会科学出版社1989年版，第97页。

于用一般代替特殊来论述问题，它无助于说明特定社会生活与特定时期文学艺术之间的联系。或者相反，正因为社会生活与文艺之间并不存在这样直接而简单的联系，李泽厚才需要用这样的做法来模糊焦点。

为了说明魏晋风度，李泽厚还把阮籍和陶渊明两个名诗人作为“最高最优秀代表”。其实，这两个人的时代背景、思想特点、诗歌风格都是极不相同的。阮籍（210—263）活动于西晋时代，陶渊明（365—427）活动于东晋南朝宋代之间，时间相隔百余年，王朝变更好几代。按照李泽厚社会生活决定精神文化的观点，生活与精神随时变化，他们怎么能成为同一魏晋风度的代表。再者，从思想特点说，阮籍的“纯老庄”①，与陶渊明的佛、道、儒兼收并蓄并不相同。从诗歌内容来看，阮诗颇多“感慨之词”（钟嵘《诗品》和“忧生之嗟”；李善：《文选》注），“忧思独伤心”（《咏怀诗》）是其主调；陶诗安贫乐道，崇尚自然，“开荒南野际，守拙归园田”（《归园田居》），诗情与自然相惬，理想与现实一致是其特点。以诗歌风格论，“阮旨遥深”与陶的平淡自然也不同调。无论从哪一方面说，阮籍、陶渊明都不是同一路数。李泽厚隔代相引，把他们硬拉在一起，说成是魏晋风度的代表，实在是没有根据。他之所以要这样做，原想用阮籍、陶潜的诗名来壮大他的理论声威，但事实适得其反，阮、陶作品之相异大于它们之相同，恰恰证明了魏晋时代产生的文学作品各具特点。这些特点是由不同作家各自生活经历、文化修养、地理环境、道德情操等复杂因素相互影响而形成的个性所决定的，并不是由社会生活的单一因素所决定的。

李泽厚惯于东扯西拉，把时代不同、风格迥异的作家说成是魏晋风度的代表；又任意武断、专横跋扈，把产生于魏晋时代且具有代表性的作家开除出魏晋风度代表的行列。请看《美的历程》第五章的结束语：

> 陶潜和阮籍在魏晋时代分别创造了两种迥然不同的艺术境界，一超然事外，平淡冲和，一忧愤无端，慷慨任气。它们以深刻的形态表现了魏晋风度。应该说，不是建安七子，不是何晏、王弼，不是刘琨、郭璞，不是二王、颜、谢，而是他们两个人，才真正是魏晋风度的最高优秀代表。②

① 刘永济：《十四朝文学要略》，卷二之九《魏晋之际论著文之盛况》，第147页。

② 李泽厚：《美的历程》，中国社会科学出版社1989年版，第101页。

李泽厚在这里谈及魏晋风度的代表，反映了他所谓的标准魏晋风度，只是阮籍所持的佯狂避祸的人生态度和抒发在诗歌里的忧生之嗟，无论从表面形态或深刻内涵来看，陶潜与此毫不相干，我在上面已详论至此，这里不再赘述。至于李泽厚在这里对他们说“不”的一些人，倒是对包括中国文艺在内的中国文化作出了无可估量的贡献，形同“不废江河万古流”的人物。如何晏之于经学，王弼之于玄学，二王(羲之、献之)之于书法艺术，就是如此。李泽厚提到几个不足以代表魏晋风度的文人诗人，简单介绍如下：

(1)“建安七子”指的是汉献帝建安年间(196—220)以曹操、曹丕、曹植父子为中心而聚集起来的文学七子(孔融、陈琳、王粲、徐幹、阮瑀、应玚、刘桢)。他们为“众作之有滋味者也”(钟嵘：《诗品序》)的五言诗的繁荣和发展起到关键性的作用。沈约说：“至于建安，曹氏基命，二祖、陈王，咸蓄盛藻，甫乃以情纬文，以文被质。”①刘勰对建安三曹、七子等有详细的评论，在《文心雕龙·时序》篇里是着墨最多的。其文曰：

> 自献帝播迁，文学蓬转，建安之末，区宇方辑。魏武以相王之尊，雅爱诗章；文帝以副君之重，妙善辞赋；陈思以公子之家，下笔琳琅；并体貌英逸，故俊才云蒸。仲宣(王粲)委质于汉南，孔璋(陈琳)归命于河北，伟长(徐幹)从宦于青土，公幹(刘桢)徇质于海隅，德琏(应玚)综其斐然之思，元瑜(阮瑀)展其翩翩之乐，文蔚(路粹)、休伯(繁钦)之俦，于叔(于当作子，邯郸淳字子叔)、德祖(杨修)之侣，傲雅觞豆之前，雍容衽席之上，洒笔以成酣歌，和墨以藉谈笑，观其时文，雅好慷慨，良由世积乱离，风衰俗怨，并志深而笔长，故梗概而多气也。

钟嵘《诗品序》论及建安文学时写道：“降及建安，曹公父子，笃好斯文；平原兄弟，郁为文栋；刘桢、王粲，为其羽翼。次有攀龙托凤，自致于属车者，盖将百计，彬彬之盛大备于时矣!”在这些著名的作家、评论家的评论和后来文学史中，建安文学一直是魏晋文学里精彩的一章。曹氏父子、建安七子堪称魏晋文学的杰出代表。

(2)刘琨、郭璞，他们与左思一起被明代著名作家王世贞合称为“晋诗三杰”。刘琨、郭璞的主要功绩，是在“理过其辞、淡乎寡味”的玄言诗盛行时，脱落玄风而自抒怀抱。所以刘勰称“刘琨雅壮而多风”(《文心雕龙·才

① 沈约：《宋书·谢灵运传论》，二十四史《宋书》卷六十七。

略》)；钟嵘评他"善为凄戾之词，自有清拔之气"(《诗品》中)。至于郭璞，刘勰说："景纯艳逸，足冠中兴。"(《文心雕龙·才略》)钟嵘评他的《游仙诗》云："游仙之作，词多慷慨，乖远玄宗。……乃是坎傺咏怀，非列仙之趣也。"(《诗品》中)

(3)颜、谢，指的是颜延之、谢灵运。他们活动于晋、宋之间，其主要贡献是开创山水诗的新风。刘勰《文心雕龙·明诗》说："宋初文咏，体有因革，庄老告退，而山水方滋。"这里说的是宋代初期从借山水以寓玄理到借山水以抒情怀的诗风的转变。而实现这种转变的则是谢灵运以及颜延之。沈约在《宋书·谢灵运传论》中说："爰逮宋氏，颜、谢腾声，灵运之兴会标举，延年之体裁明密，并方轨前秀，垂范后昆。"沈约并称颜、谢，钟嵘在《诗品序》里则首推谢灵运。他说："……谢客为元嘉之雄，颜延年为辅；斯皆五言之冠冕，文词之命世也。"

上面提到一些思想家、文学家、艺术家，是魏晋时代思想文化领域里的精英或领袖，为什么偏偏被李泽厚逐个地点名打入"魏晋风度的最高最优秀代表"的另册？这应该与他所秉持的"意识形态和精神文化最终(而不是直接)决定于经济生活的前进"这个原则有关。按照这个原则，一个时代的经济基础只有一个，而最足以代表一个时代精神面貌的艺术趣味和审美思想也只有一种。从《美的历程》一书看来，李泽厚对魏晋时期社会生活和思想文化并无了解。他之所以写入"魏晋风度"这一章，应该是从鲁迅的《魏晋风度及文章与药及酒之关系》一文中受到的启发。篇章的题目是从那里来的，把佯狂避祸、耽溺酒药的阮籍作为最高最优秀的代表，并把中古时期最伟大的诗人陶潜拉来作为旗帜都是从那里来的。历史事实证明，在魏晋时代社会经济基础上，产生了多姿多彩的文艺和思想，阮籍的诗歌和风度只不过是其中的一部分，甚至不是主要的部分。统一的"魏晋风度"是不存在的。文化意识形态并不是单纯地由经济生活所决定的。李泽厚的经济决定论并不能用来解释品类繁多形式不同的思想文化现象及其成因，相反的，它必然会造成对思想文化的简单化、公式化的错误分析和解读，甚至对其他不能用经济决定论来解释的思想文化现象和作品采取排他性的否定态度。李泽厚对"魏晋风度"的解释是如此，对"盛唐之音"的描述更是如此。

盛唐之音的特点是什么？李泽厚首先描绘了唐代的经济状况："唐代历史揭开了中国古代最为灿烂夺目的篇章。结束了数百年的分裂和内战，在从中原到塞北普遍施行均田制的基础上，李唐帝国在政治、财政、军事上都非常强盛。并且，随着经济的发展，南北朝那种农奴式的人身依附逐渐松弛，经由中唐走向消失，与此相应，出现了一系列新的情况和因素。”[1]接着，李泽厚根据他的经济生活决定精神文化的原则，描述出盛唐之音：“盛唐艺术在这里奏出了最强音。痛快淋漓，天才极致，似乎没有任何拘束，似乎毫无规范可循，一切都是冲口而出，随意创造，却都是这样的美妙奇异、层出不穷和不可思议。这是不可预计的情感抒发，不可模仿的节奏音调……”[2]最后，他按照他描述的盛唐之音的特点，推出了这个时代的代表：“盛唐之音在诗歌上的顶峰当然应推李白，无论从内容或形式，都如此。”[3]

推李白为盛唐之音的代表，我相信是没有人会反对的。问题在于把李白当作唯一的代表还是代表之一。盛唐是中国诗歌发展的黄金时代。在这个时代里，既出现王、杨、卢、骆的抒情诗，陈子昂的感遇诗，孟浩然、王维的山水田园诗，也产生了高适、岑参的边塞诗，王昌龄的宫怨、闺怨诗，李颀的音乐诗，等等。不同个性的作家们的吟唱，“暨音声之迭代，若五色之相宣”，管急弦繁地奏出了盛唐的交响乐。它鲜明地体现了文学个性化的原则，也雄辩地证明了盛唐之音并不是由单一的经济因素所决定的。就盛唐时期若双峰并峙、二水分流的两个最伟大的诗人李白和杜甫来说，他们的个性是截然不同的。一称诗仙，一称诗圣；一个是兴会标举、摆脱拘束，一个是沉郁顿挫、深刻悲壮；一个是清水出芙蓉，天然去雕饰，一个是属对律切，脱离凡近；个性不同、诗风迥异并不妨碍他们各呈其美。连李泽厚也不得不承认：“李白与杜甫都称盛唐，但两种美完全不同。”[4]那么，怎么来解释这两种美与同一时期社会生活的联系？又怎样来解释同一时期的经济基础决定了两种不同的美的产生呢？尽管李泽厚辩才无碍，他也只能无奈地作出一个结论：“以杜甫为‘诗圣’的另一种盛唐，其实那已不是盛唐之音了。”[5]这是怎样的武断！把杜甫的歌吟排除盛唐之音，对于李泽厚维护经济生活决定精神文化的原则是方便多了，但那只能是对历史事实的否定，对盛唐诗歌的贬抑。盛唐之音如果排除杜甫，即使有李白的绝唱，那也只是“譬偏弦之独张，含清唱而靡应”，成了残缺不全的残唐之音了。我们难道需要为了一个

---

① 李泽厚：《美的历程》，中国社会科学出版社 1989 年版，第 121 页。

② 李泽厚：《美的历程》，中国社会科学出版社 1989 年版，第 127 页。

③ 李泽厚：《美的历程》，中国社会科学出版社 1989 年版，第 127 页。

④ 李泽厚：《美的历程》，中国社会科学出版社 1989 年版，第 131 页。

⑤ 李泽厚：《美的历程》，中国社会科学出版社 1989 年版，第 127 页。

抽象的原则而付出这样的代价吗？“尔曹身与名俱灭，不废江河万古流。”[①]我只能用杜甫的诗来回应李泽厚的信口雌黄。

李泽厚往往选择一个著名的作家和他的作品，把他解释成一个时代审美理想的代表；或者反过来，根据他有选择地描述的社会生活，制造出一种审美理想，强加于著名的作家作品身上。关于前一种做法和它的不合理性，我在前面已详细论述了。下面将通过对《春江花月夜》的解读，来审视他是怎样运用第二种手法的。

《春江花月夜》是初唐时期张若虚创作的名诗。自它产生至今的一千三百余年间，一向为人们所传诵。近代闻一多把它称之为“诗中之诗”，“顶峰上的顶峰”。李泽厚接受这种说法略加限制，称“张若虚《春江花月夜》是初唐的顶峰”。[②]闻一多、李泽厚同样把这首诗置于“顶峰”的层级，他们的动机和目的并不相同，闻一多是因为它表现了“强烈的宇宙意识”[③]；李泽厚则是因为它证实了经济生活决定精神文化。关于闻一多的说法，将另文评论。关于李泽厚的解释，也将下文分解。这里先把这首二百五十二字的长诗分段来细读长吟：

> 春江潮水连海平，海上明月共潮生。滟滟随波千万里，何处春江无月明！江流宛转绕芳甸，月照花林皆似霰；空里流霜不觉飞，汀上白沙看不见。江天一色无纤尘，皎皎空中孤月轮。

从春江水满，潮连海平，到月照花林，晶莹一色，在作者笔下，春江花月夜，宁静而美丽。然而映照出这一片良宵美景的却是一轮孤月。一个“孤”字，立即给春江花林、滟滟潮水、白沙汀上，抹上一层朦胧而忧郁的情感色彩。

> 江畔何人初见月？江月何年初照人？人生代代无穷已，江月年年望相似；不知江月待何人？但见长江送流水。白云一片去悠悠，青枫浦上不胜愁。

① 杜甫：《戏为六绝句》，《四部丛刊》影宋本《分门集注杜工部诗》卷十六。

② 李泽厚：《美的历程》，中国社会科学出版社 1989 年版，第 124 页。

③ 闻一多：《唐诗杂论·宫体诗的自赎》。

“江畔何人初见月?”“江月何年初照人?”“不知江月待何人?”这一连串的问题看似没有答案，却隐含着一个毫无疑问的事实：月光下，江水畔，似逝水长流的时间里，总有长歌当哭的离人在。面对白云一片去悠悠，自有说不尽的许多愁!

谁家今夜扁舟子?何处相思明月楼?可怜楼上月徘徊，应照离人妆镜台。玉户帘中卷不去，捣衣砧上拂还来。此时相望不相闻，愿逐月华流照君。鸿雁长飞光不度，鱼龙潜跃水成文。

这一段通过与月光有关的诗，与离别有关的典故来抒发最难是别离的相思。曹植有《七哀》诗：“明月照高楼，流光正徘徊，上有愁思妇，悲欢有余哀。”对着同样的月光，张若虚则写下：“可怜楼上月徘徊，应照离人妆镜台。玉户帘中卷不去，捣衣砧上拂还来。”月光的无远弗届、无处不在，像是卷不去、拂还来的离愁万种徘徊心头。引发出“愿逐月华流照君”的强烈向往。下面则化用鱼雁传书的典故来表达望月怀人的心情：仰望长空，俯视江流，鱼沉雁杳，欲寄音书知何处；关山远隔、江河渺邈，只有相思无相闻。

昨夜闲潭梦落花，可怜春半不还家。江水流春去欲尽，江潭落月复西斜。斜月沉沉藏海雾，碣石潇湘无限路。不知乘月几人归，落月摇情满江树。

这是《春江花月夜》全诗的结束。而现实的春江花月夜已是春光尽、江潮平、林花落、月西斜、夜深沉。面对“碣石潇湘无限路”，“不知乘月几人归”。然而她的等待，她的相思，她的寂寞，她的离愁，并不随落花流水春去尽，倒像是落月残照，徜徉在江畔树梢。

细味全诗，我们只能作出一个结论：是离愁，凝成《春江花月夜》。然而，李泽厚不顾诗歌表现的感情和生发的情味，硬给《春江花月夜》加上一种奇怪的审美感受。他说：“它的美学风格和给人的审美感受，尽管口说感伤却‘少年不识愁滋味’，依然是一语百媚，轻快甜蜜的。永恒的江山、无限的风月给这些诗人们的，是一种少年式的人生哲理和夹着感伤、怅惘的激励和欢愉。”“这里似乎有某种奇异的哲理，某种人生的感伤，然而它仍然是那样快慰轻扬、光昌流利……闻一多形容为‘神秘’、‘迷惘’、‘宇宙意识’等等，其实就是说这种审美心理和艺术意境。”①

离开作品实际，李泽厚说《春江花月夜》宣传了“人生哲理”，这种“人生哲理”是什么？它不是以道德理性来处理人与人的关系的仁学，也不是研究心性义理的理学，它不是古代西方探讨人与自然关系的自然哲学，而是一种以生产方式为基础来推衍政治、经济制度及其意识形态的社会学。李泽厚说《春江花月夜》给人们一种奇异的“审美感受”，这种“审美感受”是从哪里来的？它不是这首名诗自然生发的，而是李泽厚根据他的社会学理论自己制造出来的。他首先指出产生《春江花月夜》的初唐时期的“经济发展”及其“在政治、财政、军事上都非常强盛”；“对外是开疆拓土军威四震，国内是相对的安定和统一”；“一方面，南北文化交流融合”；“另一方面，中外贸易交通发达”；归纳起来，“这就是文艺上所谓‘盛唐之音’的社会氛围和思想基础”。然后在这个基础上，他想象出了那个时期文艺作品的美感特征：“一种丰满的、具有青春活力的热情和想象，渗透在盛唐文艺之中，即使是享乐颓丧、忧郁、悲伤，也仍然闪烁着青春、自由和欢乐。这就是盛唐艺术，它的典型代表，就是唐诗。”②李泽厚按照经济决定文艺的“结构方程”，给《春江花月夜》贴上这种奇异的美感标签。可是，无论我们怎样按照他的指引去读这首诗，也不能从这首诗里品味到这种稀奇古怪的美感。张若虚这首名诗从开始到结束，都是借春来春去、江涨江落、花开花谢、月盈月亏、夜复转夜的自然变化、环转交错、换景移情，来抒发恼人千古的离愁别绪。离愁是这样深长，哪里来的“一语百媚，轻快甜蜜”！离愁像是双溪舴艋舟载不动地那样沉重，又何来“快慰轻扬”、“激励欢愉”！李泽厚的奇异美感，完全是他按照唐初经济发达必然出现奋发上扬的审美意识这个“结构方程”演绎出来的，是他悍然不顾这首纯是离歌的诗的内容而把这种“奇异”的美感强加于它的。

李泽厚不辞天长地远魂飞苦，把如花隔云端的文艺，硬拉到经济列车上载驰载驱，名之曰美的历程，实则是文艺被肢解、被扭曲、被强行拉差、被硬逼出嫁的苦难历程。对于这样一本充满混乱、武断，半是浅识、半是曲解的书，我们本来不必花如许笔墨去理论。但却因为它拿出一种权威思想的态势，独步艺苑文坛，造成了许多负面影响，而阻碍了中国文学实践、文学研究的发展。即以文学史研究来说，他的经济生活决定精神文化，现实生活而

① 李泽厚：《美的历程》，中国社会科学出版社1989年版，第123～124页。

② 李泽厚：《美的历程》，中国社会科学出版社1989年版，第121页。

非艺术本身决定艺术发展的观点，就加剧了从外部而不是从内部来探讨文艺发展的动因和规律的倾向，使得真正的中国文学发展规律得不到科学的总结；它树立了以反映生活而不是文艺的创造性作为评价文艺的标准，使得具有中国气派的文艺传统得不到继承和发扬；它重视文艺的认识作用而忽视它的美感作用，使得在三千年文学史中占有主流地位的中国抒情文学遭到极大的贬抑甚至否定。所有这一切负面现象，谁也不会简单地认为是李泽厚一个人造成的。然而无可讳言，李泽厚是鼓吹生活决定论、经济决定论的代表人物。他也是为了证明这种理论的放之四海而皆准，不惜对中国文化挥起两把板斧加以砍伐的神勇者。至于他使用的研究方法，不仅迷人耳目，而且形成一种负面学风，影响广泛而深远。因此，对《美的历程》的内容、方法和理论基础进行清理，是中国文艺研究者无法避免而必须面对的重大课题。

在对李泽厚的《美的历程》进行初步剖析之后，我还想进一步探讨他的经济生活决定意识形态和精神文化的理论是从哪里来的。不少人以为《美的历程》展现了经济基础决定上层建筑学说在文学艺术中的具体运用，其实未必如此。恩格斯似乎事先料到有人会利用他们的理论来对精神文化作出公式化、简单化的解释。马克思逝世之后，他曾在1890年9月给布洛赫的信里郑重地写了下面一段话：

> 根据唯物史观，历史过程中的决定性因素归根到底是现实生活的生产和再生产。无论马克思和我都没有肯定比这更多的东西。如果有人对此进行歪曲，说经济是唯一起决定作用的因素，他就是把上述命题变成一句空洞、抽象而荒谬的废话。①

李泽厚的《美的历程》，究竟是马克思主义的具体运用？还是对马克思主义的“歪曲”？抑或是师心自用而说出的“荒谬的废话”？这只能留待读者去评说了。

回顾20世纪的中国文学史研究，以“文艺是社会生活的反映”的理论对它影响最大。这种理论源自西方“一切文艺都是摹仿”的学说，持有探讨文

① 《马克思恩格斯选集》第4卷，人民文学出版社1972年版，第477页，译文转引自朱光潜《西方美学史》上册，人民文学出版社1982年版，第11页。

艺与社会外部关系为主的取向；以强调客观真实性作为文艺的标准；以对生活的具体描述作为它的形式；以文艺的认识作用作为它的社会功能。它是小说、戏剧等叙事文学的总结，对二千多年来的西方文艺起到了积极的指导和推动作用。但是，当它被用来研究以抒发内在感情为主、以情味为标准、以想象、象征作为表现情感的手段、以注重文艺美感作用为特点的中国抒情文学时，便出现了重重障碍，产生了种种矛盾。其中一个最大的问题，则是一百余年来的文学史研究把重点放在用社会经济的变化来描述中国文学的发展，以反映生活的多少衡量抒情文学作品的价值；以文学的认识作用来贬低文学的美感作用；而忽略了对中国文学本身经验的总结，本身特点的发扬和本身思想体系的建立。

有鉴于此，我以为中国文学史研究应该根据中国文学的实际情况实现三个重点转移。(1)把文学当作文学来研究①。不是忽视文学与生活的联系，而是把重点转移到总结以抒情为主的中国文学创作的内部规律上来。(2)把中国文学当作中国的文学来研究。不是拒绝外国文学的经验，而是在与外国文学的比较中，把重点转移到发现和发扬中国文学的民族特点上来。(3)把中国文学史当作中国文学的历史来研究。不是否认政治经济对文学的外部影响，而是把重点转移到中国文学自身传承持续的历史上来；在文学的历史发展中，给文学运动、文学流派、文学思想定位，给作家作品以准确的评价和诠释。这样的文学史研究将有助于中国文学总体的描述；有助于中国文学思想体系的建立；有助于读者对作家、作品及文学现象的认识和理解；有助于当代文学的发展；有助于中国文学经验的推广和传播；也有助于世界文学对它的学习和吸取。

14世纪中叶至16世纪末，西方发生了“文艺复兴”运动。这场运动由翻译、注释、研究亚里士多德的《诗学》开始，其实质是“古典学问的重生”。由于它发扬了古希腊的人文主义精神，遂造成了那个时代哲学、科学、文学、政治、经济的全面繁荣。这个例子告诉我们，编写一部适合中国实际情况的文学史，不只是增加中华民族的志气，为中国当代文学的实践提供借鉴，给世界文学提供正确的方向和有益的经验；而且因为它“雕琢情性”、“发挥事业”(《文心雕龙·原道》)，还将产生巨大的物质力量，推动物质文明、精神文明的全面繁荣发展。这正是时代赋予中国文学史研究者的神圣使命。

---

① 袁行霈在他主编的《中国文学史》的总绪论里，已提出这样的主张，但与我提出的这个主张的内涵不同。

中国文学史

先秦文学

惟元祀十有二月乙丑，
伊尹祠于先王。
奉嗣王祗见厥祖，
侯、甸群后咸在，
百官总已以听冢宰。
伊尹乃明言烈祖之成德，
以训于王。

先秦文学

中国文学史

第一章　先秦文学概说

第一节　先秦社会与文明的发展

中华民族是一个历史悠久的民族，中国是人类发祥地之一。早在一千多万年以前，地球上生活着可能是人类祖先的拉玛古猿(其化石首次发现于印度西瓦利克山一带)，而当时生活在我国境内的禄丰拉玛古猿(其化石首次发现于云南禄丰)，较其他拉玛古猿更接近人属。现在所知的我国最早的原始人类——元谋人(其化石和遗址首次发现于云南元谋)生活的时代，距现在一百七十万年；已经具备现代人基本特征的原始人——北京人(其化石及文化遗存首次发现于北京西南郊)生活的时代，距今约五十万年；“旧人”(其头盖骨化石发现于陕西大荔县)生活的时代，距今约二十万年；已有大量文化遗存的新石器时代文化——仰韶文化(首次发现于河南渑池仰韶村)、马家窑文化(首次发现于甘肃临洮马家窑)和西安半坡文化(首次发现于陕西西安)，都有六七千年的历史。

大约在五千年前，黄河、长江流域的原始氏族部落，先后进入了父系氏族公社时期。这时，原始人已学会制造各种简单的劳动工具，初步具有了相互之间表达思想感情的语言。他们过着群居生活，进行着集体的劳动。当时的中原地区，氏族部落林立，“黄帝时有万诸侯”(《史记·封禅书》)。而“万诸侯”主要的有：炎帝、黄帝。“昔少典娶于有蟜氏，生黄帝、炎帝”(《国语·晋语四》)，以及蚩尤、太昊、少昊、商族。蚩尤为中原北部(今山东西南)的黎族最早的氏族长。太昊，风姓，其遗墟在陈(今河南淮阳)。“陈，太昊之虚也。”(《左传·昭公十七年》)少昊的居住地传说在曲阜。“命以伯禽，而封于少昊之虚。”(《左传·定公四年》)商族，始祖是契，称玄王，其地最早在燕。此外，还有分布于长江中游南北地区的苗蛮、居于东南沿海及岭南地区的百越族……

原始社会的这些族属集团，虽然文化发展水平参差不齐，居住地域也相隔万里，但它们都是中华民族璀璨文明不可或缺的组成部分，在漫漫历史长河中，为推动我国社会发展作出了不可磨灭的贡献。

历史的发展不以个人的意志为转移，氏族社会发展到晚期，各种矛盾和制度缺点暴露出来，生产关系严重束缚了生产力的发展，因此，不可避免地出现新的社会制度和社会意识的萌芽。夏代就是这样一个处于原始社会向奴隶社会转变时期的朝代，是我国古代史上的重要转折点。《礼记·礼运篇》说：禹以前为“大同”之世，禹以后为“小康”之世。正是从夏朝开始，中国古代社会变公有制为私有制，变军事民主选举制而为君主世袭制。

尽管根据各种文献记载，可以确定夏代在我国历史发展中的重要地位，但对于夏史的探索，依然是现今史学界一个亟待解决的难题。从20世纪20年代起，以田野发掘为主的我国考古学产生以后，寻找商朝以前的远古遗址的努力就一直没有中断过。

中华人民共和国成立以后，考古工作者围绕文献中的夏代中心区域进行了一系列的调查发掘，在河南登封县玉村、郑州、偃师等地发现了数十处遗址，并重点发掘了偃师二里头、登封告成王城岗、夏县东下冯等遗址。虽然取得了许多可喜的成绩，但仅仅依靠目前的考古成果，学术界尚无法对夏文化的绝对年代、文化性质及其所处的社会发展阶段取得一致的看法。相信随着新资料的不断发现和讨论的进一步深入，这些历史的谜团终将有大白于天下之时。

夏代末年，夏桀无道，其内部“武伤百姓，百姓弗堪”(《史记·夏本纪》)，于是商朝兴起。商族是兴起于黄河中下游的一个部落，早期经常迁徙。大约在公元前16世纪，商族逐渐进入今河北北部，其领导人汤趁着夏族没落的机会，剪灭夏族的许多部落，扩大了自己的地盘，最终取代夏成为中原诸邦国之长。

由“三皇五帝”至夏“家天下”，进而的商汤灭夏之前，中国历史开始了有文字可考的信史阶段。我国文字最早产生于什么时代，目前还不能断定。现在能见到的大家公认的最早文字是殷墟出土的甲骨文。商代贵族十分迷信，认为人世间的一切都由神主宰。于是，他们遇事必以占卜的方法来征询神的意旨，并将占问的事情和结果，以及其后事情的发展情况，用文字刻写、记录在龟甲或兽骨上，后世将这种文字称为甲骨文，也叫卜辞。甲骨文记载下来的历史文献，使后世对于商代社会经济和文化的发展有比较详细的了解。商王朝传十七代，三十一王，六七百年，大致相当于公元前18世纪至公元前11世纪。商代的农业生产已经达到较高的发展水平。在商代，耒耜是普遍使用的基本农具，并可能出现了牛耕，但普遍的耕作方式是三人协力，三耒共耕。商王和各级贵族都很重视农业，有关祈求"受年"、"观黍"、"求晴雨"等活动，都由商王主持。商代手工业生产的发展，比农业更为突出。其中，青铜冶炼技术和青铜器制造工艺的高度发展，集中反映了当时手工业技术水平和时代特点。在殷墟和郑州商城遗址，都发现有为王室所专用的青铜器铸造作坊，都有比较细致的分工，有擅长专精技艺的工匠。生产规模之大和技艺水平之高，是当时世界所罕见的。我国是世界上最早养蚕缫丝和织造锦帛的国家，到商代，丝织物已成为贵族们主要的衣着原料，丝织业已经很发达了。商代的都邑建筑，不仅规模宏伟，而且有较规则的布局结构。殷墟的宫殿遗址，大都建筑在夯土的台基上，有范围宽阔的版筑，边线笔直，角隅方正。以卵石为基，或以铜作柱础，竖立木桩，然后安上梁架，覆盖草顶，装上门户。这种建筑方法，确定了我国传统建筑的基本格式。

商代社会经济的发展，是建立在奴隶制度基础之上的。奴隶主将奴隶视作牲畜，不仅平时驱使奴隶从事繁重的劳作，而且在祭祀祖先和神灵时，用奴隶作为牺牲，实行人祭。奴隶主死后还要用奴隶作人殉。为了反抗奴隶主的残酷统治，奴隶们不断逃亡。商代后期，阶级矛盾和统治阶级内部的矛盾日益激化。在统治危机日益严重的形势下，商王纣为转移人民群众和一部分贵族的视线，决定对周边各部用兵。这就激化了社会、部族矛盾，于是周武王兴兵伐纣。纣王兵败自焚，商王朝灭亡。

周原先是活动于泾水、渭水流域(即今陕西中部和甘肃东部的黄土高原地区)的一个部族，那里肥沃的土地和丰饶的物产是其兴起的物质基础，后来，因为屡受戎狄的侵扰，周人爬过梁山、渡过漆水，迁徙到岐山之下，定居下来。

周族很久以前就与当时的商王朝有密切往来，武丁时期的甲骨卜辞中就曾有过"令周侯"的记载，可见，早在武丁之前，周族就接受过商朝授予的官爵。随着周族势力的发展壮大，商王朝开始不安，因而开始了讨伐周族的活动。而周族也在武王姬发即位后，开始酝酿讨伐商朝的计划。终于，在听说商纣王杀死王子比干，囚箕子，内部矛盾激烈之时，联合庸、蜀、微、彭等方国部落东伐，两军战于商郊牧野。牧野之战是一场众寡悬殊的战争，殷商的兵力占据绝对优势，但"纣师虽众，皆无战之心，心欲武王亟入。纣师皆倒兵以战，以开武王。武王驰之，纣兵皆崩畔纣"(《史记·周本纪》)已失去人心的商纣王终于输掉了战争，武王推翻了商王朝的统治，历史进入西周时期。

西周是我国奴隶制的鼎盛时期。农业是其社会经济的主要生产部门，土地制度是以井田制为主的奴隶主贵族国家所有制。井田制虽产生于西周以前，但到西周才有较大发展。周在伐商以后，加强了国家的统治力量。西周初期，在周公(武王四弟)主持下制定了“周礼”，其内容比较广泛，除了有关政刑的各种制度之外，还有吉、凶、军、宾、嘉五礼，即有关祭祀、丧葬、军旅、朝觐盟会和婚冠喜庆等各种典礼仪式。配合这种典礼仪式，还要具备与之相应的舞乐。这些礼乐制度，广泛地应用于政治和社会的各个方面，既能使人各自符合等级观念的各种规范典则，又能体现当时的时代文明，所以很为周公等人所重视。而周公在这一方面的制礼作乐工作，对后世也有深远的影响。孔子曾称赞周礼。他说：“周监于二代，郁郁乎文哉！吾从周。”(《论语·八佾》)在夏、商两代社会发展的基础上，西周的礼乐确实反映了奴隶制极盛时期的时代特点。

西周时期的统治阶级基本上继承了夏商以来奴隶主贵族的统治思想，把上帝视为至高无上的主宰者，呼之为“天”。最高统治者周王则为受天之命而王天下的“天子”。但是朝代更替的历史事实，又使他们不能不感到“天命靡常”，于是他们在不动摇“天命”的前提下，强调人事的重要性。“敬天”、“保民”、“明德”，形成了西周时期统治思想的主要内容。另一方面，随着社会生产力的逐步发展和科学文化的进步，在宗教思想还占统治地位的历史条件下，也产生了一些具有朴素唯物主义和辩证法的思想因素。例如《洪范》把水、火、木、金、土这五种物质称为“五行”。认为它们各有不同的属性和作用，人们只要善于利用其属性、发挥其作用，世界就能在正常的秩序中发展。《周易》本来是关于占卜的记录，但它从当时人们的生活实践和社会实践来解释卦爻，因而也含有一些比较科学的思想因素。《洪范》和《周易》中的一些朴素的唯物主义思想因素和辩证法观点，虽然还没有摆脱神学思想的体系，但其中科学思维的萌芽，以及对后世哲学的发展是有深远影响的。

西周中期以后，周王朝逐渐趋于衰落。井田制遭到严重破坏，耕作公田的奴隶大量逃亡，奴隶制的经济基础开始动摇。西周末期，社会矛盾进一步加剧，王室内部矛盾也扩大了，昏庸暴虐的周幽王终于被申侯和犬戎的联合军队攻入王都后杀死，西周灭亡。西周王朝从公元前 11 世纪中武王克商开始，到公元前 771 年周幽王死于骊山之下，前后共历 12 王，约 280 余年。

周幽王死后，平王即位，公元前 770 年，将王都迁到洛邑，东周开始。

从周室东迁洛邑到公元前476年(周敬王四十四年)，这一阶段的历史大体与孔子所修订的《春秋》年代(前722—前481)相当，所以历史上叫做春秋时期。春秋时期，周王朝的统治一天天衰落，诸侯势力一天天强大起来，诸侯国与西周时期的封国相同，"邦域"之外还有其势力范围，而在各诸侯国势力范围内的小国，部分沦为奴隶主贵族的采邑，部分降为附庸，慢慢地被合并沦丧。因此，周初号称千八百国，到了春秋时期仅剩148国，其中比较大的有齐、晋、楚、秦、鲁、曹、郑、宋、卫、燕、陈、蔡、吴、越14国，最大的当属齐、秦、楚、晋四国。

由于各诸侯国家的政治、经济发展的不平衡，各国之间为争夺领土和物资，战争频发，尤其是齐、楚、晋、秦等大国实力此消彼长，各领风骚数十年，形成了诸侯大国争霸的局面。仅据《春秋》记载，在242年间，列国进行的战争便有483次，朝聘盟会450次。这些军事行动和朝聘盟会实际上是大国对小国的掠夺。小国不仅要通过"聘而献物"的办法乞免大国的欺凌，还要派人为大国统治者服兵役和劳役。有时不仅要向一个大国奉献，还要同时受几个大国的宰割。尽管春秋时代的争霸和兼并战争不可避免地带来种种惨祸和灾难，但也产生了有利于历史前进的客观效果。首先，争霸战争加快了统一中国的步伐。春秋时期，出现了齐桓公、晋文公、楚庄王、吴王阖闾和越王勾践等"春秋五霸"。一些大国在争霸和兼并战争中不断开拓疆土，使春秋初年的一百多个国家缩减为几个大国。这种区域性的局部的统一，为全国的统一和中央集权制的建立奠定了基础。其次，争霸战争加速了新旧社会制度的更替。大国争霸战争，程度不同地打击和削弱了奴隶主贵族集团，有助于新兴的封建地主阶级势力的发展。此外，在争霸战争的过程中，打破了各民族间旧有的地域界限，出现了空前的民族大迁徙、大交流，从而密切了华夏族与其他各族经济文化的联系，促进了民族的大融合。

春秋末期，由于社会经济、政治和文化的进一步发展，各诸侯国的阶级关系也发生了根本变化。长期兼并战争的结果，改变了大国争霸的形势，开启了我国历史上的战国时期。

"战国"一说最初见于西汉刘向编定的《战国策》一书，该书提出，把秦统一前的"七雄"称为"战国时代"。战国时期(前475—前221)是我国封建制度确立的时期，也是我国古代历史大变革的时期。春秋末期，许多原来的诸侯国陆续开始互相兼并。公元前403年，韩、赵、魏三家瓜分了原来"五霸"之一的晋国。公元前386年，田氏世卿取代了原"五霸"之一的齐国。于是形成了秦、齐、楚、燕、韩、赵、魏七个大国称雄的局面。七国都先后在一批封建地主阶级的政治家、军事家的推动下，建立了新兴地主阶级的统治政权。在取得夺权斗争的胜利以后，为了维护地主阶级的利益，加强对农民的奴役和剥削，七国又都先后在不同程度上开展了社会改革，通过变法对旧的经济基础和上层建筑进行改造，以巩固地主阶级专政。其中较有影响的是李悝在魏国的变法、吴起在楚国的变法和商鞅在秦国的变法。通过变法和改革，封建制度得以确立。由奴隶制进入封建制是历史发展的一大进步。在新的生产关系下，大部分直接生产者从奴隶制的桎梏下解放出来，劳动兴趣和生产积极性有了提高，促使社会经济呈现出繁荣的景象。

整个春秋战国时期的五百余年间，伴随着由奴隶制向封建制过渡的社会大动荡、大变革，各派政治力量斗争十分激烈。同时，由于社会生产力的发展，以前的公社出现了内部量变，井田制度也从以前的“换主(土)易居”向“自爰其处”转变，曾经的“国”和“野”的差别逐渐消弭于无形。“国人”和“野人”逐渐在政治、经济和军事上享有相同的权利和义务，因而，原来王公贵族独占的文化再也不得专擅，学在官府变为学在四夷。新兴的地主阶级登上政治舞台，“士”阶层成为活跃的社会力量。他们希望得到统治者的任用。当时，由于仍处于诸侯割据，统治者还不可能推行封建的文化专制主义。所谓“诸侯并争，厚招游学”(《史记·秦始皇本纪》)，各国国君和大贵族，竞相招揽知识分子为自己服务，礼贤下士、延揽人才成为社会风尚。此时私人可以讲学，处士可以横议。如果说春秋时游学之士还曾不免于饥寒、处士横议还受到一定限制的话，到战国时代自由议论风气大开。当时的士，可以各持一说，在诸侯之间奔走游说，合则留，不合则去。这样，代表不同阶级、阶层和政治集团利益的思想家、政治家大批涌现出来，社会政治斗争导致了思想文化领域“百家争鸣”局面的出现。

历史进入战国末期，曾经的七雄相互兼并，并逐步转化为封建统一的战争。公元前221年，终于由封建改革成效最为卓著的秦国消灭了六国，建立起中央集权的封建国家，从此历史发展又进入一个新的时期。

第二节　先秦文学——中国文学的源头

先秦文学就是在中国社会早期发展的背景下产生的。所谓先秦文学，是指上古至统一的封建王朝——秦王朝建立之前的文学。它包括原始社会的文学，奴隶社会的文学，以及早期封建社会的文学。先秦时代，是我国文学产生和发展并出现初步繁荣的时期。但在这个时期，还没有形成相对独立的文学观念，没有区别文学与非文学的意识，甚至也没有出现专门从事文学创作的人。概而言之，在先秦时期，文学在许多时候，还是与一些其他的非文学的东西混杂在一起，以一种“混合体”的面貌出现的，因此我们在研究的时候就有必要拓宽范围，从一些哲学论著、历史学论著中来寻找“文学作品”，并且用文学的意义和价值标准来评价和衡量它们。

研究者大多认为，差不多在人类语言出现的同时，文学的种子就悄悄地萌芽了。在人类早期的生产生活中，文学这种艺术并不是单独出现的，它同舞蹈、音乐甚至绘画等多种艺术形态结合在一起。因此，最早的文学，大抵就是一些与音乐、舞蹈结合在一起的民间歌谣。更准确地说，应该是那些歌谣中，语言比其他歌谣更丰富、内容更具有想象力的一部分。

歌谣是人民在日常的生产生活中创造出来的，因此，从盘古开天地到秦始皇统一六国，民间流传的歌谣数量可以说是汗牛充栋。然而，由于劳动人民都是即兴创作，远古时文字尚未产生，而即使在文字产生之后，劳动人民也大多没有掌握运用文字的能力，所以绝大部分歌谣都只能是口耳相传，久而久之就湮没在历史长河中了。在一些古书中，曾记载了部分据称是黄帝、尧、舜时期的歌谣，但经过专家考证后，被认为是后人伪托。流传至今的具有较高可信度的歌谣，应该以《诗经》中作品最早，但《诗经》中的大部分作品在艺术上比较成熟，当不再具有远古歌谣之面貌。

另外一种具有早期文学雏形的是神话。当然，严格意义上来说，神话不能直接等同于文学，它只是原始人类意识形态的综合表达，是他们对一些超出自身知识和经验范围的外部世界的认识和解释，或者是他们自身愿望的表达。神话之所以会被认为是早期文学的一类，主要原因如下：其一，神话思维不自觉地运用了幻想，与文学的形象思维具有共通之处，表现了人类非自觉的艺术创造力。其二，“远古神话”发展到一定阶段以后，会逐渐摆脱最初的“解释自然现象”的功用，而更多的附加人类社会中的生活情感和矛盾冲突，向“神话文学”靠近。其三，神话故事和神话材料常常被后世文学家所利用，在其基础上创造出新的更具艺术特色和艺术高度的作品，这也是研究者把神话归类为早期文学范畴的一个重要原因。

在先秦文学中，文献典籍构成重要的一支。在文化由官方掌握的时代，文献典籍记载的主要为两类，一类为巫术文化，一类为历史文化。

随着社会生产力的发展，从事单纯体力劳动与从事科学文化事业的人们之间，社会分工日益显著。因而商代的科学文化有了较大的发展。商代已有比较丰富的文献典籍。由占卜积累的大量的甲骨卜辞，是当时文献记录的一部分。由于当时占卜的范围相当广泛，卜辞记事的内容便也相应包括许多方面，如狩猎生活、农业生产、祭祀、战争、天候等。其文字长短不一，短的只有几个字，长的则有百余字。这些卜辞是片断的记录文字，既不成篇，也不成章，但它已具有一定的叙事性和表达水平，可视为我国最早的见诸记载的散文。商代尚有铭辞，亦即铸在青铜器上的文字，因此又称“金文”。商代早期的铭辞大都非常简短，往往只是几个字，仅记作器者之名或族名，或记为某人作器。以后逐渐发展，如《小臣艅尊铭》：“丁巳，王省夒且，王锡小臣艅夒贝。唯王来征夷方，唯王祀又五，肜日。”（丁巳这天，王来省察夒祖庙，拿祭祖夒的贝赐给小臣艅。时在王来征伐东夷，即王十五年，祭之次日。）内容已含有颂扬王的赏赐并记载征伐之意。到商代末年，有的铭辞达到四十五个字。

西周的文化在前代基础上有较大发展。西周流传下来的甲骨文与青铜铭文与商代基本相同，但西周时期出土的器物较多，铭辞的篇幅也较长，所以成为金文的主要部分。其中毛公鼎所载铭辞近五百字，记述了有关政治、经济、社会各方面的史实，有较高的史料价值。西周文学上突出的成就，是《尚书》、《诗经》的出现。《尚书》是关于商周以及其后的春秋时期的一些政治文献的汇编，也有追述传说时期的篇章。《尚书》中的《周书》部分，代表了西周散文的发展水平。我国第一部诗歌总集《诗经》虽然成书于春秋中叶，但其中《周颂》、《大雅》，以及《小雅》和《国风》中的部分篇章，是西周时代的作品。这些诗篇内容十分丰富。有的是王室用于庙堂的颂歌，有的是贵族们的欢乐和怨尤之声，而《国风》中的大部分篇章是下层人民思想感情的真实流露。它以进步的思想内容比较广泛深刻地揭示了当时社会的基本面貌。奴隶主阶级的荒淫腐朽、他们对下层人民的残酷剥削和压迫、广大奴隶对统治者的怨恨不满以及对自由乐土的向往之情等，都在诗中得到反映。《诗经》在艺术上也取得了很高的成就。它那浓郁的生活气息、朴素自然的艺术风格、赋比兴的表现手法、生动优美的语言等，为后世文学创作提供了宝贵的营养。《诗经》奠定了我国现实主义文学创作的优良传统，在文学史上占有极重要的地位。此外，《周易》保存了当时民间丰富的谣谚，也有相当一部分内容反映了周人的生活和思想。在《周易》的卦、爻辞中，有的已经有一定的中心、层次，有的运用了记叙、议论、比喻、起兴等手法表情达义。但多数卦、爻辞还比较松散，且插入了表示吉凶的贞兆辞之类，尚未能组成有机结构的篇章，因此文学价值有限。

在战国后的若干年以至战国中期，学派有了显著的发展，战国时期的各个学派，人们总称之为诸子百家。其中主要有儒家、墨家、道家、法家、阴阳家、名家、农家、纵横家、兵家、杂家等学派。各派各家都著书立说，就政治问题和社会上各种问题发表自己的见解。在“百家争鸣”的过程中，文化学术事业呈现出空前繁盛的景象。其中先秦诸子说理散文和历史散文的发展在文学史上极为引人注目，取得了很高的成就。

先秦诸子的著作从春秋末期就开始产生，至战国时期尤为繁盛，其中主要有《老子》、《论语》、《墨子》、《庄子》、《孟子》、《荀子》、《韩非子》等。各家各派的说理文章，观点不同，尚质尚文各异，但又具有某些共同的时代特征。例如，这些文章大都富于浓厚的政治色彩；或明确提出自己的政治主张，或在表面上的学术之争中隐含着较深刻的政治内容。像孟子与告子关于"性善"与否的争辩、荀子关于"性恶"的主张，都不是单纯的哲学命题。孟子是将"性善"看作施行仁政的理论基础，荀子则是把"性恶"作为"隆礼"的政治依据，归根结底都与现实政治相关联。公孙龙的"白马非马"之说，目的也非停留于学术讨论，而是"欲推此辩，以正名实，而化天下焉"(《公孙龙子·迹府篇》)。再如，诸子说理文还共同具有无拘无束、放言无惮的特色。由于社会处于大变革时期，奴隶主统治礼崩乐坏，王纲解纽，地主阶级的文化专制尚未建立起来，学术尚未一尊，各个学派的言论著述较少约束，在很大程度上能够畅所欲言。因此，无论是儒家、墨家或是道家、法家等，吐辞立论都少所顾忌；至于纵横家更是纵横捭阖，挥洒自如。诸子散文艺术上的共同特征，则是"深于比兴"，"深于取象"。《孟子》、《墨子》、《庄子》、《荀子》、《韩非子》等著作都有这样的特点，即善于取譬设喻，运用大量寓言故事说理。这主要是由于当时的王公大人大多文化水平不高，为了使他们更容易接受自己的见解，就需要深入浅出，形象生动地加以论述。同时，诸子知识渊博，文化修养较高，也使他们能够在言谈、行文之间，拈取乃至创造各种寓言故事、运用各种譬喻来增强文章的吸引力和说服力。当然，诸子散文在艺术上同时又都具有自己的个性。《老子》是《尚书》以后最早向说理方向发展的散文；《论语》、《墨子》是语录体散文，前者篇章简短，语言明朗，富于哲理性，后者质朴醇厚，讲究逻辑；《孟子》多用论辩式的对答，论辩围绕一定的中心展开，气势充沛，感情强烈，有雄辩家之风；《庄子》基本上已发展为一种专题性论文，汪洋恣肆，仪态万方，在诸子散文中最富于文采；到《荀子》、《韩非子》，在论证的逻辑性和文章结构方面进一步发展，标志着先秦说理散文发展到一个新水平。

春秋战国时期，为了总结历史经验，以适应当时社会政治斗争的需要，史学家们也纷纷撰写历史著作，历史散文因此而大大发展起来。中华民族有重视历史的传统，商周之时，可能已有史官，商周的钟鼎彝器铭文是较早的史家记史文字，这一传统发展到春秋战国时期，与政治斗争的要求相结合，为历史散文的发展提供了土壤。当时，诸侯各国都有记史文字，墨子曾说见到过"百国春秋"。在得以流传下来的历史散文中，《春秋》、《左传》、《国语》、《战国策》等对后世史传文学的发展产生过重要影响。从《春秋》到《左传》、《战国策》，历史散文由纲目式的大事记发展到生动具体的历史叙述，由单纯历史事件的记录发展到注意人物形象的描绘，叙事水平空前提高，文学性不断增强。诸子散文和历史散文所取得的成就是我国散文发展史上的第一座高峰。

战国时期文学的一个显著变化，就是诗歌出现了衰颓，而散文得到飞跃式发展，如上所述的一些记载历史事实、哲学思想和政论的散文，代替了诗歌的地位。《诗经》收集的作品，大约到春秋中叶为止，此后数百年，北方地区的歌谣长期未见有人收录和整理。倒是在相隔三百余年后的战国末期，在南方的土地上，出现了以屈原的作品为主体的楚辞。

战国末期的诗坛上由于屈原的出现而大放异彩。以屈原的作品为代表的楚辞，有着鲜明的地方特色，代表着先秦时代南方文化的发展水平。屈原生当楚国由盛转衰之时，他怀着一颗忧国忧民之心，写下了《离骚》等优秀的诗篇。他的创作将我国诗歌创作提高到一个新阶段。楚辞不像《诗经》那样是汇集了各阶层人物的集体创作成果，而是基本上出自一位作家的创造。它透过作品传达出的作者极强的个性，大大增强了诗歌的艺术表现力。《诗经》中作品的篇章大多比较短小，内容也较单纯，而楚辞以参差不齐、长短不拘的骚体诗，实现了诗体的大解放。屈原的楚辞创作发展了古代神话传说中的浪漫主义，成为我国诗歌发展史上积极浪漫主义的源头，它在艺术上的杰出贡献也为后来诗歌的新发展打下了基础。

概言之，先秦文学是我国古代文学发生、发展的最初阶段的文学，它掀开了我国文学发展史的第一页。它所取得的辉煌成就，是世界上罕有的古代文明的杰出代表，是中华民族以及全体进步人类的骄傲。就文学本身而言，神话对后世小说的影响；诸子百家对后世散文的影响；《诗经》、楚辞对后世诗歌的影响，都是直接的。而以《诗经》为代表的现实主义创作精神，以神话、《庄子》、楚辞为代表的浪漫主义创作精神，都对中国文学优良传统的形成起到决定性的作用。所以，学习先秦文学，可以了解我国文学开端和最初发展的历史；可以认识我国文学的民族形式和民族风格的形成与发展。这对于我们继承和发扬文学的民族传统，繁荣和发展具有民族特色和新时代精神的社会主义新文艺，有着重要的意义。

第二章　上古文学

第一节　文学的起源与原始歌谣

马克思曾经说过：一个成人不能再变成儿童，但儿童的天真却可以使人愉快。如果将我们今天的人类社会和今天的文学艺术比作一个成年人的话，那么我们也可以说，人类历史有其童年时代，文学发展史也有其童年时代。回顾一下文学发展史的“童年时代”，是令人愉快的。因为这种回顾有助于人们“在一个更高的阶梯上把自己的真实再现出来”（《政治经济学批判·导言》）。

关于文学艺术的起源，曾经有过种种不同的认识，影响较大的主要有康德的游戏说、亚里士多德的摹仿说、雷纳克的魔法说、黑格尔的心灵表现说，等等。这些说法都不能从社会实践的观点出发对文学艺术的起源问题做出科学的解释。俄国早期的马克思主义者普列汉诺夫吸取18世纪末、19世纪初一些唯物主义思想家的研究成果，依据马克思主义关于存在决定思维、存在与思维统一的原理，列举了大量原始民族的艺术材料，比较深刻地科学阐明了文学艺术的起源问题。普列汉诺夫批评了文艺起源问题上的唯心主义观点，指出文艺起源于社会实践，文艺的产生与发展是由社会生产力与生产关系所决定的。

文学是语言的艺术，它的出现要在一定的条件下才成为可能，即作为创作主体的人必须具有形象思维的能力和生动形象的语言表达能力，而这种能力是人类祖先在长期的劳动中逐渐获得的。恩格斯指出，“首先是劳动，然后是语言和劳动一起，成了两个最主要的推动力，在它们的影响下，猿的脑髓就逐渐地变成人的脑髓……在脑髓进一步发展的同时，它的最密切的工具，即感觉器官，也进一步发展起来了”(《劳动在从猿到人转变过程中的作用》)。劳动创造了人自身，也创造了文学艺术赖以产生的物质基础。

在一定的物质基础上，原始人产生了从事文艺创作活动的欲望。这在早期主要是出于功利目的的追求和生产劳动的需要。在原始人最初的文艺活动中，劳动同音乐、诗歌和舞蹈是紧密联系在一起的，而其中最基本的部分是劳动，其余的部分只具有从属的意义。诗、乐、舞或是直接产生于劳动生产的过程中，成为原始人组织劳动、协调动作、鼓舞情绪的一种手段；或是模仿和再现劳动生活的情景、巩固生产劳动经验，娱乐和教育本部落成员；或是以幻想的形式表现渴望征服自然获得丰收的愿望。正如普列汉诺夫所说：“劳动先于艺术，总之，人最初是从功利观点来观察事物和现象，只是后来才站到审美的观点上来看待它们。”(《艺术与社会生活》)

原始文学的内容也无不打着原始人生产劳动、社会生活的鲜明印记，所涉及的往往是渔猎、耕作或抗旱治水之事。从我国古代谣谚及神话传说中便可以清楚地看到这一点。

最初的文学创作既然出于原始人功利的动机、劳动的需要，显然正处于不自觉状态。随着人们生活经验的日趋丰富，人们的审美能力得以产生、提高，对文学作用的认识也逐步加深，文学从不自觉趋向自觉。而这种认识能力与审美能力同样来自社会生活以及长时期文学活动的孕育和培养。

由此可见，文学产生的条件、文学创作的动机、文学作品的内容以及文学自觉的萌芽，无不植根于人类的社会生活实践。文学艺术起源于劳动。

在原始社会里最早产生的文学样式是诗歌。而诗歌的产生，大体上又经历了这样的一些阶段：先有韵律，即在原始人类的集体生产劳动过程中，首先发出有高低、有间歇、有一定规律的节奏性的呼号。如《淮南子·道应训》所引述的那样：“今夫举大木者，前呼‘邪许’，后亦应之，此举重劝力之歌也。”(本于《吕氏春秋·淫辞篇》)“邪许”(音“耶呼”)便是韵律，是劳动(此处指抬木头)时的一唱一和。抬木头如此，后世的舂碓、拉纤、打夯、扛包等生产活动也都有个人、集体或彼此唱和的歌声，声调和谐而有节奏。如《礼记》中的《曲礼》、《檀弓》都记载过：“邻有丧，舂不相。”“相”是送杵声，也可能是“嘿哟”之声。这里是说，邻家有丧事，舂米时不像往常那样唱和了。这些，都可以看出韵律最早伴随劳动而产生，而且具有实用性。普列汉诺夫对诗歌产生的最早阶段曾有过描述和论证，他说：原始的人们在劳动中，往往“按照一定的拍子，并且在生产动作上伴以均匀的唱的声音和挂在身上的各种东西发出的有节奏的响声”。“每种劳动有自己的歌，歌的拍子总是十分精确地适应于这种劳动所特有的生产动作的节奏。”(《论艺术(没有地址的信)》)这里所说的“拍子”和“节奏”就是韵律，当然可以说是最早阶段的诗歌，它是先于文字而产生的。鲁迅对此也有过通俗而又精辟的论述：“人类是在未有文字之前，就有了创作的，可惜没有人记下，也没有法子记下。我们的祖先的原始人，原是连话也不会说的，为了共同劳作，必需发表意见，才渐渐的练出复杂的声音来。假如那时大家抬木头，都觉得吃力了，却想不到发表，其中有一个叫道‘杭育杭育’，那么，这就是创作；大家也要佩服，应用的，这就等于出版；倘若用什么记号留存了下来，这就是文学；他当然就是作家，也是文学家，是‘杭育杭育’派。”(《且介亭杂文·门外文谈》)同样，鲁迅提到的“杭育杭育”也是韵律，他所说的“文学”，便是以韵律的形式出现的诗歌。

有了韵律，便有了诗歌。但严格地说，韵律并不等于诗。随着人类社会的发展，产生了语言。语言产生于何时？人类学家推测约在距今二百多万年的时候。那时，“劳动促进了人类发音器官的改进，使原始人能够具备语言所必需的声音材料”，同时，劳动“又促进了人类思维的产生，使语言所必需的意义要素得以形成”(高名凯、石安石：《语言学概论》)。也就是说，人类在发音器官和思维能力高度发达前提下，即产生了语言。

在中国，最古老的语言是一种什么样的形态呢？或者说，原始人类那些能表达某种意义的语词读音如何呢？虽然这个问题似乎是永远的不可解之谜，但在我国古籍中仍能隐约听到上古的读音。例如《尔雅·释天》所记：“太岁在甲曰阏逢，在乙曰旃蒙，在丙曰柔兆，在丁曰强圉，在戊曰箸雍，在己曰屠维，在庚曰上章，在辛曰重光，在壬曰玄黓，在癸曰昭阳(岁阳)。太岁在寅曰摄提格，在卯曰单阏，在辰曰执徐，在巳曰大荒落，在午曰敦牂，在未曰协洽，在申曰涒滩，在酉曰作噩，在戌曰阉茂，在亥曰大渊献，在子曰困敦，在丑曰赤奋若(岁阴)。”其中“阏逢”、“旃蒙”至“困敦”、“赤奋若”等词，《十三经注疏》中郭璞注、邢昺疏均未作内涵上的义释，今人亦不能按通常的字面义来理解。柳诒徵认为，“实吾国最古之语言”，是“洪水以前之语言”(柳诒徵：《中国文化史》)。也就是说，这些词实际上是我国史前时代语词的音译，由此可见其珍贵价值。

语言产生之后，人际传播范围更广了，人们对生活的理解能力更强了，于是，便开始在那些简单的呼声和叹声(如“邪许”、“杭育”、“噫嘻”、“兮”、“猗”等)的前面加上一些简单的词，如“候人兮猗”(见《吕氏春秋·音初篇》，意思是：“等人哟喂”)，这便是诗歌了。由于原始人的语言还很简单，词汇很少，因而这时的诗歌(实际上是歌谣)，其形式只是讲节奏，其传播方式也只是口头流传。

前边已经提到，原始社会中，诗歌(或者说“文学”)不是独立的，而是同音乐、舞蹈紧密地结合在一起的。音乐、舞蹈也同样起源于生产劳动，诗歌与音乐、舞蹈最初是一种三位一体的混合艺术。这种混合艺术是原始人艺术活动的一般形式。这一点，我们可以证之于古籍的记载，如《吕氏春秋·古乐篇》写道：

> 昔葛天氏之乐，三人操牛尾，投足以歌八阕：一曰“载民”，二曰“玄鸟”，三曰“遂草木”，四曰“奋五谷”，五曰“敬天常”，六曰“建帝功”，七曰“依地德”，八曰“总禽兽之极”。

这里所说的三人拿着牛尾巴，手舞足蹈，唱着歌儿，就是歌舞和音乐相结合的最好说明。

我们还可以证之于现代非洲、澳洲土著民族和中国边疆地区的少数民族的艺术和风俗。中部非洲扎伊尔靠近赤道的原始大森林中，有一个被称作“俾格米人”的部族，至今仍在热带森林中过着原始的生活。他们主要的“文学艺术”活动方式是这样的：某一原始村落的首领用双手有力地敲击木鼓，全村的人则在一个年长的妇女的带领下，伴随着节奏鲜明的鼓声表演大象舞、猩猩舞、狮子舞、螃蟹舞等，人们一边跳舞，一边高声吆喝、尖叫，或者唱着外人听不懂的歌儿。澳洲土著有一个很著名的《考劳伯芮舞》(Corroborries)，大致是这样表演的：月夜，丛林中的一个空场，场中一大堆干柴，烈火熊熊。附近许多部落的人们集合在这里。妇女们裸着身子站在场子的边上，每人膝盖上绑着一块袋鼠皮。男子们排成行伍，在场子里跳舞。指挥者站在妇女与火堆之间，手执两根棍棒，一边唱歌，一边敲击出节拍，指挥着妇女们伴唱。妇女们敲击着袋鼠皮，随着指挥者的节奏和声调，拖着嗓子唱着含义不清的歌词。男子则纵情地舞蹈着，庆贺打猎的胜利。狂热的情绪，含混的歌词，简单的节奏，完全是原始时代音乐、舞蹈、诗歌相结合的艺术生活的影像。

文学艺术的起源，以诗歌为先，而散文的产生较诗歌为晚。散文的产生，必须具备两个条件：一是语言和逻辑思维的高度发展，这在刚刚产生语言的时代，是不可能的。二是文字的产生。未有文字，早有诗歌，这是因为：一般来说，诗歌的篇幅较短，而且有韵律和节奏，通过口耳相传，易于记忆。而散文的产生则必定在既有文字之后。

我国文字究竟起源于何时呢？历史上盛传的说法是“仓颉造字”。仓颉，相传是黄帝时的史官。《荀子·解蔽》云："好书者众矣，而仓颉独传者壹也。"仓颉成了汉字的创造者。但是，这种说法不一定可靠，因为文字不可能由一个人独自"造"得出来。当然，亦不能因此而否定仓颉是一位曾经整理过早期的文字符号、为汉字的产生乃至最终定型作出贡献的人。文字要发挥交际传播作用，首先便要通行，要由传播者在共同的生活中取得共同的认识。

那么，文字究竟是怎样起源的呢？鲁迅说得好："文字在人民间萌芽"，是由劳动人民在原始的结绳、契刻、图画的基础上共同创造并逐步成熟起来的。鲁迅说，如果有仓颉，"仓颉也不止一个，有的在刀柄上刻一点图，有的在门户上画一些画，心心相印，口口相传，文字就多起来"(鲁迅：《且介亭杂文·门外文谈》)。这种说法是可信的。

最早的文字产生于何时，如今已无法准确地判定了。据考古发现，西安半坡遗址(距今约五六千年)的彩陶上以及属于同一时期的其他古文化遗址(如山东大汶口)的出土文物上，都有一些重复出现的有规则的刻画符号。有的学者认为那是数字，有的说是制陶者的专用记号。这些可能是古汉字的前身。

现在我们所知的可识的最早的汉字是什么样的呢？学术界有主甲骨文，亦有主金文者。其实这两种汉字形体中，都包含有一些最原始的汉字，也都有一些较为成熟的汉字，不能据此说哪一种形体的时代更早。不过，至今发现的最早的甲骨文是商代的，而金文则主要是周代的实物。甲骨文或金文都有3000多年的历史，已经很成熟了。在此之前，从半坡文化以来有一个相当长的发展、成熟期，不过详情尚不可知。

汉字是世界上最古老的文字体系之一，其形体构造特征十分鲜明。而且，这种形体结构的特点正是在人们的传播活动中形成，又极大地便利于人们用以表达思想、传通信息。例如，以图画的方式描画某一事物的形状，人们通过它来沟通对某一事物的共同认识；用象征性的符号来表示词的意义，约定俗成，大家公认，便理解了它所传达的信息；用意义上有关联的两个或两个以上的字共同组成一个新字，结合人们对生活的认识和理解，启发人们对新的事物的认识，来达到传通的目的；利用形旁和声旁组成新字，亦即将文字符号与口语传播中的语音相结合，以形成新的传播符号；利用口语传播的优势，亦即丰富的语言条件来构成许多同音字(音同义不同)，扩大了文字传播范围。可以看出，汉字内部构造的这些规律，与古代传播的需要是相适应的，同时也是在人们的传播活动过程中不断得到完善的。而传播活动的高级形式便是散文的出现。散文本来不用韵，但最早的散文，由于物质条件的限制，也要求简短、精练，便于记诵，所以往往有节奏，有韵调而富于诗的味道，这种情况在先秦散文中常常可以见到。

有了散文，就标志着文学的诞生，但在诸多文学样式起源的历史中，诗歌产生最早。其实，诗歌是一个广义的概念。在古代学者看来，“歌”、“谣”、“诗”的概念是有区别的，有的说，“曲合乐曰‘歌’，徒歌曰‘谣’”(《诗经·魏风·园有桃》之《毛传》)。有的说，“在辞为‘诗’，在乐为‘歌’”(阮元《经籍籑诂》;《毛传指说》引梁简文帝《十五国风义》)。我国现存最早的诗歌就是上古歌谣。因为是口耳相传，上古歌谣保存下来的不多，一些相传为原始时代的诗歌，如清人沈德潜《古诗源》选辑的《击壤歌》、《卿云歌》、《南风歌》等，都未必可信。比较可信的原始社会的诗歌有《吴越春秋·勾践阴谋外传》所引用的《弹歌》：

断竹，续竹，飞土，逐宍。

相传这是黄帝时代的歌谣，是一首原始的猎歌，它反映了原始社会狩猎生活的全过程：砍断竹干，将它续接成弓，用以射杀野物；又投掷石块，以追打飞禽走兽(“宍”，古“肉”字，这里指禽兽)。从形式上看，它语言简单，音节急促，既反映了当时人们的思维水平，又符合他们生产劳动的实际。其中“竹”、“土”、“宍”都是押韵的，同样表现出一定的语言艺术。

还有一首是《礼记·郊特牲》所载《蜡辞》：

土反其宅，水归其壑，昆虫毋作，草木归其泽！

相传这是伊耆氏(即神农氏)腊月祭神的祝辞，大意是说：(乱流的)泥石，快回到山上去！(泛滥的)水潦，快回到沟壑中去！昆虫，不要繁生为害！乱草杂木，快归根于薮泽！它反映了农业开始兴起的时代人们的生活。诗中表现出来的试图驾驭自然的美好愿望，幼稚而又坚决的口气，读来十分可爱。

文字发明之后，特别是进入原始社会晚期和阶级社会以后，歌谣被大量地保存了下来。在《诗经》出现之前，许多歌谣便散见于各种典籍之中。如《周易》所载：

屯如，邅如，乘马班如。匪寇，婚媾。

——《屯六二》

乘马班如，泣血涟如。

——《屯上六》

它描写的是原始社会抢婚的习俗：男子骑着马，威风凛凛，浩浩荡荡，跑到女子家中“抢人”。等到女子被抢走以后，家里人才明白那不是一般的强盗（“匪寇”，“匪”即“非”），而是专来抢婚的。女子被挟在马上，血泪淋漓（“泣血涟如”）地悲啼。类似的歌谣在《周易》和其他典籍中还有一些。

我国上古歌谣存留是片断的，其内容是纯朴的，但它在一定程度上反映了当时人们的劳动情景和生活习俗。它同原始时代的绘画、雕刻等古老的艺术品一样，从一个侧面描绘了当时的历史，具有重要的历史价值。同时，我国上古歌谣尽管形式简拙，仍然显示了原始社会的人们那可贵的艺术创造力。这些歌谣反映出，原始人类对生活的观察、概括能力和艺术想象力，体现出他们那处于萌芽状态的审美意识，这在今天仍然具有不可忽视的艺术价值。

第二节 奇幻的古代神话

神话是人类社会童年时期的产物，是远古时代的人们对其所接触到的自然现象、社会现象的一种原始理解和具有艺术意味的描述。它通过集体创作的关于天神、怪异的故事、传说，来表达远古人类企图征服自然力和支配自然力的愿望，是远古人类对于世界的一种幼稚的认识。正如马克思在《政治经济学批判·导言》中科学地概括的那样，神话是“通过人民的幻想用一种不自觉的艺术方式加工过的自然和社会形式”，而“任何神话都是用想象和借助想象以征服自然力，支配自然力，把自然力加以形象化；因而，随着这些自然力之实际上被支配，神话也就消失了”。

在原始时代，生产力极为低下，人们的知识水平也极为有限，对自然现象和社会现象不能正确地认识和了解，因而也不可能正确地掌握其规律。人们在自然面前显得十分无能。他们认为：各种变幻莫测的自然现象都是由神力控制着，指挥着。他们在自己的心目中将一切自然力形象化、人格化，依据自己生活中的英雄人物的形象，创造出许多神的故事（英雄神）。或者，出于对减轻劳动强度，提高劳动生产率，克服某些自然障碍的向往，他们又想象出许多异人异物的故事（自然神）。这许多神的故事和异人异物的故事，在原始人们的口头流传，这样，就产生了神话。它实际上“乃是自然现象，对自然的斗争，以及社会生活在广大的艺术概括中的反映”（高尔基：《苏联的文学》）。

中国古代神话的文字记载较为零散。在远古时代，神话由人们口耳相传，没有文字记载下来，现在见到的都是后来奴隶时代特别是封建时代的文字记载。由于奴隶时代保存下来的典籍不多，而在封建时代神话又遭到历史学家的摈弃，因而我国丰富多彩的古代神话，见诸文字的也没有得到系统完整的保存。在古代典籍中，保存神话故事较多的有：《山海经》（相传作者为夏禹、伯益，实际上非一时一人之作，而大约是战国初至秦汉间人的作品）、《楚辞》（特别是其中的《天问》）、《淮南子》（西汉淮南王刘安及其门客撰）。此外，在《穆天子传》（晋太康二年，汲县人不凖，盗发魏襄王墓所得，记周穆王西游的故事，较《山海经》为近实）、《墨子》、《庄子》、《国语》、《左传》、《韩非子》、《吕氏春秋》、《列子》（相传为战国时列御寇所作，今人疑为晋人作品）等书中也有一些记载。秦汉以后的一些仙家（亦即道家）著作、杂记，也都保存了不少神话传说故事，但渲染太甚，且真赝杂糅，精华和糟粕混淆，尚需大力鉴别。

神话产生在一个没有阶级压迫的社会里，人们在神话中将神人格化，赋予神以人的意志，对它加以崇拜。但神话对世界采取的是积极进取的态度，神话中的神鼓励人们同自然作斗争，是人与自然作斗争的支持者、帮助者。高尔基说：神话中的神，“是人们的教师和同事”（《苏联的文学》），有时，又是人们战胜的对象，他们的面貌并不是狰狞可怕的。神话实际上是原始人试图征服自然、战胜自然的强烈愿望的曲折反映，也是他们某些劳动经验和智慧的概括和集中，这是神话的一个重要特征。

在中国古代神话的流传过程中，有两种情况值得注意：一是神话历史化，一是历史被神化。神话与历史互相平行又往往互相纠缠，这是中国神话的又一突出特征。

关于神话历史化，其主要原因是因为中国封建时代以儒家思想为统治思想，儒家“以修身齐家治国平天下等实用为教，不欲言鬼神，太古荒唐之说，俱为儒者所不道”（鲁迅：《中国小说史略》），孔子门徒即说“子不语怪、力、乱、神”（《论语·述而》）。非但如此，他们还将一些生动的神话巧妙地变为历史。如据《尸子》记载：子贡曾请教孔子，“黄帝四面”是否可信？也就是说，传说中黄帝是中央之帝，他长着四张脸，以便察看宇宙四方。这种说法很有趣，也是可以理解的。但是，孔子却解释说，“黄帝四面”是黄帝派遣四个合己的人去分治四方（《太平御览》引）。又如《韩非子》记载，鲁哀公曾问孔子，“夔一足”是否可信？夔，本是神话中的一种怪兽，它只有一只脚。可是孔子回答鲁哀公说：所谓“夔一足”，并不是说夔只有一只脚，而是说，像夔这样的人，一个也就够了（见《韩非子·外储说左下》）。这种解释巧则巧矣，但却抹掉了神话的奇异色彩。

原始社会的一些著名领袖、英雄人物，由于他们确实替人民做了不少好事，受到人们的尊敬，因而在传说中也被神化了。如尧、舜、禹、后羿、神农氏等神话人物，虽然至今还没有地下出土文物来证明他们确为历史人物，但典籍记载凿凿，很可能尧、舜、禹就是氏族社会的部落首领；射十日的后羿，很可能是当时的一位神箭手；神农氏则可能是农业的发明者，他们都被神化了。至于后来的圣主贤臣被神化的也为数不少。这一点，西方古希腊的英雄传说与之相似，这也是远古人类对历史、社会生活的一种特殊的认识方式。

除了上述两种情况外，还因为“华土之民，先居黄河流域，颇乏天惠，其生也勤，故重实际而黜玄想，不更能集古传以成大文”(鲁迅：《中国小说史略》)，因而使得我国古代神话的保存显得零散而不够完整。但是，我国古代神话毕竟是丰富的，它散见于各种古籍之中，只要我们细心地辑佚钩沉，还是可以勾勒出较为完整的概貌。

中国古代神话从宇宙形成、人类起源的传说，到对征服自然和部落战争的描写，内容极为广泛。我们可以根据一些著名的神话，大致地归纳为以下几个方面：

第一，有关宇宙的形成和人类起源。在远古时代，人们当然对天地开辟、宇宙形成这类问题感到迷惑不解，就是到了战国时期，伟大的诗人屈原仍然在探索这个问题，他问道：“遂古之初，谁传道之？上下未形，何由考之？冥昭瞢暗，谁能极之？冯翼惟像，何以识之？”(见《天问》，大意是说：往古之初，没有人类，有谁能说出天地开辟的事来？当天地还未形成的时候，又有谁能考究出其中的所以然？那光明和黑暗不分的混沌世界，谁能够弄得清？那氤氲浮动的宇宙景象，谁又能够辨得分明？)这些问题本身就包含着奇幻的上古传说，而能够回答这些问题的远古神话也一定是很丰富的，但今天已难见到了。《淮南子·精神篇》有一则记载，说是“古未有天地之时，惟象无形，窈窈冥冥，有二神混生，经天营地，于是乃别为阴阳，离为八极”，说天地乃由阴阳二神经营开辟的。后来《三五历纪》所记载的盘古开天辟地的著名传说与此大抵相同。如：

> 天地混沌如鸡子，盘古生其中。万八千岁，天地开辟，阳清为天，阴浊为地。盘古在其中，一日九变，神於天，圣於地。天日高一丈，地日厚一丈，盘古日长一丈。如此万八千岁，天数极高，地数极深，盘古极长。后乃有三皇。
>
> ——《艺文类聚》引《三五历纪》

昔盘古氏之死也，头为四岳，目为日月，脂膏为江海，毛发为草木。

——任昉：《述异记》

古人认为宇宙原来像一只大鸡蛋，人类的祖先盘古就孕育于其中。后宇宙"爆炸"，天地开辟，盘古出世，中华人文历史开始。这一传说十分经典，由其中引申的"混沌初开"、"自从盘古开天地，三皇五帝到如今"之语，成为中国人表述民族历史的习惯语。这些记载虽然较晚，且掺有后世道家的思想因素，但仍可以看出，这是远古的人们对于天地开辟、世界构成的幼稚的推测，也是一种浪漫的构想，可视为一则古老的神话。

天地开辟之后，人类起源于何时呢？流传最广、影响最大的是女娲造人的神话。据东汉许慎《说文解字》解释："娲，古之神圣女，化万物者也。"所谓"化万物者"，就是化育万物的人。《淮南子·说林篇》记载了女娲与诸神共同造人：

黄帝生阴阳，上骈生耳目，桑林生臂手，此女娲所以七十化也。

这是说，女娲每日多次化生人类，在每一次的孕育化生过程中，诸神有帮助她生阴阳性器官的，有帮助她生耳目五官的，有帮助她生手足四肢的。

而最著名的则是女娲"抟黄土作人"：

俗说天地开辟，未有人民。女娲抟黄土作人，剧务，力不暇供，乃引绳絙于泥中，举以为人。故富贵贤智者，黄土人也；贫贱凡庸者，絙人也。

——《太平御览》引《风俗通》

天地开辟以后，世间还没有人类，于是女娲抟捏黄土造人。开始时一个一个地做，后来因为工作量巨大而改用大绳蘸起泥浆，甩向大地，点点泥浆也变成了人。所以，人间富贵、聪明、能干的人，是女娲用黄土精心抟制的；贫贱、愚笨、平庸的人，是女娲"粗制滥造"的泥点人。这一传说十分有趣，虽然其中关于"富贵贤智"与"贫贱凡庸"的区别，留有后世文字记载的阶级歧视的印记，但女娲造人的方式是古人幼稚又不失可爱的艺术想象，有一定的艺术价值。

女娲不仅是化育万物的神，而且是一位改造天地、拯救人民的英雄。据

《淮南子·览冥训》记载：

> 往古之时，四极废，九州裂，天不兼覆，地不周载。火爁焱而不灭，水浩洋而不息。猛兽食颛民，鸷鸟攫老弱。于是女娲炼五色石以补苍天，断鳌足以立四极，杀黑龙以济冀州，积芦灰以止淫水。苍天补，四极正，淫水涸，冀州平，狡虫死，颛民生。

这里记载的是当自然界遭到毁灭性破坏，人类蒙受巨大灾难(很可能是一次大地震)的时候，女娲精选五色石头补全了那崩坏的苍天，斩断鳌足作为撑天的四极(古人认为天由四根立柱支撑、地由四根大绳维系，故动荡之后“天不兼覆”、“地不周载”)；杀死黑龙挽救了行将淹沦的中原大地，收集芦灰来止住泛滥的洪水。她改造天地，为民除害，终于使新的世界重新展现出来。这是一则英雄神的故事。在写作上，其层次十分清晰：先写世界遭受灾难，次写女娲拯救人类和宇宙，再次写世界秩序的恢复，体现了这则神话作品艺术的成熟。

第二，有关人类征服自然的斗争。这方面的神话故事尤其多，著名的如《夸父追日》：

> 夸父与日逐走，入日，渴欲得饮，饮于河、渭，河渭不足，北饮大泽，未至，道渴而死。弃其杖，化为邓林。
>
> ——《山海经·海外北经》

夸父要与太阳比行走的速度，便追赶着太阳，眼看快接近太阳，却口渴难耐，终于在饮干了黄河、渭水之后，干渴而死，死后手杖化为桃林。夸父的形象是伟大的，他体现了人类试图与太阳争高低的雄伟气魄。他死后犹能化为桃林，为人类造福，其精神是极为崇高的。又如《精卫填海》：

> 发鸠之山，其上多柘木，有鸟焉，其状如乌，文首，白喙，赤足，名曰“精卫”，其鸣自詨。是炎帝之少女，名曰女娃。女娃游于东海，溺而不返，故为精卫。常衔西山之木石，以堙于东海。
>
> ——《山海经·北山经》

炎帝的小女儿女娃淹死于东海，其精灵化作一只小鸟：形状像乌，头有花纹，白色的小嘴，红色的双脚，声音像喊“精卫”，人们便叫它精卫。精卫有感于海水对人类安全造成的危害，便每日衔来树枝、石块，要填平东海。这则故事大约是人们希望能征服大海而创作出来的。精卫以其微小的力量，不屈不挠地同自然作斗争，是多么难能可贵！至于像《鲧禹治水》、《羿射十日》一类故事：

> 洪水滔天，鲧窃帝之息壤以堙洪水，不待帝命。帝令祝融杀鲧于羽郊。鲧复生禹，帝乃命禹卒布土以定九州。
>
> ——《山海经·海内经》

> 尧之时，十日并出，焦禾稼，杀草木，而民无所食。猰貐、凿齿、九婴、大风、封豨、修蛇，皆为民害。尧乃使羿诛凿齿于畴华之野，杀九婴于凶水之上，缴大风于青丘之泽，上射十日而下杀猰貐，断修蛇于洞庭，擒封豨于桑林。万民皆喜，置尧以为天子。
>
> ——《淮南子·本经训》

鲧为了战胜洪水，偷来天帝“息壤”（生生不绝的土壤），招致杀身之祸；死后其子禹继承父亲的事业，终于战胜洪水，平定九州。而传说天上本来有10个太阳，它们轮流值班，每天出来一个，但不知什么时候10个太阳同时出来了。这样一来，给人类造成巨大灾难：“焦禾稼，杀草木，而民无所食。”禾苗萎死，草木干枯，百姓挨饿，而且凶禽猛兽也肆意残害人类。于是尧派后羿射落了其中九个太阳，并杀死了危害人类的怪兽“猰貐”、“凿齿”、“九婴”、“大风”、“封豨”、“修蛇”，后羿因此得罪了天帝，被贬出天庭，成为普通老百姓，但尧因重用后羿而被置为“天子”。这是远古人民为了战胜严重水旱灾害，便将自己身边那些抗灾治害的英雄加以神化，创造了像鲧禹父子那样奋不顾身为人民、像后羿那样能征服自然的英雄形象，这些形象是多么可敬可爱！

第三，有关部落战争。这类神话故事也很多，它实际上是氏族社会部落之间的斗争生活的反映，以中原地区的黄帝与蚩尤的战争流传最广：

> 蚩尤作兵，伐黄帝。黄帝乃令应龙攻之冀州之野。应龙蓄水，蚩尤请风伯雨师，纵大风雨。黄帝乃下天女曰“魃”。雨止，遂杀蚩尤。魃不得上，所居不雨。
>
> ——《山海经·大荒北经》

黄帝与蚩尤战于涿鹿之野。蚩尤作大雾，弥三日，军人皆惑。乃令风后法斗机作指南车以别四方，遂擒蚩尤。

——《太平御览》引虞喜《志林》

黄帝是华夏共主，在神话中一直是正义的象征，而蚩尤则是凶残和邪恶的代表。黄帝与蚩尤之战异常激烈，蚩尤挑衅，黄帝的部下应龙蓄水淹蚩尤，蚩尤则请来风伯雨师与应龙斗水，黄帝又将天帝之女——旱神魃，晒干蚩尤的水。二人水火斗法，黄帝又以指南车破蚩尤迷雾，无不显示了黄帝的英雄气概与机智勇敢的战争才能。而且，《山海经》记载旱神魃因沾染了人间晦气，于是不得复返天庭，"所居不雨"，所到之处即把旱灾带到那里。这也是古人对旱灾的有趣解释。

此外共工与颛顼的斗争也写得有声有色：

昔者共工与颛顼争为帝，怒而触不周之山，天柱折，地维绝。天倾西北，故日月星辰移焉；地不满东南，故水潦尘埃归焉。

——《淮南子·天文训》

颛顼是五帝之一，共工是有名的恶神。共工与颛顼争夺人间的帝位，共工失败之后恼羞成怒，一头往不周山撞去，不但将此山撞出缺口（此山因之称"不周山"），而且将撑天的支柱撞折，将维系大地的绳子撞断。从此天向西部倾斜，地往东南倾斜。这就是日月西行、水向东流的一种解释。关于共工是胜利的英雄，还是失败的恶神？历来学者各执一词。然而不管是胜利了还是失败了，他那"怒触不周山"式的改天换地的神威和悲壮的结局还是颇具感染力的。

第四，反映生活愿望的故事。在生产力极为低下的时代，人们出于一种美好的愿望，想象着做到那些力所不能及的事。比如，羡慕水鸟灵活地捕鱼，他们就想象出一个"羽民国"，"其为人长头，身生羽"；又想象出一个"张弘国"（即长臂国），人们能"在海上捕鱼"；那时没有船只，所以"驩头国"中人，"驩头人面鸟喙，有翼，食海中鱼"（见《山海经·大荒南经》），理所当然是非常令人羡慕的。又比如，当人们还没有先进的交通工具的时候，要想加快走路速度，缩短走路时间，便想象着能够飞行。"奇肱国"（即独臂国）中人"能为飞车，从风远行"（见《博物志》），就反映了人类最早的飞行愿望。

神话虽然产生于人类的幼稚时期，但它的艺术价值是不可磨灭的。马克思在谈到希腊神话时曾说："希腊神话不只是希腊艺术的武库，而且是它的土壤"，是"希腊艺术的前提"，"而且就某方面说还是一种规范和高不可及的范本"(《政治经济学批判·导言》)。

首先，从上述我国古代一些著名的神话故事来看，它的情节虽然神奇怪异，甚至荒诞可笑，但却是现实生活的曲折反映，它对于我们认识原始时代的社会生活，认识人类社会的发展历史，具有重要的意义；它所表现出来的乐观主义、英雄主义，千百年来鼓舞了人们的斗争意志，人们从中汲取了力量，获得了教益，后代作家也从中汲取了思想的营养。

其次，神话明显的艺术特色之一是它所展现的异常奇妙大胆的想象。女娲"炼五色石以补苍天"、"断鳌足以立四极"的神话，羿射河伯、嫦娥奔月的传说；刑天"以乳为目，以脐为口，操干戚以舞"与天帝争战的故事等，无不充满奇情异彩。那一个个奇幻而又美丽的篇章，显示了原始人虽然幼稚、质朴却又极富奇思妙想的艺术创造力，同时给人以强烈的美感和生动的启迪。

再次，神话传说往往有着优美曲折的故事情节，或是穿插一些富有生活情趣的描写，能给人以精神、艺术享受，能给文学家以借鉴。例如关于禹的传说。《尚书·皋陶谟》说禹的儿子启出生以后"呱呱而泣"，禹却无暇爱抚他，为治水离家而去。《吕氏春秋·音初篇》记述了禹和涂山氏女的爱情故事：

> 禹行功，见涂山之女，禹未之遇，而巡省南土。涂山氏之女乃令其妾待禹于涂山之阳。女乃作歌，歌曰："候人兮猗！"实始作为南音。

大禹治水，在涂山遇一女子，禹对她有好感，但来不及表达，就继续南巡，视察治水工程去了。这女子(涂山氏之女)深深怀念大禹，盼望他归来，就派自己的丫鬟在涂山南边的大道旁守候。涂山氏之女还创作一支情歌，歌中深情地唱出"候人兮猗"(我真情盼你归来)！禹治洪水的勤劳忘我精神通过这些生活细节表现得真切动人。涂山氏之女对禹的深情爱恋，也描写得活灵活现，令人读来饶有趣味。神话传说这方面所具有的艺术特点，同样启发了后世作家的艺术构思。

鲁迅说："神话不特为宗教之萌芽，美术所由起，且实为文章之渊源。"(《中国小说史略》)作为人类最早的文学创作活动之一，神话浪漫主义的创作方法，它所提供的丰富的文学题材和艺术形象，给后世作家、作品以极大的影响。一些卓有成就的文学家在自己的创作过程中，或取神话之题材，或改编其原作，或学习其作风，或用其典故创作出了许多更为完整、更为出色、更加富于艺术感染力的作品。例如屈原的作品，《离骚》中抒情主人公上叩帝阍，下求佚女，神游太空，都富有鲜明的神话浪漫色彩，其中还直接运用了许多神话故事；《九歌》是直接描写神祇生活的；《天问》对许多神话传说提出探询。庄子的作品想象丰富、神奇。陶渊明以神话为题材进行诗歌创作，写了《读山海经》(精卫衔微木)等作品。李白不但汲取了神话的创作精神，他的一些作品还直接描绘出瑰奇的神话世界，如《梦游天姥吟留别》："霓为衣兮风为马，云之君兮纷纷而来下。虎鼓瑟兮鸾回车，仙之人兮列如麻。"景色壮丽，异彩缤纷，惊心炫目，光耀夺人。就连伟大的现实主义诗人杜甫，他的某些诗作也从神话中吸收营养，如"鸿飞冥冥日月白，青枫叶赤天雨霜。玉京群帝集北斗，或骑麒麟翳凤凰。芙蓉旌旗烟雾落，影动到景摇潇湘。星宫之君醉琼浆，羽人稀少不在旁"(《寄韩谏议注》)等诗句，其所创造的画面宛然如神话般瑰丽斑斓。此外如李贺的诗、苏轼的词和赋，也都不同程度受到神话的影响。而六朝的志怪小说(如《汉武故事》、《搜神记》等)、唐传奇的部分作品(如《柳毅传》等)、明代神魔小说(如《西游记》)、清代志异小说(如《聊斋志异》)，更是直接受到神话的影响。神话是中国小说发展的源头之一。近代作家也依然继承神话的传统，如鲁迅的《故事新编》，显然受到古代神话的启发并对之进行改编。在中国文学史上，神话的影响是不可磨灭的。

当然，由于神话是在阶级社会中才用文字记载下来的，因而在不同程度上注入了统治者的意识，或被统治者所歪曲、篡改，因而要注意剔除其中的糟粕。

第三章 诗 经

第一节 第一部诗歌总集《诗经》

《诗经》是我国第一部诗歌总集，它收集了自西周初年至春秋中叶（即公元前11世纪至公元前6世纪）大约五百年间的诗歌。《诗经》在先秦称《诗》，共收诗三百零五首；举其成数，也通称“诗三百”或“诗三百篇”。被称作“经”是汉代的事，那是因为汉代统治者“罢黜百家，独尊儒术”，而相传《诗》又是经过了儒家创始人孔子手删，因而其中必有微言大义，故将它奉为经典，作为政治教科书，使之为统治者的政治需要服务。《诗经》的名称遂袭用至今。

汉代传习《诗经》的有鲁、齐、韩、毛四家。鲁人申培（即申培公）所传的称“鲁诗”，齐人辕固（即辕固生）所传的称“齐诗”；燕人韩婴所传的称“韩诗”，后世合称它们为“三家诗”。而由鲁人毛亨、赵人毛苌（后世称之为大毛公、小毛公）所传的称为“毛诗”。齐、鲁、韩三家诗在西汉时都立于学官，但在魏、晋以后即衰亡，后来都失传了。“毛诗”在东汉时立于学官，“三家诗”失传后，世传“毛诗”。“三家诗”和“毛诗”的篇章、字句有所不同，解释分歧更大。“三家诗”属“今文经”，“毛诗”属“古文经”。所谓“今文经”，指秦始皇焚书之后，人们根据记忆，口头传习的古籍，到了汉初用当时通行的隶书记录下来，是为“今文经”；秦始皇焚书时，民间有私藏，汉时解除禁令，旧籍（包括《诗》）重新出世，这些旧籍是用古文（一种字体，即秦以前所用籀文）书写的，故称“古文经”。

《诗经》所录，均为曾经入乐的歌曲，按音乐性质的不同分为《风》、

《雅》、《颂》三大部分。《颂》是统治阶级祭祀祖先、天地的宗庙祭祀乐歌，是祷告祈福、歌功颂德之作，共四十篇。下分《周颂》(周初统治者用于祭祀的诗歌，有三十一篇)、《鲁颂》(西周末至春秋初鲁国的作品，有四篇)、《商颂》(西周末至春秋初宋国——商的后代的作品，有五篇)。《雅》是统治阶级的宫廷乐歌，是相对于地方音乐而言的"正"乐，共一百零五篇。下分《大雅》、《小雅》两部分。《大雅》三十一篇，多是西周王室贵族的作品，主要歌颂从始祖后稷到文王、武王乃至宣王等人的功绩，是周民族的叙事性史诗。《小雅》七十四篇，大部分是贵族作品，小部分是民间歌谣。其内容，有的属宴会诗。但较多的是指斥朝政阙失、反映政治丧乱的诗，有的表现了周王室同西北部族以及东方各诸侯国之间的矛盾。《风》也称《国风》，是各诸侯国的土风歌谣。下分《周南》(十一篇，采自今河南洛阳及江汉流域)、《召南》(十四篇，采自汉水下游至长江一带)、《邶风》(十八篇，采自今河南北部、河北南部一带)、《鄘风》(十篇，采自今河南新乡一带)、《卫风》(十篇，采自今河南汲县一带)、《王风》(十篇，采自今河南洛阳一带)、《郑风》(二十一篇，采自今河南新郑一带)、《齐风》(十一篇，采自今山东北部一带)、《魏风》(七篇，采自今河南西北部)、《唐风》(十二篇，采自今山西太原一带)、《秦风》(十篇，采自今陕西兴平一带)、《陈风》(十篇，采自今河南淮阳一带)、《桧风》(四篇，采自今河南密县一带)、《曹风》(四篇，采自今山东定陶一带)、《豳风》(八篇，采自今陕西彬县一带)，称"十五国风"，共一百六十篇。其地域主要在黄河流域和汉水流域中上游。若以当今的省份而言，则西起陕西，东至山东，南至湖北，北至河北，而以河南为中心。可以看出，《诗经》代表了古代黄河流域的文化。

《风》保留了不少劳动人民的口头创作，是《诗经》的精华所在。《诗经》三百零五篇之外，《小雅》中还有六篇有题无辞(《南陔》、《白华》、《华黍》、《由庚》、《崇丘》、《由仪》)，一般称之为"笙诗"。《风》、《雅》之中，有一部分反映周政衰乱时期社会生活的作品，后世称之为"变风"、"变雅"。

《诗经》的写作，有宫廷乐章，有贵族献诗，而《风》诗以及《小雅》中的部分诗，作者是奴隶或平民，是从民间采集来的。可能是由一些孤寡、盲人在乡间采集，乡里转呈于邑，邑转呈于诸侯国，国转呈于天子。

关于采诗的具体情形，史籍记载颇多，有几种主要的说法：

第一，"行人"采诗。《汉书·食货志》载："孟春三月，群居者将散，行人振木铎徇于路以采诗，献之太师，比其音律，以闻于天子。故曰，王者不窥牖户而知天下。"这是说，早春时节，奴隶们走出群居的草屋，到田间地头开始耕作，"行人"则敲着一种有木舌的铜铃在路上巡游，一旦听到奴隶们在劳动时唱歌，便把歌词记录下来，然后回到朝廷，把采集到的诗歌献给乐官太师，太师配好音律，再让乐工演唱给天子听。而天子正是通过听这些诗歌来了解天下民众的生活情形。《食货志》中所说的这种“行人”，实际上是先秦时代一种专职的采诗官，亦即《汉书·艺文志》所说的“古有采诗之官”。这种采诗之官在其他典籍中又称为“逌人”、“輶轩之使”、“遒人”、“(迂)”、“轩车使者”等。如《方言》载刘歆《与扬雄书》云：“诏问三代、周、秦轩车使者，逌人使者，以岁八月巡路，求代语、童谣、歌戏。欲得其最目。”而扬雄《答刘歆书》亦云：“尝闻先代輶轩之使，奏籍之书，皆藏于周秦之室。”又据《左传·襄公十四年》师旷引《尚书·夏书》云：“遒人以木铎徇于路，官师相规，工执艺事以谏。正月孟春，于是乎有之。”晋杜预《春秋左传集解》注云：“遒人，行令之官也。木铎，木舌金铃。徇于路，求歌谣之言也。”许慎《说文解字》“丌”部又云：“(迂)，古之遒人，以木铎记诗言。”可见，这些记载中的不同称谓，大抵是指同一类型的由天子任命的采诗之官。

第二，孤寡老者采诗。与前面所介绍的由专职采诗官采诗的说法不同，有的学者推论古代有一种由孤寡老人采诗的制度。《春秋公羊传·宣公十五年》有“什一行而颂声作矣”一句，何休为这一句作注曰：“男女有所怨恨，相从而歌，饥者歌其食，劳者歌其事，男年六十，女年五十无子者，官衣食之，使之民间求诗，乡移于邑，邑移于国，国以闻于天子。故王者不出牖户尽知天下所苦，不下堂而知四方。”这个说法影响很大，当今学者也都十分重视。何休在这里实际上谈到了三个方面的问题：一是关于诗歌的创作，乃是劳动大众有感于自己的饥寒、劳苦，抒发胸中的怨恨，口头创作，相从而歌。二是关于采诗的过程，就是官府召集一些年满60岁的老丈、年满50岁的老太，他们都是无子女赡养的孤寡老人，官府供给他们衣服、粮食，然后派他们到民间搜集人民群众所唱的诗歌。孤寡老人将搜集来的诗歌交给“乡”政权，由乡的地方官转呈于“邑”，由“邑”转呈于诸侯“国”，再由“国”转献给天子。从这一过程中，人们既可以看到先秦诗歌传播的清晰脉络，又可以略窥先秦社会保障制度之一斑。三是关于天子采诗的目的，何休认为是为了“尽知天下所苦”、“知四方”。

第三，贵族献诗。在诗歌传播过程中，贵族献诗是一个很重要的方面。在先秦，除了天子的采诗官和民间的孤寡老人专门采诗之外，贵族自己也献诗。所谓“献诗”，实际上包括两方面的含义：一是贵族本人将自己创作的诗歌献给天子；二是贵族将自己收集得来的诗歌转呈上去，或者是各诸侯国按制度向周天子呈献本地区的歌谣。据《国语·周语上》记载：“故天子听政，使公卿至于列士献诗，瞽献曲，史献书。”又据《国语·晋语六·厉公》记载：“在列者献诗，使勿兜，风听胪言于市，辨祆祥于谣……”这里说的是天子身边的公卿列士向天子献诗，目的是为了让天子不要困惑（“勿兜”），多向市井听取流传中的舆论动向（“风听胪言于市”），通过谣谚来辨别善恶（“辨祆祥于谣”）。此外，从《诗经》本身也可以看到贵族献诗的例子，如《小雅·节南山》称，“家父作诵，以究王讻”；《大雅·崧高》称，“吉甫作诵，其诗孔硕”，“家父”、“吉甫”都是贵族。《小雅·何人斯》的作者（旧说为贵族“苏公”）说，“作此好歌，以极反侧”；《大雅·民劳》的作者（旧说为厉王时的“召穆公”）说：“王欲玉女，是用大谏。”这些都说明贵族自己作诗、献诗的事情是确实存在的，献诗的目的则是为了讽谏或者歌功颂德。至于各诸侯国遵制献诗，《礼记·王制》是这样记载的：“天子五年一巡守……命大师陈诗以观民风。”这里说的“五年一巡守”是一种制度，“大师”即太师，是天子的乐官，“陈诗”就是献诗。当时制度，天子巡视到各诸侯国，诸侯国即将收集到的诗歌交给太师，再由太师配乐演奏给天子听。

第四，通过史家记载或学术著作保存诗歌。一般学者研究先秦诗歌传播，大多只注重《诗经》中所收录的诗。其实，《诗经》所保存的只有300多首，大量的在当时起过传播作用的诗歌，因为传播工具的落后和时间的久远，都已失传了。但在《左传》、《国语》等历史著作以及《论语》、《孟子》、《墨子》、《荀子》、《管子》等书中，仍可搜集到一些“逸诗”（没有收入《诗经》的散佚的诗歌、谣谚）。如《左传·襄公四年》载：“冬十月，邾人、莒人伐鄫。臧纥救鄫，侵邾，败于狐骀。国人逆丧者皆髽。鲁于是乎始髽。国人诵之曰：‘臧之狐裘，败我于狐骀。我君小子，朱儒是使。朱儒！朱儒！使我败于邾。’”这里记载的是鲁襄公四年十月，邾、莒两个小国的联军攻打鄫国。鄫是鲁的附属国，所以鲁襄公派臧纥去救鄫。臧纥在救援了鄫国之后又带兵去攻打邾国，两军在狐骀这地方交战，结果鲁军被打得大败，死伤惨重，因为死者太多，鲁国人去营丧的连孝服都买不到，只好用麻和头发编结在一起（“髽”）作孝服。于是国人作了上面这首诗指责臧纥，诗的大意是说：臧纥穿着狐皮战袍，却让我军在狐骀吃了败仗。我们鲁君年纪幼小，不得不派臧纥这小矮子（“朱儒”）去领兵打仗。哪想到臧纥你这侏儒啊侏儒，害得我军在邾吃败仗！这首诗在当时是带有新闻性质的，它的创作、流传以及被史家所记载，都带有原始的新闻传播形态，应当引起我们注意。

《左传》中类似的有关“逸诗”的记载还有多处，如“宣公二年”所载“宋城者讴”又是一例：当时郑国进犯宋国，宋国派大将华元率兵抵抗，结果宋军不敌郑师，被打得大败，主帅华元被俘。宋国以兵车百乘、文马百驷

(400匹马)将华元赎回。华元回国后丝毫没有羞愧之感。有一次他去视察筑城工程，筑城的老百姓就唱歌讽刺他。歌词是："睅其目，皤其腹，弃甲而复。于思于思(同'腮')，弃甲复来！"(大意是：你鼓起一对大眼睛，你腆着一个大肚子，丢盔弃甲逃回来。你鬓须张开，鬓须张开，丢盔弃甲你逃命回来！)辛辣地嘲讽华元一副败军之将的狼狈相。华元不但不认错，反而指使手下人唱歌作答："牛则有皮，犀兕尚多，弃甲则那？"(大意是：咱们有的是牛，牛皮可以做铠甲；犀牛、兕牛也不少，都是制甲的好材料，丢弃盔甲有什么要紧！)筑城的老百姓又唱道："从(纵)其有皮，丹漆若何？"(大意是：纵然牛皮很多，但涂在甲上的红颜料和黑胶漆却不够用，你看怎么办呢？)华元见斗不过老百姓，只好悻悻地对手下人说："去之，夫其口众我寡。"(快些离开吧，他们人多口众，我只有一张嘴，说不过他们。)这个对歌的场面是很有趣的，它的整个过程全赖史家的生动记载。

史传之外，先秦诸子学术著作中收集逸诗亦时有所见，最生动的一首诗要算《论语·微子》中的"接舆歌"了。它记述孔子到楚国，楚国的狂人接舆唱着歌儿走过他的车旁。接舆唱道："凤兮！凤兮！何德之衰？往者不可谏，来者犹可追。已而，已而，今之从政者殆而！"(大意是：你这个自吹的凤鸟呀，凤鸟呀，运气为什么这样不好呢？已经过去的事是无法挽回的了，但是未来的事还是来得及改的。算了吧，算了吧！今天的统治者快完啦！)孔子下了车，想同接舆谈谈，接舆却赶快走开，孔子讨了个没趣。

总之，从上面所介绍的几种"采诗"方式，我们可以大略地看出先秦诗歌创作的活跃，而诗歌的传播在当时社会政治、经济、文化生活中发挥着重要作用。同时，从所采集到的诗歌内容本身可以看出统治者大力采诗的目的、动机以及诗歌的广泛应用。

《诗经》的成书，经过了统一的编纂、整理。《诗经》各篇当时都是可以合乐歌唱的，由乐官协律配乐，由乐工演奏给天子听(其说见《汉书·食货志》)。春秋以来，战乱频仍，《诗经》的乐章极为淆乱，是否由孔子重新删定过？学术界一般持否定意见。但是，孔子是非常重视《诗经》的，他将《诗经》作为教育子弟的教科书和学习百科知识的读本。他说："小子何莫学夫《诗》！《诗》可以兴，可以观，可以群，可以怨。迩之事父，远之事君。多识于鸟兽草木之名。"(《论语·阳货》)《论语》中论及《诗》的有十七处之多。

"毛诗"的每一首诗之前，都有一段类似题解的文字，叫"诗序"("三家诗"原来是有"序"的，现已失传了。现在所说"诗序"，即指《毛诗序》)。《诗经》首篇《关雎》前面一段特别长的总括全书主旨的文字叫"大序"，而以下每篇前的一小段文字叫"小序"。关于《毛诗序》的作者，一般人赞同《后汉书》作者范晔的说法，认为是东汉卫宏(说见《后汉书·儒林传》)。此外，大毛公在传授《诗》的时候，曾写了一部《诂训传》，世称“毛传”；东汉郑玄又为“毛传”作笺注，世称“郑笺”，这是对《诗经》的最早的注疏，对后世研究者影响很大。

第二节 《诗经》的思想内容

《诗经》中收录的诗歌，除了周王朝乐官制作的乐歌，公卿、列士进献的乐歌，还有许多流传于民间的歌谣。其作者成分很复杂：有贵族，有没落统治者，有平民，有奴隶。另外，《诗经》中的诗歌，能确定具体写作年代的不多，据研究者推断，《颂》和《雅》基本上产生于西周时期；《国风》除《豳风》及“二南”的一部分外，都产生于春秋前期和中期。由于作品产生的时代以及所反映的社会生活不一样，因而其内容亦较复杂。

创作者的身份、知识背景以及经历的社会生活不同，导致了作品表现出来的思想更是不可一概而论。一般说来，《颂》，主要是《周颂》中那些产生于周朝初期的祭祀诗歌，除了歌颂祖先功德的作品外，还有一部分在春夏之际向土地神、谷神祈求丰年，秋冬之际酬谢神灵的诗歌，反映了周民族以农业立国的社会特征，使我们了解到西周初年农业生产和人民生活的一些情况，有一定的史料价值。如《噫嘻》：

噫嘻成王，既昭假尔。率时农夫，播厥百谷。
骏发尔私，终三十里。亦服尔耕，十千维耦。

这首诗记成王亲耕之事，是周人作为春夏之间向上帝祈谷时助祭的乐歌(说见郭沫若：《雄鸡集·读了关于周颂噫嘻篇的解释》)。诗中描写周成王祭祀上天并亲耕于籍田，在成王的号召下，天下农夫修理农具，开始耕作、播种。在天子的“王土”上，出现万人耦耕(“十千维耦”)的壮观场面。今人从诗中既可以了解到成王的史事，又可想见古时祈谷的情景，认识奴隶社会井田制下万人耦耕的生产方式。这类诗歌如《臣工》、《丰年》、《载芟》、《良耜》等，均是较为著名的篇章。

《大雅》中的《生民》、《公刘》、《绵》、《皇矣》、《大明》五篇诗歌，叙述了周民族的始祖后稷到周王朝的创立者武王灭商的大致过程，其产生的年代大致也在西周初期，保存了商末周初的许多史迹和传说，不失为用韵文写成的历史，也可以说是一组古老的民族史诗。如描写周的始祖后稷事迹的

《生民》：

> 厥初生民，时维姜嫄。生民如何？克禋克祀，以弗无子。履帝武敏，歆攸介攸止。载震载夙，载生载育。时维后稷。

诗一开头，描写了后稷之母姜嫄因践踏上帝足迹而有身孕的传说（“履帝武敏”）。它实际上反映了母系氏族社会中人们只知其母不知其父的情况。同时，后稷又是因姜嫄感上帝足迹而生，这就将后稷神化了。这是一种天真、幼稚、纯朴的想象。诗中又描写后稷诞生的灵异：

> 诞弥厥月，先生如达。不坼不副，无菑无害，以赫厥灵。上帝不宁，不康禋祀，居然生子！

后稷是母亲头胎所生，居然像羊羔一样顺利地生下来了。在古代，难产为常见之事，首生尤难。而姜嫄生后稷时产门未破（“不坼不副”），孩子的出生并没有对母亲引起灾害，这显示了后稷的灵异，也理所当然地引起母亲的疑惧，以为是上帝不安于祭祀。于是，后稷被当作不祥之物抛弃了：

> 诞寘之隘巷，牛羊腓字之。诞寘之平林，会伐平林。诞寘之寒冰，鸟覆翼之。鸟乃去矣，后稷呱矣。实覃实訏，厥声载路。

后稷被弃置在小巷，牛羊庇护他，并用乳汁来养育他；后稷被弃置森林中，恰逢伐木人救了他；后稷被弃置在寒冰之上，鸟儿用翅膀覆盖他。后稷不死，实属异常不凡。但更为神奇的是，后稷幼年就对农艺有卓越的禀赋：

> 诞实匍匐，克岐克嶷，以就口食。蓺之荏菽，荏菽旆旆，禾役穟穟。麻麦幪幪，瓜瓞唪唪。

后稷刚刚会爬行的时候就十分聪明，会找口粮。长大后种庄稼，任何作物都结出丰硕的果实。这说明，周民族以农业立国，实在与其始祖后稷对农业的贡献分不开。《生民》的后半多侧面地描写了后稷在耕作技能、增加生产并首创祭祀等方面的事迹：

> 诞后稷之穑，有相之道，茀厥丰草，种之黄茂。实方实苞，实种实

褎，实发实秀，实坚实好，实颖实栗，即有邰家室。

诞降嘉种，维秬维秠，维穈维芑。恒之秬秠，是获是亩。恒之穈芑，是任是负，以归肇祀。

诞我祀如何？或舂或揄，或簸或蹂。释之叟叟，烝之浮浮。载谋载惟。取萧祭脂，取羝以軷。载燔载烈：以兴嗣岁。

卬盛于豆，于豆于登。其香始升，上帝居歆。胡臭亶时！后稷肇祀。庶无罪悔，以迄于今。

后稷是农业的发明者，他以其对农业的伟大贡献而成为氏族领袖。他定居于邰(今陕西武功县西南)，艰苦创业，祭祀上帝，繁衍子孙。《生民》生动、形象地记叙了周民族创始的历史，是一首以神话传说和古史相结合的民族史诗。《公刘》一诗，描写后稷的曾孙公刘率民由邰迁豳(今陕西彬县、旬邑一带)的事迹。诗中具体地叙写了离邰前的准备工作、到豳地后考察地形、建造房屋城邑、开垦荒地、繁衍定居等具体活动，是一首较为完整的叙事诗。诗篇刻画了公刘的勤劳智慧，塑造了一个深受人民爱戴的民族英雄形象。《绵》则描写周文王的祖父古公亶父率民由豳迁至岐山、定居周原的全过程。此外如《皇矣》描写周文王伐密、伐崇两次战争，其中有些描写战争场面的诗句，生动、形象，十分精彩。《大明》则描写武王灭商，赞颂了这次战争的胜利。总之，《大雅》中的叙事诗，既具有文学的形象性，又有着极为重要的史料价值，是《诗经》中应当重视的部分。

除了上述西周前期《大雅》中的史诗外，西周后期的《小雅》中也有一些史诗性的叙事诗，主要是记录周宣王四处讨伐的经历，把这些诗篇按照时间顺序整理起来，可以大致勾勒出西周以前以及西周时期的历史。这些诗歌的主要特点是简明扼要、条理清晰，但因为其主要是颂扬祖先的，所以不太重视故事情节的组织及人物形象的刻画。另外，叙事诗在整个《诗经》中所占比例较少，从一个侧面反映了从文学发展早期起，我国诗歌就不太重视叙事诗的特点，这与古希腊等西方诗歌文学的发展有截然的不同。

《小雅》中的绝大部分篇章和《大雅》中的少数篇章，是在周王室开始衰微至平王东迁的历史背景下产生的，反映了当时的社会动乱，在一定程度上暴露了统治阶级的内部矛盾和他们奴役人民、剥削人民的罪恶，具有一定的现实主义精神。比较著名的篇章如《小雅》中的《采薇》、《黄鸟》、《十月之交》、《大东》、《北山》、《何草不黄》等，体现出强烈的讽刺性，都可以视为《诗经》的精华。

以民歌为主体的《国风》，是《诗经》中内容最丰富、思想性最强的部分，它在一定程度上表达了奴隶社会中被剥削、被压迫阶级的情感和意愿，其所反映的生活内容比纯粹出于社会上层阶级之手的《雅》、《颂》广阔得多，生活气息也更为浓厚，更加全面地反映了当时的社会面貌，是最值得珍视的。

第一，无情揭露、深刻讽刺统治阶级荒淫无耻的生活和丑恶面目，反抗奴隶主阶级的统治。

在残酷、野蛮的奴隶制度下，奴隶们受着奴隶主阶级十分惨重的剥削和压迫，而奴隶主阶级却在榨取劳动者血汗的基础上过着极其腐朽的生活。《国风》中的不少诗作对统治者的无耻行为、丑恶灵魂进行了辛辣的嘲讽和无情的鞭挞。如《邶风·新台》、《鄘风·墙有茨》，辛辣地嘲讽卫宣公霸占儿媳，以及卫宣公妻宣姜与长妻的儿子私通并生了五个子女的丑事。人民群众以极其鄙视的口吻，将卫宣公比作癞蛤蟆，并且指斥道："墙有茨，不可埽也。中冓之言，不可道也。所可道也？言之丑也！"《齐风·南山》揭露齐襄公的禽兽行为，他和自己的胞妹有不正当的关系，人民群众骂他是一只淫乱的雄狐（"南山崔崔，雄狐绥绥"）。《陈风·株林》是陈国人民讽刺陈灵公同夏姬淫乱的作品。夏姬是郑穆公的女儿，嫁给陈国的大夫夏御叔。陈国国君陈灵公与其大夫孔宁、仪行父等都同夏姬私通，君臣往往穿了便衣互相嘲戏，行为十分丑陋，这件事在《左传》宣公九年、十年中有记载。所以，此诗亦是淋漓尽致的揭露之辞。

劳动人民目睹统治阶级不劳而获、过着荒淫腐朽生活的罪行，身受统治者残酷的剥削压迫，内心充满了不平和愤怒之情。他们在一些诗篇中谴责奴隶主的剥削，表现出强烈的反抗情绪。《国风》中不少诗篇都体现了这一鲜明的主题。如《魏风·伐檀》：

坎坎代檀兮，寘之河之干兮，河水清且涟猗。不稼不穑，胡取禾三百廛兮？不狩不猎，胡瞻尔庭有县貆兮？彼君子兮，不素餐兮！

坎坎伐辐兮，寘之河之侧兮，河水清且直猗。不稼不穑，胡取禾三百亿兮？不狩不猎，胡瞻尔庭有县特兮？彼君子兮，不素食兮！

坎坎伐轮兮，寘之河之漘兮，河水清且沦猗。不稼不穑，胡取禾三百囷兮！不狩不猎，胡瞻尔庭有县鹑兮？彼君子兮，不素飧兮！

这是伐木奴隶们所唱的歌，他们对统治者不耕不猎却稻谷满仓、猎物满庭的剥削、寄生生活表示极大的愤怒，对自己终年劳动却一无所获的悲苦命运流露出极大的不满。奴隶主"不稼不穑"，却占有谷物"三百廛"、"三百亿"、"三百囷"；奴隶主"不狩不猎"，却家有猎物"县貆"、"县特"、"县鹑”。这是阶级的不平等，作为被剥削、被压迫的阶级，能够意识到这种不公平、不合理，便是觉悟的一种表现。尤其难能可贵的是，奴隶们不仅看到了阶级剥削、阶级压迫的不合理社会现象，而且对统治阶级表示出强烈的反抗和决绝态度。《魏风·硕鼠》便是这样的一首诗，诗人唱道：

> 硕鼠硕鼠，无食我黍！三岁贯女，莫我肯顾。逝将去女，适彼乐土。乐土乐土，爰得我所。
>
> 硕鼠硕鼠，无食我麦！三岁贯女，莫我肯德。逝将去女，适彼乐国。乐国乐国，爰得我直。
>
> 硕鼠硕鼠，无食我苗！三岁贯女，莫我肯劳。逝将去女，适彼乐郊。乐郊乐郊，谁之永号。

奴隶们把贪婪的剥削者比作大老鼠，认识到正是这些大老鼠掠夺了他们的劳动成果，而使得他们连起码的生存权利也得不到保证。奴隶们热烈地向往着没有人剥削人的“乐土”、“乐国”、“乐郊”，这实际上表现了一种反抗的情绪，也是那个时代奴隶大逃亡的社会现实的一种写照。

将奴隶们的生活和思想感情表现得最为细致、具体的，要算《豳风》中的《七月》了。豳是周的祖先公刘率领族人由邰迁居至此而开发的。周是重视农业的民族，豳诗大多有务农的地方色彩，《七月》是其中最有认识价值的篇章。它比较全面地描绘了三千年前我国农民的生活和劳动，真实反映了奴隶制度下阶级对立的现实。全诗按季节的先后，逐月地描写奴隶们从修整农具，到下田劳作，从采桑、养蚕、纺织染帛、收获、打猎、筑场、造酒，到为奴隶主侍奉服役，修房凿冰，供牲献酒，祝他们“万寿无疆”。一年到头，奴隶们辛勤劳苦，劳动成果却被奴隶主占有。奴隶们无衣无食，吃苦菜，烧臭椿，住破房，年轻的女奴还随时有被奴隶主抢走和糟蹋的危险。这确实是当时的阶级压迫状况的形象概括，是一幅古代奴隶社会的真实图景。此外，《国风》中还有一些诗篇从不同侧面反映了当时社会制度的不合理，如《秦风·黄鸟》强烈抗议秦穆公以活人殉葬等。这些，都使得《诗经》体现出积极的现实主义精神。

第二，奴隶、平民或统治阶级中的下层分子，对统治阶级加在他们身上沉重的徭役、兵役所造成的外有旷夫、内有怨女、死生隔绝、流离失所的社会现象，表示强烈的怨刺。

在奴隶社会里，作为奴隶主的诸侯为争夺土地和人民而战伐频繁，战争给人民带来的苦难是深重的。而被迫参战或服徭役的群众，其家庭既蒙受灾难，本人还随时可能丧命。因此，他们向社会倾诉自己的非人生活，控诉不合理的兵役、徭役制度的罪恶。《卫风》中的《伯兮》，《王风》中的《君子于役》、《兔爰》，《齐风》中的《东方未明》，《魏风》中的《陟岵》，《唐风》中的《鸨羽》，甚至包括《小雅》中的《采薇》、《黄鸟》、《十月之交》、《大东》、《北山》、《苕之华》等，都是反映这类内容的名篇。以《鸨羽》为例：

肃肃鸨羽，集于苞栩。王事靡盬，不能艺稷黍，父母何怙？悠悠苍天！曷其有所？

肃肃鸨翼，集于苞棘。王事靡盬，不能艺黍稷，父母何食？悠悠苍天！曷其有极？

肃肃鸨行，集于苞桑。王事靡盬，不能艺稻粱，父母何尝？悠悠苍天！曷其有常？

这首诗抒发了农民对无休止的徭役极为不满的情绪。他们不能在家从事农业生产，父母的生活毫无保障。“王事靡盬”（为官家服役，让人没有一点空闲）给人民群众带来了沉重的负担和灾难。

繁重的劳役不仅给征人的家属物质生活上造成很大困难，而且给双方都带来精神上的极大痛苦。《国风》中不少诗篇对这方面的生活内容作了真实的反映。《王风·君子于役》通过一个普通山村妇女黄昏时思念丈夫的情景为我们展现了这样的画面：

君子于役，不知其期。曷至哉？鸡栖于埘，日之夕矣，羊牛下来。君子于役，如之何勿思？

君子于役，不日不月。曷其有佸？鸡栖于桀，日之夕矣，羊牛下括。君子于役，苟无饥渴？

丈夫离家日久，长年在外服役。他的妻子在暮色苍茫之中，望着“鸡栖于埘”、“羊牛下来”这家禽家畜的暮归图，不禁勾起纷纷思绪，愈加感到自己的寂寞、孤独，不由得发出“如之何勿思”的心灵之音。两章之间结构相同，只是个别词语有些变化，而正是这不多的几处变动，使两章内容各有侧重：第一章偏重在写妇人对归家无期的丈夫的思念，第二章侧重于妇人对久役于外的丈夫的关怀。《君子于役》是我国诗歌史上较早出现的思妇诗，它那真切的思想感情和以景寓情的表现手法对后代同类题材的诗歌创作产生了有益的影响。征夫与思妇形象在诗歌中的出现，在当时具有一定的普遍性和社会意义。

那些被统治者驱赶走上战场的士兵，遭遇往往更为悲惨。他们即使有幸生还，也留下了沉重的心理创伤。《豳风·东山》是一首描写远征士卒在归途中思家的诗。诗中以一个罢戍归来的士兵的口吻，回忆了士卒们在战场上所蒙受的苦难："蜎蜎者蠋，烝在桑野。敦彼独宿，亦在车下。"士兵们风餐露宿，如同野蚕一般。痛定思痛，令人不堪回首。诗中通过戍卒的想象，描写了战后家园破败的凄凉景象："果臝之实，亦施于宇。伊威在室，蟏蛸在户。町畽鹿场，熠燿宵行。"野藤野果布满屋檐，小地鳖安伏房内，长脚蜘蛛牵丝结网，野鹿出没于残壁颓垣之间，萤火虫夜间在室内闪烁发光，一派荒凉，写来相当形象、具体，表达了士兵对家乡的渴想和深沉的反战情绪，客观上反映了战争给人民带来的苦难和对社会生产的破坏。《诗经》中的这类作品对于揭露统治阶级穷兵黩武的行为、揭露非正义战争的罪恶，无疑是有积极意义的。

第三，热情歌颂抵御外族侵略、保卫民族安全的正义战争，表现出积极的爱国主义思想感情。

人民痛恨非正义战争，但却歌颂并积极参加正义战争，或者当自己的民族和国家遭到强暴的欺凌时，便奋起捍卫，体现出我国人民富于爱国主义的优良传统。《国风》中的《秦风·无衣》、《鄘风·载驰》是其代表作。此外，像《小雅》中的《采薇》、《出车》、《六月》、《采芑》也在一定程度上表现了这一思想。以《无衣》为例：

> 岂曰无衣？与子同袍。王于兴师，修我戈矛，与子同仇。
> 岂曰无衣？与子同泽。王于兴师，修我矛戟，与子偕作。
> 岂曰无衣？与子同裳。王于兴师，修我甲兵，与子偕行。

这首诗写在秦国称霸中原之前。由于秦国地处西陲，与西部的戎族部落逼居，长期受到戎族部落的侵扰和掠夺，因而秦国用兵，主要是对戎族作战。据《史记·秦本纪》记载，自秦仲为周宣王伐西戎，"死于戎"，近两百年间，秦与戎族战争不断。当时的戎族，不在周王朝的政权管辖之下，其社会政治、经济的发展远远落后于周王朝统治的以黄河流域为中心的中原地区。戎族部落掠夺性的侵扰给当时王朝西部边境（平王东迁后，这一带即为秦国的封地）的人民造成巨大的灾难。因此，秦对戎族的战争是反对侵略的正义战争。人民对于有关民族安全的正义战争是坚决支持的，"王于兴师"，人民就积极备战："修我戈矛"，"修我矛戟"，"修我甲兵"，准备好作战的武器、装甲，踊跃从军。大家同仇敌忾，振奋起来，奔赴战场，这是多么高亢的爱国激情！此外像《小雅·采薇》，实际上有《国风》的风味，其诗虽然流露了戍卒因久戍在外、备尝艰辛的痛苦，但对战胜外族的侵扰，又怀着自豪的情绪。

第四，描写劳动场面，表现劳动群众对劳动本身的愉快感受和喜悦心情。

《国风》的作者大多是劳动人民，他们以自己所从事的劳动发端，或在劳动中触景生情，有感而发。因此，劳动生活成为比兴的重要内容。同时，《国风》中还保存有直接描写劳动场景的诗篇，如《周南·芣苢》和《魏风·十亩之间》便是典型的例子。《芣苢》是妇女们结伴采集车前草时所唱的歌。传说车前草可治不孕症，妇女采之，“乐有子矣”（说见《毛诗序》）；又云车前草“其子治难产”（朱熹《诗集传》）。这样看来，妇女们采集时所怀的喜悦心情和美好的希望，便是可以理解的了：

采采芣苢，薄言采之。采采芣苢，薄言有之。
采采芣苢，薄言掇之。采采芣苢，薄言捋之。
采采芣苢，薄言袺之。采采芣苢，薄言襭之。

全诗分三章，由匆忙往采写到开始采集，由一棵一棵、一把一把地采集写到用衣襟盛放。以简单的节奏，简短的歌词，集体的唱和，充分表达了劳动的欢乐，其情其景，可以想见。正如清人方玉润所云：“恍听田家妇女，三三五五，于平原旷野、风和日丽中，群歌互答，余音袅袅，若远若近，忽断忽续，不知其情之何以移而神之何以旷。”（《诗经原始》）

第五，表现爱情和婚姻问题的诗歌，是当时社会思想、文化、风俗、人情的艺术再现，也反映了劳动人民对旧礼教的突破。

对美好爱情的追求和颂扬是千百年来人类永恒的主题，爱情问题自然也是民歌的重要题材。《国风》一百六十篇中，描写爱情的约有五十余篇，主要包括在《周南》、《召南》、《邶风》、《鄘风》、《卫风》、《王风》、《郑风》、《陈风》之中。也就是说，《国风》中的爱情诗主要产生于以今河南为中心的中原地区和江汉流域。春秋时期，随着社会生产力的发展和政治斗争的尖锐化，出现大国争霸的局面，这一地区又往往是争夺的中心。大国争霸的结果是奴隶制统治的衰落，礼教的崩溃，商旅的发达，这给当时的文化、风俗带来极大的影响。《史记·货殖列传》记载当时的情况说：“丈夫相聚游戏，悲歌慷慨，起则相随椎剽，休则掘冢作巧奸冶，多美物，为倡优。女子则鼓鸣瑟，跕屣，游媚富贵，入后宫，遍诸侯。”又说：“赵女、郑姬，设形容，揳鸣琴，揄长袂，蹑利屣，目挑心招，出不远千里，不择老少者，奔富厚也。”这种社会背景，正是产生爱情诗的土壤。因此，大量爱情诗没能采集于奴隶制礼教统治森严的西周初年乃至西周末年（即“周颂”、“二雅”时代），而出现在社会大转变，经济、文化大发展的春秋时期。同样，在当时的文化条件下，大量爱情诗较少出现在政治、经济比较落后或发展较晚的诸侯国，而产生于发达的政治、经济、文化中心地区。

《国风》中的爱情诗是一定的社会生活的反映，尤其是当时当地民间风俗的反映。以《郑风》为例，郑国风俗，男子好“驰马试剑”，女子好游乐集会，尤其是三月上巳，是临水祓禊的节日，此时，男女欢聚，祈福祓灾，而青年男女则趁此大好春光互相追慕，雀跃共舞，情歌互答，香草互赠，坦率、热烈地表达自己的爱情。《溱洧》一诗就是这种情景的写照：“士与女殷其盈矣”，春游男女很多，其中的一对情侣“伊其将谑，赠之以勺药”，互相调笑，生动地展现了祓禊节日那种狂欢的场面。《萚兮》大概也是在这一类集会中所唱的恋歌，诗中明确写到“倡予和女”、“倡予要女”，说明这种场合里的恋爱，是以你唱我和的对歌方式进行的。《陈风》所体现的风俗又不相同。陈国地近文化落后的淮夷，民间巫风盛行，祈神祛鬼，皆翩翩起舞，所以反映在爱情诗歌中，便绝少《郑风》那样清新、明快的对唱，而是以巫舞为形式的集体舞蹈，将爱情寄寓在种种宗教活动之中。如《宛丘》，描写了民间祭神时人民擂起皮鼓、敲起瓦盆的狂欢场面，刻画了一位巫女跳舞祭神时的婀娜舞姿，表达了诗人对这位能歌善舞的姑娘的热烈爱慕。《东门之枌》表现了青年男女会舞于大树下、旷原上、市井中的欢腾情景，富有浓烈的生活气息。此外，其他许多著名的大型集会，如“舞雩”之求雨，“蜡祭”之祈年，“祓禊”之祛邪，“高禖”之求子等，其中尤其像“高禖”一类与婚姻爱情有密切关系的祭神活动，是“富于诱惑性”的（闻一多《高唐神女传说之分析》），是青年男女冲破礼教的约束、坦率地表达爱情的大好时机。《国风》中的爱情诗是当时社会生活的一幅幅风俗画，而且因地域的不同，人们生活环境、习俗的不同，这些风俗画又都色彩各异，缤纷夺目。

《国风》中的爱情诗不仅因地域、风俗的差别而各有特色，而且因创作年代的先后、礼乐政教约束的大小而表现出各自的风格。以《周南》、《召南》和《郑风》、《卫风》为例，“周”、“召”是周公旦、召公奭的采邑。这里是奴隶制礼乐政教之邦，而且，由于“二南”之诗创作年代比其他各“风”都早，其时正是周王室兴盛之际，礼乐政教的影响较深，因而“二南”中的爱情诗大都含蓄、婉转，风格典雅。如《周南·关雎》，描写一位青年男子对一位采荇菜的勤劳美丽的姑娘的热烈追求：

关关雎鸠，在河之洲。窈窕淑女，君子好逑。

参差荇菜，左右流之，窈窕淑女，寤寐求之。求之不得，寤寐思服；悠哉悠哉，辗转反侧！

参差荇菜，左右采之；窈窕淑女，琴瑟友之。参差荇菜，左右芼之；窈窕淑女，钟鼓乐之。

诗中男主人公对那位“窈窕淑女”的思恋倾慕达到了梦寐以求、辗转反侧的地步，并且想象着和这位姑娘结为配偶后美满亲密地生活在一起的景象，感情是热烈真挚的。但是，诗人这种撞击于内心的热流并不是不加约制地奔涌而出，而是采用比兴的手法，首先赞美“关关雎鸠，在河之洲”这种雌雄配偶不乱的水鸟的和谐生活，以期引起姑娘的共鸣，含蓄委婉，庄重纯洁。而且，诗中提出“窈窕淑女，君子好逑”(淑女配君子)，是一种自由的爱情观。诗中的“辗转反侧”成为描写人们因思念而难以入眠的经典成语。而描写君子迎娶淑女，愿以“琴瑟友之”、“钟鼓乐之”等语，也成为后世婚庆常用词(如“琴瑟和鸣”)。《召南·野有死麕》前两章由獐、鹿、白茅、朴樕起兴，描写一个狩猎青年和一个砍柴女子在劳动中发生爱情的经过。末章是女子要求男子谨慎从事，千万不要冒失的软语叮咛。温文尔雅，文质彬彬，是“二南”中爱情诗大都具有的一个特点。“虽不能闲于礼，而尚未敢大溃其防，犹有先王之遗泽焉。”(崔适：《读风偶识》)郑、卫则不然，它们是较晚兴起的诸侯国，郑、卫之诗也全是春秋时代的作品。其时社会前进了，最高奴隶主政权的权威已荡然无存，奴隶制的礼乐政教趋于崩溃，束缚较小，平民、奴隶的人身自由也多了起来，因而《郑风》、《卫风》中的爱情诗大都鲜明生动，风格泼辣。以《郑风·褰裳》为例：

子惠思我，褰裳涉溱；子不我思，岂无他人？狂童之狂也且！

子惠思我，褰裳涉洧，子不我思，岂无他士？狂童之狂也且！

这是一位女子所唱的情歌，她说，如果那傻瓜(她所爱上的“狂童”)再不褰裳涉水过来相会，她可就要同别人相好了。字里行间透露出唱歌姑娘聪明而带狡黠、热情而富于戏谑的性格，语言生动活泼，几乎毫无约制。其他如《鄘风》中的《柏舟》，表现一位少女反抗母亲对她的婚事的干涉，她至死也不改变对心中那位男子的爱情，并呼天抢地地反复喊出：“母也天只！不谅人只！”这种强烈的直抒胸臆的表现手法，在“二南”中是见不到的。

《国风》中的爱情诗，不仅从多方面反映了当时的社会生活，而且在具体描写爱情生活时，也显得丰富多彩。如，有的诗表现了爱情生活的乐趣：

静女其姝，俟我于城隅。爱而不见。搔首踟蹰。
静女其娈，贻我彤管。彤管有炜，说怿女美。
自牧归荑，洵美且异。匪女之为美，美人之贻。

——《邶风·静女》

诗中这位姑娘在约会时，将自己隐蔽起来，同小伙子开了一个小小的玩笑。等到小伙子发现姑娘已依约来到并且情深意长地送给他一些礼物时，便大喜过望。诗是以小伙子的口气写的，说那贤淑幽静的姑娘约我在城角楼上相会，姑娘躲了起来，害得我抓耳挠腮。那姑娘送我一把红管草，我爱不释手。诗中的小伙子不停地对着姑娘送给他的那束红管草喃喃自语：“红管草啊红管草，我真爱不尽你的美丽！”“红管草啊红管草，不是你本身有多美，是因为你是美人所赠！”其神态十分生动、有趣。有的诗则描写我国古代人们表达爱情的“投桃报李”的方式：

投我以木瓜，报之以琼琚。匪报也，永以为好也。
投我以木桃，报之以琼瑶。匪报也，永以为好也。
投我以木李，报之以琼玖。匪报也，永以为好也。

——《卫风·木瓜》

诗中，一方赠送另一方木瓜或桃李，另一方则回报以玉佩。情人的本意不在于互赠礼物，而是永结恩情的表示。在后世，“投桃报李”不仅表达爱情，而且成为中国人的礼仪规范。有的诗还表达了“一日不见，如隔三秋”的离别的思念：

彼采葛兮。一日不见，如三月兮！
彼采萧兮。一日不见，如三秋兮！
彼采艾兮。一日不见，如三岁兮！

——《王风·采葛》

诗中“一日不见”，“如三月兮”、“如三秋兮”、“如三岁兮”，层层递进，感情不断升华，既细腻又十分感人。千百年来，引发多少相思者的共鸣。此外，有些诗还表现了爱情的严肃、坚贞和专一，如《郑风·出其东门》：

出其东门，有女如云。虽则如云，匪我思存！缟衣綦巾，聊乐我员。

出其闉阇，有女如荼。虽则如荼，匪我思且！缟衣茹藘，聊可与娱。

东门游女，如云如荼，都不是诗人所属意的。诗人的心里只有那一位“缟衣綦巾”、“缟衣茹藘”的朴素端庄的姑娘。由于男尊女卑，女子常被男人抛弃，所以中国古代的爱情诗多写“痴心女子负心汉”，而此诗中的男子在“美女如云”的环境中还如此专一，实属难能可贵，亦为此诗一大特色。

《国风》既描写了甜蜜的爱情，也记述了不幸的婚姻。在礼教的压迫之下，那个时代的妇女常常被男子所遗弃，弃妇们的内心格外痛苦，她们呼号，她们反抗。《卫风·氓》、《邶风·谷风》、《王风·中谷有蓷》、《陈风·墓门》等诗篇，从不同角度控诉了礼教的罪恶，具有深刻的社会意义。其中《谷风》和《氓》在反映弃妇不幸、表现她们痛苦心灵方面最富于典型性。这里举前者为例：

《邶风·谷风》是一篇弃妇诉苦之词，全诗共分六章，以女主人公自述的口吻写出。第一章是女主人公对狂怒不已的丈夫的劝说，希望他不要忘记前言，抛弃自己：

习习谷风，以阴以雨。黾勉同心，不宜有怒。采葑采菲，无以下体，德音莫违，及尔同死。

诗一开始以“习习谷风，以阴以雨”起兴。女主人公对像飒飒山风、天阴雨暴那样发怒的丈夫说，我和你勉力同心，你不该对我如此不能相容。你采了葑、菲，难道要叶不要根？这里以根喻女子德操，以叶喻女子色貌。她婉言劝告丈夫不应娶妻不重其德，而仅以妻子色衰即行遗弃。她还提醒丈夫不要忘了先前对她说过的“及尔同死”的甜言蜜语。可是，男子并没有为这番话所打动，女主人公终于被抛弃了。诗的第二章叙说了女子被弃的痛苦和男子重婚的欢乐：

行道迟迟，中心有违。不远伊迩，薄送我畿。谁谓荼苦？其甘如荠。宴尔新昏，如兄如弟。

女主人公走出家门迟迟不忍离去，她不指望故夫远道相送，只希望能就近送上几步也好。可是，男子只将她送到家门口就止步了。女子悲啼自己的不幸命运，发出极沉痛的声音：谁说荼菜味苦呢？要是同我此时的伤痛比起来，它简直像荠菜那样甜啊！接着，她用故夫另娶新人的快乐同自己的不幸作了鲜明对比，使人更能体会到弃妇内心的无尽哀伤。

第三章主要写女子被弃绝后对过去生活眷恋的余情：

泾以渭浊，湜湜其沚。宴尔新昏，不我屑以。毋逝我梁，毋发我笱。我躬不阅，遑恤我后。

这里，泾水浊，渭水清，分别喻自己与新人。女主人公感叹道：旧人遇到新人，就像泾水遇到渭水，更显得容貌憔悴了。可是，泾水在一个地方静止下来时，也会清澈见底。然而男子既已娶了新人，便诬我是非常不洁的人了。对已经成为过去的生活，女主人公还不能完全忘情。她禁不住想告诉新人：不要到我的鱼堰那里去，不要把我的鱼篓弄乱了！可是既而一想，自身都不能为丈夫所容了，哪还顾得到走了以后的事情！

第四章用渡河作比喻，追叙自己婚后治家睦邻，无不尽心尽力，有着贤良的美德：

就其深矣，方之舟之。就其浅矣，泳之游之。何有何亡，黾勉求之。凡民有丧，匍匐救之。

女主人公一向勤勉持家，友爱四邻。她竭尽全力操持家务，邻居家有什么难处，她也尽力"匍匐救之"。从这一章中可以看到，这位女子是一个吃苦耐劳、乐于助人的人。婚后为了治家睦邻她尽瘁心力，就像渡河那样，水深就撑筏划舟，水浅就泅水过去。

第五、六章，女主人公历诉丈夫对自己今昔态度的不同，谴责他的自私自利：

能不我慉，反以我为仇。既阻我德，贾用不售。昔育恐育鞫，及尔颠覆。既生既育，比予于毒。

我有旨蓄，亦以御冬。宴尔新昏，以我御穷。有洸有溃，既诒我肄；不念昔者，伊余来塈。

女子沉痛地说道：如今你不仅对我没有一点好感，反而将我当成仇人。我一片好心遭到拒绝，竟像商人卖不出去的货物。从前生计艰难，穷困得叫人恐慌，只有我同你共患难，度过窘困的时光。现在你日子过得富裕起来，就把我视为眼中钉。我就像你用来过冬的干菜，而今你们新婚是那么快乐，当初却是拿我来挡穷。你对我是那样粗暴，全不念当初只爱我一人的那份旧情。

在男女不平等的阶级社会里，妇女被丈夫遗弃是相当普遍的社会现象。其中因色衰而见弃亦是很富于典型性的。《谷风》就是描写这类女子的遭遇。诗中的女主人公是一个温顺、善良、勤劳的女性，是一个"温柔敦厚"的女子，仍然难以摆脱被丈夫遗弃的不幸命运。诗中细致入微地刻画了这位弃妇复杂的内心活动，从中可以看出她性格中软弱的一面。全诗尽是殷殷相诉的悲哀之语，却无一疾声怒颜之辞。女主人公一方面对丈夫忘恩负义、喜新厌旧深怀不满，另一方面又对他难断痴情。她先是婉言劝说，当明白丈夫已完全绝情之后，仍没有从正面予以严厉斥责，而只是语中略含埋怨之词。当她已被遗弃，不得不踏上回娘家的路程时，还幻想丈夫能来送行。这个女子的形象与《卫风·氓》中的弃妇既温柔又刚强的性格不同，但两首诗都表现了古代劳动妇女在礼教压迫下不幸的婚姻命运。《诗经》中这类题材的诗作在反映古代劳动妇女人生命运和她们的心灵方面有着独特的意义。《谷风》、《氓》等弃妇诗的出现，开后世弃妇题材诗歌创作之先河，在诗歌史上产生了一定的影响。

此外，《诗经》中还有一部分反映社会风俗、礼节、宴会、祭祀的诗歌，如《小雅·斯干》、《小雅·宾之初筵》、《周颂·丰年》等，也值得注意。

第三节《诗经》的艺术成就和影响

《诗经》中，抒情诗占据绝对优势。除了《大雅》中有少数记录历史的诗歌及《小雅》、《国风》中的个别篇章外，几乎都是抒情诗，而同时代的西方诗歌，如《荷马史诗》，则大多是叙事诗，这也是为何中国诗歌以抒情为发展方向，而西方诗歌以叙事为发展方向的原因所在。大体说来，《诗经》在表达个人感情上还是比较含蓄的。这与当时的社会环境有关。从内容上看，《诗经》中表现现实生活和日常经验的比较多，极少出现虚构的人物形象或者超越人间世界之上的神话世界；多以男欢女爱、弃妇征人、春耕秋收等内容为题材。因此，《诗经》被后代研究者称为现实主义诗歌的光辉起点，是一部“诗史”。

同样，《诗经》在艺术上所取得的成就是开创性的。它那回环复沓的章法，它所采用的赋、比、兴的表现手法，它那和谐的韵律和丰富的语汇，使得一部《诗经》呈现出独特的艺术面貌，并对两千多年来民族诗歌的发展产生巨大的影响。

第一，《诗经》在章法上的基本结构特点是重章叠句。所谓“重章”，即全诗的每一章(亦即今人所谓“一段”，历来说《诗经》者称“章”。)除变换个别字、词之外，都是重复的。如《芣苢》最为典型，全诗三章中只有“采”、“有”、“掇”、“捋”、“袺”、“襭”六字不同，其余皆重复。其实，上述六个字也都是采集的意思，只是动作上有些细小的差别而已。此外如《伐檀》、《硕鼠》也都是这种情况。所谓“叠句”，即每一章有若干句是重复的，如《周南·汉广》：

南有乔木，不可休息；汉有游女，不可求思。汉之广矣，不可泳思，江之永矣，不可方思。

翘翘错薪，言刈其楚；之子于归，言秣其马。汉之广矣，不可泳思，江之永矣，不可方思。

翘翘错薪，言刈其蒌，之子于归，言秣其驹。汉之广矣，不可泳思，江之永矣，不可方思。

诗的大意是说，一位砍柴的樵哥爱上一位美丽的姑娘，但由于身份的低微，他自认可望而不可即。他唱道：南方有棵高高的大树啊，枝干太高反而得不到它的阴凉；汉水岸边有一位神女啊，她太美丽，我这凡夫俗子怎能配得上！唉，就像汉水宽又宽，我无法游过去；就像长江长又长，我无法划船渡过江。那错杂的树枝啊，是我砍下的薪柴；姑娘啊你要是嫁人不要嫁给别人，一定要嫁给我。我喂饱我的马儿，把你娶回来！唉，就像汉水宽又宽，我无法游过去；就像长江长又长，我无法划船渡过江。那纵横的枝丫啊，是我割下的柴草；姑娘啊你要是嫁人不要嫁给别人，一定要嫁给我。为了能够娶到你，我要把我的马驹儿来喂饱。唉，就像汉水宽又宽，我无法游过去；就像长江长又长，我无法划船渡过江……

诗中的“汉有游女，不可求思”，讲的是西周时期郑交甫赴襄阳，于汉水岸边月夜遇神女，他爱慕她，向她讨请纪念品，神女解下随身玉佩相赠。

但当郑交甫走出十余步，怀中玉佩却不见，回头寻那女子，亦不见。此为文学中最早写到人神相恋的故事。至今湖北襄阳万山还有一个叫“解佩渚”的地方。诗中的“江”(长江)、“汉”(汉水)同时出现，足见其产地在“楚”。诗中的语尾词“思”，亦为楚人口语。而其中“汉之广矣，不可泳思；江之永矣，不可方思”四句，每章章末反复歌唱，便属“叠句”。重章叠句，可以使诗篇在内容上互相补充，或表示事情的进展，环境的变动，感情的深化。《毛诗序》云：“诗者，志之所之也。在心为志，发言为诗。情动于中而形于言；言之不足，故嗟叹之；嗟叹之不足，故永歌之；永歌之不足，不知手之舞之，足之蹈之也。”重章叠句的形式，正是适应诗人这种“言之不足”而必须反复“嗟叹”和“永歌”的需要。同时，又因为《诗经》大多是劳动人民集体口头创作，故重章叠句又便于集体唱和。现代歌词，特别是民歌中的“副歌”，大抵上也受重章叠句的影响，有反复咏叹或集体唱和的作用。

以下对《诗经》中重章叠句的情况做一点具体的分析、介绍。

重章复沓，常用来强调某种思想或愿望，借以强化诗的意境。例如《秦风·无衣》、《魏风·伐檀》、《魏风·硕鼠》等都属于这一类型。又如《郑风·遵大路》：

遵大路兮，掺执子之祛兮。无我恶兮，不寁故也。
遵大路兮，掺执子之手兮。无我丑兮，不寁好也。

这是一首央求情人不要断情的诗篇，两章诗意始终如一，只是换了几个近义词，在反复咏唱之间，把被弃者的心情、语态作了动人的表现。

也有一些诗篇，在重章复沓中经过换用几个字眼，起到了一章比一章诗意进展，感情深化的作用。如《王风·采葛》通过“一日不见，如三月兮”、“一日不见，如三秋兮”、“一日不见，如三岁兮”表现了越来越深的相思之情。又如《召南·摽有梅》写一位待嫁的女子望见梅子落地，引起青春将逝的伤感，盼望求婚的男子及时前来：

摽有梅，其实七兮。求我庶士，迨其吉兮。
摽有梅，其实三兮。求我庶士，迨其今兮。
摽有梅，顷筐塈之。求我庶士，迨其谓之。

梅子零落，象征着少女青春渐渐消逝。第一章说树上的梅子还有七分，盼着小伙子快择吉日来求婚；第二章说树上梅子只有三分了，盼着小伙子今天就来求婚；第三章说梅子已经零落，要用簸箕来收了，姑娘心里越发着急，只要来求婚的小伙子一开口，她就可以嫁给他。三章之中，只换用了几个字，就把待嫁女子感情的发展生动地表现出来。

叠句的形式比较多样，不仅有前举《汉广》中那样的方式，还有连续叠句的方式，即在一章之中连续重复相同的句子，中间没有其他词语相隔。例如《鄘风·相鼠》中每一章的第二、三句都是这样的叠句。

叠句有增强节奏感的作用，特别是在它与重章复沓的咏唱相结合时，往往更能突出感情色彩，强调全篇的主题。如《王风·葛藟》：

> 绵绵葛藟，在河之浒。终远兄弟，谓他人父。谓他人父，亦莫我顾。
>
> 绵绵葛藟，在河之涘。终远兄弟，谓他人母。谓他人母，亦莫我有。
>
> 绵绵葛藟，在河之漘。终远兄弟，谓他人昆。谓他人昆，亦莫我闻。

这是一篇流浪者的哀歌。诗中倾诉了流亡者飘零四方的孤独悲伤，他即使称别人为父母兄弟，也难得到一点同情和救济。三章之中"谓他人父"、"谓他人母"、"谓他人昆"三句分别相叠，突出表现了流亡者孤苦无依、求告无助的悲惨处境和他内心难言的苦痛。

《诗经》重章叠句的结构特点，成为我国后世民歌的普遍结构形式。

第二，《诗经》的基本表现手法是"赋、比、兴"。所谓"赋、比、兴"，历代学者对其含义的解释不尽相同。这里取南宋朱熹一说："赋者，敷陈其事而直言之也。"(《诗集传·葛覃篇》)"比者，以彼物比此物也。"(《诗集传·螽斯篇》)"兴者，先言他物以引起所咏之词也。"(《诗集传·关雎篇》)

"赋"，就是陈述铺叙的意思，带有叙述性。它的特点是"敷陈"、"直言"，即直接叙述事物、抒发感情。在《诗经》中，赋的手法多见于《大雅》和《颂》诗，如《生民》、《公刘》、《绵》等，全篇用"赋"体。《小雅》中的一部分政治讽谕诗及《国风》中的一些民歌，也运用了这一手法。

《诗经》中的赋体诗，虽然确有一些写得比较直露，但亦不乏描绘事物生动形象的佳篇。例如《大雅·大明》描写牧野会战：

> 殷商之旅，其会如林。矢于牧野，维予侯兴，上帝临女，无贰尔心！

牧野洋洋，檀车煌煌，驷騵彭彭。维师尚父，时维鹰扬。凉彼武王，肆伐大商，会朝清明。

这两章是古代文学作品中描写战争场景的有名诗章。通篇除两处用了比喻外，就整体来说是赋体。诗中从两军列阵叙起，叙述了武王前线誓师，大军猛烈进攻，战马奔腾，将帅英勇的战斗经过，最后以武王伐商取得胜利结尾。写来场面壮观，气势宏伟，而又叙事清晰，形象鲜明。

又如《郑风·将仲子》：

将仲子兮！无踰我里，无折我树杞。岂敢爱之，畏我父母。仲可怀也，父母之言，亦可畏也！

将仲子兮！无踰我墙，无折我树桑。岂敢爱之？畏我诸兄。仲可怀也，诸兄之言，亦可畏也！

将仲子兮！无踰我园，无折我树檀。岂敢爱之？畏人之多言。仲可怀也，人之多言，亦可畏也！

这首诗运用呼告式的辞格，模拟少女口吻对心上人苦苦哀求，她请他不要翻过她家的院墙，不要碰坏了她家的桑树。又解释说这不是因为珍惜那些树，而是因为害怕“父母之言”、“诸兄之言”和“人之多言”。可是，她心中依然恋着自己的情人，明白地告诉他“仲可怀也”。全诗坦率、诚挚，毫不掩饰地剖沥心腑，直接向对方倾诉爱与怕相交织的复杂感情，反映了礼教压迫给青年男女心灵上带来的重压。这样直截了当的“赋”的表现方式，是同样富于表现力的。

“比”，就是比喻。《诗经》中有的全篇用比体。在这样的诗中，诗人所描绘的形象没有独立的意义，而只是用来打比方以表意说理。例如，《硕鼠》诗中用老鼠比喻不劳而获的剥削者。《豳风·鸱鸮》则通过一只雌鸟的哀诉，叙说了恶鸟对它的迫害，借此控诉残暴的统治者摧毁人民家园、将人民置于艰危境地的罪行。《小雅·鹤鸣》用一连串比喻，形象地表达了招纳人才为国所用的主张：

鹤鸣于九皋，声闻于野。鱼潜在渊，或在于渚。乐彼之园，爰有树檀，其下维萚。他山之石，可以为错。

鹤鸣于九皋，声闻于天。鱼在于渚，或潜在渊。乐彼之园，爰有树檀，其下维榖。他山之石，可以攻玉。

诗中用鹤、鱼、檀、玉石等比喻贤才，指出人才到处都有。虽然有些贤者隐逸起来，可是，就像隐居九泉的仙鹤总会有名声传扬，潜沉深渊的鱼儿有时会浮浅洲滩，他们总是可以被发现的。无论是万木园中那贵重的檀树还是它下边普通的树，都可以量材取用。最后又用“他山之石，可以为错”，“他山之石，可以攻玉”比喻别的地方的贤才亦可以为我所用。

不过，在《诗经》中，这类纯乎比体的诗为数很少，大多数是在诗中起一定修辞作用的片断的比喻。其中有明喻、隐喻、借喻等。

《卫风·硕人》描绘贵妇人庄姜的美貌，连用了五个比喻：“手如柔荑，肤如凝脂，领如蝤蛴，齿如瓠犀，螓首蛾眉”，给人留下了鲜明、生动的印象。《卫风·伯兮》写思妇怀念征夫，其中第二章有一句说：“自伯之东，首如飞蓬。”用散乱的蓬草比喻女人的头发，说明这个女子自丈夫走后好久不曾梳洗了。这个比喻再现了她的相思之苦和慵懒之态。这些属于明喻，即比喻句中有“如”之类的喻词。

《诗经》中还有不少地方采用了隐喻或借喻的手法。前者指比体出现，被比体不直接出现，没有“如”“像”一类的喻词；后者是以喻体代替本体，将喻体直接放在本体应该出现的地方。《卫风·氓》中“于嗟鸠兮！无食桑葚”，《周南·汉广》中“南有乔木，不可休息”都是隐喻，一个用来比喻女子不可轻易坠入情网，一个用以形容心上人的可望而不可即。借喻的例子如《谷风》中“就其深矣，方之舟之；就其浅矣，泳之游之”等即是。

兴，一般用于一首诗或一章诗的发端，如同当今民歌中所谓“歌头”。在《诗经》中，“兴”的手法运用得十分广泛。具体情况又可以分为两种：

一种是仅起到从韵脚上引出下文，或者借眼前景物来发端的作用，不具有象征意义的“兴”。例如《秦风·黄鸟》：

交交黄鸟，止于棘。谁从穆公？子车奄息。维此奄息，百夫之特。临其穴，惴惴其栗。彼苍者天，歼我良人！如可赎兮，人百其身！

交交黄鸟，止于桑。谁从穆公？子车仲行。维此仲行，百夫之防。临其穴，惴惴其栗。彼苍者天，歼我良人！如可赎兮，人百其身！

交交黄鸟，止于楚。谁从穆公？子车针虎。维此针虎，百夫之御。临其穴，惴惴其栗。彼苍者天，歼我良人！如可赎兮，人百其身；

这是一首谴责秦穆公以活人殉葬，悲悼“三良”的诗。每一章发端处写黄鸟的飞翔和降落，与诗文内容没有什么关联。但三章中分别写黄鸟落在“棘”、“桑”、“楚”上，起到了变换下文音韵的作用。又如《伐檀》之咏“河水”，

《风雨》(《郑风》)之咏"风雨"等都是类似的情况。

另一种比较常见的情况是，诗的开头所言的"他物"，与"所咏之词"亦即诗之本意相关，这时"兴"便带有一定的象征性。如"关关雎鸠，在河之洲。窈窕淑女，君子好逑"。大意是说，那雎鸠在河中小洲上"关关"鸣叫，那幽娴淑慧的女子正是好男儿的佳偶。这里，"关关雎鸠，在河之洲"便是"兴"，是这首诗的发端。诗人从"关雎"唱起，正象征着"淑女"与"君子"爱情的坚贞，与整首诗的意旨是暗合的。起兴来自现实生活中自然景物与社会生活现象对诗人的触发。这种触发引起诗人由此及彼的联想，于是发抒为动人的诗篇。

"赋"、"比"、"兴"三种表现手法各有自己的特点，但它们又不是互相排斥的。很多时候是兼而用之。因此，《诗经》中存在大量"赋而比"、特别是"比而兴"、"兴而比"的情况。这里仅举比、兴兼用的例子。《周南·桃夭》诗中写道：

桃之夭夭，灼灼其华。之子于归，宜其室家。
桃之夭夭，有蕡其实。之子于归，宜其家室。
桃之夭夭，其叶蓁蓁。之子于归，宜其家人。

这是一篇新婚贺词，全诗以桃树来比喻和象征新娘、新郎。第一章前两句说桃树新嫩，桃花艳丽，是比喻新人年轻貌美，也象征着他们的青春年华；后两句是祝新人婚后夫妇和顺。第二章前两句说桃树果实累累，是比喻并象征新人婚后多子；后两句则祝他们所在的家门兴旺。第三章首两句唱的是桃树枝叶茂盛，是比喻新人家族永远繁盛，后两句则祝他们代代相传，繁衍不息，福荫后世。整首诗"比"、"兴"融为一体，使得抒情形象更为鲜明、生动。

《诗经》比、兴手法的运用，使得诗歌在表达感情方面更为丰富多彩，大大增强了诗歌的形象性，从而使之更富于美感。其一，比兴能够突出事物某一方面的特征，使所表现的事物形象更为鲜明。其二，比兴能够通过对具体事物的描写，使抽象的思想感情形象化，使读者更容易领会和理解，加强了作品的艺术感染力。其三，比兴避免了诗意表达上的质直，而使之委婉、深沉、含蓄、蕴藉，从而更能引发读者的审美感受。此外，比兴还可以很好地烘托气氛，有助于诗歌意境的创造。《诗经》中比兴手法的大量运用，在诗歌发展史上是开创性的。从此，比兴手法成为中国历代诗歌所袭用并不断发展的基本的艺术表现手法，对中国诗歌民族特色的形成起了重要作用，几千年来一直具有强大的生命力。

第三，《诗经》三百篇以整体的面貌出现，句式大体整齐，韵律和谐，语汇丰富。《诗经》的基本句式为四言，此体至汉魏六朝始渐衰落而为五、七言所取代。以四言体将诗歌体制定型化，这在诗歌形式的发展历程中是具有划时代意义的。《诗经》的用韵也有规律可循，一般有三种情况：一是首句入韵，然后逢偶句用韵，如“蒹葭苍苍，白露为霜。所谓伊人，在水一方。溯洄从之，道阻且长。溯游从之，宛在水中央”（《秦风·蒹葭》）。二是首句不入韵而隔句用韵，如“采采卷耳，不盈顷筐。嗟我怀人，寘彼周行”（《周南·卷耳》）。三是自首至末，句句用韵，如“十亩之间兮，桑者闲闲兮，行与子还兮”（《魏风·十亩之间》）。这些用韵方式对后世影响也很大，在此后的诗歌创作中都被采用并基本未出此范围。

《诗经》在语言方面最突出的特点是运用重言叠字和双声叠韵联绵词，以此增加诗歌的音律美和修辞美，表达细微曲折的感情和自然界美丽的形象。重言叠字是指单字的叠用。在《诗经》中，重言叠字往往是用来写貌或拟声。写貌，包括描绘自然景物形态和描绘人物的心理、动作或神态。例如，《王风·黍离》首章：

> 彼黍离离，彼稷之苗。行迈靡靡，中心摇摇。知我者谓我心忧，不知我者谓我何求！悠悠苍天，此何人哉！

这是一首游子抒写忧愁的诗。诗中多处运用了重言叠字；以“离离”形容禾黍之茂盛；以“靡靡”状写行者脚步之迟缓；以“摇摇”表现心忧以致不能自主，以“悠悠”展示苍天之高远。既描绘了自然景物，又写出了人物的举止、心神。又如《小雅·采薇》末章：

> 昔我往矣，杨柳依依；今我来思，雨雪霏霏。行道迟迟，载渴载饥。我心伤悲，莫知我哀！

《采薇》是一首反映士卒在归途中抚今追昔内心伤痛的诗作。这一章以柳代春，以雪代冬，借景表情，感时伤事，极富于形象性和感染力。而且，诗中写士卒离家时是“杨柳依依”，此为“以乐景写哀”，因为他当时的心情是极为懊丧；而他经历九死一生后从战场上归来，心情十分宽慰，但眼前却是“雨雪霏霏”，此谓“以哀景写乐”，更加凸现了士卒归来时既高兴却又往事不堪回首的独特感受。同时，诗中叠字的运用亦很出色。“依依”二字显出杨柳枝条的轻盈、娇弱，给人以缠绵之感；“霏霏”二字则形容了大雪纷纷扬扬、密密麻麻的情景；“迟迟”体现了征人足步的沉重缓慢。

《诗经》中还常用叠字来拟声，即运用象声词，使语言具体、形象，给人以如闻其声、如临其境之感。拟声，有时是模拟动物鸣叫之声，如“交交黄鸟”(《秦风·黄鸟》)，“呦呦鹿鸣”(《小雅·鹿鸣》)；有时是模拟大自然不同的风雨之声，如“风雨凄凄”、“风雨潇潇”(《郑风·风雨》)；有时是模拟劳动之声，如“坎坎伐檀”(《伐檀》)，“筑之登登，削屡冯冯”(《大雅·绵》)；还有时是模拟车行鼓乐之声，如“有车邻邻”(《秦风·车邻》)，“鼓钟将将”、“鼓钟喈喈”(《小雅·鼓钟》)等。《诗经》中，重言叠字常常上下句中连续出现，如“萧萧马鸣，悠悠旗旌”(《小雅·车攻》)，“萧萧”是马鸣声，闻之可想象出战马从容长嘶之态；“悠悠”描绘出军旗悠扬飘动之势，二句反映了军容整肃之貌。有的诗章集中了许多叠字，如《卫风·硕人》末章七句，六句用叠字：

> 河水洋洋，北流活活。施罛濊濊，鳣鲔发发，葭菼揭揭。庶姜孽孽，庶士有朅。

诗的大意是说：黄河之水白茫茫，哗哗流淌向北方。撒开渔网呼呼响，鳣鲔泼剌剌都进网，芦荻高高排成行。姜家女子美丽颀长，武士们个个都轩昂。

上述描写，都是诗人细心观察、准确把握事物特征的结果，以叠字重言之，显得自然、朴素、形象。较之以一单字来表现，更能显示出语言艺术的魅力。

双声叠韵联绵词在《诗经》中运用得也很普遍。双声，是指词中两个字的声母相同，如“参差”(《周南·关雎》)、“踟蹰”(《邶风·静女》)；叠韵，是指词中两个字的韵母相同，如“窈窕”(《周南·关雎》)、“夭绍”(《陈风·月出》)。有的时候，则是双声兼叠韵，例如：“栗烈”(《豳风·七月》)、“辗转”(《周南·关雎》)、“蠨蛸”(《豳风·东山》)。不过，由于古今音韵的变化，原来的双声叠韵，经过历史演变，有一些已不是同一声母或同一韵母了。双声叠韵与叠字叠句交错使用，更增强了诗的音乐性和它的抒情效果。《陈风·月出》就是这样的例子。

> 月出皎兮，佼人僚兮。舒窈纠兮，劳心悄兮！
> 月出皓兮，佼人懰兮。舒忧受兮，劳心慅兮！
> 月出照兮，佼人燎兮。舒夭绍兮，劳心惨兮！

整首诗以明月起兴，又暗以明月比喻女子容貌之明丽，描写主人公在月下遇到一位美丽的女子，因为爱她，于是就悄然心忧了。三章间隔叠句，反复咏唱，内容没有什么变化和区别，但是因为每章都用了叠韵联绵词，且句句押韵，这就避免了三章雷同之感，并富有音乐的节奏和韵律美，是典型的歌唱体。从这里，可以看出《诗经》在艺术形式上所具有的独特面貌。

《诗经》的四言体制，要求诗句的字数大致相等，这是诗歌由早期的整散不拘到逐渐定型的发展阶段的标志，它给人以整齐有致的美感。同时，它讲求韵律，使得诗歌更加流畅、和谐，便于吟诵和记忆，这不但促进了诗歌的创作和流传，而且使诗歌表现出音乐美。《诗经》丰富的语汇和巧妙多样的表达方式则大大增强了它的艺术表现力。

此外，《诗经》还运用了对比和进层描写等多种表现手法，同样显示了高度的艺术创造性。成功的对比，能够将诗歌内容表现得更为鲜明、突出，给人留下更深的印象。《小雅·北山》通过不同生活的对比揭露了劳逸不均的社会现象，在这方面是有一定代表性的。诗的最后三章写道：

或燕燕居息，或尽瘁事国。或息偃在床，或不已于行。
或不知叫号，或惨惨劬劳。或栖迟偃仰，或王事鞅掌。
或湛乐饮酒，或惨惨畏咎。或出入风议，或靡事不为。

这首诗出自一位士子之口。士是属于统治阶级下层的人物，他要上受天子、诸侯、大夫等中上层统治者的压迫，承担繁重的劳务，因而发出怨愤之声。诗中用种种苦乐不均现象的对比，表达了主人公的不满情绪。

进层描写，是指采取透过一层推进到更深一层的方法，描写事物，表达感情。《魏风·陟岵》即采用这一手法写成：

陟彼岵兮，瞻望父兮。父曰：“嗟予子！行役夙夜无已！上慎旃哉，犹来无止！”

陟彼屺兮，瞻望母兮。母曰：“嗟予季！行役夙夜无寐！上慎旃哉，犹来无弃！”

陟彼冈兮，瞻望兄兮。兄曰：“嗟予弟！行役夙夜必偕！上慎旃哉，犹来无死！”

这是一位征人思家的诗。诗人没有直接表现这位士兵对家人的深切思念，而是写他想象家人对他的挂念叮咛。他遥望家乡，似乎听见父亲在喊着：“我的儿，你当兵打仗没完没了，你要千万保重啊，早点回家来!”他似乎听见母亲在喊：“我那小子啊，你当兵打仗日夜不得闲啊，你要千万保重啊，可别抛尸在战场上!”他又似乎听见哥哥在喊：“我的弟弟啊，你当兵打仗夜夜不能眠啊，你要千万保重啊，可别死在外边啊!”这样的写法比直述更为动人。进层描写的手法自《陟岵》以后被历代不少诗人所采用。这些，都突出体现了作为我国古代第一部诗歌总集的《诗经》所具有的美学价值。

综上所述，《诗经》所包含的丰富的思想内容和它那富于独创性的艺术特色，决定了它在中国文学史上极为重要的地位。它对后世的影响也是深远的。

首先，它是我国诗歌文学的光辉起点。作为一种文学样式，它的体制的定型，它的表现手法的成熟，标志着诗歌体裁已经确立。可以这样说，《诗经》的出现，标志着我们的民族真正有了诗，它一直影响着几千年来的中国诗坛。

其次，《诗经》奠定了我国诗歌创作乃至整个文学创作中的现实主义基础。《诗经》中民歌的作者，通过诗歌真实地反映自己的生活，表达自己的真实思想感情，揭露社会问题，即所谓“饥者歌其食，劳者歌其事”(何休：《春秋公羊解诂·宣公十五年》)。即使是那些文人创作，亦即贵族的讽谕诗，也大都能够积极地面向现实，关心国家命运，同情人民疾苦。因此，《诗经》在中国诗歌史上的最重要贡献，是它的大胆反映社会现实、干预社会现实政治生活的现实主义精神。它开创了我国文学的现实主义优良传统，是现实主义文学的光辉典范和源头。在它的影响下，从汉代的乐府诗，到近代的民歌创作，现实主义精神贯穿始终，代不绝响；从汉末的建安风骨到唐诗、宋词、元曲的创作繁荣，文人继承现实主义的优良传统，并将它发扬光大，推向更高峰。现实主义精神，成为我国诗歌创作的精髓。

再次，《诗经》在艺术上的特色，本身便具有开创的意义。它的艺术形式的许多方面成为后世诗歌的典范和楷模；《诗经》中的叙事性史诗、劳动诗、恋歌、战歌、祭歌、哀歌、颂歌、节令歌、讽刺诗等，又为后代提供了多种诗歌样式；《诗经》的表现方法，尤其是“比、兴”二法，成为中国诗歌创作的最基本的表现方法，是不可不用的形象思维的方式之一，是最具民族特色的诗歌创作的经验总结。

第四章 先秦散文

第一节 散文的龟甲时代

中国的散文创作与诗歌有着同样悠久的历史。先秦时代，散文经历了其产生、发展的历程，并出现了我国散文发展史上的第一座高峰。

我国有文字可考的历史是从商代开始的。在商代，文字掌握在巫史手中，巫史用它来为王室的占卜活动作简短的记录。因此，最早的散文便是巫史“笔”下的卜辞。

卜辞，通常称“甲骨文”，也叫“契文”、“龟甲文字”、“殷虚文字”，是现在我们所能见到的最早的可识文字。它首次发现于清光绪二十五年(1899)，迄今为止，已搜集到的单字在4500个左右，可认识的约1700字(据《甲骨文编》统计)。甲骨文就是用刀刻在龟甲上或兽物肩胛骨上的文字(商代有，周及春秋时亦有)，是盘庚迁殷到纣亡273年间历代商王问天气、祸福、征伐，或祭祀、祈年时的占卜文字，所以称卜辞。它的体例大致有规律可循。一般分为四个部分，即，叙辞：某日，某某(巫师名，后来是国王)问；命辞：要请示、并要求神答复的事；占辞：神的答辞，实际上是巫师的话；验辞：结果，系验证神的答辞之后再刻上去的。卜辞一般都是比较完整可读的句子，从整体上看，结构也是完整的，可以看作我国最早的一种十分幼稚的记叙散文。散文本来不用韵，但在卜辞时代，由于物质条件的限制(包括文字少以及书写工具的落后，在龟甲、兽骨上刻写，在青铜器上镌铸均非易事)，散文受诗歌的影响，也要求简短、精练，便于记诵，所以往往有节奏，有韵调，富于诗的味道。如：“癸卯卜，今日雨？其自西来雨？

其自东来雨？其自北来雨？其自南来雨？"（癸卯日卜，今天有雨吗？这雨是从西边来，还是从东边来？是从北边来，还是从南方来？）较为流畅，有诗的韵律。

卜辞之后，经过一个很长时期的发展，散文从仅有简拙的文句发展成富有诗意的韵文。《周易》便是这一时期的代表，它是我国书面文学由卜辞到《诗经》以及长篇散文过渡时期的产物。

《周易》，亦称《易》、《易经》，相传为周人所作。《易》即"八卦"，由"爻"组成。"爻"分阳爻、阴爻，阳爻代表阳、天、君、父、夫、男等，阴爻代表阴、地、臣、子、妻、女等。由"爻"组成"八卦"，分别象征天、地、雷、风、水、火、山、泽等八种自然现象。"八卦"又经过排列组合变为六十四卦。相传卦为伏羲所画。解释"卦"、"爻"的说明性文字称"卦辞"和"爻辞"，旧传周文王作卦辞，周公旦作爻辞，说法不一，其萌芽期可能早在殷周之际。《周易》分《经》、《传》两部分，《经》主要是六十四卦和三百八十四爻，以及卦辞和爻辞；《传》即解释卦辞和爻辞，有十篇，称《十翼》，旧传孔子作，据近人研究，大抵系战国或秦汉之际的儒家作品，并非一时一人之作。《周易》通过八卦形式推测自然和社会变化，认为阴阳两种势力的相互作用是产生万物的根源，提出"刚柔相推，变在其中"等富有朴素辩证法的观点。《周易》是卜筮的底本。卜筮，就是用蓍草来卜吉凶。这种方法当然是唯心的，但对卦的解释，则往往是民间的歌谣、谚语、格言，反映出一定的哲理性和文学意义。

作为散文，卦爻辞比甲骨卜辞有了明显的进步。它不再是简单的记事，而能在叙事中进行描写，有渲染，有一定的形象，富于文学趣味。它的语句较为简练，生动；有的采用比喻，有的甚至能用比兴，显示了修辞方面的进步。如：

> 女承筐，无实；士刲羊，无血。
>
> ——《归妹·上六》

男子熟练地剪羊毛（"刲羊"、"无血"），女子用筐盛着（"承筐"）。但是，爱情往往使他们忘记了手中的活计，所以，女子的筐往往是空的（"无实"）。又如：

> 突如其来如，焚如，死如，弃如。
>
> ——《离·九四》

这里写的是突然之间敌人来到“我方”住地，烧毁房屋，杀死民众，尸横遍野的情景。简洁而又具体，读来宛然可见。再如：

得敌。或鼓，或罢，或泣，或歌。

——《中孚·六三》

如果说前一篇写“我方”失利，此篇则描写“我方”得胜归来，获得不少俘虏，参战的人有的欢快地击鼓（“或鼓”），有的疲倦地歇息（“或罢”），有的热泪滚滚（“或泣”），有的放声高歌（“或歌”），非常生动、形象。此外如“羝羊触藩，不能退，不能遂”（《大壮·上六》），说一头大公羊用头去撞篱笆，结果因为角被挂住而进退不得，比喻做事不能莽撞；“鸣鹤在阴，其子和之。我有好爵，吾与尔靡之”（《中孚·九三》），实际上是一首宴会诗，它以鹤的和鸣起兴，显得十分优美。

《周易》中的叙事散文虽然简短，其文学色彩却颇为鲜明。它是我国古代散文萌芽发展过程中的一个重要阶段。当然，文字表达水平真正有较大程度提高的是《尚书》。《尚书》的出现，标志着长篇散文体制的形成。

《尚书》，意即“上古之书”，是中国上古历史文件和部分追述古代事迹作品的汇编。在春秋战国时期，被称为《书》，一直到汉代，才被改称为《尚书》。又因曾被视为儒家经典，因而称《书经》。《尚书》为“四书五经”之一，是古代儒生必读之作。刘知几《史通·六家篇》引孔安国语：“以其上古之书，谓之《尚书》”，是我国第一部历史散文集，也是记言文之祖。《汉书·艺文志》云：古者“君举必书……左史记言，右史记事。事为《春秋》，言为《尚书》”。相传《尚书》原有一百篇，为孔子所纂辑，并为序（说见《汉书·艺文志》），实际上不可信。《尚书》情况较为复杂，有《今文尚书》一种，《古文尚书》二种。所谓《今文尚书》，是在秦火焚书之时，济南伏生家藏一部，汉兴，亡失，由其口授，以当时通行的文字记录下来，有二十八篇，又得河内女子《泰誓》一篇，共二十九篇，后世即称《今文尚书》。所谓《古文尚书》有两种，一是汉武帝时期，鲁共王为了扩充宫室，拆毁孔子故居，发现孔子藏书，其中有《尚书》，是用古文（籀文）写的，故称《古文尚书》，由孔子后代孔安国献出，比《今文尚书》多十六篇。后孔安国因事下狱，《古文尚书》没有立于学官，不久书亦失传。二是东晋时梅赜声称得到一部《古文尚书》，献了出来，唐孔颖达的《尚书正义》、陆德明的《经典释文》都是根据这个本子。但从宋代开始，学者便怀疑这个本子是伪造的。现在通行的《十三经注疏》中的《尚书》，便是《今文尚书》与《古文尚书》的合编。

今存《尚书》共五十八篇，其中属“古文”系统的二十三篇，属“今文”系统的三十五篇。《尚书》分《虞书》、《夏书》、《商书》、《周书》四个部分，《虞书》、《夏书》其实并非虞舜、夏禹时代的史料，其中反映了儒家的思想，大约是战国时代才产生的，可视为战国文章来读。《商书》、《周书》则比较可靠。《尚书》所记内容，上起虞舜（公元前22—21世纪前后），下至秦穆公（前659—前620），共1600年左右的历史。主要记录帝王或执政大臣的誓辞、讲话、文告等。内容包括记载尧、舜、禹等人的禅让和政绩之事，如《虞书》中的《尧典》、《舜典》、《皋陶谟》；记载九州地理形势及风物，如《夏书·禹贡》；记载统治者对军队所发布的命令，亦即誓师之词，如《夏书·甘誓》、《商书·汤誓》、《周书·泰誓》及《周书·秦誓》；统治者向臣下所发布的训诫之词，如《商书·盘庚》；臣下对君主的劝诫之词，如《周书·无逸》；同僚之间的告白词，如《周书·君奭》；天子册封诸侯的册命之词，如《周书》中的《文侯之命》；记事的文献，如《周书》中的《金滕》、《顾命》。《尚书》各篇，思想内容较为丰富，具有一定的积极意义。如认为“民为邦本，本固邦宁”（《夏书·五子之歌》），告诫统治者要“先知稼穑之艰难”（《周书·无逸》），不可贪图逸乐。还认为，作为统治者指责别人容易，从谏如流难，要接受教训，改正过失，才能“保我子孙黎民”（《周书·秦誓》）。这些，都是难能可贵的。

《尚书》主要是一些官方文告，但也是我国古代第一部记叙文和论说文的集子。《尚书》文章篇幅已经很长，叙述或论说已经开始注意条理和层次，讲求结构艺术。在具体的叙述和论说过程中，又善于用譬喻，加强描写，注意形象性和生动性。如《商书》中的《盘庚》，记载商王盘庚欲自黄河以北迁于殷，百姓不愿迁徙，一些大臣又在百姓中煽风点火，鼓动群众闹事，盘庚便告诫大臣和庶民，要服从王命。有很多精彩的段落和句子，如：

> 非予自荒兹德，惟汝含德，不惕于一人。予若观火，予亦拙谋，作乃逸。若网在纲，有条而不紊；若农服田力穑，乃亦有秋。……

盘庚指出：不是我自己抛弃了先王的德政，而是你们（群臣）在百姓中掩盖了我的美德，并且对我毫无畏惧。然而，我就像热火一样有着旺盛的威严，只是一时没有计谋好，才使得你们大为放纵起来。你们应该知道，就好像网结在纲绳上方能顺乎条理而不乱，就好像农夫努力耕作方能指望秋天有个好收成（你们也只有听从我的命令，辛苦迁徙，才能够一劳永逸）。在这里，盘庚的语气和决心表现得非常逼真：前六句显出威严，后四句又规以训导。特别是"若网在纲，有条而不紊；若农服田力穑，乃亦有秋"的比喻，概括了生活中的经验，说得入情入理。盘庚在这篇训诫辞中，还责备臣下不该以"浮言"来蛊惑人心：

> 汝曷弗告联，而胥动以浮言，恐沈于众，若火之燎于原，不可向迩，其犹可扑灭？

他以火之燎原，一旦烧起来，最终将不能接近，更难扑灭，来比喻"浮言"在人群中流行的煽动作用。这个比喻也是从生活中总结出来的，用得非常贴切。这类例子还有，如"人惟求旧，器非求旧，惟新"，是说用人应该用世家旧臣，而器具则需不断更新。这又是一条生活的经验，用来论证弃旧邑迁新都的必要，应该说是很恰当的。

此外如《周书》中的许多文章，更是写得流畅、生动，比起前代的散文有较大的进步。如《无逸》，是周公劝诫成王要勤于国事，而不能贪求安逸享受。文章从"君子"和"小人"对待"劳"与"逸"的不同态度说起，再列举可作为榜样的勤于国事的先王的事迹，以及可引为鉴戒的荒淫耽乐的昏君的例子，最终告诫"嗣王"(成王)谨记。其层次分明，叙事清楚，且人物口吻毕肖，既表现出一位老臣(周公为摄政王，辅佐成王)对天子(成王)的拳拳忠心，又摹写出长者(周公是成王的叔父)对晚辈(成王)的谆谆教诲之意。如：

> 周公曰："呜呼，君子所其无逸！先知稼穑之艰难，乃逸，则知小人之依。相小人，厥父母勤劳稼穑，厥子乃弗知稼穑之艰难，乃逸，乃谚，既诞。否则侮厥父母，曰：'昔之人无闻知！'"

这段话大意是说：在上的人居于其位，是不许贪图安逸的！应该先懂得农活的艰难，然后再考虑享受，这样就可以了解人民内心的苦痛。看看那些小民，他们的父母在田地里辛勤劳动，儿子却不知道劳作的艰难，只想着如何享受，而且既粗暴不恭，又放肆无礼，乃至于轻侮他们的父母，说什么："上了年纪的人啥也不懂！"这些话近乎拉家常，却又动之以情，晓之以理，读来似可想见周公那苦口婆心的神态。

《尚书》的文字表达水平和艺术技巧与甲骨卜辞已不可同日而语，比《周易》也有明显进步。就《尚书》本身而言，包括周初到春秋时期散文的《周书》，与《商书》相比，也可看出逐渐发展的轨迹。《尚书》是我国散文发展又一重要阶段的标志，其行文简洁，文字精练，对我国古代散文传统语言风格的形成影响较大。另一方面，由于《尚书》距今年代久远，其中语言面貌与今差别较大，加之口语和书面表达的不一致，以及当时书面表达受到刻写工具的限制，在甲骨或竹简上刻写时，只能比口语更“节省”(鲁迅：《且介亭杂文·门外文谈》)，所以，《尚书》较为艰涩难读，就连韩愈也说“周诰殷盘，佶屈聱牙”(《进学解》)，这亦为《尚书》的特点之一。

第二节　春秋战国时期散文勃兴的历史文化背景

从甲骨文、《周易》到《尚书》，散文经历了由萌芽到定型、成熟的时期，走过了一个漫长的发展历程，而作为这一历史发展的必然结果，是散文勃兴局面的出现，是散文发展的历史长河中第一个高潮的涌起。

从公元前5世纪至公元前3世纪后半叶，即从春秋末期到战国末期，是中国社会大动荡、大变革的时期，是新兴地主阶级产生、封建制确立和奴隶主贵族没落、奴隶社会消亡的时期。由于社会的急剧变革，出现了新的阶级、阶层和新的政治集团。而代表不同阶级、阶层和政治集团利益的政治思想、哲学思想也就纷纷出现，代表不同学派的思想家也就应运而生。特别是在各阶级的分化集结过程中，派生出一个知识分子阶层，即所谓“士”。这些“士”包括：从贵族集团中没落分化出来的，由庶人地位上升而成的，还有学者、武士、隐士、任侠之士，以至鸡鸣狗盗之徒、引车卖浆者流均是。他们的出现正是时代发展的必然。恩格斯在谈到变革的时代需要巨人而且必然产生巨人时说过：“成为时代特征的冒险精神，或多或少地推动了这些人物。那时，差不多没有一个著名人物不曾作过长途的旅行……他们的特征是他们几乎全都处在时代运动中，在实际斗争中生活着和活动着，站在这一方面或那一方面进行斗争，一些人用舌和笔，一些人用剑，一些人则两者并用。”(《自然辩证法·导言》)恩格斯在这里虽然说的是西方资产阶级文艺复兴时代，但却概括了每一个进步、变革时代的共同特征，同样可以用来分析我国历史上春秋战国时的社会文化现象。在春秋战国时期，这个以知识分子为主体的“士”的阶层的出现，打破了以前文化掌握在统治集团手里的局面。由于“士”阶层掌握了文化，文化开始下移。“士”阶层的人们非常活跃，他们走公门，跑私门，或设坛讲学，或著书立说，或游说于诸侯，或聚集于一方，就社会如何向前发展等问题而高谈阔论，互相诘辩。这就形成了思想领域中的百家争鸣局面。而“百家争鸣”的结果，则产生了大量的政治性和哲理性的说理散文，史称“诸子百家”。同时，由于当时社会的巨大变革，对史学也提出了新的要求。一些历史学家通过编撰史书总结历史经验，以“当一王之法”(《史记·太史公自序》：“壶遂曰：‘孔子之时，上无明君，下不得任用，故作《春秋》，垂空文以断礼义，当一王之法。’”)，为当时的社会斗争服务。于是出现了新的历史著作。

在诸子蜂起、“百家争鸣”时代，历史著作、诸子百家的哲学著作十分繁富。而这些著作在叙事和论理的时候又往往采用文学的表现手法，因此，它们实际上是具有相当水平的文学作品，是空前成熟而且师范于后世的历史散文和说理散文。

以历史散文而论，先后出现了我国第一部编年体的史书，被儒家尊为经典的《春秋》；被看作史传文学源头的《左传》；我国第一部国别体记言史书《国语》；纵横捭阖、才气横溢，杂记各国之事的史料汇编《战国策》等。

以诸子散文而论，有所谓“九流十家”，即：儒家(创始人为春秋末期的孔子，因孔子年轻时曾操儒业，即为贵族人家相礼，故名。儒家后期著名代表人物有孟子和荀子)、墨家(创始人为战国初墨翟)、法家(本起源于春秋初期的管仲、子产，创立学派则在战国。早期代表人物有商鞅、申不害、慎到。商鞅重“法”；申不害重“术”；慎到重“势”。战国末期，由韩非加以综合，集法家学说之大成)、道家(创立者为春秋末年的老子，著名代表人物是战国时的庄子)、阴阳家(代表人物为战国末邹衍，提倡阴阳五行说，认为阴阳消息乃宇宙间的规律，人类社会的发展受着木、火、土、金、水“五行”的支配)、名家(亦称“形名家”、“辩者”、“诡辩家”。代表人物为战国时的惠施、公孙龙。名家强调“控名责实，参伍不失”，着重讨论了“名”与“实”的关系。他们对古代逻辑的发展有一定的贡献)、农家(代表人物有战国后期的许行，他主张“贤者(贤明的统治者)与民并耕而食，饔飧(自理炊事)而治”，即人人必须参加农业劳动，虽国君也不例外。反映了当时农民的一种理想)、纵横家(主要人物是战国后期的苏秦、张仪，“苏秦约纵，张仪连横，南与北合为纵，西与东合为横”(《淮南子·览冥训》高诱注)。在当时的政治外交活动中，苏秦主张六国联合抗秦，为合纵派；张仪主张秦与六国分别联合，各个击破，是为连横派)、杂家(因战国时秦相吕不韦主持编纂的《吕氏春秋》“兼儒墨，合名法”，杂取各家学说而得名)。以上九家，班固在《汉书·艺文志》中称之为“九流”。此外，尚有“小说家”，“盖出于稗官，街谈巷语，道听途说者之所造也”(《汉书·艺文志》)，因其不入“流”而未列入“九流”之数。其实，小说家的成就及其对后世文学的影响也是不可忽视的，正如东汉桓谭所说，“小说家合残丛小语，近取譬喻，以作短书，治身治家，有可观之辞”(《新论》)。上述“九流十家”之外，在春秋战国时期颇有影响的，以孙武、吴起、孙膑为代表的兵家，史家未将其单独列出。

所谓“九流十家”，只是一个概括的提法，而它正是当时散文勃兴局面的一个标志。这种散文创作空前兴盛局面发展的结果，在文学上促进了散文的思想、艺术性显著提高。它主要表现在以下几个方面：

第一，反映社会现实的广度、深度明显地有所开拓。许多作品从不同侧面揭示了社会上多种矛盾，有的触及剥削阶级的残暴统治，暴露了社会黑暗。不少作者对人民群众怀有一定的同情，通过著书立说，在某种程度上反映了下层人民的思想感情。

第二，散文作家在创作中开始形成自己独特的思想艺术风貌。从文风的发展变化看，出现了文质并存的状况。孟子、荀子、庄子尚文，墨子、韩非则尚质，其中各家各派又无不具有自己的特色。历史散文也呈现出春秋战国特有的个性风采。

第三，这一时期确立了两种基本的散文形式：说理散文和历史散文(叙事散文)，并且分别出现了结构比较完整、文学色彩比较浓厚的优秀篇章。说理散文由三言两语的语录片断发展为论点集中、论证充分的专题论文，历史散文由纲目式记事发展为善于组织复杂的历史材料、安排纷繁的故事情节并初步写出人物性格面貌的长篇著述。两类作品的艺术感染力都不断增强。

第四，散文语言从铜器铭辞和《尚书》那种僵硬古板的形体中解放出来，趋于规范化、通俗化，文辞由简约趋于富赡，既富于逻辑性又具有较高的艺术概括能力，成为后代散文的典范。

春秋战国时期散文的勃兴在文学史上具有重要意义。清人章学诚说：“周衰道弊，六艺道息，而诸子争鸣。盖至战国而文章之变尽，至战国而著述之事专，至战国而后世之文体备。故论文于战国，而升降盛衰之故可知也。”(《文史通义·诗教上》)所谓“至战国而文章之变尽”虽然有些夸大其辞，但就一代文章的发展来看，春秋战国时期散文创作的成就确已十分可观。

第三节　历史散文

中华民族是世界上历史最为悠久的民族之一，也是世界上最重视记载自己历史的民族，中国有编修史书的优良传统。在中国历史上，设立史官，记录国家大政和帝王言行，是一种由来已久的制度，中国的图书典籍和文献资料如汗牛充栋，浩如烟海，从《尚书》到记载最后一个封建王朝历史的《清史稿》、《清实录》，将上下五千年的中华历史描述得清清楚楚，这在世界民族之林中是独一无二的。“史”的字面解释是“从又持中”或“象手执简形”，可以理解为一个人手持简册记事。史官的源头是巫和瞽。在古代，巫和瞽的职责范围非常广泛，善歌舞、懂医药、掌历象、纪历数、管记事、执祖法。后来随着这些职能的分化，史官记事的功能便独立出来，大概在殷商晚期，史官以“史”为称。当时卜辞中就有御史、卿史的官名。商周时代，甲骨文中有“作册”、“史”、“尹”等字，金文中有“作册为史”，“作册尹”的记录。据王国维《观堂集林》中考证，“作册”和“内史”是同样的官职，其长官称“尹”，都是掌管文书、记录时事的史官。

自周代以来，朝廷的史官制度便十分完备，据《周礼》记载，其时设有“太史”、“小史”、“内史”、“外史”、“左史”、“右史”、“御史”等职。从各自的职责看，“太史掌建邦之六典，以逆邦国之治；掌法，以逆官府之治；掌则，以逆都鄙之治”。“小史掌邦国之志，奠系世，辨昭穆，若有事，则诏王之忌讳。”“内史掌王之八枋之法，以昭王治：一曰爵，二曰禄，三曰废，四曰置，五曰杀，六曰生，七曰予，八曰夺。”“外史掌书外令，掌四方之志，掌三皇五帝之书，掌达书名于四方。若以书使于四方，则书其令。”“御史掌邦国都鄙及万民之治令，以赞冢宰。凡治者受法令焉，掌赞书，凡数从政者。”此外，还有“左史”、“右史”一说。据《汉书·艺文志》：“古之王者，世有史官，君举必书，所以慎言行，昭法式也。左史记言，右史记事，事为《春秋》，言为《尚书》。”除此之外，周室还有女史，虽皇帝后妃的私语，也在记录之列。地方有州史、闾史，甚至诸侯、卿大夫家里也有史官。如晋国大夫赵鞅，有直臣持简操为之书过；齐国孟尝君接待客人，有侍史在屏风后记下他们的谈话(刘知己：《史通·史官建置》)。

先秦史官的职责范围非常广泛，包括掌管国家法典、书志、记载国家大事、记录君王言行、传达王命，等等。其叙事水平已相当可观，如卜辞中就有这样的记载：

> 戊寅卜。“方至否？”兹日，有曰：“方在(雀)亶。”
>
> ——胡厚宣：《战后南北所见甲骨文录》

这里占卜问敌人来了没有，军事情报说敌人在(雀)亶。这实际上是当时的一条重大军事新闻。周代的钟鼎铭文中类似的记载更多，如：

> 武征商，惟甲子朝，岁鼎，克昏夙有商。辛未，王在阑自赐右史利

金，用作憻公宝尊彝。

——马承源：《中国古代青铜器》

这条钟鼎文记录了武王伐纣的经过，包括时间、地点、人物、事件，这是当时最大的政治事件，也是当时社会上的头号新闻。

到了春秋战国时代，政治、经济和社会组织处于急剧变化之中。社会生活的多姿多彩以及种种兴亡盛衰的事迹，促进了人们历史观念的发展。各阶段、各政治集团意识到，为了维护自己的利益，有必要吸取历史的经验教训。各国史官也积累了大量的历史资料。当此之时，从前专门记载王朝、诸侯诏命言辞的《尚书》一类文字已无法满足现实的需要，于是，产生了新型的历史著作。

《春秋》是我国现存史籍中最早的一部编年史。它由东周时代鲁国史官编纂，后来经过孔子修订，是一部编年体的大事记。本来，东周时代，一些较大的诸侯国都有自己的国史，且都采用编年记事的方法撰写，一般都称作《春秋》(意即由春至秋按时间顺序)。少数国家例外，如晋称《乘》，楚称《梼杌》。后来，列国《春秋》都失传了，只有鲁国《春秋》传世，所以，《春秋》也就成了鲁史的专用名。由于《春秋》是经过孔子修订的，因而被尊为儒家的经典，故又称《春秋经》。此书极其简括地记载了周王朝、鲁国及其他各诸侯国的事件。记事上起鲁隐公元年(前722)，下迄于鲁哀公十四年(前481)。

《春秋》记事，语言过于简单，类似后世的新闻标题，但一般还是简练明白，比较清楚；有条理，语言平实、精确。比起"佶屈聱牙"的《尚书》，显示了一定的进步。春秋时期，周王室不振，诸侯争霸，礼教衰微，旧的等级制度破坏了，僭越迭起，名实混乱。孔子修订《春秋》，为了维护行将崩溃的周王室的统治地位，尊王攘夷，正名定分，备王道，浃人事，"以制义法"(《史记·十二诸侯年表序》)。所以，在修史过程中暗寓自己的褒贬态度，这便是有名的"春秋笔法"。所谓"春秋笔法"，即文笔曲折、意含褒贬，如《春秋·隐公元年》记："夏五月，郑伯克段于鄢。"记载郑国国君庄公在鄢地击败他的弟弟共叔段的反叛这一事件。其中"郑伯克段于鄢"六字，含有贬义：其一，不称郑庄公之弟，而直呼其名"段"，是因为共叔段"不悌"，明其为"凶逆"。其二，君讨臣为"讨"，国与国战争，战胜为"克"。此处用"克"而不用"讨"，意谓共叔段不尊其君，"据大都以耦国"，如同二君之战。其三，称郑庄公为郑伯，是说他已不像个国君的样子，有意放纵其弟，养成其恶，然后消灭他。称"郑伯"，是"讥其失教也"(据杜预《春秋左氏经传集解》)。这便是“春秋笔法”一例。当然，这种解释也许失于穿凿附会，但正如刘勰在《文心雕龙·征圣篇》中所说：“《春秋》一字以褒贬。”却可看作是一大特色。《春秋》以一字寓褒贬，所以遣词用字较为简明准确，如描写战争，分别采用“侵”、“袭”、“伐”、“讨”、“灭”、“歼”、“围”、“克”、“入”、“战”诸字，十分贴切。

《春秋》因其“春秋笔法”的写作特点，而被看作是一部具有“微言大义”的作品，并为后世“定名分”、“制法度”提供了参照的范本。另外，《春秋》在写作上的这一特点，也对后世史家治史影响颇大。它使后世的史官们明白了一个道理：修史不仅仅是对客观事件的简单记录，而应该有自己的严格而明确的倾向性，文字应力求简洁，同时，还应富含言外之意和弦外之音。

《春秋》叙事简洁，不少篇章酷似今天的新闻标题或者导语。如上述“夏五月，郑伯克段于鄢”，这短短的几个字，就包括了新闻导语所需的时间、人物、事件、地点等几要素。还有如“三月，公及邾仪父盟于蔑”，“春正月甲戌乙丑，陈侯鲍卒”，“齐高偃帅师纳北燕伯于阳”，“十有六年，春，戊申朔，陨石于宋五”。这些都直接孕育了后代的新闻写作。

历来阐释《春秋》的有三家。一是《春秋公羊传》，相传为战国时齐人公羊高所作(又传高为子夏的弟子)，初系口头传授，至汉景帝时，其玄孙公羊寿与胡母生“著于竹帛”。二是《春秋穀梁传》，相传为战国时鲁人穀梁赤所作(又传赤为子夏的弟子)。初亦口头传授，西汉成书。三是《春秋左氏传》，相传为春秋时与孔子同时的左丘明所著。以上通称为“春秋三传”。前二传着重解释《春秋》中的“微言大义”，叙事较少，历史价值和文学价值都较低。《左传》则根据《春秋》的编年体例，着重补充史实，是一部具有很高文学价值的重要历史著作。

《左传》是《春秋左氏传》的简称，它是我国第一部详细、完整的编年史。司马迁和班固说此书乃鲁太史左丘明所撰，又有人认为左丘明与孔子同时，但也有人说史无左丘明其人。《左传》是解释《春秋》，亦即“传”春秋的，所以又称《左氏春秋》。左丘明是否实有其人，《左传》的作者究竟是否为左丘明，《左传》究竟是不是解释《春秋》的，自唐以来多有歧见，迄今尚无定论。左丘明其人，究竟是与孔子同时，或是一位在孔子之前的贤人，可不必深究，也别无可考。而《左传》的作者，很可能不是左丘明，因为《左传》的语言文字叙事水平，都超过了孔子时代，更是孔子之前的人所无法企及的，这只要将《左传》与春秋时期的其他文献做一比较便知。现代一般学者都认为，《左传》的作者当是战国初年或稍后的某位掌握了春秋时代诸侯各国史料的学者，这种说法是可信的。著者不名无关紧要，先秦典籍多非一人所为。至于《左传》同《春秋》的关系，虽然有人根据其规模篇幅、思想内容和文笔风采均与《春秋》不同，而认为是一部与《春秋》无关的独立的历史著作，但《左传》编年体例与《春秋》相同，在《春秋》记事的基础上扩充和丰富史料，不能说与《春秋》没有关系。《左传》参照了《春秋》，但自成体系。它虽也是一部阐释《春秋》的书，但将《春秋》纲要式的记事大大扩展为史传记事。

《左传》近二十万字，记事上起鲁隐公元年（前722），与《春秋》一样，下止于鲁哀公二十七年（前468），比《春秋》多十三年。《左传》最后附鲁悼公四年（前463）事一条，结尾提到晋韩氏、魏氏灭知伯之事。而据《史记》所载，韩魏杀知伯事发生在鲁悼公十四年（前453），依此，则《左传》记事比《春秋》多二十七年。

《左传》的内容极为丰富，它不仅记载了春秋列国的政治、外交、军事各方面的活动及有关言论，较为真实、具体地展现了那一时期的历史面貌。同时连天道、鬼神、灾祥、卜筮、占梦之事，也予记载，在某些方面保存了当时社会人们的思想观念、宗教活动、风俗文化等方面的资料。《左传》从多方面暴露了统治集团的内部矛盾，如隐公元年所记述的郑国国君母子之间、兄弟之间、君臣之间所发生的各种错综复杂的矛盾和斗争，极其委曲详尽。它十分真实而深刻地揭露了统治者的荒淫残暴，如宣公二年所记："晋灵公不君，厚敛以雕墙，从台上弹人，而观其辟丸也。宰夫胹熊蹯不孰，杀之，寘（置）诸畚，使妇人载以过朝。"统治者杀人如同儿戏，其罪行令人发指。

《左传》还表现出一定的民本思想。作者通过许多历史事实的记叙，强调国君应该"养民如子"（见《左传·襄公十四年》），"国之兴也，视民如伤（唯恐惊动），是其福也；其亡也，以民为土芥，是其祸也"（《左传·哀公元年》）。作者还通过一些著名政治家的事迹，如郑子产不毁乡校、广泛听取民众对执政者的批评一类事例的描写，从另一个角度突出了这一思想。

《左传》通过历史记载，还表彰了许多有识见、对国家有贡献的人物，如郑国商人弦高在经商途中，偶遇正要偷袭郑国的秦国军队。弦高知郑国没有准备，于是假托国君之命，将自己商品（车、皮革、牛）献给秦军，声言国君命他前来"慰劳"秦军。秦军见郑国已有准备，便班师回去了。弦高犒赏秦师，从而解救了郑国的一场兵难（见《左传·僖公三十三年》）。又如楚人申包胥哭于秦庭七日，勺饮不入口，终于搬得救兵，拯救了自己祖国的危亡等（《左传·定公四年》），都是著名的事例。此外，《左传》不但通过客观记述史实表现出"不隐恶"的态度，而且歌颂了一些不怕杀头，"秉笔直书"的"良史"，从而开创了我国史学上的求实的优良传统，对后世影响很大。

如：《左传·宣公二年》记：晋灵公残暴奢侈，杀人如同儿戏，赵盾屡谏不听，反遭迫害，被迫逃亡。后来，灵公被大臣杀于桃园。“宣子(赵盾)未出山而复。太史书曰：‘赵盾弑其君。’以示于朝。宣子曰：‘不然!’对曰：‘子为正卿，亡不越竟(境)，反不讨贼，非子而谁?’宣子曰：‘乌乎!’我之怀矣，自诒伊感，其我之谓矣!’孔子曰：‘董狐，古之良史也，书法不隐；赵宣子，古之良大夫也，为法受恶。惜也，越竟乃免!’”灵公被杀之后，赵盾在逃亡途中听说灵公已死，就返回了。太史董狐在记载灵公被杀这一事件时，特书一笔：赵盾杀害了他的君主。同时，董狐还将这一消息在朝廷上发布(“以示于朝”)。赵盾当然不服气，就反驳说：不是这样！但董狐却说：赵盾身为朝廷重臣，逃亡而未走出国境，回朝以后又不讨伐杀死国君的人，因此应当承担弑君的罪名。赵盾感叹道：由于我对国家多有留恋，结果反而给自己找来了苦恼，担下了恶名。孔子就这件事发表评论说：董狐算得上是古代优秀的史官了，他记载历史的原则是：秉笔直书，不曲意回护任何人。赵盾也算得上是古代优秀的臣子了，他为了礼法而蒙受恶名。可惜的是，当初他没有逃出国境，假如逃出国境，他与灵公便断绝了君臣之义。这样，他回来后就可以不讨贼，也就不承担恶名了。

与良史董狐类似的例子还有齐太史兄弟。《左传·襄公二十五年》载：齐庄公因霸占大臣崔杼的美妻而被崔杼射杀，“太史书曰：‘崔杼弑其君。’崔子杀之。其弟嗣书而死者，二人。其弟又书，乃舍之。南史氏闻太史尽死，执简以往，闻既书矣，乃还。”按照当时的君臣之礼，臣杀君即为“弑”，是大逆不道的。齐太史秉笔直书“崔杼弑其君”，其理可通。但是，掌握着齐国军政大权的崔杼却不愿背这个名声，更不想让自己的这件事通过太史的记载而遗臭万年，于是他杀死了太史。太史被杀之后，他的弟弟继承哥哥的遗志，坚持要写上“崔杼弑君”，结果两个弟弟也先后被杀，共死三人。太史的小弟弟仍不屈服，接着再写，崔杼无奈，只好任他这样写了。齐国的另一位史官南史氏听说太史尽死，就带上书写工具简牍前去，准备冒死再写，途中知道已经写了，这才返回。这个故事颇有点悲壮色彩，由此可见齐太史一家兄弟四人以及南史氏实事求是，秉笔直书的精神。

当然，《左传》的基本倾向是维护旧礼制，还含有宣扬天道、鬼神等迷信思想的消极因素。

《左传》的作者善于组织那些头绪纷繁的史料，而且能运用生动的语言和高度的艺术技巧来叙述历史事迹，描绘历史人物的活动。因此，《左传》不仅是一部内容丰富的历史文献，而且也是一部非常优秀的文学作品。它上承《尚书》、《春秋》的传统，下开《战国策》、《史记》之先河，在历史散文的发展过程中，起着重要的桥梁作用。

从文学的角度看，《左传》叙事详密完整，脉络分明，富于故事性、戏剧性，有紧张、动人的情节，有首尾完整的结构。如僖公二十三年、二十四年所记晋公子重耳出亡及返国的故事。文章前半部分记载的史实始于僖公五年，整个故事时间跨度长达十九年。在此期间，重耳出亡历经狄、卫、齐、曹、宋、郑、楚、秦诸国，牵涉事件繁杂琐碎，人物众多。然而作者写来却能有条不紊、详略得当。文章抓住最能表现人物际遇和性格的环节对重耳这一形象加以重点刻画，有正面描写，有侧面烘托。行文跌宕起伏，叙事手法富于变化，生动地表现了一个平庸稚嫩、贪图安逸的贵族公子如何在多年颠沛流离的艰辛历程中饱经磨难，终于成长为一个有才有智、成功地建起春秋霸主之业的政治家。例如文中描述重耳在齐国经历的一段：

> 及齐，齐桓公妻之，有马二十乘，公子安之。从者以为不可。将行，谋于桑下。蚕妾在其上，以告姜氏。姜氏杀之，而谓公子曰："子有四方之志，其闻之者，吾杀之矣！"公子曰："无之。"姜曰："行也！怀与安，实败名！"公子不可。姜与子犯谋，醉而遣之。醒，以戈逐子犯。

这里叙述的是，由于齐国国君待之甚厚，重耳有了长住之心，他的随从对此加以劝阻。谋划之际，被正在树上采桑叶的养蚕的女奴隶听到。她将此事告诉了重耳的妻子姜氏。姜氏为防止消息走漏，杀了女奴，同时催重耳启程。本无"四方之志"的重耳不肯听从。姜氏只得与子犯合谋，"醉而遣之"。这一段故事情节生动曲折，叙事角度几经变换，写得波澜迭出，颇富于戏剧意味。《左传》这方面的特色，对后世小说、戏剧发生了重要影响。

《左传》在描写战争方面尤具特色。与《左传》同时或略早的史书，虽然也有关于战争的记述，但和《左传》比较，都是简单的笔墨。中国史书到了《左传》，才出现了描述战争的优秀之作。《左传》所记述的几次大规模的战争，如"晋楚城濮之战"（僖公二十七年、二十八年），"秦晋殽之战"（僖公三十二年、三十三年），"晋楚邲之战"（宣公十二年），"齐晋鞌之战"（成公二年），"晋楚鄢陵之战"（成公十六年）等，均是很有影响的战例。作者写来无不错综复杂、变化多端而又脉络连贯、条理井然。以鞌之战为例，《国语·晋语》中只有"靡笄之役"的几个各不相属的片断，《左传》则已构成首尾完具的篇章。作者不仅清楚地叙述了战斗的过程，而且具体地写出了战争中人物的各种情态，这里截取其中的一个片断：

> 癸酉，师陈于鞌。邴夏御齐侯，逄丑父为右。晋解张御郤克，郑丘缓为右。齐侯曰："余姑翦灭此而朝食。"不介马而驰之。郤克伤于矢，流血及屦，未绝鼓音，曰："余病矣。"张侯曰："自始合，而矢贯余手及肘，余折以御，左轮朱殷，岂敢言病？吾子忍之！"缓曰："自始合，苟有险，余必下推车，子岂识之？然子病矣！"张侯曰："师之耳目在吾旗鼓，进退从之。此车，一人殿之，可以集事；若之何其以病败君之大事也？擐甲执兵，固即死也，病未及死，吾子勉之！"左并辔，右援枹而鼓。马逸不能止，师从之。齐师败绩。

在作者不动声色的叙述中，人物的音容、体态及其精神面貌生动真切地展现出来。齐侯"余姑翦灭此而朝食"的夸口、"不介马而驰之"的行动，隐现出他的骄狂、轻敌；而晋军方面则显得团结一心，沉着坚毅。主帅郤克为矢所伤，血流到脚底，仍然击鼓不止，但他已觉得有些支持不住。在这关键时刻，张侯、郑丘缓共同激励他。接着张侯并辔助鼓，晋军终于取得了战斗的胜利。一场紧张激烈的搏杀，被作者写得从容不迫，有条有理。

《左传》记述战争，十分善于揭示战争的前因后果、经验教训。作者往往居高临下，驾驭全局，不拘泥于战场上一刀一枪的描写，而是将政治斗争、外交斗争以及人物关系贯穿其中，使读者不仅从具体战例中得到启示，而且可以在思想上得到许多教益。作者往往是着重把笔墨用在战前的背景、战争的准备、双方的士气、人心的向背、力量的对比以及战后的反应等方面，使人悟出战争的胜负并非偶然。《左传》记述城濮之战时就用了许多篇幅介绍战争之前晋楚双方的准备情况。关于子玉的"治兵"，晋侯的"教民"等都有详细的记述，于此之中预示着战争胜负的迹象。即使是一次较小的战役，《左传》也常写得有头有尾、有因有果，寓经验教训于其中。庄公十年的长勺之战便是有名的例子，其中"曹刿论战"一段文字一直为历代所传诵。同时，我们应该看到《左传》在描写历史、尤其是描写战争时也存在一些问题。例如，对于各国间频繁发生的战争，《左传》的作者在描述之前，总是要先从道义上对交战双方的高下作出判断，并试图与最后战争的胜负直接联系起来。事实上，在当时的社会环境下，各国之间的战争都是以抢夺财物和地盘为目的的，各国之间为了利益，时而联合时而斗争，没有永恒的朋友，只有永恒的利益，很难用儒家的道德标准来进行衡量。如晋楚城濮之战中，晋文公为了诱敌深入而采用"退避三舍"之计，原本是非常正常而巧妙的战争技巧，而《左传》作者却指责楚军主帅子玉步步进逼，并将后来楚军败北的原因归结为“君退臣犯，曲在彼矣”，可谓偏颇。

《左传》又可以说是中国文学史上第一部注意写“人”的作品。作者善于在矛盾冲突中刻画和描写人物形象，同时又从人物的一系列活动中展示历史的发展变化。例如在揭露统治阶级内部相互倾轧的篇章“郑伯克段于鄢”中，作者主要刻画了郑庄公阴险、虚伪的形象，而这是通过他与母亲、弟弟矛盾冲突的发展逐步加以揭示的。作品首先交代了庄公与母亲、弟弟的关系，说明昔日姜氏曾因爱次子共叔段，有将他立为太子取代庄公之心，这就埋下了矛盾的种子。接着以一系列典型事例在矛盾的发展激化中展现了庄公的性格：庄公即位后，不允许共叔段居制，而答应让他居于京邑。共叔段据有京邑后贪得无厌，一味扩张，祭仲、公子吕建议尽早把他除掉。可是庄公却没有采纳他们的意见，而是欲擒故纵，促共叔段“多行不义”，待其“自毙”。共叔段果然得寸进尺，野心膨胀，又进一步扩张地盘，庄公却仍然冷眼旁观，继续等待时机。直到共叔段修治城郭，聚集人马，准备兵车，将要攻打郑国的阴谋败露之时，庄公才命人下手。最后，共叔段不得不亡命他乡。在这一过程中，突出表现了庄公的阴险、狡诈、老谋深算。而这个人物的虚伪，则集中表现在他的誓而复悔上。庄公对母亲与共叔段亲昵并和他狼狈为奸策划阴谋是怀恨在心的，因而他发誓“不及黄泉，无相见也”。可是如此对待生身之母，不免有失孝道，容易为人非议，因此庄公发誓不久，即表示反悔。后来他接受颍考叔“阙地及泉，隧而相见”的两全其美之计，在地下演出了一幕与母亲和好如初的闹剧。全篇通过矛盾的发生、发展、高潮和结局，庄公、共叔段及武姜的性格特点都栩栩如生地展现出来。

《左传》还善于通过细节刻画人物形象，写出不同人物的不同个性特征。殽之战中，蹇叔哭师表现出他的料事如神，王孙满观师显示了他的眼光敏锐，弦高犒师刻画出他的爱国、机智，穆公迎师则体现了他的知错能改。同一个大事件中写出了不同人物的个性。《左传》又常用以小见大的手法，寥寥数笔使人物形象活现于读者目前。如殽之战中，秦国的三位将领被晋国俘虏，晋襄公听了母后文嬴的话，将他们释放了。作者这样记述晋国元帅先轸对此事的反应：

> 先轸朝，问秦囚。公曰：“夫人请之，吾舍之矣。”先轸怒曰：“武夫力而拘诸原，妇人暂而免诸国。堕军实而长寇仇，亡无日矣。”不顾而唾。

仅此几句，便写出了先轸的极度不满。先轸满含怨愤的言辞，在国君面前

“不顾而唾”的举动，生动地表现了他脾气的耿直、性情的暴烈。

《左传》在语言方面也极有特点，其记言叙事简而精，曲而达，婉而有致，罕譬而喻，富于形象性。尤其是人物语言，准确形象，富有魅力，符合人物的身份。

行人辞令之美，是《左传》在记言方面最为引人注目的成就。当时，诸侯之间关系复杂，出于政治斗争的需要，行人往来十分讲究外交辞令。《左传》将这样的一些辞令记载下来，稍加润色，便文采斐然。例如僖公四年齐帅诸侯伐楚，齐楚双方的问答辞令：

> 楚子使与师言曰：“君处北海，寡人处南海，唯是风马牛不相及也，不虞君之涉吾地也，何故?”
>
> 管仲对曰：“昔召康公命我先君太公曰：‘五侯九伯，女实征之，以夹辅周室。’赐我先君履，东至于海，西至于河，南至于穆陵，北至于无棣。尔贡包茅不入，王祭不共，无以缩酒，寡人是徵；昭王南征而不复，寡人是问。”
>
> 对曰：“贡之不入，寡君之罪也，敢不共给？昭王之不复，君其问诸水滨！”

齐国这次行动，是“挟天子以令诸侯”，目的在于自己称霸。由于打着天子的招牌，对答之间便极力显示自己出兵的堂堂正正、理直气壮。在此情势之下，楚国不好不承认“贡之不入，寡君之罪也”，却又不肯真正低头，所以接着回答说“昭王之不复，君其问诸水滨”，措辞也相当强硬。《左传》写行人辞令往往能从中反映出行人的性格及其所属国家或政治集团的地位、实力。这些人大都思路敏捷，能言善辩，但各自又有独特的风采。有的针锋相对，词锋逼人；有的委婉陈词，曲折致意；有的据理力争，侃侃而谈；有的不亢不卑，似柔实刚。《左传》行人辞令之美、文辞之妙受到后代的推崇。另外，《左传》记载的外交辞令还有一个特点就是逻辑严密，其中典范之作是“烛之武退秦师”，整篇说辞不到二百字，却抓住了秦国欲向东发展而处处受到晋国钳制的境地，同时剖析了在晋、秦、郑三国中，秦国唯有保全郑国，并将其作为在中原的基地，才能获得最大的利益，从而瓦解了秦晋两大国的联盟，挽救了危在旦夕的郑国。一篇说辞，能起到挽救一国的作用，应该说其严密的逻辑和有理有据的分析是其中关键所在。

《左传》在记述史官活动时，尤其类似当今的新闻记者。如“襄公十四年”记载晋侯会同诸侯之大夫共同讨秦。战斗中，联军受挫，晋国的栾黡对主帅荀偃“唯余马首是瞻”的做法不满，竟率兵从前线撤回。这时，“左史谓魏庄子(魏绛)曰：‘不待中行伯(荀偃)乎?’庄子曰：‘夫子命从帅，栾伯，吾帅也，吾将从之。从帅，所以待夫子也。’”这里的“左史”，其身份显然如同后世的随军记者。从这一段记载中，我们可以知道两点：其一，春秋时期的诸侯兼并战争中，史官是随军参与记录的；其二，史官的具体记录方法也如同后世的采访，先问后记。上述事件中，当栾黡不听从主帅荀偃的命令时，左史马上采访栾黡的部属魏绛对此事的看法，于是魏绛向左史谈道：他只能服从顶头上司(栾黡是下军帅，魏绛为佐)。

又据“襄公二十三年”载：“将盟臧氏，季孙召外史掌恶臣，而问盟首焉。”盟誓之时，外史参与记录，所谓“问盟首”，按杜预的解释，是问谁可“载书之章首”，可见这位外史在采访时是很细致、具体的。

当时的史官对发生的重大事件是即时采访并记录，犹如今日之记者。古代“大事书之于策，小事简牍而已”。单片的竹片为“简”，连片成策。史官一般将大事先记于“简”上，然后编成策，“简”如同今天的报纸一样具有即时性。

虽说古代史官犹如“皇家记者”，侍奉于君王左右，但其参与的活动以及记录的范围涉及甚广。他们不仅记录宫廷事件，而且广泛参与当时的军国大事和外交活动，其记录还涉及当时的政治举措、经济政策、自然灾害、行政区划、官吏任免、社会动态，甚至一些自然科学方面的成就，如记录古代观察彗星、日食等。其涵盖的内容虽不像如今的新闻那样包罗万象，但与今天新闻一样具有一定的一般性。前面谈到周设有太史、小史、内史、外史、左史、右史、御史、女史、地方史等，其执掌是不一样的，类似于今天的专业记者。有的采访军事，有的采访政治，有的采访经济，有的采访外交等。这些史官不但记下本国的事，而且记录别国的事。一些事件不仅在太史那里有记录，而且在各诸侯之策上也有记录。由此可知，古代的太史不仅自己亲自参与采访活动，而且还派人采访地方新闻，有可能还派人到国外采访。

认识到这些，也就更真切地认识到《左传》在文学上的价值，以及对后世叙事文学的影响。《左传》是我国古代历史散文的典范，它为后世的史传文学发展以及小说、戏曲的创作，乃至新闻写作，提供了丰富的题材和写作经验。

与《左传》大体同时，但在体制、文风及思想内容方面与之都有一定区别的另一部史书是《国语》。

《国语》是我国第一部国别史。它记载了上起周穆王，下至春秋末年鲁悼公，前后500余年(前1000—前440)的一些史实，重点在春秋时代。《国语》以记录贵族言论为主，全书二十一篇，按照当时一些主要国家，分别辑录为《周语》、《鲁语》、《齐语》、《晋语》、《郑语》、《楚语》、《吴语》、《越语》八个部分。八部分中，只有《周语》在记述历史事件时略为连贯，其余各国只是重点记载了个别事件，估计作者当时占有的资料本不完整，他只能将零散的材料汇编起来。其中《晋语》最详，《周语》、《鲁语》、《楚语》次之，《齐语》、《郑语》、《吴语》、《越语》又次之。

由于《国语》对历史事实记叙不是完整、系统的，所以时间和事迹的先后缺乏紧密的联系，不像《左传》那样融为一体、可以系统地看出当时社会的动态和演变的情况。但《国语》可以和《左传》互相印证，所以有人说它们是姊妹篇。《国语》的作者，司马迁和班固认为是左丘明。

《国语》所表现的进步思想不如《左传》鲜明，但也有可取的地方，例如，表现了民本思想，揭露、批评了统治者的奢侈荒淫。如《周语》中所记：

> 厉王虐，国人谤王。召公告王曰："民不堪命矣。"王怒。得卫巫，使监谤者。以告，则杀之。国人莫敢言，道路以目。王喜，告召公曰："吾能弭谤矣，乃不敢言！"召公曰："是障之也。防民之口，甚于防川。川壅而溃，伤人必多；民亦如之。是故为川者决之使导，为民者宣之使言……"

西周厉王时期，政治黑暗、民怨沸腾。厉王企图以杀人的方法消除人民的怨愤，召公认为这只会走向反面。召公以防止洪水不能用壅塞的办法而必须排除障碍使水流畅的道理，来比喻管理民众也必须开导他们，让他们把心里话讲出来，否则必然伤人误国，后果严重。

《国语》同《左传》一样，具有较高的史学价值，但文学上的成就不如《左传》。它没有《左传》那样周密完整的结构，也没有像《左传》那样创造许多人物形象。不过，《国语》在某些方面还是具有一定特色的。

首先，《国语》重在记言，而不多记事，故言尽而事略。有时同一事件既见于《左传》，又见于《国语》，相形之下，《国语》重言轻事的特点便十分突出。前举召公的大段谏辞便记录得相当详细，交代事情的结果却只写了三言两语："王弗听。于是国人莫敢出言。三年，乃流王于彘。"又如对长勺之役"曹刿问所以战"一事，《国语》只记录了未战之前曹刿与鲁庄公的问答之辞，而《左传》所写"公与之乘，战于长勺"以下，《国语》一概未录。

其次，《国语》比较注重教训，偏重说理。特别是其中的《周语》，行文委婉，旨在说教。较之前代散文，其所寓教训不只是针对国君，而且有着广泛的内容。如《鲁语》记载季父文伯之母对其子的教诲：

> 居，吾语女：昔圣王之处民也，择瘠土而处之，劳其民而用之，故长王天下。夫民劳则思，思则善心生；逸则淫，淫则忘善，忘善则恶心生……今我寡也，尔又在下位，朝夕处事，犹恐忘先人之业，况有怠惰，其何以避邪？……

话语之中既含有治国平天下的道理，又包括为人处世、人心善恶等许多生活经验，体现了《国语》在这方面的特点。

就体制而言，《国语》是国别史之祖。继它之后，出现了另一部很有影响的国别体历史著作《战国策》。

《战国策》是战国末年和秦汉间人所纂集的一部史料汇编，作者主名已无可考。该书杂记东、西周及秦、齐、楚、赵、魏、韩、燕、宋、卫、中山十二国之事。其记事时代上接春秋，下至秦并六国，约240年(前460—前220)。书名原有多种称谓，如：《国策》、《国事》、《短长》、《事语》、《长书》、《修书》等。西汉刘向重新编校、整理，并定名为《战国策》。《汉书·艺文志》说《战国策》有三十三篇，今亦分为三十三篇。1973年，长沙马王堆三号汉墓出土帛书，有一种与《战国策》内容相近的书，专家定名为《战国纵横家书》或帛书《战国策》。这种帛书早于刘向所整理的本子，其中很多材料是司马迁、刘向所没有见过的，为战国史的研究提供了重要的资料。

《战国策》主要记载战国时谋臣策士们游说各国或互相辩论时所提出的政治主张和斗争策略。其间有传记、有故事、有论辩、有书信，反映了那一时期尖锐而复杂的政治斗争，是继《春秋》、《左传》之后，又一部重要的史书。《战国策》主要保存了纵横家的著作和言论，但也杂取了各家的观点，其中有道家(如《齐策四》、《秦策三》、《楚策四》)、儒家(如《齐策四》)、墨家(如《赵策三》)、法家(如《赵策五》)的观点，思想是复杂的。人们往往认为纵横家朝秦暮楚，不讲信义，尔虞我诈，危言耸听，其思想、言行不足取。其实亦未尽然。刘向说："其谋扶急持倾，为一切之权，虽不可以临国教化，兵革救急之势也，皆高才秀士，度时君之所能行，出奇策异智，转危为安，运亡为存，亦可喜，皆可观。"(《战国策叙录》)这个评价是公允的。

《战国策》在一定程度上客观地暴露了统治者横暴淫逸给人民带来的苦难。它主张修内政，得民心，实行改革；它反抗强暴，歌颂布衣卑贱之士；它善于反映统治者内部的各种复杂的矛盾。这些都是它进步的地方。但是，《战国策》的作者往往站在纵横家的立场来宣扬策士的权谋诡辩和猎取功名富贵的人生观，同时过分强调“士”在政治斗争中的决定作用，这是不足取的。

《战国策》在艺术上也很有特色。尤其在描写人物方面，比起《左传》来又有所发展。《左传》编年叙事，不是以人物的描写为中心，而《战国策》重点记述人物在政治事件中的言行，因而写出了不少性格鲜明的人物形象，如：巧譬讽谏的邹忌，慷慨慕义的鲁仲连，沉毅勇决的荆轲，引锥刺股的苏秦等，都能给读者以极深的印象。《战国策》写人物，较之《左传》更重神似，善于运用多种表现手法勾勒出人物的情态。《齐策四》的《冯谖客孟尝君》便是这样的一篇名文。

这篇文章由三个部分组成。第一部分写冯谖客孟尝君的经过，主要以“弹铗作歌”表现冯谖以非同寻常的方式试探孟尝君，隐约透出这位寄食者身上异于常客的奇气。第二部分叙述冯谖为孟尝君“市义”的举动。冯谖矫命焚烧债券，为孟尝君收买民心，显示了他的胆略才干和奇谋异智。第三部分记述冯谖为孟尝君“复凿二窟”，以便巩固孟尝君在齐国的政治地位的深谋远虑，同时进一步表现了他的知恩图报、甘为孟尝君效劳之心。整个故事情节的发展迂回曲折而又姿态横生，作者对冯谖这个人物采用精雕细刻的手法多方面加以描绘，鲜明地体现了人物的个性。冯谖弹铗而歌的一段文字就写得十分生动传神：

> 居有顷，倚柱弹其剑，歌曰：“长铗归来乎，食无鱼！”左右以告。孟尝君曰：“食之，比门下之客。”居有顷，复弹其铗，歌曰：“长铗归来乎，出无车！”左右皆笑之，以告。孟尝君曰：“为之驾，比门下之车客。”于是乘其车，揭其剑，过其友曰：“孟尝君客我。”后有顷，复弹其剑铗，歌曰：“长铗归来乎，无以为家！”左右皆恶之，以为贪而不知足。孟尝君问：“冯公有亲乎？”对曰：“有老母。”孟尝君使人给其食用无使乏。于是冯谖不复歌。

冯谖在孟尝君府上住了一段时间以后，有一天他靠在门柱上弹着他的剑鞘，唱道：“长剑啊长剑，咱们回去吧，我在这里吃不上鱼！”原来，孟尝君的门客是分等级的。有吃素、吃鱼、坐车等区别，冯谖吃素菜，属最低等；食有鱼则高一等。左右之人将冯谖闹待遇一事转告孟尝君，孟尝君马上让他升了一级。但是没过多久，冯谖又弹着剑鞘唱道：“长剑啊长剑，咱们回去吧，我出门没有车坐！”左右之人都笑话冯谖不知足，但孟尝君还是给冯谖提升了一级，为他配了专车，满足了他的要求。谁知没过多久，冯谖再次弹铗而唱："长剑啊长剑，咱们回去吧，我一个人倒是过得舒坦，但我没法养家啊!"周围的人便顿生厌恶之心，认为冯谖贪得无厌。然而，孟尝君派人打听到冯谖家有老母后，便给冯母送去衣食给用。于是冯谖再也没有弹铗了。"冯谖弹铗"成为后世发牢骚、闹待遇的代名词。冯谖的奇异言行实际上正显示了他富于心计：一来可以试出孟尝君轻财好士的诚意，二来要在三千门客中引起孟尝君的注意不是易事，因此，冯谖没有正面夸耀自己的才干，而是先以回答"无能"、"无好"的异于一般门客的自作平庸引人注目。继之又以三次弹铗而歌有求于孟尝君，且提出非分要求的行动进一步显出与众不同。而这些实际上都是设法从反面引起孟尝君对他的注意和兴趣。在《战国策》作者的笔下，冯谖的形象可说是活灵活现，神采飞扬。有时，作者还通过描写环境、渲染气氛，来烘托人物的精神风貌。例如《燕策》中描写荆轲行刺秦王，上路时"易水送别"一段：

> 遂发，太子及宾客知其事者，皆白衣冠以送之。至易水上，既祖取道，高渐离击筑，荆轲和而歌，为变徵之声，士皆垂泪涕泣。又前而为歌曰："风萧萧兮易水寒，壮士一去兮不复还!"复为慷慨羽声，士皆瞋目，发尽上指冠。于是荆轲遂就车而去，终已不顾。

荆轲即将登上行刺秦王的旅途，燕太子及众人"皆白衣冠"送之于易水，表示诀别，此为第一层渲染；高渐离击筑，众人高歌"风萧萧兮易水寒，壮士一去兮不复还"，此为第二层渲染；荆轲"就车而去，终已不顾"，一个聚焦镜头，此为第三层渲染。这段文字颇有强烈的感情色彩，在慷慨悲壮的气氛中，荆轲的形象写得刚毅沉雄，相当动人。后来司马迁几乎未加改动地将《战国策》中有关荆轲的部分录入了《史记·刺客列传》。

长于论事说理，是《战国策》的一个明显特色。该书所写人物大多是纵横捭阖的游说之士，这些人庭说诸侯，意在打动人主，这就决定了他们格外讲求语言艺术，于是形成了战国策士的奇特风采。

如《齐策》的《邹忌讽齐王纳谏》。邹忌进谏，不是抽象说教，而是举出自己受蒙蔽的具体事例，采取现身说法：邹忌要和徐公比美，他分别问妻、妾、客"吾与徐公孰美?"这几个人都异口同声地说他比徐公美。可是，邹忌没有轻信他们的话，而是面对面地与徐公作了比较，知道了自己确实比不上徐公美。他分析妻、妾、客说出不符事实的赞誉之辞的原因，从而得出妻之"私我"、妾之"畏我"、客之"有求于我"的结论。由此引申出向齐王进谏的说辞："臣诚知不如徐公美，臣之妻私臣，臣之妾畏臣，臣之客欲有求于臣，皆以美于徐公。今齐地方千里，百二十城。宫妇左右，莫不私王；朝廷之臣，莫不畏王；四境之内，莫不有求于王。由此观之，王之蔽甚矣。”齐王从邹忌的规劝中受到启发，果然听从了他的意见，采取了纳谏的施政措施。这里，邹忌采取的是由小及大、连类取譬的方法。

又如《赵策》中的名文《触龙说赵太后》。触龙极善于体会、揣摩赵太后的心理，他在有关国家存亡的危急时刻出面会见火气正盛的赵太后，意在说服她同意以长安君为人质，换取齐国的帮助，抵御秦国的进攻。会面一开始，触龙避开正题，先从吃饭、走路谈起，缓和了紧张气氛。接着，讲自己的爱子之心，使太后不知不觉之中情感上开始与之接近。然后，触龙举出燕后作衬托，说明“父母之爱子，则为之计深远”的道理。更进一步，又以赵王与诸侯子孙为例，暗示“位尊而无功，奉厚而无劳，而挟重器多”的害处。最后才点出长安君。太后终于心悦诚服地说：“诺，恣君之所使之!”一个十分尖锐的矛盾在触龙娓娓动听的劝说中顺利地得到了解决。这里，触龙采用的是由远及近、迂回曲折的手法。

再如《秦策》中《范雎说秦王》一节。秦王庭迎范雎，对他发出三问，范雎却一时并不作答。直到了解了秦王的态度后，他才点出问题的要害，即秦王能否摆脱骨肉之亲和左右大臣的羁绊而听信自己的政治主张。接着，他说道：

> 臣非有所畏而不敢言也，知今日言之于前，而明日伏诛于后，然臣弗敢畏也。大王信行臣之言，死不足以为臣患，亡不足以为臣忧，漆身而为厉、被发而为狂，不足以为臣耻。……臣之所恐者，独恐臣死之后，天下见臣尽忠而身蹶也，是以杜口裹足，莫肯即秦耳。足下上畏太后之严，下惑奸臣之态，居深宫之中，不离保傅之手，终身暗惑，无与照奸。大者宗庙灭覆，小者身以孤危，此臣之所恐耳。若夫穷辱之事，死亡之患，臣弗敢畏也。臣死而秦治，贤于生也。

这段话说得慷慨激昂而又言辞恳切，范雎把个人生死与宗庙兴亡联系起来，情感极为强烈，有如披肝沥胆。结果，他深得秦王信任。这里，范雎所用的是夸大其词、危言耸听的手法。

在游说过程中善于引譬设喻，杂以寓言故事，是《战国策》长于论事说理的一个重要方面，其中最典型的是《楚策》中的《庄辛说楚襄王》。庄辛从襄王“专淫逸侈靡，不顾国政”的种种迹象预言“郢都必危”，襄王不信。不久，秦国果然侵入，襄王流揜于城阳，使人征庄辛于赵。他问庄辛：“今事至于此，为之奈何?”庄辛答道：

> 臣闻鄙语曰：“见兔而顾犬，未为晚也；亡羊而补牢，未为迟也。”臣闻昔汤、武以百里昌，桀、纣以天下亡。今楚国虽小，绝长续短，犹以数千里，岂特百里哉?
>
> 王独不见夫蜻蛉乎？六足四翼，飞翔乎天地之间，俯啄蚊虻而食之，仰承甘露而饮之，自以为无患，与之无争也；不知夫五尺童子，方将调饴胶丝，加己乎四仞之上，而下为蝼蚁食也。
>
> 蜻蛉，其小者也，黄雀因是以……
>
> 夫黄雀，其小者也，黄鹄因是以……
>
> 夫黄鹄，其小者也，蔡灵侯之事因是以……

庄辛层层设喻，步步进逼，从见兔顾犬、亡羊补牢的鄙语到汤、武昌而桀、纣亡的史实，从蜻蛉、黄雀、黄鹄的故事到蔡灵侯的教训。最后才直陈利害，言明襄王处境之危：

> 蔡灵侯之事其小者也，君王之事因是以。左州侯，右夏侯，辇从鄢陵君与寿陵君，饭封禄之粟，而载方府之金，与之驰骋乎云梦之中，而不以天下国家为事；不知夫穰侯方受命乎秦王，填黾塞之内，而投己乎黾塞之外。

庄辛的劝谏寓说理于层见叠出的比喻、寓言之中，既富于形象性又有很强的说服力，难怪襄王闻之，“颜色变作，身体战栗”。

又如《齐策》中所记齐人谏靖郭君城薛。靖郭君乃齐威王之少子，被封于薛，于是他在薛邑大修城墙，以巩固自己的实力。他的这种做法一方面劳民伤财，另一方面也容易引起齐威王的猜忌。其门客多次劝阻无效，这时——

> 齐人有请者曰：“臣请三言而已矣。益一言，臣请烹!”靖郭君因见之。客趋而进曰：“海大鱼!”因反走。君曰：“客有于此!”客曰：“鄙臣不敢以死为戏!”君曰：“亡，更言之!”对曰：“君不闻大鱼乎？网不能止，钩不能牵；荡而失水，则蝼蚁得意焉。今夫齐，亦君之水也；君长有齐阴，奚以薛为？夫(失)齐，虽隆薛之城到于天，犹之无益也。”君曰：“善。”乃辍城薛。

这位“齐人”的一个“海大鱼”比喻，便使靖郭君停止修筑薛城，其说辞具有多么强的说服力！

再如《齐策》中陈轸说昭阳毋攻齐。楚国大将昭阳率兵伐魏，覆军杀将，得八城，又指挥得胜之师准备攻齐。说客陈轸远道而来，对昭阳说：

“臣窃为公譬，可乎？楚有祠者，赐其舍人卮酒。舍人相谓曰：‘数人饮之不足，一人饮之有余。请画地为蛇，先成者饮酒。’一人蛇先成，引酒且饮之，乃左手持卮，右手画蛇曰：‘吾能为之足’。未成，一人之蛇成，夺其卮曰：‘蛇固无足，子安能为之足？’遂饮其酒。为蛇足也，终亡其酒。今君相楚而攻魏，破军杀将，得八城，不弱兵，欲攻齐，齐畏公甚。公以是为名，亦足矣。官之上，非可重也。战无不胜，而不知止者，身且死，爵且后归，犹为蛇足也。”

昭阳听了陈轸的话，便班师回去了。陈轸游说，采用寓言的形式，以“画蛇添足”的道理启发昭阳，劝他不要攻齐，这就既体现了说理的艺术方法，也颇有说服力。

像陈轸、庄辛这样运用寓言来说服对方，似乎是战略之士游说时的惯用方法，比较著名的还有：苏秦以土偶人与桃梗对话的寓言劝阻孟尝君入秦；淳于髡以“天下之疾犬”韩子庐逐“海内之狡兔”东郭逡，最终“犬兔俱罢，各死其处”的寓言，说齐宣王勿伐魏；魏加以孽雁惊弦劝春申君勿以临武君为将；季梁以“南辕北辙”的寓言谏魏王攻邯郸；苏代以“鹬蚌相争，渔翁得利”的寓言阻止赵惠文王伐燕，等等。既体现了《战国策》的文学水准，也充分展示了古代中华民族的“东方智慧”，有着重要价值。

应该说，《战国策》里的思想和观念，在一定程度上与中国古代的一些传统思想是有冲突的，因此，在历朝历代都受到卫道士们的批判。但是，以今人的眼光来看，它恰恰反映了当时活跃的思想氛围。另外，《战国策》中的语言艺术，更是具有承上启下的作用，秦汉时期的政论散文、汉代辞赋都受到《战国策》的影响，甚至连司马迁的《史记》中描绘人物形象，也从其中吸取了养分。

第四节 诸子散文

先秦诸子散文的发展大致经历了三个阶段，即以《论语》、《墨子》为代表的由语录体到语录体中杂有质朴的议论文的阶段；以《孟子》、《庄子》为代表的突破语录体，由对话式论辩过渡到专题论文并开始富有较浓厚的文学色彩的阶段；以《荀子》、《韩非子》为代表的长篇成熟的议论文阶段。在这一过程中，论说散文由幼稚而成熟，由简短而鸿篇巨制，由论辩而专题论述，经历了相当长的发展历史。从这一发展的历程中，我们可以清楚地看到它的脉络，并可以努力探寻文学发展、特别是论说散文发展的自身规律。

《老子》，是《尚书》以后较早向说理方向发展的散文著作。《老子》一书，是道家的主要经典，相传为老子所著。老子，在《史记》里有三种说法，一种说他是周王朝的"守藏室之吏"，即老聃，姓李名耳，字伯阳。春秋后期人，约生于公元前580年，约死于公元前500年。另外一种说法是老子即楚国的老莱子，与孔子同时。第三种说法称老子是战国中期周王室的一位太史。从目前学术界的研究来看，第一种说法的可能性较大。据《史记》记载，他是楚国苦县(今河南鹿邑东)厉乡曲仁里人，做过周王朝的史官。孔子三十四岁时，曾向他请教过有关古礼的问题。后见周王室日趋没落，便回到他的故乡去过隐居生活。他是道家学派的创始人。

老子的哲学思想，一般认为是客观唯心主义的。他的认识论是：任何事物的发展变化都不过是周而复始的重复。"致虚极，守静笃。万物并作，吾以观其复。"(《道德经》第十六章)即所谓尽力使心灵空虚，坚定地操守清静无为，万物纷纭复杂，生长变化，我只是把它们看作是循环往复、周而复始的重复。他还绝对地反对借助外物，主张闭目塞听，虚智守旧，"无为而无不为"(《道德经》第三十七章)。他的处世哲学是自甘卑下，无欲望，不力争，所谓"满招损，谦受益"(《尚书·大禹谟》)。他的自然观是唯心主义的无神论，他认为宇宙的本体、万物的主宰是"道"，"道生一，一生二，二生三，三生万物"(《道德经》第四十二章)。而"道"又是一种非物质性的超时空的绝对精神，这种绝对精神又是"先天地生"，"为天地母"(《道德经》第二十五章)。他的辩证法是：唯心的消极的辩证法，所谓"祸兮福所倚，福兮祸所伏"即是著名的论点(《道德经》第五十八章)，它正确指出了事物相互依存的关系和相互转化的规律，但却忽视对立转化的必要条件。他对现实社会极为不满，认识到"民之饥，以其上食税之多"(《道德经》第七十五章)，因而痛斥残酷的剥削者为"盗竽"，即强盗头子(《道德经》第五十三章)。但是，面对这个没落的奴隶社会，他所开的"药方"，亦即政治理想却是倒退到"小国寡民"的原始蒙昧的社会里去，绝圣弃智，忘情寡欲，"邻国相望，鸡犬之声相闻，民至老死不相往来"(《道德经》第八十章)。

反映老子上述思想的，是《老子》一书。《老子》也称《道德经》，共八十一章，五千余字，故后世又称《老子五千文》。该书“道”经在前，“德”经在后，1973年长沙马王堆三号汉墓出土甲、乙两种《老子》帛书，则是“德”经在前，“道”经在后。《老子》不是老子本人亲自撰写，而是他的门徒把他的言论辑录成书的，一般人认为它成书在战国时代。尽管如此，书中的基本思想仍然是春秋时代老子的思想。

《老子》一书，不能将它简单地看作一部哲学著作，而忽略它在文学史上的地位。这是因为，作为道家思想，其给予后世文学的影响实为重大。后世许多文学家笃信老、庄，表现在作品中或崇尚自然，或追求玄妙迷离之美，蔚成许多流派，这是很值得重视的文学现象。再者，《老子》没有引用西周以来官方的典籍图诰，却吸收了不少民间谣谚，书中有许多是韵文。所以也有人说它是一部用韵文写成的哲理诗。如：“大道废，有仁义；慧智出，有大伪；六亲不和，有孝慈；国家昏乱，有忠臣”(《道德经》第十八章)，近乎三言诗。《老子》还有很多章节是散韵相间、杂然并陈的，如：“天地不仁，以万物为刍狗；圣人不仁，以百姓为刍狗。天地之间其犹橐籥乎？虚而不屈，动而愈出。多言数穷，不如守中。”(《道德经》第五章)

另一方面，老子的文章又富于变化，有时短句、长句、奇语、偶语参差错落。如第二十二章：

> 曲则全，枉则直，洼则盈，敝则新，少则得，多则惑。是以圣人抱一为天下式。不自见，故明；不自是，故彰；不自伐，故有功，不自矜，故长。夫唯不争，故天下莫能与之争。古之所谓曲则全者，岂虚言哉？诚全而归之。

《老子》在修辞方面很有特色。突出的一点是多用反义词。这与作者所要表现的思想内容分不开。比如第二章中的几句话：“有无相生，难易相成，长短相形，高下相倾，声音相和，前后相随。”作者连用了“有无”、“难易”、“长短”、“高下”、“前后”五对反义词，来说明事物之间对立统一的关系，表现出他思想认识中的辩证法因素。《老子》谈玄论道之中，有时也多用描写，善于形容。如第十五章：

> 古之善为士者，微妙玄通，深不可识。夫唯不可识，故强为之容。豫焉若冬涉川；犹兮若畏四邻；俨兮其若客；涣兮若冰之将释；敦兮其若朴；旷兮其若谷；混兮其若浊……

这里用了一连串比喻，对得“道”之“士”作了形象的描述。又如“合抱之木，生于毫末；九层之台，起于累土”(《道德经》第六十四章)。用萌芽的种子可以长成合抱的大树、一抔一抔的细土可以累积为九层高台来形象地说明事物量的积累可以引起质的变化，读之通俗易懂。再如“大成若缺，其用不弊；大盈若冲，其用不穷。大直若屈，大巧若拙，大辩若讷”(《道德经》第四十五章)，“明道若昧，进道若退，夷道若颣，上德若谷，大白若辱，广德若不足，建德若偷，质真若渝”(《道德经》第四十一章)等都是连用比喻，言简意赅，且句式排比，显得流畅而有力。

此外，《老子》虽重在论道，有时却也流露出较强烈的感情色彩，例如“民不畏死，奈何以死惧之!”(《道德经》第七十四章)此即鲁迅在《汉文学史纲要》中言及老子之文所说的“时有愤辞”。《老子》文约事丰，被刘勰赞之为“五千精妙”(《文心雕龙·情采篇》)。

此外，《老子》多用韵语，韵散兼行，基本上用口语写成。而改变这种语录体散文的著作，则是《论语》。

《论语》由孔子的弟子及孔门后学根据孔子的言论加以整理、编辑而成，当成于春秋战国之际。它是儒家的重要经典。孔子(前551—前479)，名丘，字仲尼，春秋末期鲁国陬县(今山东曲阜)人。孔子是我国古代著名的思想家、教育家。他的先世是宋国贵族，因六世祖在国内动乱中被杀，后裔遂逃亡并定居鲁国。孔子幼时丧父，年轻时以“儒”为业，帮助富贵人家主持礼节仪式。后来做过“委吏”(司会计)、“乘田”(管畜牧)等事。年五十，由鲁国中都宰升任司寇，摄行相事。为了推行自己的政治学说，曾率门徒周游陈、卫、曹、宋、郑、蔡、齐等国，终不得用。回鲁后，聚徒讲学，有弟子三千，著名者七十二人。

孔子的哲学思想是唯心主义的，他相信“天命”，认为：“君子有三畏：畏天命，畏大人，畏圣人之言。”(《论语·季氏》)他的政治思想学说的核心是“仁”。“仁”包括“爱人”和“克己复礼”(《论语·颜渊》)两个方面，前者强调要将人当人看，要实行仁政，要爱民轻徭，“节用而爱人，使民以时”(《论语·学而》)。后者强调“复礼”与“正名”，维护“君君、臣臣、父父、子子”这一套奴隶制等级制度(《论语·颜渊》)。孔子对待现实的态度是入世的，即：知其不可为而为之。孔子的思想并不为当时大多数政治家所接受，他周游列国，到处碰壁便是证明。

孔子对中国文化、教育的贡献是很大的，他整理了大量的文化典籍；他兴办教育，是第一个私人办学者。他主张“有教无类”。他的教育方法、学习态度也有许多可取之处，有许多至理名言，如：“学而不厌，诲人不倦”

(《论语·述而》);“举一反三”(《论语·述而》);“三人行,必有我师焉,择其善者而从之,其不善者而改之”(《论语·述而》);“学而时习之”(《论语·学而》);“温故而知新”(《论语·为政》);“知之为知之,不知为不知,是知也”(《论语·为政》);“朝闻道,夕死可矣”(《论语·里仁》),等等。在道德修养方面,也有一些可供借鉴的至理名言,如:“三军可夺帅也,匹夫不可夺志也”(《论语·子罕》);“巧言令色,鲜矣仁”(《论语·学而》);“不患人之不己知,患不知人也”(《论语·学而》);“人而无信,不知其可也”(《论语·为政》);“吾十五而有志于学,三十而立,四十而不惑,五十而知天命,六十而耳顺,七十而从心所欲,不逾矩”(《论语·为政》),等等。这些语言,精练含蓄,概括力强,富于哲理性,能够给人以启发。有的还富于诗意,如:“岁寒,然后知松柏之后彫也。”(《论语·子罕》)它们流传后世,成为人民常用的成语、格言。

《论语》二十篇记载孔子及其弟子的言行,反映了孔子的政治思想、学术思想和教育思想,是研究孔子学说的重要文献。《论语》又是一部语录体散文。它在文学史上的价值主要体现在两个方面:一是提供了说理散文的雏形;二是提出了对后世文学影响很大的某些文艺思想。

《论语》大部分由简短的语录和三言两语的对话组成。文中多是只提出观点而缺乏必要的论据和详细的论证,只谈到事理的“当然”而很少说出其“所以然”。因而就说理散文来说,它还只是一个雏形,但它为以后散文的发展打下了基础:其一,《论语》语言简洁明快,含义深刻,通俗流畅,很接近当时的口语。这从前边所举的格言式的语句中即可看到。其二,在我国文学史上,《论语》是第一部以表现一个人物为中心的散文著作。它在对孔子及其门徒思想和人格的表现上,具有相当高的艺术性,常能以很少的笔墨勾画出人物的神情语态乃至各自的性格特点。例如:

> 子贡曰:“有美玉于斯,韫椟而藏诸,求善贾而沽诸?”子曰:“沽之哉!沽之哉!我待贾者也。”
>
> ——《子罕》

这里表现出孔子渴望入世的心情和师生间关系的亲切,谈吐的幽默风趣。

> 阳货欲见孔子,孔子不见,归孔子豚。孔子时其亡也,而往拜之。遇诸涂。谓孔子曰:“来!予与尔言。曰:怀其宝而迷其邦,可谓仁乎?”曰:“不可。”“好从事而亟失时,可谓知乎?”曰:“不可。”“日月逝

矣，岁不我与。”孔子曰：“诺，吾将仕矣。”

——《阳货》

孔子不愿见阳货，但又不便正面拒绝。于是他探听到阳货外出了，才去他家回拜。可不巧两人途中相遇，孔子不得已与阳货交谈，可是他的答话都十分简短。这段文字映现出的，是孔子对阳货表面顺从实则敷衍的内在心理。

宰我问：“三年之丧，期已久矣。君子三年不为礼，礼必坏；三年不为乐，乐必崩。旧谷既没，新谷既升，钻燧改火，期可已矣。”子曰：“食夫稻，衣夫锦，于女安乎？”曰：“安。”“女安，则为之！夫君子之居丧，食旨不甘，闻乐不乐，居处不安，故不为也。今女安，则为之！”宰我出，子曰：“予之不仁也！子生三年，然后免于父母之怀。夫三年之丧，天下之通丧也。予也有三年之爱于其父母乎？”

——《阳货》

宰我认为，子女为父母服丧三年，为期太久了，服丧一周年就可以了。孔子对他十分不满，发出责问之辞。这里，显示出孔子气尽语极、近乎声色俱厉的情状。

子路问：“闻斯行诸？”子曰：“有父兄在，如之何其闻斯行之？”冉有问：“闻斯行诸？”子曰：“闻斯行之！”公西华曰：“由也问：‘闻斯行诸’，子曰‘有父兄在’；求也问‘闻斯行诸’，子曰‘闻斯行之’。赤也惑，敢问。”子曰：“求也退，故进之；由也兼人，故退之。”

——《先进》

子路和冉有对孔子提出同样的问题：“听到了就实行吗？”孔子对两人却分别作了不同的回答。公西华感到迷惑不解，向孔子求教。孔子告诉他：“冉求(即冉有)做事退缩，所以我鼓励他大胆干；仲由(即子路)好勇过人，所以我要压压他。”这段应答反映出孔子作为教育家善于诱导、因材施教的风度和从容论道的神态。

在《论语》的少数篇章里，有着较为完整的情节和比较生动、细致的描写，如《季氏篇》中“季氏将伐颛臾”，《先进篇》中“子路、曾皙、冉有、公西华侍坐”等。

子路、曾皙、冉有、公西华侍坐。子曰："以吾一日长乎尔，毋吾以也。居则曰：'不吾知也！'如或知尔，则何以哉？"子路率尔而对曰："千乘之国，摄乎大国之间，加之以师旅，因之以饥馑，由也为之，比及三年，可使有勇，且知方也。"夫子哂之。"求，尔何如？"对曰。"方六七十，如五六十，求也为之，比及三年，可使足民。如其礼乐，以俟君子。""赤，尔何如？"对曰："非曰能之，愿学焉。宗庙之事，如会同，端章甫，愿为小相焉。""点，尔何如？"鼓瑟希，铿尔，舍瑟而作。对曰："异乎三子者之撰。"子曰："何伤乎，亦各言其志也！"曰："暮春者，春服既成。冠者五六人。童子六七人，浴于沂，风乎舞雩，咏而归。"夫子喟然叹曰："吾与点也。"三子者出，曾皙后。曾皙曰："夫三子者之言何如？"子曰："亦各言其志也已矣！"曰："夫子何哂由也？"曰："为国以礼，其言不让，是故哂之。唯求则非邦也与？安见方六七十如五六十而非邦也者！唯赤则非邦也与？宗庙，会同，非诸侯而何？赤也为之小，孰能为之大！"

——《论语·先进》

这里记述的是孔子和他的门徒子路、曾皙、冉有、公西华的一次谈话，孔子问他们四人各自的志向，子路回答说：要使民"有勇"，"知方"；冉有回答说：足民，而礼乐之事"俟君子"为之；公西华直言不讳地说，愿为礼乐之事；而曾皙则表示要修身立德，咏怀乐道。师生五人对话之间，各自的神态、性格都生动地展现出来。子路坦率，不隐瞒自已的看法；冉有、公西华谦逊；曾皙不动声色，善于揣摩孔子的心理。这些，都描写得很细致，可以看出人物的形象来。

《论语》在文学上的价值还表现在文艺思想方面。孔子是我国古代最早的文艺理论批评家，他认为诗歌的作用在于："可以兴，可以观，可以群，可以怨；迩之事父，远之事君；多识于鸟兽草木之名"(《论语·阳货》)。也就是说，文学有振奋精神、认识社会、团结人心、怨刺时政的作用，较为全面地概括了诗歌的特点和社会功用。他的"尽善尽美"论，"辞，达而已矣"的文质兼备论，阐述了文艺的内容与形式的关系。《论语》对后世文学批评理论的建立与发展，有很大的影响。

《墨子》的出现，则打破了简单的语录体，标志着说理散文基本体制的形成。

《墨子》是墨家学派创始人墨翟的著作，为墨子及其弟子、后学所著。墨子生活在春秋末期至战国初期，关于他的生平事迹，司马迁在《史记·孟荀列传》中说："……宋之大夫，善守御，为节用。或曰：并孔子时；或曰：在孔子后。"可见，他的事迹在西汉时就没有人能确实知道了。清人孙诒让《墨子闲诂》中辑录其有关资料最详：相传墨子原为宋国人，后长期生活在鲁国。曾"学儒者之业，受孔子之术，以为其礼烦扰而不说"（见《淮南子·要略》），便另立新说，聚徒讲学，成为儒学的主要反对派。墨家不仅是一个思想学派，而且是一个组织严密、纪律性强的民间团体。领袖称为"钜子"，门徒众多，门规要求众人重视艰苦实践，食粗茶淡饭，穿布衣着草鞋，反对铺张浪费且不避危险。

墨子的思想较为复杂，主要观点有"兼爱"、"非攻"、"节用"、"节葬"、"尚贤"、"尚同"等。所谓"兼爱"，就是反对儒家的"爱有差等"，而提倡兼爱互助。墨子自称是"贱人"，他的"兼爱"实际是主张把小生产者彼此相爱、平等互利的理想，扩大到整个社会中去。"非攻"，就是反对好战的国家"攻伐无罪之国"。"节用"、"节葬"就是主张节俭，反对挥霍浪费。墨者之徒就是吃菜羹，穿粗布麻衣，着草鞋木屐。他们还提出"非乐"的主张，反对贵族统治者"繁饰礼乐"。所谓"尚贤"、"尚同"，意在推举贤才，改善小生产者的政治地位，并希望结束诸侯纷争的割据局面，建立统一的封建政权。墨子的这些思想，体现了劳动者、小生产者的思想意向。

在认识论方面，墨子提出了判断客观事物是非真假的三条标准，亦即"三表"。"何谓三表？子墨子言曰：有本之者，有原之者，有用之者。"（《墨子·非命》上）具体解释这三条标准，一是历史记载中的前人的经验（"上本之于古者圣王之事"），二是个人直接经验以外的广大人民亲身的经验（"百姓耳目之实"），三是国家和人民的利益（"发以为刑政，观其中国家百姓人民之利"）。这是一种唯物主义经验论的认识论。但是，墨子又主张"天志"和"明鬼"，认为"天"是自然界和人类社会的最高主宰，国君为"天"所立，人民、万物为"天"所生，国君的统治是"天"的意志，人们违背不得。墨者之徒还迷信鬼神，认为人类社会中统治和被统治的关系，即使在人们死后也还是维护着的，不能改变。这显然又是唯心的。墨子学说在当时甚为风行，对当时思想界影响也很大，与儒家并称"显学"。

《墨子》一书原有七十一篇，现存五十三篇，其中《兼爱》、《非攻》、《天志》、《明鬼》、《尚贤》、《尚同》、《非乐》、《非命》、《节葬》、《节用》等篇，代表了墨子的主要思想。书中有六篇（《经》上、下，《经说》上、下，《大取》、《小取》）是战国末年后期墨家的著作，有三篇（《亲士》、《修身》、《所染》）个别字句和内容，曾经墨家后学者增窜。

《墨子》也是谈话记录，但已不是简单的语录体，而是语录体中杂有长篇论说文。墨子“三表”说，也适用于“出言谈由文学”(《非命》中)，这种注重实际的唯物的态度，反映在他的散文中便是注意用事实论证，因而文章质朴、详实、严密。《墨子》中的文章每篇都有一个中心论题，而且有代表这一中心思想的标题，文章首尾完整，可视为独立的论辩散文，这在散文发展的语录体阶段，是重大的进步。在论辩的方法上，墨子提出“辟”(比喻)、“侔”(相同的命题可以互相引证)、“援”(援引他人相同的论点以为己证)、“推”(推论)等，这可以看作我国最早的文章学理论。

墨子的文章逻辑推理严密，善于通过具体事例说理。例如《非攻上》：

> 今有一人，入人园圃，窃其桃李，众闻则非之。上为政者得则罚之。此何也？以亏人自利也。至攘人犬豕鸡豚者，其不义又甚入人园圃窃桃李。是何故也？以亏人愈多。苟亏人愈多，其不仁兹甚，罪益厚。至入人栏厩，取人马牛者，其不仁义又甚攘人犬豕鸡豚，此何故也？以其亏人愈多。苟亏人愈多，其不仁兹甚，罪益厚。至杀不辜人也，拖其衣裘，取戈剑者，其不义又甚入人栏厩取人马牛。此何故也？以其亏人愈多。苟亏人愈多，其不仁兹甚矣，罪益厚。当此，天下之君子皆知而非之，谓之不义。今至大为不义，攻国，则弗知非，从而誉之，谓之义。此可谓知义与不义之别乎？

作者先后举出“入人园圃，窃其桃李”者，“攘人犬豕鸡豚者”，“入人栏厩，取人马牛者”，“杀不辜人也，拖其衣裘，取戈剑者”种种事例，由小及大，层层推进，一环紧扣一环，一层深于一层，最后才点明“非攻”的主题。文中用以彼证此的手法，论证了亏人以自利的行为尽管形式不同、程度不一，不仁不义的性质却是并无区别的。这样的论述深入浅出，说服力强。可以说，中国古代严格意义上的论说文，是从《墨子》一书肇始的，因此，它在中国散文史上具有重要地位。

《墨子》在先秦散文的发展中有重要作用。虽然其中有些文章还保存语录体的对话形式，但不少篇章则已从具体问题的论争进而成为概括性的论辩，由对话进而成为理论的发挥。较之《论语》，有明显不同，它已向有比较严密的组织结构的论说文形式发展。但是，《墨子》的文章大都朴质无华，缺少文采，这与墨家尚质与实用的主张是有直接关系的。这种尚质轻文的倾向到《孟子》一书的出现后，发生了明显转变。

《孟子》七篇是记载孟子言行的书。孟子，名轲，字子舆，战国时邹(今山东邹县东南)人，鲁国贵族孟孙氏的后代，约生于公元前372年，约死于公元前289年。孟子是战国中期著名的思想家、教育家、散文家，他自称“予未得为孔子徒也，予私淑诸人也”(《孟子·离娄》)，由于景仰孔子学说，他努力学习并发扬了孔子的学说，最终成为继孔子之后影响最大的儒学大师，后世将孔、孟并称。相传他曾受学于孔子之孙孔伋(子思)的门人，所以，孟子以孔子学说的继承者自居。

由于四处鼓吹以德为王，只言仁义不谈利益，在各国都以力相争的战国时期，孟子终郁郁不得志，他曾游于齐、宋、滕、魏，除一度任齐宣王客卿外，终不见用。于是，退而与弟子万章等著书立说。孟子在孔子的“仁”学的基础上，提出了系统的“仁政”学说，认为“民为贵，社稷次之，君为轻”(《孟子·尽心下》)，认定残暴之君是“独夫”，人民可以推翻他。反对以武力求霸，认为只有“不嗜杀人者”才能统一天下。又主张省刑薄赋，向人民作一定的让步，让“黎民不饥不寒”，从而缓和阶级矛盾。他对当时社会“庖有肥肉，厩有肥马，民有饥色，野有饿殍”(《梁惠王上》)的不平等现象十分愤慨。他提出著名的“性善”论，肯定人性生来是善的，但需进行后天的教育，如果“逸居而无教，则近于禽兽”(《滕文公上》)。他教人注重存心养性，要求达到“富贵不能淫，贫贱不能移，威武不能屈”(《滕文公下》)。他主张社会分工，提出“劳心者治人，劳力者治于人”(见《滕文公上》)。他提出为人必具“四心”，认为这是实现政治理想、伦理追求的起点：“恻隐之心，仁之端也；羞恶之心，义之端也；辞让之心，礼之端也；是非之心，智之端也。”(《公孙丑上》)孟子的思想在儒家思想体系中增加了新的内容，有了一些进步。“在孟子的思想体系中充满着既要保存旧的，又要容纳一些新思想的矛盾。”(任继愈：《中国哲学史》)

《孟子》一书，司马迁说是孟子自著，唐柳宗元之后，人们认为是他的门徒万章、公孙丑一辈人记其言行而编辑成书的。《孟子》比《论语》篇幅加长，议论增多，有较强的文学性，是中国古代论说散文发展到一个新阶段的重要标志。

长于论辩，词锋犀利，是《孟子》文风上的一个显著特点。孟子自己就曾说：“予岂好辩哉？予不得已也。”(《滕文公下》)“好辩”确为孟子的特色，而这是由当时的社会背景决定的。在政治上诸侯纷争、思想界百家蜂起的时代，各种学说驰争于途。孟子从儒家“仁政”思想出发，一方面要推行自己的政治主张，一方面又要“正人心，息邪说”(《滕文公下》)，所以不能不与各种学说展开激烈的论辩。《滕文公上》所载“有为神农之言者许行章”颇能反映孟子长于论辩的特色，举其中的一个片断为例：

陈相见孟子，道许行之言曰："滕君，则诚贤君也，虽然，未闻道也。贤者与民并耕而食，饔飧而治。今也滕有仓廪府库，则是厉民而以自养也，恶得贤？"

孟子曰："许子必种粟而后食乎？"曰："然。""许子必织布然后衣乎？"曰："否，许子衣褐。""许子冠乎？"曰："冠。"曰："奚冠？"曰："冠素。"曰："自织之与？"曰："否，以粟易之。"曰："许子奚为不自织？"曰："害于耕。"曰："许子以釜甑爨，以铁耕乎？"曰："然。""自为之与？"曰："否，以粟易之。"

"以粟易械器者，不为厉陶冶；陶冶亦以械器易粟者，岂为厉农夫哉？且许子何不为陶冶，舍皆取诸其宫中而用之？何为纷纷然与百工交易？何许子之不惮烦？"

曰："百工之事，固不可耕且为也。"

"然则治天下独可耕且为与？有大人之事，有小人之事，且一人之身，而百工之所为备，如必自为而后用之，是率天下而路也。……"

许行是农家学派的一位重要学者，他主张治天下者既要治理众人之事，又要亲自参加农业生产劳动，即"贤者与民并耕而食，饔飧而治"。一个原来信奉儒家学说后又转向农家一派的人陈相据此观点与孟子展开辩论。在辩论中，孟子一开始并不正面提出自己的主张，也不立即指出对方论点之误，而是采取欲擒故纵的手法，先从许行日常生活琐事问起，看似促膝而谈，实则已暗中设下圈套。孟子先问陈相：许子是否一定要自己种的粮食才吃？陈相作了肯定的回答。孟子又问许子所穿的衣服、所戴的帽子、做饭的铁锅、种田的农具是从哪里来，陈相回答说是用粮食换来。于是孟子问道：为什么不把这些东西都自己做好储存起来以便随时取用，而要用粮食与百工交换呢？陈相不得不说："百工之事，固不可耕且为也。"至此，陈相已不知不觉陷于被动地位，孟子已将许行的主张与他本人的行事置于自相矛盾的境地之中。然后孟子才阐述了自己对社会分工的必然性与合理性的看法，即认为"有大人之事，有小人之事"，治理天下的人不可能同时兼顾。就这样，孟子轻而易举地立起了自己的主张。

在论辩中，孟子不仅善设机巧，而且有时言辞十分尖锐犀利。《梁惠王下》所载孟子与齐宣王的一段对话即是很好的例子：

孟子谓齐宣王曰："王之臣有托其妻子于其友而之楚游者，比其反也，则冻馁其妻子，则如之何？"王曰："弃之。"曰："士师不能治士，

> 则如之何?”王曰:“已之。”曰:“四境之内不治,则如之何?”王顾左右而言他。

孟子用设喻的方法,由私到公,由小到大,层层追问,步步进逼,对国君不行“仁政”进行了严厉的批评,最后使齐宣王无辞以对,只得“顾左右而言他”。孟子的这种好辩性格跟他个人性格也有关系,他不像孔子那般深沉内敛,而是恃才傲物,锋芒毕露。喜与人争论,且每论必求胜。

《孟子》文风的另一特点是气势极盛。这与战国时代游士少所顾忌,可以比较自由地议论时政的社会风气有关,同时也与孟子的个人修养有一定关系。孟子在回答公孙丑的问题时曾说:“我知言,我善养吾浩然之气。”何谓“浩然之气”?孟子阐释说:“其为气也,至大至刚,以直养而无害,则塞于天地之间。其为气也,配义与道,是无馁也。”(《公孙丑上》)按孟子所说,这“浩然之气”是“至大至刚”、“配义与道”的。孟子文章内蕴的气势与这种“浩然之气”不无关联。有了这样内在的力量,发为文辞,便有了奔放的激情、酣畅的文气,加之以作者敏捷的才思、喷薄的笔力,于是,孟子的文章显得一气呵成,痛快淋漓,具纵横家之风。如《告子上》中“鱼我所欲也”章的部分文字:

> 鱼,我所欲也;熊掌,亦我所欲也。二者不可得兼,舍鱼而取熊掌者也。生,亦我所欲也;义,亦我所欲也。二者不可得兼,舍生而取义者也。生亦我所欲,所欲有甚于生者,故不为苟得也;死亦我所恶,所恶有甚于死者,故患有所不辟也。如使人之所欲莫甚于生,则凡可以得生者,何不用也?使人之所恶莫甚于死者,则凡可以辟患者,何不为也?由是则生而有不用也;由是则可以辟患而有不为也。是故所欲有甚于生者,所恶有甚于死者;非独贤者有是心也,人皆有之,贤者能勿丧耳。

读来觉文气如飞瀑一般,直落而下,不可中断。其析理,又似剥笋,层层深入,直至中心。而且语言流畅,排比对应,富有吸引力。

《孟子》中有的文章还富于幽默风趣,挥洒自如而又字字中的。如《离娄下》中“齐人有一妻一妾”章,叙写某人日日乞食于坟茔,却又回家在妻妾面前无耻地炫耀体面。借以暴露那些追求富贵利达之徒的丑恶灵魂,生动深刻,是绝妙的讽刺小品。《孟子》还善用寓言譬喻,构思巧妙,描述生动,既能增强文章的说服力,又能给读者以深刻的启示和教育。如著名的“揠苗助长”的故事：

> 宋人有悯其苗之不长而揠之者，芒芒然归，谓其人曰：“今日病矣，予助苗长矣！”其子趋而往视之，苗则槁矣。
>
> ——《公孙丑上》

故事中所蕴含的办事必须遵循客观规律的寓意，是发人深省的。

诸子散文发展到孟子时代，从思想方法到论证方法都已趋向周密。孟子的散文既突破了《论语》坐而论道的简单的语录体，演变为规模较大的对话式论辩文；同时又突破了《墨子》单调的逻辑性推理和枯燥乏味的说教方式，而转向议论风生，挥洒自如，比较重视语言的艺术性和论述的文学色彩了。这在散文发展上是一个重大的转变和进步。《孟子》散文比前代散文具有更大的创造性，取得了很高的艺术成就，属于感性与理性的较完美结合，善于用一些文学手段和技巧，来达到经世致用的目的，对后代一些既讲究文以载道，又重视文章之美，喜欢在说理之中蕴含个人感情的散文家，如韩愈、柳宗元、苏轼等，影响较大。

在孟子继承发展了孔子儒家思想传统的同时，庄子继老子之后成为道家一派的主要代表人物。庄子及其后学所著的《庄子》(亦称《南华经》)是道家经典之一。如果说，《老子》是道家的基础典籍，那么，庄子及其门人创作的《庄子》则可以视为道家思想集大成的作品。庄子，名周，生卒年不详，大约与孟子同时而稍后。战国时蒙(今河南商丘县东北)人，曾为蒙地漆园吏。《庄子》一书中曾记载了庄周的生平经历，相传他生活贫穷、困窘时甚至靠卖履为生，但楚王派人请他去做国相，他却严词拒绝，认为做官戕害人的自然本性，不如过贫贱生活反能怡然自乐。

庄子学识渊博，涉览当时各家学说，发展了老子哲学体系的某些方面，后世以“老庄”并称。庄子把老子的“道”解释为脱离一切事物的神秘的精神；同时，夸大事物的相对性，进而取消认识对象的质的规定性，否定是非的客观标准，导出知识不可靠、对象不可知的论点。但是，他指出了认识对象及是非标准具有相对性，这就包含着朴素的辩证法。

庄子愤世嫉俗，以极大的愤慨和厌恶的感情揭露了当时的社会。他痛骂统治者是大盗，指出：“彼窃钩者诛，窃国者侯。诸侯之门，而仁义存焉。”(《庄子·胠箧》)意思说，偷一个衣带钩的人被判杀头，将整个国家窃为己有的人却做了诸侯，而一旦做了诸侯，他便是所谓仁义的化身了。这样的揭露是十分深刻的。

庄子悲观厌世，他主张逃避现实，而追求精神上的超脱。他认为人生“若白驹之过隙，忽然而已”(《知北游》)，“以生为附赘悬疣，以死为决疣溃痈”(《大宗师》)，因此，妻子死了，他“箕踞鼓盆而歌”(《至乐》)。他认为人生是没有意义的，连髑髅也不想再复活(《至乐》)。他只是要“上与造物者游，而下与外死生、无终始者为友”，“独与天地精神往来”(《天下》)，生活在无是非、无得失、无荣辱的虚无缥缈的境界之中。庄子从相对主义倒向虚无主义，他主张毁灭一切文化、一切社会制度，而人类社会要倒退到“同乎无知”，“同乎无欲”，“同与禽兽居，族与万物并”的景况中去(《马蹄》)，这比老子的“小国寡民”思想还要倒退。

《庄子》一书的奇特之处，就在于它是用一种超现实的、纯然想象的手法来表现哲学思想，凭借幻想来反映逻辑思维，这在哲学史上是仅有的，在先秦诸子散文中也是独树一帜的。

《庄子》是先秦时代最有艺术意味的散文。郭沫若在《十批判书》中说：“他们的文章实在是异常超妙。你说他们很随便吧，但他们的文理很密察，实在有点‘其理不竭，其来不蜕’的形势。”这就是说，《庄子》具有哲学论文的严谨，文意曲折多变而无所脱胎，富有独创性。闻一多在《古典新义》中也对庄子的艺术成就作了较高的评价。他说：“在庄子那素净的说理文的背景上，也有着你看不完的花团锦簇的点缀——断素，零纨，珠光，剑气，鸟语，花香——诗、赋、传奇、小说种种的原料，尽够你欣赏的，采撷的。这可以证明，如果庄子高兴做一个通常所谓的文学家，他不是不能。”

确实如此，庄子的散文真是奇妙无比。它最大的特色在于充满丰富的幻想、虚构的情节、巧妙的构思，极富浪漫主义色彩。他的文章气势很盛，磅礴万物，汪洋恣肆。如《秋水》篇，本意在于说明“至大”与“至小”都是相对的，但作者虚构出河神与海神的会见与对话来表现主题，就毫无说教之嫌。在描写黄河浩洋秋水时，作者写道：“秋水时至，百川灌河，泾流之大，两涘渚崖之间，不辨牛马。”短短二十二字，显出水势壮观，气魄宏伟。在描写河神到了北海，顿开眼界时，写它“东面而视，不见水端”，“旋其面目，望洋向若而叹”，惊奇之状可睹，衬托出海之壮阔浩瀚。

《庄子·逍遥游》是一篇奇文，也是庄子散文的代表作。它意在反对借助任何外物，追求幻想的绝对自由，但在具体描写上，没有《墨子》文中那样明晰的逻辑，而是极富于形象性，有着浓厚的文学色彩。《逍遥游》的构思新颖奇妙，想落天外。作者并不用抽象说理的方法表达自己的见解，而是充分发挥奇特的想象力，构造出一只激荡宇宙、气薄九天的鲲鹏，创造出神奇多姿的形象画面，将读者引进一个宏伟瑰丽的艺术境界。《逍遥游》开篇就有这样一段文字：

> 北冥有鱼，其名为鲲。鲲之大，不知其几千里也。化而为鸟，其名为鹏。鹏之背，不知其几千里也；怒而飞，其翼若垂天之云。是鸟也，海运则将徙于南冥。南冥者，天池也。《齐谐》者，志怪者也。《谐》之言曰："鹏之徙于南冥也，水击三千里，抟扶摇而上者九万里，去以六月息者也。"野马也，尘埃也，生物之以息相吹也。天之苍苍，其正色邪？其远而无所至极邪？其视下也，亦若是则已矣。

这是何等雄奇的画面！境界之阔大，夸张之大胆、形象之绚丽，自然而然将人带进一个动人的神话世界。文中的这只鲲鹏，体长"不知其几千里"，翅膀"若垂天之云"，其飞行"水击三千里"、"抟扶摇而上者九万里"，其形象为古今文学所无，"鲲鹏展翅"、"鹏程万里"成为艺术经典。为了衬托大鹏的遨游，庄子又展开想象的翅膀，在人们面前接连展示了蜩、学鸠、朝菌、蟪蛄、斥鴳等"小知"者的故事。用它们衬出大鹏遨游的自得自适，从而形象地说明了"小知不及大知"的"小大之辩"。然而，这不过是庄子的欲抑先扬之笔。在庄子看来，即使这只大鹏也并没有达到真正"逍遥"的自由境界，因为它飞徙南冥还是离不开风的负托；"风之积也不厚，则其负大翼也无力。故九万里，则风斯在下矣，而后乃今培风；背负青天而莫之夭阏者，而后乃今将图南"。因此，它仍然是"有待"的。为了说明"逍遥游"境界之难以企达，庄子又编出宋荣子和列子的故事。最后才点明他的见解：只有"乘天地之正，而御六气之辩，以游无穷"才是真正的"逍遥游"，才是他理想中的"无待"、"无己"。庄子在这里宣扬的所谓绝对自由的唯心主义观点固不足取，但他在文章中所显示出来的超人的艺术想象力不能不令人为之惊叹。全文峡云层起，海市幻生，充分表现了《庄子》一书"寓言十九，重言十七，卮言日出，和以天倪"(《庄子·寓言》)，甚多"谬悠之说，荒唐之言，无端崖之辞"(《庄子·天下》)的特色。

《逍遥游》在结构上正代表了庄子行文飞扬的大开大合的艺术特征。那一连串的寓言、比喻，海阔天空，无所不及，奔腾飞跃，纵横无滞，但在关键处又有画龙点睛之断语。文章前半篇先是尽情铺陈，文气运足后一语点出"此小大之辩也"就是一例。

在庄子创造的大量寓言故事中，对人物的塑造常是粗线条的，但精雕细刻之处亦时或可见。如《人间世》中所写支离疏的形象：

支离疏者，颐隐于脐，肩高于顶，会撮指天，五管在上，两髀为胁。

又如《养生主》中写庖丁解牛的一段文字：

庖丁为文惠君解牛，手之所触，肩之所倚，足之所履，膝之所踦，砉然向然，奏刀騞然，莫不中音，合于桑林之舞，乃中经首之会。

此外如《逍遥游》中藐姑射之山的神人形象、《人间世》楚狂接舆的形象等，都写得相当生动。需要注意的是，庄子文章中大量的寓言、神话，并不是作为“储说”存在的，而是将之用于论证、说理。这些寓言与作者在文章中所要表达的思想内容有着这样或那样的联系，是为文章的主题服务的。

《庄子》的语言生动活泼，丰富多彩，有时还富于幽默情趣。如《秋水》篇中，庄子同惠子就“不是鱼能否知鱼乐”的一段辩论对话：

庄子与惠子游于濠梁之上。庄子曰：“儵鱼出游从容，是鱼之乐也。”惠子曰：“子非鱼，安知鱼之乐?”庄子曰：“子非我，安知我不知鱼之乐?”惠子曰：“我非子，固不知子矣；子固非鱼也，子之不知鱼之乐全矣。”庄子曰：“请循其本。子曰‘女安知鱼乐’云者，既已知吾知之而问我。我知之濠上也。”

二人之善辩，尽显战国辩士之风。其间所蕴含的哲理以及生活情趣和语言艺术，都令人难忘，以至于这场辩论成为中国文化史上的一场经典的“世纪之辩”。此外，《庄子》遣词造句也很有特色。其中不少语句一直沿用至今，成为人们所熟知的成语。例如“越俎代庖”、“朝三暮四”、“游刃有余”、“踌躇满志”、“呆若木鸡”、“虎口余生”、“固步自封”、“得心应手”等，都来源于《庄子》这部书。

先秦散文到了《庄子》，已发展为洋洋洒洒的长篇大论。文章独立成篇，各篇有明确的主题，特别是它在诸子散文中最富于文采。鲁迅评论说：“其文则汪洋辟阖，仪态万方，晚周诸子之作，莫能先也。”(《汉文学史纲要》)即使在后世散文中，庄子之文也罕有伦比。它对后世作家如嵇康、阮籍、陶渊明、李白、苏轼、曹雪芹及至鲁迅、郭沫若等，都有不同程度的影响。

《庄子》一书原有五十二篇，现存三十三篇，其中《内篇》七，《外篇》十五，《杂篇》十一。一般人认为，《内篇》是庄子自己写作的。《外篇》和《杂篇》则是庄子的门徒和后学所作，故文章风格亦有所不同。

庄子之后，《荀子》、《韩非子》将先秦说理散文进一步推向成熟的阶段。《荀子》，战国时荀子所著。荀子，名况，时人尊之而号为“卿”，故又称荀卿；汉代人为避宣帝刘询讳，改称孙卿。赵国人，生卒年不详，约生活在公元前313年至前238年之间。齐威王时，游学稷下(齐都城临淄稷门附近地区，威王在这里扩置学官，招揽文学游说之士数千人，任其讲学议论，开展学术争鸣)，被尊为当时学术界领袖。到过秦、楚，楚春申君曾聘其为兰陵令，后废官居兰陵著书至卒。

荀子是后期儒家的著名代表人物，他在儒家学说的传授上占有重要地位。据传，《易》、《诗》、《礼》、《春秋》、《左传》、《穀梁》等，皆为他所传(见汪中《荀卿子通论》)。他推崇孔子，但能扬弃儒学的一些消极成分，适应当时社会发展的趋势，批判地吸收各家学说中积极因素，加以综合改造，建立了一种新儒学。他反对天命鬼神之说，认为“天”是一种没有意志的自然物质，不能主宰人事，而人却可以利用其规律，“制天命而用之”(《荀子·天论》)。在政治上，既有儒家的尊王道、举贤能的内容，又接近法家学说，称霸力，法后王，以适合封建政治的需要，反映了新兴地主阶级的思想观点。

《荀子》一书，在文学上也有一定价值。

其一，在文学理论上，强调文学艺术有移风易俗的教化作用，又反对华辞巧说，主张言志明道，重质尚用，要求文学为封建政权服务。

其二，《荀子》书中有《成相》篇，系用民间通俗文学的形式宣传为君、治国之道或抒发忧愤。例如“请成相，世之殃，愚暗愚暗堕贤良！人主无贤，如瞽无相，何怅怅！……”这种形式，后世视之为弹词之祖。

其三，《荀子》中有赋五篇，即：《礼赋》、《知赋》、《云赋》、《蚕赋》、《箴赋》，每篇描写一种事物，而用问答的方式，于篇末才点出这件事物的名称，借咏物来说理，是带有谜语性质的小品，具有独创之处。如《箴赋》：

> 有物于此，生于山阜，处于室堂，无知无巧，善治衣裳；不盗不窃，穿窬而行。日夜合离，以成文章。以能合纵，又能连衡；下覆百姓，上饰帝王；功业甚博，不见贤良，时用则存，不用则亡……

此赋实际上是一个关于“缝衣针”的谜语，生动形象。同时又寄寓着对人才不受重视的怨愤，读来令人寻味。同时，《荀子》在文学史上第一次以赋名篇，对汉赋的形成有直接影响。

其四，作为论说散文，《荀子》的突出特色是学术气氛很浓，但也富有艺术性。

首先，《荀子》文章多为长篇专题学术论文，规模宏大，但组织严密，结构完整，层次清晰，说理必发挥尽致，畅所欲言。每篇中心论点突出，且冠以论题，如著名的《劝学》篇即是。作者先从修身远祸的角度阐明为学的目的及其重要性，指出“言有召祸也，行有招辱也”，故君子应当“慎其所立”。接着申明为学的态度应当持恒专一，只要“锲而不舍”，肯下工夫，就会有所收获。然后，进一步谈到为学的方法、步骤以及求教于人的益处和自己对此应持的态度，最后论述为学应当自始至终专心致志，最终达到学之全、粹的境地。全文结构谨严，四个大层次中又各分为几个小的层次，论述环环相扣，语句不断变化，说理深透周密而又富于文采。

其次，《荀子》散文的另一个特色是善于引物连类，巧譬博喻。《荀子》与《孟子》、《庄子》以及《韩非子》文章中大量讲述寓言故事不同，它多是运用类比的方式来说明问题。在《劝学》篇中，设喻之词占有相当大的比重，有些段落十分精彩，例如：

> 积土成山，风雨兴焉；积水成渊，蛟龙生焉；积善成德，而神明自得，圣心备焉。故不积跬步，无以至千里；不积小流，无以成江海。骐骥一跃，不能十步；驽马十驾，功在不舍。锲而舍之，朽木不折；锲而不舍，金石可镂。

再次，《荀子》词汇丰富，句法多变，文中多用排偶。如《非十二子》中描写“士君子之容”：

> 其冠进，其衣逢，其容良；俨然，壮然，祺然，蕼然，恢恢然，广广然，昭昭然，荡荡然，是父兄之容也；其冠进，其衣逢，其容悫；俭然，恀然，辅然，端然，訾然，洞然，缀缀然，瞀瞀然，是子弟之容也。

这里是分别描述年辈较长的人与年辈较低的人所应具有的仪态。而在描画作者所不满意的那些不守礼法的“学者”的“嵬容”（怪异的模样）时，荀子写道：

> 其冠絻，其缨禁缓，其容简连；填填然，狄狄然，莫莫然，瞡瞡

然，瞿瞿然，尽尽然，盱盱然。酒食声色之中则瞒瞒然，瞑瞑然；礼节之中则疾疾然，訾訾然；劳苦事业之中则儢儢然，离离然。偷儒而罔，无廉耻而忍謑詢，是学者之嵬也。

语言变化多端，生动形象，惟妙惟肖。

此外，《荀子》的文章虽亦善辩，但无纵横之气，而是显示出一种浑厚、凝重的学者之风。如他在《性恶》篇中针对孟子"性善"的观点所作的论辩：

> 问者曰："人之性恶，则礼义恶生?"应之曰：凡礼义者，是生于圣人之伪，非故生于人之性也。故陶人埏埴而为器，然则器生于陶人之伪，非故生于人之性也。故工人斲木而成器，然则器生于工人之伪，非故生于人之性也；圣人积思虑，习伪故，以生礼义而起法度，然则礼义法度者，是生于圣人之伪，非故生于人之性也。若夫目好色、耳好听、口好味、心好利、骨体肤理好愉佚，是皆生于人之情性者也；感而自然，不待事而后生之者也。夫感而不能然，必且待事而后然者，谓之生于伪……

这样严密推论式的论述风格、行文气势，显然与孟子的高谈阔论、庄子的汪洋辟阖是有较大区别的。

荀子的著述，在西汉时共搜集有三百二十二篇之多，经刘向整理、校订，去其重复，定为三十二篇。这些篇章都比较完整地保存下来了。其中《天论》阐述自然观，《解蔽》阐述认识论；《正名》阐述逻辑思想；《性恶》、《礼论》、《王霸》、《王制》等篇，阐述政治思想；《劝学》、《乐论》、《成相》、《赋》本身便是文学的形式。《荀子》中，有《大略》、《宥坐》、《子道》、《法行》、《哀公》、《尧问》等最后六篇，或系其门人所作，其余各篇都可以肯定为荀子自己的著述。

与荀子思想基本倾向于儒家不同，韩非则是战国后期法家的一位代表人物，他的著作有《韩非子》一书。

韩非(约公元前280—前233)，出身韩国贵族，与李斯同学，受学于荀子。他"为人口吃。不能道说"(《史记·老子韩非列传》)，在辩士如林的战国时期，这一缺陷决定了他只能借著书立说来发挥他的才能。他曾多次建议韩王变法图强，但不为韩王所采纳，于是发愤著述十余万言。他的书传到秦国，秦王嬴政(即秦始皇)读后大加赞赏，叹道："寡人得见此人，与之游，死不恨矣!"(见《史记·老子韩非列传》)李斯便向秦王推荐韩非，秦因此而急发兵攻韩，求韩非。公元前233年，韩王派韩非使秦，秦王很高兴，留下了他，却未加任用。李斯自知不如韩非，害怕韩非在秦国得到信任，对自己不利，因进谗言。韩非被捕入狱，李斯用毒药逼他自杀了。

韩非是先秦诸子中最晚的一位，是法家思想的集大成者。他吸收了道、儒、墨各家思想，特别是吸取和综合了前期法家代表商鞅、申不害、慎到等人的思想，创立了他自己的“法”（体现地主阶级意志的政策、法令）、“术”（任免、考核、赏罚各级官吏的方法和手段）、“势”（政权、权势）三者相结合的思想体系，任法术，尚功利，信赏必罚，排斥仁爱、反对复古，主张因时制宜。他的思想主张对历代封建专制集权政治有很大的影响。

《韩非子》一书反映了韩非的法家政治思想和唯物主义的哲学思想。同时，也论及一些文艺问题。韩非十分强调文学的“功用”标准，以能否对“法治”起作用来衡量作品的好坏；重内容，不重形式（见《韩非子·外储说左上》及《五蠹》等篇）。其“画犬马难。画鬼魅易”的论画名言，含有现实主义文艺观的因素。

在说理散文的艺术风格方面，《韩非子》也具有较鲜明的特色。

第一，直言不讳，锋芒毕露。例如他在《备内》篇中对统治阶级亲属之间关系的无情剖示：

> 且万乘之主、千乘之君，后妃夫人适子为太子者，或有欲其君之蚤死者。何以知其然？夫妻者，非有骨肉之恩也，爱则亲，不爱则疏。……丈夫年五十而好色未解也，妇人年三十而美色衰矣，以衰美之妇人，事好色之丈夫，则身死见疏贱，而子疑不为后，此后妃夫人之所以冀其君之死者也。

韩非直截了当地揭开罩在帝王家庭中那层温情脉脉的纱幕，将他们之间为个人利害关系而心怀叵测的情形赤裸裸地暴露出来。对统治阶级的家庭关系这样毫不掩饰、剖析入骨的文章，历代都不多见。

第二，善于揭露矛盾，驳难对方，文风峻峭犀利。以《难一》中的一则为例：

> 历山之农者侵畔。舜往耕焉，期年，甽亩正。河滨之渔者争坻，舜往渔焉，期年而让长。东夷之陶者器苦窳，舜往陶焉，期年而器牢。仲尼叹曰：“耕、渔与陶，非舜官也，而舜往为之者，所以救败也。舜其信仁乎！乃躬藉处苦，而民从之。故曰：圣人之德化乎！”

或问儒者曰："方此时也，尧安在?"其人曰："尧为天子。"

然则仲尼之圣尧奈何？圣人明察在上位，将使天下无奸也。令耕渔不争，陶器不窳，舜又何德而化？舜之救败也，则是尧有失也。贤舜，则去尧之明察；圣尧，则去舜之德化：不可两得也。

韩非针对儒家借古代传说宣扬圣人以"德化"治天下的主张提出问题。他说，如果社会上有那么多缺陷需要舜来补救，那不是意味着尧治理天下有所失吗？这样一来，"贤舜，则去尧之明察；圣尧，则去舜之德化：不可两得也"。为了把这个道理讲得更清楚，韩非紧接上文讲了一个"以子之矛，陷子之盾"的寓言故事。这里，颇能显示韩非善于抓住矛盾、切中要害，致使对方无法自圆其说的论辩艺术。其后，韩非正面提出自己的见解，若是依靠亲身参加辛苦的劳作来感化百姓，即使尧、舜也会感到困难；而如果居于权势之位发号施令，矫正弊端，即便是平庸之主也容易做到。《韩非子》中以"难"名篇的凡四篇，《难一》是第一篇。这种文体开后世论难文章之先路。

韩非的文章在说理中亦采用了很多寓言故事和历史材料，多集中在《内外储说》、《说林上下》等篇中。著名的如"守株待兔"、"买椟还珠"、"滥竽充数"等，今天都已成尽人皆知的成语。

《韩非子》中还包括一些篇幅宏大的议论文，如长达近七千言的《五蠹》，洋洋洒洒，蔚为大观，同时又层次分明，行文细密，对后世政论文体的写作有一定影响。现存《韩非子》五十五篇，个别篇目为后人增附或由他书窜入。重要篇章除《五蠹》外，还有《孤愤》、《显学》、《定法》、《难势》等。

由于《韩非子》成书于战国晚期，在写作技巧上吸取了此前各家的长处，因此取得了较高的成就，显示了先秦论说文的发展成熟。

此外，在先秦诸子之文中，儒、墨、道、法成就卓著，但其他各家亦不可忽视。例如兵家和名家的著作，亦有文采可观者。兵家和名家著作分别以《孙子》和《公孙龙子》为代表。

《孙子》，亦称《孙子兵法》、《吴孙子兵法》、《孙武兵法》，传为春秋末孙武所作。它是中国现存最早的军事理论著作。该书总结了春秋末期及其以前的作战经验，揭示了战争的一些重要规律，如"知彼知己，百战不殆"等，包含着朴素的唯物论和辩证法因素。

《孙子》虽为兵书，却也为历代文人所传诵。曹操、杜牧、梅尧臣等都曾为之作注。论战而能文，是《孙子》的一个特点。全书文字简练，各篇结构都比较严谨。如《谋攻》篇，根据"谋攻"的最高原则"不战而屈人之兵"展开论述，丝扣环连，凿枘投合，具有相当强的逻辑性。又如《计》篇，以"孙子曰”发端。行文紧凑，一气呵成。首段写道：

孙子曰：兵者，国之大事，死生之地，存亡之道，不可不察也。故经之以五校之计而索其情。一曰道，二曰天，三曰地，四曰将，五曰法。道者，令民与上同意也。故可与之死，可与之生，而民不畏危。天者，阴阳、寒暑、时制也。地者，远近、险易、广狭、死生也。将者，智、信、仁、勇、严也。法者，曲制、官道、主用也。凡此五者，将莫不闻。知之者胜，不知者不胜。故校之以计而索其情。

文章结构精密，论述层次分明。此文后半部分对用兵之道的论述也十分精彩：

兵者，诡道也。故能而示之不能，用而示之不用，近而形之远，远而示之近。利而诱之，乱而取之，实而备之，强而避之，怒而挠之，卑而骄之，佚而劳之，亲而离之。攻其无备，出其不意。此兵家之胜，不可先传也。

文章语言之凝练、容量之丰厚，十分引人注目。

《公孙龙子》相传为战国时名家公孙龙所著。名实之辩，是《公孙龙子》现存作品的主要内容，其中以《白马论》、《坚白论》最负盛名。二者均是以假设问答的形式发表议论。举前者为例：

“白马非马”，可乎？曰：可。曰：何哉？曰：马者，所以命形也，白者，所以命色也。命色者，非命形也。故曰：白马非马。

曰：有白马不可谓无马也。不可谓无马者，非马也。有白马为有白马之非马，何也？曰：求马，黄、黑马皆可致；求白马，黄、黑马不可致。使白马乃马也，是所求一也。所求一者，白马不异马也。所求不异，如黄、黑马有可有不可，何也？可与不可，其相非明。故黄、黑马一也，而可以应有马，而不可以应有白马。是白马之非马，审矣。

曰：以马之有色为非马，天下非有无色之马也。天下无马，可乎？曰：马固有色，故有白马。使马无色，有马而已耳，安取白马？故白者非马也。白马者，马与白也。马与白马也。故曰白马非马也。

作者以问答的形式来立论和驳论，而且反复问难，层出不穷，这标志着论辩文章的发展。而且，此篇中“白马非马”的逻辑命题，以其语言的生动而令后世玩味不尽，人们并不十分关注命题的答案，而是将它作为一种艺术、一种智慧，一代一代地学习和揣摩。

先秦诸子百家对后世影响最大的当推以孔孟为代表的儒家学派和以老庄为代表的道家学派。一般来说，从思想上看，儒家积极入世、忧国忧民，对后世进步作家影响很大。但其忠君和维护旧秩序、反对变革的一面，则是落后的。而道家不与统治者同流合污，自视清高，以及崇尚自然等，给后世的影响也很深，但其消极厌世的一面曾起过不好的作用。从艺术上看，在后世作家中接受儒家学派影响的，多表现为现实主义；接受道家学派影响的多表现为浪漫主义。文学史上的这一现象，我们应该注意到。

第五章　屈原和楚辞

第一节　屈原的时代和生平

《诗经》之后，诗坛沉寂了几百年。打破这种沉寂并以其光艳夺目的创作成就照亮了中国诗坛的，是战国后期我国第一位伟大的爱国诗人屈原和以他的作品为代表的“楚辞”。屈原是中国诗歌发展史上第一位有主名的诗人。他以他的整个生命谱写了震撼人心、流芳千古的诗歌。

屈原生活在战国后期。在楚国，他生活在楚怀王（在位：公元前328—前299）和楚顷襄王（在位：公元前298—前263）时期，这是楚国历史上由盛而衰的转折点。在战国的大环境中，屈原又生逢“合纵”、“连横”（又作“连衡”）斗争最为尖锐、激烈的时候。所谓“合纵”，是指当时在中华版图上处于东方纵向地理位置的燕、赵、魏、韩、齐、楚六国的战略联合，以对抗西部地区的强秦，其中主要是齐、楚联合，楚国曾一度成为六国“纵约长”；而“连横”，是指秦国拆散六国联盟而横向与某国联合，以各个击破。主张“合纵”并挂有六国相印的政治家是苏秦，推行连横战略的代表人物是张仪。战国七雄中，秦、楚、齐三国国力最强（秦国改革彻底，军事力量最强；齐国滨海，最为富庶；楚之疆域最大），都具有兼并六国、统一天下的条件。三国中又以秦、楚斗争最为尖锐。屈原的一生始终处在时代斗争的漩涡之中。

屈原毕生都以他的“名”、“字”和生辰为自豪，把它看作是一种先天禀赋的“内美”（“纷吾既有此内美兮，又重之以修能”——《离骚》），以此来增强自己的社会责任感和时代使命感。

屈原是楚王的同姓贵族。屈原自己在《离骚》中说他是“帝高阳之苗裔”。《史记·楚世家》云:“楚之先祖出自帝颛顼高阳。”可见，屈原与楚国国君是同一个祖先传下来的。屈原的先祖屈瑕乃楚武王熊通之子，受封于屈，本应姓熊，而以屈为“氏”。在古代，所谓“姓”，是指本族共姓；而所谓“氏”，则是某一支派的称号。后来姓、氏不分，故以“熊”为姓、以“屈”为氏的屈原也就姓“屈”了。

屈原本名屈平，“原”是他的字，也就是名“平”字“原”(古代男子都有“名”有“字”，“字”实际上是一种别称，其意义往往与“名”相关联。生活中，为了表示尊重，彼此往往不直呼其“名”而只称其“字”，故人们习惯于称屈平为屈原)。屈原在《离骚》中用诗的语言来表示自己的名和字，又称名“正则”、字“灵均”(“名余曰正则兮，字余曰灵均”)。实际上，关于“平”和“原”，可以作如下解释:

名:平——→平正——→天——→正则。

字:原——→广平——→地——→灵均。

也就是说，屈原名“平”，“平”的意义是平正，而宇宙中最平正的事物莫过于“天”，天道是公正而可以法则的，所以屈原在诗中称自己名“正则”。“原”的含义是广平，宇宙中最广平的事物莫过于“地”，大地将它的所有财富平均地分给每一个生灵，所以说，养物均调莫过于地，屈原在诗中便称自己字“灵均”。

可以看出，屈原的名为“平”，是天的象征；字为“原”，是地的象征。实际上屈原是以天、地为效法对象，追求社会的公正和协调。

屈原在《离骚》中说:“摄提贞于孟陬兮，惟庚寅吾以降。”这讲的是他的生日。据学者考证，屈原出生这一天是楚宣王三十年，亦即公元前340年的正月初七，恰逢寅年、寅月、寅日(关于屈原的出生时间，说法有多种，此据郭沫若《屈原研究》之论)。按照古人意识，生逢寅年、寅月、寅日是人生最吉利者。也就是说，屈原除了得“天”得“地”之外，又得“人”，是真正的“内美”。

屈原的故乡(出生地)是今湖北省秭归县。

屈原生平材料很少，很难准确地指出其具体的活动时间。这里仅依据楚怀王大事年表并参照郭沫若关于屈原生平的说法，进行大致推测。就其主要经历，可以大抵划分为四个时期。即:

革新。屈原年轻时颇有才干，“博闻强志，明于治乱，娴于辞令”(《史记·屈原贾生列传》)。也就是说，屈原广闻博见，记忆力强，口才很好，又精通国家管理和政治兴衰之道。再加上他出身于王室公族(当时楚国有屈、景、昭三氏同为公族），所以，在他23岁左右，被楚怀王封为“左徒”之职，其地位仅次于“令尹”（楚相）。屈原在担任左徒期间，“入则与王图议国事，以出号令；出则接遇宾客，应对诸侯”（《史记·屈原贾生列传》），在国内事务方面，他同楚怀王一起共同商量国家改革大计，颁布改革的号令、法规。在外部事务方面，他负责接待各国间往来的宾客和诸侯访问事宜。也就是说，屈原担负着楚国的内政改革和外交事务。屈原对内主张“修明法度”、“举贤授能”，对外则主张“联齐抗秦”，统一中国。这是屈原受到楚王信任，努力施展自己的政治抱负，以图有所作为、实现“美政”的时期。

挫折。几年之后，大约在屈原30岁的时候，屈原被楚怀王疏远了。怀王曾令“屈原造为宪令”，“屈平属草稿未定，上官大夫见而欲夺之，屈平不与，因谗之曰：‘王使屈平为令，众莫不知，每一令出，平伐其功，以为非我莫能为也。’王怒而疏屈平”（《史记·屈原贾生列传》）。这是说屈原受怀王重托，起草改革宪令。而代表旧贵族集团利益的上官大夫想探知宪令的内容，屈原不告诉他，上官大夫试图抢夺，两人之间爆发了激烈的斗争。后来上官大夫到怀王那里进谗言，挑拨怀王与屈原之间的关系，上官大夫说：“是大王您让屈平起草宪令的，宪令表述的也是您的思想，这件事谁都知道。但是每当一个政令颁布之后，屈平总是夸耀自己的功劳，说什么没有屈平谁也办不成！真是狂妄自大，全不把大王放在眼里！”怀王轻信上官大夫的话，大怒，疏远了屈原。

屈原被疏远之后，随即被罢去“左徒”之职，转迁为“三闾大夫”。三闾大夫的职责主要是：(1)掌管楚国屈、景、昭三氏的谱牒，也就是管一管公族的家务事；(2)主持宗庙祭祀的典礼；(3)教育贵族子弟，也就是当老师，教那些纨袴子弟（包括楚怀王的儿子子兰）学学文化，学学礼仪。很显然，这是一个闲散的职位，不能与闻重要政事。从此屈原被排斥在楚国权力核心之外，楚国的改革也由此而中止了。这对屈原来说，无疑是莫大的打击。

怀王十六年（前313），秦惠王派张仪到楚国来，“厚币委质事楚”，用重金贿赂楚国权臣，说动楚王，要求楚齐绝交。作为交换条件，秦“许以商於六百里”，即：愿意将商於六百里土地（今河南淅川一带）割让给楚国。这一条件看似优厚，但相对于齐楚联盟来讲，便微不足道了。况且，在战国七雄之中，楚国疆域最大，它并不缺少土地。而楚王看不到这一点，再加上屈原不能参与意见，楚王便答应了张仪的条件，果然与齐绝交。随后楚王派使者赴秦索要土地，张仪却装病不见楚使。楚王以为秦怪其与齐绝交不彻底，于是派人“北辱齐王”，到齐国的朝堂之上当面把齐王骂了一通。齐王盛怒，于是宣布与楚国彻底决裂。这就导致“楚齐分”而“秦齐合”的局面，这显然违背了当初屈原主持楚国外交时所制定的“联齐抗秦”的国策。齐楚断交之后，楚使再赴秦索地，张仪却说，当初只答应割让“六里”，并未“许六百里”。这种无赖行径显然是愚弄楚国。楚王大怒，发兵与秦战于丹阳(今陕西汉中)。结果，丹阳一战，楚大败，“死甲士八万”，据说屈原的族人屈匄将军就牺牲在这次战斗中，屈原为此写了一首《国殇》诗，以悼念屈匄和所有阵亡将士。打了败仗，楚怀王恼羞成怒，又“悉发国中兵”再战，结果又败。而且，在秦楚激战之时，楚国的“纵约国”盟友韩国和魏国却乘虚而入，起兵袭楚。这样一来，楚国腹背受敌，只得息兵退守。

这次战争以及所受屈辱，使楚王认识到楚齐联盟的重要性，也想起了屈原，于是派屈原作为使者两次赴齐，希望恢复楚齐联盟关系。由于屈原的努力，也由于自身的利益关系(齐国独自难以抗秦)，齐国答应摈弃前嫌，恢复旧好。

齐楚联盟，是秦国所不愿意见到的。于是，秦国再施“连横”之计，派使者赴楚，称“愿与汉中之半以和楚”。但楚怀王心中十分痛恨张仪，便说：“愿得张仪，不愿得地!”于是张仪赴楚，果然被楚王关进死牢。张仪在狱中买通狱吏，贿赂楚国权奸靳尚。靳尚便跑到怀王的夫人郑袖那里，说动郑袖去见楚怀王，要求放张仪。怀王经不起郑袖迷惑之言，便下令放了张仪。

张仪被释放了，堂堂楚国，打了两场战争，死了八万将士，失去大片土地，换得一个张仪，如果将他杀了，或许会振奋一下楚国民心。但楚怀王昏聩，外受骗于张仪，内迷惑于奸臣、宠妃，竟轻易地将张仪放走了。当时屈原正出使齐国，等到他回国后，张仪已经逃远了。屈原十分气愤，请求见怀王，问道：“何不杀张仪?”怀王无言以对，派人追赶，但于事无补。

楚怀王背离改革的道路，疏远屈原，又背离“联齐抗秦”的外交决策，导致楚国一蹶不振，这是屈原最为痛心的。但是，更坎坷的命运还在等着他。

放逐。楚怀王二十四年(前305)，秦国新君昭襄王(秦昭王)初立，秦国再次向楚国示好。而楚国国内亲秦派得势，再一次背齐合秦。眼见楚国一再延续错误的外交路线，屈原痛心之余，竭力反对，结果反遭流放。屈原第一次流放到汉北，即今湖北郧阳、襄阳一带，时间大约四五年。其后作为联齐的使者被召回(关于屈原被放逐的次数，学术界有认为是一次，有认为是两次，这里取后一说)。

楚怀王三十年(前299)，秦昭王邀请楚怀王到武关(今陕西丹凤东南，当时属秦国)盟会。本来，春秋战国时期，诸侯会盟之事屡见不鲜，一般也遵守共同的规范，不伤害对方(中国自古讲信义，强调“两国交兵，不斩来使")。但基于当时的政治、军事斗争环境，楚国国内围绕着怀王应不应该去武关会见昭王，发生了激烈的争论。以屈原为首的一派认为："秦虎狼之国，不可信，不如毋行。"(秦国是贪暴凶残的国度，不讲信义，怀王出访，安全没有保障。况且，与秦国谈判，无异于与虎谋皮，不能获得任何利益)但是，以太子(即后来的顷襄王)和怀王幼子子兰为首的一派则坚决主张怀王可以到秦国去。他们认为，秦王善意邀请，楚国为什么要拒绝("奈何绝秦欢")？结果怀王听信了子兰一派的意见，决意赴武关盟会。结果，不出屈原所料，楚怀王刚到武关，秦国就用早已埋伏好的军队断绝怀王回国的道路，并扣住怀王，要挟割地。怀王拒绝，后来秘密逃到赵国，又被秦国的追兵抓回去。怀王受尽了威胁、要挟和屈辱，终于病死在秦国。楚怀王终于入秦不返，"客死于秦而归葬"。这是一个悲剧，更是楚国的莫大耻辱，是屈原和楚国人民所不愿意看到的结局。

怀王死后，顷襄王继位，并以其弟子兰为令尹。楚人(包括屈原)对顷襄王和子兰当初鼓动怀王赴秦之约而导致怀王死于秦，使楚国蒙受奇耻大辱，十分愤慨，对顷襄王和子兰颇有怨愤之辞。于是"子兰闻之大怒，卒使上官大夫短屈原于顷襄王，顷襄王怒而迁之"(《史记·屈原贾生列传》)。子兰、上官大夫等一批代表旧贵族利益的当权者视屈原为眼中钉，借屈原怨恨顷襄王之机而在顷襄王面前拼命地攻击他，激起顷襄王怒火，将屈原赶出朝廷。屈原被逐出郢都，放逐在江南长江及沅湘流域荒野之地，过着长期的漂泊愁苦的生活。他沿江而下到过鄂渚(今湖北武汉市)、陵阳(大概在今安徽境内)，再折返溯江而上过洞庭，到辰阳、溆浦(均属今湖南省)，再过洞庭到达汨罗江畔，历时二十年。这是屈原的第二次流放，也是他永远的流放，处境十分悲惨。然而，正是因为流放，使得屈原广泛地接触了底层的人民群众，也接触了丰富生动的楚国民间文化，从而创作了大量的光辉的诗篇。诗人的不幸，正是文学史的万幸，人生的悲剧造就了一位伟大的诗人。

自沉。顷襄王二十一年(前278)春天，秦国大将白起率兵攻楚，一举攻下楚国都城——郢。顷襄王毫无战斗力，只得带着老百姓逃跑，"东北保于陈城(今河南淮阳)"。当时的屈原，正流浪到长沙附近，他得知这一消息之后，深感楚国衰亡大局已定，自己的政治理想已彻底破灭，于是满腔悲愤地于五月初五这一天，怀抱沙石，投汨罗江而死，结束了他62岁的生命。

屈原以投江自沉的极端方式来表达自己的失望和悲愤，在今天不一定为人们所理解，后世学界也出现过许多争论。但他的死是人与社会矛盾无法协调的结果，他没有别的选择：他等待过，期望过，期待"哲王"醒悟，期待能召他回郢都，重新开始改革的事业。实现"美政"是屈原生命中的一切，但此时已经无法实现了。所以，他的死是出于无奈。同时，他选择投江，也是一种抗议，因为导致楚国衰亡的正是保守、腐朽的楚国旧贵族集团，是他最不愿看到的楚国革新派和保守派长期斗争的残酷结果。从这个意义上讲，屈原是以生命殉自己的祖国，因而后世尊称他为爱国诗人。一位对祖国、对人民忠心耿耿的志士，却不得不以投江的方式来结束自己的生命，实在令人叹惋！

第二节 屈原的作品

伟大的爱国诗人屈原，以他的生命为后代留下了一首可歌可泣的人生之歌。同时，诗人又用文字为后代留下了许多不朽的诗篇。这是中国文学史上一份极为珍贵的遗产。屈原的作品，今人考证为确信无疑的有二十三篇，即：

(1)《离骚》

(2)《九歌》(十一篇：《东皇太一》、《云中君》、《湘君》、《湘夫人》、《大司命》、《少司命》、《东君》、《河伯》、《山鬼》、《国殇》、《礼魂》)

(3)《天问》

(4)《九章》(九篇：《惜诵》、《涉江》、《哀郢》、《抽思》、《怀沙》、《思美人》、《惜往日》、《橘颂》、《悲回风》)

(5)《招魂》(汉代王逸《楚辞章句》认为是宋玉的作品，近人考证多确信是屈原的作品)

此外，还有《远游》、《卜居》、《渔父》，王逸标明是屈原作品，近人则大都认为系出后人伪托，不可信。

屈原的作品，在当时并没有命名为“楚辞”，至西汉初年，始有“楚辞”的提法。司马迁著《史记》时便明确地使用“楚辞”的名称了。所谓“楚辞”，是指以屈原作品为代表的楚国文人创作的诗歌，是在楚国民歌基础上加以提高和发展的具有楚地独特风格的新的诗体。至西汉末年汉成帝时代，刘向整理古文献，把屈原和屈原之后楚国作家宋玉、唐勒、景差以及汉代人(包括贾谊、淮南小山、东方朔、庄忌、王褒和刘向自己)仿效这种体裁所写的作品汇编成集，称为《楚辞》。《楚辞》既是继《诗经》之后有深远影响的一部诗歌总集的名称，又是以屈原的作品为代表的楚地诗歌的名称。

《楚辞》自刘向编定成书开始流传。现在可知的第一个注楚辞的人是西汉淮南王刘安(只注《离骚》一篇)，他著有《离骚传》。其后，楚辞注本及研究著作颇多。举其要者有：东汉王逸的《楚辞章句》，这是保存至今最早的注本。南宋初年洪兴祖《楚辞补注》，系疏补王逸《楚辞章句》。朱熹《楚辞集注》，以屈原所著二十五篇总名"离骚"，篇章次第与王逸《楚辞章句》同，其他如宋玉及汉人作品有增删。朱熹将屈原作品分成若干章，然后逐章作注，还特标出"赋"、"比"、"兴"，较为简明。明末王夫之《楚辞通释》，以注释屈原作品来寄托自己的民族思想，发泄他的社稷沦亡之痛，故对原作思想内容多有精到阐释，读之有助于理解屈原作品的思想和屈原的品质，训诂上也有可取之处。清林云铭《楚辞灯》，以点评的方法对屈原作品逐句诠释，旁加圈点，每篇各为"总论"。卷首列有《史记·屈原列传》，又附有"楚怀襄二王在位事迹考"和屈原生平事迹。注解浅近、简明，通俗可读，《四库全书总目提要》称之为"乡塾课蒙之本"。清蒋骥《山带阁注楚辞》，书首冠以《史记·屈原列传》及《楚世家》节略，并有唐沈亚之《屈原外传》，又附有《楚辞地理五图》。此书在屈原生平事迹及作品创作时地的考证方面，用力最深。清戴震《屈原赋注》，采用《汉书·艺文志》"屈原赋"之称而不用"楚辞"之名，于字句训诂、名物考释方面，颇为精确。

屈原的作品，在中国文学史上，特别是在诗歌发展史上，是光耀千古的。其内容博大精深，艺术辉煌绚丽，必须逐篇领会。

一、《离骚》

《离骚》是屈原作品中最重要的一篇，是他的代表作，全诗共373句，2490字(诗中"曰黄昏以为期兮，羌中道而改路"系错简所致的衍文)，是我国古代最长的一首政治抒情诗，是我国乃至世界文学史上一篇罕见的杰作。其标题"离骚"二字，自司马迁以来，历代解释很多，班固《离骚赞序》云："离，犹遭也，骚，忧也。明己遭忧作辞也。"是说"离骚"即"遭忧"的意思，今人多从此说。此外，尚有将"离骚"解释为"离别之忧怨"(如司马迁《史记·屈原贾生列传》中说："忧愁幽思而作《离骚》。'离骚'者，犹'离忧'也。"《报任安书》又云："屈原放逐，乃赋《离骚》。"是说放逐离别而有幽思。王逸《楚辞章句》也说："离，别也；骚，愁也。")；楚方言"牢骚"(梁章钜《文选旁证》引王应麟《困学纪闻》、项安世《项世家说》有考证)；以及楚古代歌曲《劳商》之异写等说(见游国恩《楚辞概论》)均可参考。关于《离骚》的写作年代，众说各异。一般认为是屈原流放江南时所作，是屈原最晚期、最成熟的作品，此种说法当较允当。

《离骚》全文可分三大段，自"帝高阳之苗裔兮"至"岂余心之可惩"为第一大段，总述己志。诗人表达自己修养品德、革新政治、热爱故国，以及同腐朽势力作不屈不挠的斗争，虽死也决不同流合污的抱负和意志。这一段中，自篇首至“来吾导夫先路”，是自叙身世、皇考、生辰、名字，表明自己及时自修，有辅佐楚君之志，自“昔三后之纯粹兮”至“伤灵脩之数化”，是引古帝王为鉴戒，表明自己忠诚无二，但不为楚君所谅，深致痛心；自“余既滋兰之九畹兮”至“愿依彭咸之遗则”，是写自己培养人才，引拔群贤，力图革新，而与谗佞党人志趣各异；自“长太息以掩涕兮”至“固前圣之所厚”，写自己被群小所排挤，但矢志不屈，决不同流合污；自“悔相道之不察兮”至“岂余心之可惩”，写遭贬后的复杂心情：设想退出政治斗争而独善其身，但自己的意志又终不能屈。整个第一大段，基本上是用现实主义的笔法直抒胸臆的。

从“女媭之婵媛兮”至“余焉能忍与此终古”，为全文的第二大段，以浪漫主义的手法，写“上下求索”。诗人于无可奈何之中，由女媭的话引入遐想；上叩帝阍，既徒延伫；求之下女，或保厥美而难致，或乏良媒可使，或为他人所先，上下求索，事属徒劳。极写自己不见容于君，不获知于世。这一段中，从“女媭之婵媛兮”至“夫何茕独而不予听”，是作者假设的女媭的劝责之辞，从“依前圣以节中兮”至“沾余襟之浪浪”，诗人假托向帝舜陈词，倾吐内心的愤懑；从“跪敷衽以陈辞兮”至“好蔽美而嫉妒”，写上求于天，欲见天帝而不可得；从“朝吾将济于白水兮”至“余焉能忍与此终古”，以寻美女作比喻，向下界寻觅知己，仍无所获。

从“索藑茅以筳篿兮”至“吾将从彭咸之所居”，是全诗第三大段，诗人终明死志。在内心痛苦之极的时候，诗人欲去国远行，去寻求实现自己政治理想的“乐土”，终因眷恋故国，不忍离去，绝望中，以“从彭咸之所居”表明必死之志。本段中，从“索藑茅以筳篿兮”至“谓申椒其不芳”，写问卜于灵氛，灵氛劝其去国远逝；从“欲从灵氛之吉占兮”至“使夫百草为之不芳”，写求巫咸为之释疑解惑，巫咸劝其姑待明主贤君；从“何琼佩之偃蹇兮”至“周流观乎上下”，是回答巫咸，言其不可留；从“灵氛既告余以吉占兮”至“蜷局顾而不行”，写诗人欲去国而终不忍，“乱曰”一节，诗人于篇末直陈本意，表明将以死殉志。

《离骚》代表了屈原创作的最高成就。在这篇不朽的长诗中，屈原以自己伟大爱国者的生平、理想、人格、个性入诗，抒发了对故国最深挚的爱，表达了对昏君恶政的强烈不满，反映了追求美好的政治理想而不可得的感慨、痛苦。《离骚》的思想内容主要有以下几个方面：

第一，对美好的政治理想的追求。屈原始终坚定不移地怀着改革内政，振兴楚国，并进而由楚国来统一中国的政治理想。正是这一理想支持着他，鼓舞着他，他为之不屈不挠地奋斗了一生。屈原政治理想所包含的具体内容主要是“修明法度”和“举贤授能”两个方面。这些，在《离骚》中都得到了鲜明的体现。例如，屈原在这首长诗中以圣哲茂行的君主为例，指出：

> 汤禹俨而祗敬兮，周论道而莫差。举贤而授能兮，循绳墨而不颇。皇天无私阿兮，览民德焉错辅……

这里，屈原提出举贤授能，遵守法度，公正无私，树德爱民，以实现“美政”理想。他主张以前代圣君贤王为榜样，确立一定的法度，打击贵族特权利益，使国家富强起来。同时，为了保证富国强兵的政策得到实施，必须废除贵族特权统治，而选拔政治上贤能的人来参加国家管理。为此，屈原还亲自着手培养人才：

> 余既滋兰之九畹兮，又树蕙之百亩。畦留夷与揭车兮，杂杜衡与芳芷。冀枝叶之峻茂兮，愿竢时乎吾将刈。

他把自已的心血倾注在自己所追求的“美政”和为实施这些美政而培养人才方面。这些理想是进步的，是符合时代潮流和历史发展的趋势的。

第二，对黑暗、腐朽势力的无情揭露和批判。屈原一生，受到黑暗势力的残酷迫害和打击，但是他没有向恶势力低头，更不与他们同流合污，而是奋起揭露他们，同他们作斗争。正是在这一斗争中体现了他的高尚的人格。

屈原在《离骚》中无情地揭露贵族统治集团争权夺利、贪婪嫉妒、蔑视法度的丑恶行为。他写道：

> 众皆竞进以贪婪兮，凭不厌乎求索。羌内恕己以量人兮，各兴心而嫉妒。……固时俗之工巧兮，偭规矩而改错。背绳墨以追曲兮，竞周容以为度。

他还联系楚国的现实，指出那些党人把国家引到幽昧险隘的道路：“惟夫党人之偷乐兮，路幽昧以险隘。”正是贵族集团，在楚国形成一股巨大的黑暗势力，造成了一个“溷浊”的社会环境，包围、迫害着屈原：

> 世溷浊而嫉贤兮，好蔽美而称恶。

但是，在黑暗的环境中，诗人没有低头，没有屈服，没有同流合污！他始终执著于真理，始终不放弃自己的理想，始终不改变自己的节操：

> 余固知謇謇之为患兮，忍而不能舍也。
> 亦余心之所善兮，虽九死其犹未悔。
> 宁溘死以流亡兮，余不忍为此态也。
> 虽体解吾犹未变兮，岂余心之可惩？
> 阽余身而危死兮，览余初其犹未悔。

从这里，我们可以看到诗人那光辉峻洁的人格和坚贞不渝的节操。

第三，对故国的深挚热爱，对祖国前途和人民命运的无限关怀。屈原之所以能始终不渝地坚持政治理想，能坚定不移地同黑暗势力作斗争，是和他热爱祖国、热爱人民的思想分不开的。正是这种热爱祖国、热爱人民的思想化作他无限的政治热情，无穷的斗争力量，鼓舞着他为实现自己的理想而斗争，直至最后以身殉国。

他始终没有离开自己的故国。《离骚》中就体现了热爱故国乡土的强烈感情。诗中写道，在他被流放之后，也曾有过离开楚国的念头，但是，当诗中抒情主人公飞驰在祖国的上空，望到自己的国土时，就连他的仆夫和马也不忍再前进了：

> 陟升皇之赫戏兮，忽临睨夫旧乡。仆夫悲余马怀兮，蜷局顾而不行。

这是何等深沉、执著的眷恋祖国之情！

屈原不仅热恋自己的故土，更热爱故国的人民。他同情他们，关心他们的命运，与他们生死与共。

《离骚》全诗洋溢着澎湃的激情，充满了神奇的想象，内容与形式高度和谐、统一，在艺术上取得了前无古人的成就。这些艺术成就既是屈原作品，也是整个楚辞艺术的突出代表。

《离骚》的艺术成就是多方面的，这里仅就其突破前人的、开创性的几个方面做一些分析：

第一，积极浪漫主义的精神。在《离骚》中，这种积极浪漫主义精神的总特征表现为：狂热的感情，丰富的想象，奇特的象征，巨大的夸张。

在抒情背景上，诗人开拓了以天上人间的广阔空间、古往今来的遥远时间为背景；在构思上，杂糅神话故事、宗教风俗和历史传说，组织了一系列非现实的、奇幻优美的情节；在画面上，以色彩鲜明的词汇，描绘出一个个瑰丽斑斓的场面。从而表现诗人对理想的追求和对楚国黑暗势力的批判。如以自然界的香草洁物作为衣服装饰来比喻自己美好的品德和修养，这想象是奇特的，比喻是优美的，字字洋溢着纯美、幽香的气息。又如向重华陈辞一节，列举了一系列历史传闻来辨明是非，通过这种非现实的情节的描写，更真实地表达了诗人内心的苦闷，也更深沉地反映了诗人对理想的热恋和执著。

“上叩帝阍”一节，诗人写他幻想神游，以追求志同道合者，他满怀着希望，因而以巨大的夸张来描写他神游的情景；月御风伯前呼后拥，鸾皇、雷师奔走相随，飘风、云霓全来欢迎，诗人自己也化作神话中的人物，写来多么热烈，多么轻快，正反映了诗人不可抑止的政治热情。可是，在这醉心的想象之后，诗人又写到“帝阍”（天帝的守门人）“倚阊阖而望余”，拒而不纳。“帝阍”形象的出现，好似一块巨石投向一池澄净的水中，水中一派奇丽的景象被搅得粉碎。一段奇幻的想象之后，又以一个奇特的构思作巨大的转折，以强烈的对比揭示了诗人内心的苦闷，留给读者的是无限愤恨、无限惆怅、无限同情、无限深思：原来天上亦是小人执事，不能纳贤，天上人间无不如是！诗人由“叩帝阍而不入”转而“下求佚女”，也是满怀希望的。但是，想象中的求佚女也失败了，诗人又一次从希望的峰巅跌入苦闷的深渊。这里通过求佚女的神奇故事的描写，反映了诗人在现实中的探索与追求，以及这种努力的失败。在这充满浪漫色彩的描写中，人们是可以体会到诗人那一腔热烈的感情的。

“去国远逝”一节是一段奇文。诗人在遭到种种打击、挫折和失败之后，幻想离开祖国，另谋出路，这在当时一般人是可行的。诗人想象他取道昆仑山，清晨从天河的渡口出发，晚间便抵达西方的尽头，他踏着流沙在赤水边徘徊，指挥蛟龙架起桥梁，命令西皇渡他过河。诗人以夸张、藻饰的笔墨，描写他的仪仗队浩浩荡荡，气派非凡：飞龙驾车，旌旗蔽日，鸾铃阵阵，凤翼翱翔，千车竞发，八龙婉婉，云旗逶迤，圣乐高奏。通过这一番尽情的渲染，诗人好像得到了精神解脱，但是“无意中”朝下一瞥，他看到了故乡楚国，于是“仆夫悲余马怀兮，蜷局顾而不行”。诗到此戛然而止，而诗人的一腔热爱祖国的情感却弥漫在宇宙之间！

以上两段神游，奔放的想象一浪高过一浪，壮丽的景象层出不穷，将读者不断引入新的天地，使人读来亦是心情无法平静，胸襟顿觉开阔。由此可见《离骚》浪漫主义特色之一斑及其巨大的艺术感染力。

第二，构成形象体系的比兴手法。《离骚》继承并大大发展了《诗经》的比兴传统。如果从“以彼物比此物”和“先言他物以引起所咏之词”的角度讲，《离骚》确实上承《诗经》，但它已经更进一步。它的发展表现为：从广度上看，《诗经》的比兴多是片断的，一般每篇见于一处，而《离骚》则是全篇大开大合，一个接一个地多方面地广用比喻，构成庞大的比兴体系。王逸说：“《离骚》之文，依《诗》取兴，引类譬喻。故善鸟、香草以配忠贞，恶禽、臭物以比谗佞；灵脩、美人以媲于君，宓妃、佚女以譬贤臣；虬龙、鸾凤以托君子，飘风云霓以为小人”(《楚辞章句》)，确实是成系统的。从深度上看，《诗经》的比兴作用一般比较单纯，有的只是表现在“彼物”、“此物”的外在联系上，甚至有的只是谐音。《离骚》则注意比兴中“此物”与“彼物”的内在联系，用作比喻的事物与全篇所表达的内容统一，富有象征性。

第三，表现形式上的其他特点。《离骚》全篇反复申言，一反一正，在结构上表现为波澜起伏，往复跌宕。如女媭劝诗人随俗浮沉，不要使自己过于孤立，但诗人不愿放弃自己的理想而接受这个劝告。又如灵氛劝他合则留不合则去，但他终于不肯这样做，表现了突出于流俗之上的卓越的人格。再如最后的“去国远逝”与“怀旧都”，也都是正反相辅。诗歌章法上的这种起伏曲折，反映了诗人思想上的苦闷徬徨和感情上的曲回扬抑。其他如句法上突破四言，句式拉长，以便于表现奔腾澎湃的感情；表现手法上的铺张描写和问答形式；语言上大量吸收楚地方言，而又注意加工提炼，使作品既具有地方特征和情调，又能为广大读者明白通晓，从而丰富了文学语言。这些都是《离骚》的鲜明特色。

《离骚》的上述特色和成就，使得它成为独异的“骚体”，而与以《国风》为代表的《诗经》并称为“风骚”。

二、《九歌》

《九歌》本是传说中的夏代乐曲，大约是祭神时演奏的，屈原在《离骚》和《天问》中曾几次提到过。楚国民间巫风盛行，人们相信鬼神，喜欢祭祀。祭祀时又必定要为神奏乐歌舞，叫做“娱神”。屈原放逐江南之后，根据民间娱神歌舞曲，加工创作了这一组诗，用以寄托他的“忠君爱国眷恋不忘之意”(朱熹语)，并借《九歌》以名之。

屈原《九歌》，一共分为十一章，按各章所祭鬼神性质可分为三大类：一是天神，歌词比较庄严，宗教祭祀的意味较浓。包括《东皇太一》(这是被祭的主体，是楚人最尊贵的大神)、《云中君》(云神)、《大司命》(总管人类寿命的司命神)、《少司命》(专管少年儿童生命的司命神)、《东君》(太阳神)等篇。二是地祇，这是介于人神之间的神祇。所反映的主要是失恋的主题。包括《湘君》、《湘夫人》(湘水神)、《河伯》(黄河神)、《山鬼》(山中女神)等篇。三是人鬼，有《国殇》一篇，纪念为国捐躯的英雄，是一首反映现实的赞歌，没有神秘的幻想成分。从整体上看，《九歌》的主要内容是在现实生活的基础上，描写鬼神的浪漫爱情故事。《九歌》中，以《湘君》、《湘夫人》、《山鬼》、《国殇》等篇最为精美。

《湘君》、《湘夫人》实际上是借神话的形式表现的两首恋歌，是带有戏剧性的歌舞，表现了男女对爱情的追求，对幸福生活的憧憬，写出了他们之间的真挚爱恋、苦苦相思的内心活动，充满了浓厚的生活气息。关于诗中的湘君、湘夫人，一般人认为，湘君指舜，湘夫人指舜之二妃。舜南巡安抚南方少数民族，死于苍梧，葬九嶷山，其山建有舜庙。后二妃不远千里到南方寻夫，得知舜帝已死，二妃啼哭不止，以泪挥竹，竹尽斑。后来二妃亦死于江湘间，化作湘水神。苍梧、江湘，地有间隔，宜其相念。屈原作品所描写的，近于这种传说。

《湘君》是由女巫扮演的，写湘夫人等待湘君。

诗自篇首至“吹参差兮谁思”，是第一段，写湘夫人约湘君相会。湘夫人打扮得非常美丽，她在等得急迫时，便乘上桂木做成的船去迎接他。为了使湘君能毫无阻碍地到来，湘夫人命令沅湘的波涛不准汹涌，长江也须风平浪静。但湘君仍然不来，她在无法排遣思念情绪时便吹起了洞箫。这里，将湘夫人等待湘君不至的焦急心情刻画得十分细致、形象：一、二句盼中有怨；三、四句盼中露急；五、六句盼中透出关怀；七、八句盼得无法排遣。

“驾飞龙兮北征”以下十句是第二段，写湘君驾着龙舟前来赴约，湘夫人满怀着希望过湖渡江，驱舟前往迎接，但却一直没有接到，湘夫人难过得哭了。这是一个转折过渡的段落，前六句将第一段的急切盼望的情绪更推进一层，变为即将实现的希望，变为前往迎接的具体行动。后四句转为希望之不可实现，由希望变为失望，导出下文对失望痛苦心情的反复状写。

“桂櫂兮兰枻”以下十四句为第三段，写湘夫人失望的心情。前四句中写到向水中采摘山里的薜荔，上树梢采撷水芙蓉，事属徒劳，正细致地反映了湘夫人一场欢喜一场空的惆怅情绪。而正因为思念过于迫切，因此，失望之余不免生出种种猜想和对湘君失约的怨恨。这怨恨中，正表现了湘夫人对爱情的执著，次六句正是表达这种情绪的。末四句描写湘夫人焦急、烦躁、悲伤、孤独之感。

诗的最后一段共六句，写湘夫人失望中犹自怀着希望，怀着对湘君的信赖，怀着极大的耐心等待着湘君赴约。首两句言将随身佩戴的贵重之物“玦”、“佩”抛向江中，以期引起湘君的思情；三、四句欲使女伴为之通告相思的情愫；末两句即表明愿意耐心等待之诚，其中包含着对湘君的信任和忠贞。

《湘夫人》是《湘君》的姊妹篇，是《湘君》的继续，也可以说是歌舞的第二场，内容上是连贯的，写湘君思念湘夫人。开头八句，写湘君赶到北渚等待湘夫人到来的思想情绪。先写他想象中湘夫人已经到来："帝子降兮北渚。"可是，湘夫人虽已降临，却被阻隔在北渚之上，湘君无法和她相见，惟有那眇眇美目撩人心绪不宁。正因为欲见不能，湘君心绪忧烦，感触到的只有飒飒秋风，看到的只是洞庭湖上鳞鳞层层的微波荡漾和岸边落叶飘坠！"嫋嫋兮秋风，洞庭波兮木叶下"，绘声绘色地形象地描状了洞庭秋色，它作为这个深情缠绵的爱情故事的一幅背景画，其色彩多么谐和！《湘夫人》中"秋风"、"落木"的景象描写，又形象地表达了诗中男主角忧愁凄楚的感情。清人刘熙载在《艺概·赋概》中说："叙物以言情谓之赋，余谓楚辞《九歌》最得此诀。如'嫋嫋兮秋风，洞庭波兮木叶下'，正是写出'目眇眇兮愁予'来。"刘熙载将这几句联系起来理解，正是把握了屈原"叙物以言情"的表现手法。通过生动、形象的景物状写，读者可以准确地理解男主角此时的心情。所以诗人接下去写到湘君怀着惆怅的心情登上那蔓生白薠的高处张望，想到他和湘夫人的约会之期，以及自己为约会所作的准备。然而由于盼湘夫人不到，心中未免犹疑，生怕这是一场空劳，"鸟何萃兮蘋中？罾何为兮木上"（树上的鸟儿聚在水蘋中，鱼网儿反张罗在树梢上）所表现的心情，是自然而合于情理的。

"沅有茝兮醴有兰"四句，写出湘君等待湘夫人时那种徘徊瞻望的真挚感情，完全是民歌的形式。它借人物恍惚远望的行动和流水潺湲的情景，来表达男主角真挚热烈而又腼腆掩饰的细致感情，运用的是"索物起兴"、"叙物言情"的艺术手法。

"麋何食兮庭中"以下二十二句，写湘君久等湘夫人不来，心里发急，便责备自己：麋兽应该到山林中去寻求伴侣，却跑到庭院来；蛟龙应该在深渊里寻找伴侣，却跑到水边来，岂不是一无所得吗？这是对前面两段中表现出来的焦急等待心情的自我解释和安慰。湘君对湘夫人是满怀深情的，他不由想起他在追求对方时曾经骑着马奔驰在江边，从早到晚，由东岸到西岸，真心诚意地向湘夫人求爱，当他一听到"佳人兮召予"，便高兴万分，想象着同使者一道，立即赶到湘夫人那里去，并计划为他们新的生活修建最芳洁、最美好的住室，并且想象着约请他在九嶷山的朋友来迎接夫人，纷纷攘攘像云似的那种盛况，那种幸福，使他沉浸在对未来的憧憬中。

但是，湘君终于没能见到湘夫人，于是，他最后"捐余袂兮江中，遗余褋兮澧浦”，将贴身之物——衣袖和单裙丢向水中，对着江水发誓，表示永远爱她，并且“搴汀洲兮杜若，将以遗兮远者”，摘取芳洲的杜若，赠给湘夫人的使者，以通思慕之意。最后两句则表达耐心等待之诚，“时不可兮骤得，聊逍遥兮容与”，其旨意与前篇相同。

总之，这两首诗借助神话传说，以娱神歌舞的形式，刻画了一对恋人对待爱情生活的内心世界。诗中，湘夫人的纯洁、犹豫、腼腆，湘君的多情、热烈、执著，主人公时而翘首渴望，相思眷恋；时而追求不得，爱中含着责备；时而殷勤投赠，自宽情怀，都刻画得惟妙惟肖。诗的语言既有民歌风格，又极为精练典雅。

《山鬼》也是一首歌舞形式的诗，它描写一个山中的年轻女神对爱情的忠诚，但对方却使她非常失望。其惆怅凄凉、缠绵悱恻的情状，十分引人同情。

“若有人兮山之阿”等开篇八句，写山鬼的服饰和美丽的容貌，以及超凡的风度和闻召赴约的喜悦心情。色彩鲜明、芳气四溢，情调欢快。接下来八句，写山鬼来到约会的地方，但对方却没有来。她丝毫没有怀疑她的恋人，而是想：由于自己居处在茂密的竹丛深处不见天日，又加上山路险阻，大概来晚了吧。于是她就站在山巅上等待。不知道时间过了多久，只见浓云从山腰升起，天色昏暗得如同黑夜，山风吹来，细雨绵绵，淋湿了她的衣裳，但她还是不愿离开，一心一意地等待着恋人的到来。这里，突出体现了山鬼忠于爱情的性格。最后一段写女神久等“公子”不来，便产生了怨望和猜疑，但她只是猜想对方不得闲暇。她对自己所爱的人是那样一往情深，那样深信不疑。她等待着，从早晨等到夜晚，可是，对方依然没有来。这时雷声隆隆，雨丝不断，猿猴哀鸣，大风呼号，落木萧萧，一派凄凉景象。这一切，似乎是大自然为女神陷于无望而悲泣；也似乎是女主人公的诚心感动天地，催泣鬼神；又似乎表明：不管雷击雨浇，不管猿啼风号，女神对爱情的坚贞永不动摇。这样的人物形象，这样的感情巨流，这样的艺术魅力，确实可谓惊天地、泣鬼神！

《山鬼》最为突出的艺术成就，是细致地描写景物以衬托人物的内心情绪，从而塑造出具有性格特征的人物形象。

上述三篇作品，都有一个共同的失恋的主题，它在一定程度上寄托着屈原政治上的孤独感和内心的忧愁情绪。

《国殇》是一篇悼念为国捐躯的楚国阵亡将士的作品。开篇四句即略去任何叙述，直接描写楚国士兵和秦兵拼死战斗的激烈、紧张场面：“操吴戈兮被犀甲，车错毂兮短兵接。旌蔽日兮敌若云，矢交坠兮士争先。”接下来六句，写楚军阵地被攻陷，指挥官车骑受伤，但仍坚定地指挥着战斗，直杀得天怨神怒，最后与敌人同归于尽，与战士们一同倒下，壮烈牺牲在战场上。最后一段是对阵亡将士的哀悼和对他们精神的歌颂。诗人怀着极大的敬意为战死的英雄们献上庄严的礼赞：

出不入兮往不反，平原忽兮路超远。带长剑兮挟秦弓，首身离兮心不惩。诚既勇兮又以武，终刚强兮不可凌！身既死兮神以灵，魂魄毅兮为鬼雄！

全诗运用坚毅的笔力，成功地塑造了一群刚强勇武、以身殉国的令人崇敬的爱国英雄形象。在这些英雄形象中，寄托着屈原的爱国思想。“首身离兮心不惩”正如《离骚》中“虽体解吾犹未变”一样，表现了诗人热爱祖国、死生以之的精神世界。《国殇》是一首悲壮的挽歌，全诗笼罩在极其壮烈的气氛之中，突出描写的是为国捐躯的英雄形象和他们不可征服的气概，因而诗作显得刚健、豪放、苍凉、悲壮，与《九歌》中其他篇章的艺术风格不同。《国殇》声调激越，也与其内容相一致。它是一篇流传千古的爱国主义杰作。

三、《天问》

《天问》是屈原作品中的第二首长诗，全篇共374句，1553字。关于《天问》题目的含义，王逸《楚辞章句》说：“何不言问天？天尊不可问，故曰‘天问’也。”也就是说，“天问”就是“问天”的意思。实际上，就其内容来说，本篇就是关于“天”的问题。

《天问》是一篇古今罕见的奇文，郭沫若说：“《天问》这篇要算是空前绝后的第一等奇文字，全篇以一‘曰’字领头，通体用问语，一口气提出了一百七十二个问题……问得参差历落，奇矫活突，毫无板滞的神气，简直可以惊为神工。而那所提出的问题，从天地开辟以来一直问到他自己，把他对于宗教信仰上的、神话传说上的、历史记载上的、人生道德上的各种各样的怀疑痛痛快快地表示得一个淋漓尽致。那种怀疑的精神，文学的手腕，简直是前无古人而后无来者。”(《屈原》)

关于《天问》的写作，王逸说：“屈原放逐，忧心愁悴，彷徨山泽，经历陵陆，嗟号昊旻，仰天叹息，见楚先王之庙及公卿祠堂图画天地、山川、神灵、琦伟僪佹，及古贤圣怪物行事，周流罢倦，休息其下，仰见图画，因书其壁，呵而问之，以渫愤懑，舒泻愁思……”(《楚辞章句》)这是说，屈原写《天问》，是由于被逐出郢都，临行时去祖先祠堂告别，看见楚国先王的宗庙和公卿的祠堂里面绘着天地、山川、神灵的壁画，非常奇妙瑰丽，于是就在壁上写下这些诗句，“呵而问之”，以表达自己探求科学知识的精神和追求真理的渴望。

《天问》的172个问题，归纳起来主要是关于天象和天道两方面的。

第一，关于天象方面。诗人对关于宇宙的开辟、天体的形成以及日月星辰、地体、气象的传统解释提出疑问：“遂古之初，谁传道之？”“上下未形，何由考之？”“九天之际，安放安属？”(宇宙、天地)“日月安属？列星安陈？”“自明及晦，所行几里？”“夜光何德，死而又育？厥利维何，而顾兔在腹？”(日月星辰)“东流不溢，孰知其故？”“东西南北，其修孰多？”“何所冬暖，何所夏寒？”(地体、气象)这些问题，充分反映了诗人对宇宙奥秘渴望了解的精神，反映了他热切地追求科学真理的态度，也反映了他不满足于以神话来解释自然现象，而勇于揭露其中矛盾的朴素唯物主义的思想。

第二，关于天道方面。诗人对历史和传说中的许多关于治乱兴衰的事迹提出疑问，表示了对于天道支配人事的观念的大胆否定。其中提供了许多可贵的神话资料，又总结了不少可资借鉴的历史经验。神话方面如：“女岐无合夫焉取九子？”“鸱龟曳衔，鲧何听焉？”“羿焉弹日？乌焉解羽？”“化为黄熊，巫何活焉？”“胡射夫河伯而妻彼洛嫔？”“简狄在台喾何宜？玄鸟致贻女何喜？”等等。总结历史经验方面如：“何圣人之一德，卒其异方？梅伯受醢，箕子佯狂？”“天命反侧，何罚何佑？齐桓九合，卒然身杀？”“受殷天下，其位安施？反成乃亡，其罪伊何？”这些，体现出《天问》极可贵的思想价值。

《天问》不仅显示了屈原对认识自然界和社会历史的固有规律、本来面貌的强烈渴望，以及他对某些传统观念的大胆怀疑和批判精神，而且反映出屈原在思想文化方面的深厚修养。从《天问》中，可以明显看到南北文化，特别是楚文化在作者心理上的积淀。

《天问》的形式基本上以四言为主，通篇四句为一节，每节一韵(亦有个别两句一韵之处)。通体全用问语，参差历落，错综变化，非常灵活矫健。

四、《九章》

《九章》是屈原的重要作品，《九章》九篇作品中，虽然风格不完全一致，但其基本思想及某些篇章的辞意气韵与《离骚》是一致的。《九章》中比较重要的有《橘颂》、《惜诵》、《抽思》、《涉江》、《哀郢》、《怀沙》等篇，它们是研究屈原生平、思想的重要材料。

《橘颂》是屈原青年时期的作品。在《九章》中，《橘颂》篇幅最短，表现手法和艺术风格上也最特别。它不像其他作品那样，通过纪实或对往事的回忆来记述自己的经历，表达内心的感情，而是通过对橘树的赞美从侧面点染人的美德，通过橘树的形象表明自己所坚持的人生理想。诗中写道：

> 后皇嘉树，橘徕服兮。受命不迁，生南国兮。深固难徙，更壹志兮。

诗一开始，屈原便赞颂橘树是“嘉树”。因为它深深扎根在养育自己的南国土壤中，禀受天地赋予的生命特性，意志专一，“深固难徙”。诗人接着描绘了橘树外形的美丽：

> 绿叶素荣，纷其可喜兮。曾枝剡棘，圆果抟兮。青黄杂糅，文章烂兮。

橘树那碧绿的叶子，素白的花朵，纷纷美盛，可爱可喜。它的树枝层层叠叠，棘刺尖锐丛密。在橘子快要成熟的季节，树上结满圆圆的果实，颜色青黄杂糅，格外明丽。然而，橘树不仅外形美，还有着内在的美。

> 精色内白，类任道兮。纷缊宜修，姱而不丑兮。

外表的美与内在的美相结合，这就是诗人笔下的橘树形象。诗的后半部分，是前一部分的深化。诗人再次强调了橘树的“不迁”、“深固难徙”这一最为可贵的品质，并从其他方面对橘树作了进一步颂扬。但这一部分主要不是像前半部分那样通过对橘树具体形象的描写展示它的风貌，而是较多地出之以诗人直接的概括和倾诉，更为鲜明地表露了诗人对橘树的崇敬之心和他自己的高洁志向：

> 嗟尔幼志，有以异兮。独立不迁，岂不可喜兮。深固难徙，廓其无求兮。苏世独立，横而不流兮。闭心自慎，终不失过兮。秉德无私，参天地兮。愿岁并谢，与长友兮。淑离不淫，梗其有理兮。年岁虽少，可师长兮。行比伯夷，置以为像兮。

在屈原笔下，橘树被人格化了。它有自己的意志：“受命不迁”、“深固难徙”；它有峻洁的操守：“苏世独立，横而不流”；它有良好的修养：“闭心自慎，终不失过”；它有高远的志向：“秉德无私，参天地”。橘树的形象展现出诗人对祖国坚不可移的挚爱之情和他所崇尚的为人品格。这首诗形象优美，立意高远，开创了我国咏物诗创作的先例，给后代很大影响。其形式基本上是四言，与《九章》其他各篇不同。

《惜诵》的篇名是“喜欢谏诤”之意(据王逸之说)。有人认为是屈原被怀王疏远时的作品(见游国恩《屈原》及《楚辞概论》)。其内容主要是说自己对楚王抱着一片忠诚，在朝时忠心事君为国，从不邀荣求宠，然而却不能见容于奸佞小人，累受谗害；自己忧国忧民，进尽忠谏，却不能见信于楚王，反遭罪尤。在这种情况下，自己心中彷徨苦闷，求神占卦，经过思想斗争，最后决定要保持操守，决不随俗浮沉。

《惜诵》在语言方面的一个特点是，诗中采用了一些古代法律的专门用语，如“折中”、“向服”、“听直”、“备御”等；同时还引用了若干民间谚语，例如“众口铄金”、“九折臂而成医”等。前者显示出屈原对法令的熟悉精通，后者反映了他善于学习、提炼人民群众的语言，以加强作品的表现力。

《抽思》的篇名是抽绎其忧思之意。大约是屈原第一次流放汉北时所作。诗中回忆了自己的斗争经历，表达了内心的不平之情：“昔君与我成言兮，曰：‘黄昏以为期’。羌中道而回畔兮，反既有此他志。”“初吾所陈之耿著兮，岂不至今其庸亡?”诗人还对怀王提出了批评和告诫：“善不由外来兮，名不可以虚作。孰无施而有报兮，孰不实而有获?”诗中第五节突出表现了诗人流放异域的苦闷、孤独情怀：

> 有鸟自南兮，来集汉北。好姱佳丽兮，胖独处此异域。既惸独而不群兮，又无良媒在其侧。道卓远而日忘兮，愿自申而不得。望北山而流涕兮，临流水而太息。

诗人虽然身在汉北，却仍然时时牵挂故国。然而统治者的昏庸，使诗人不得自明心志，他茕独不群又无良媒在侧，只能望山落泪，临水叹息。接着，诗人以十分动人的笔墨抒写了他对郢都的怀念：

> 望孟夏之短夜兮，何晦明之若岁?惟郢路之辽远兮，魂一夕而九逝。曾不知路之曲直兮，南指月与列星。愿径逝而不得兮，魂识路之营营。

孟夏之夜本是短暂的，但心中郁结万般愁绪而终夜失眠的诗人，却觉得一夜长如一年；从汉北到郢都的路程是遥远的，但热切怀念故都的诗人，梦魂在一夜之间却要走上许多遍。诗人顾不得道路的坎坷曲直，以明月和列星作为南行的向导。他想径直前往郢都，却不能够实现，只有梦魂记得那路程，往来不止。这些感人的诗句将屈原心中的无尽忧思和他对故都梦牵魂系的深沉感情表现得淋漓尽致，感人肺腑。

《涉江》是屈原流放江南时的作品。诗中有“旦余将济乎江湘”的句子，故名《涉江》。《涉江》是《九章》中一篇重要作品，它的情调比较高昂，大约是刚开始流放生活不久时所作。作者在诗中写到自己的服饰时有几句很有名的诗：“余幼好此奇服兮，年既老而不衰。带长铗之陆离兮，冠切云之崔嵬。被明月兮珮宝璐……”成为后人描画屈原形象的根据。

《涉江》在表现诗人对政治理想的追求以及不同于流俗、保持高洁品质等方面，都与《离骚》的精神一脉相通，艺术表现手法上也和《离骚》有一些相似之处。例如，诗人用幻想的形式表现自己对理想的追求：“驾青虬兮骖白螭，吾与重华游兮瑶之圃。登昆仑兮食玉英，与天地兮比寿，与日月兮齐光。”当世人都“溷浊而莫余知”时，诗人却想象着能与圣明的君主虞舜一同游瑶圃，登昆仑，服玉石，让自己的理想和美名与天地同寿，与日月齐光。尽管被放逐到穷乡僻壤，诗人却并没有畏惧退缩，而是坚定地表示“苟余心之端直兮，虽僻远其何伤”，“余将董道而不豫兮，固将重昏而终身”。为了追求理想，坚持高洁的操守，诗人已将自己的荣辱生死置之度外。

《涉江》对诗人放逐途中的生活描写十分真实，它所叙述的诗人所经过的地区和路线基本上是纪实之辞：

> 哀南夷之莫吾知兮，旦余济乎江、湘。乘鄂渚而反顾兮，欸秋冬之绪风。步余马兮山皋，邸余车兮方林。乘舲船余上沅兮，齐吴榜以击汰。船容与而不进兮，淹回水而凝滞。朝发枉陼兮，夕宿辰阳。……入溆浦余儃佪兮，迷不知吾所如。

诗中叙述诗人在清晨渡过长江、湘水而南行，经过鄂渚（今湖北武昌）来到洞庭湖地区。接着又渡沅水（今湖南西部），发枉陼（今湖南常德市南），宿辰阳（今湖南辰溪县西），一直来到溆浦（今湖南溆浦县）这样的荒僻之地。这里的叙述成为后人研究屈原经历的重要史料。

《涉江》中有较多山水景物的描写，很好地衬托了诗人的悲愤、孤独，如描写诗人进入溆浦之后的景象：

深林杳以冥冥兮，乃猨狖之所居。山峻高以蔽日兮，下幽晦以多雨；霰雪纷其无垠兮，云霏霏而承宇。

这里，林深晦暗，山高蔽日，猿猴啼啸，气候恶劣。但是，即使在这样的环境中，诗人仍然矢志不移，“不能变心而从俗”。险恶的环境生动地反衬出诗人穷而弥坚、不堕青云之志的感人形象。《文心雕龙·辨骚》说：“其叙情怨则郁伊而易感；述离居则怆怏而难怀；论山水则循声而得貌；言节候则披文而见时。”这段话用来评论《涉江》的艺术描写也是十分恰当的。

《哀郢》是屈原晚年诗歌最沉痛的一篇。作于顷襄王二十一年(前278)，即屈原投江自沉前两三个月，亦即秦将白起攻破郢都之时。屈原眼见国家、个人前途均已无望，悽怆哀痛而作《哀郢》。诗篇一开始就描写了一片荒乱景象：“皇天之不纯命兮，何百姓之震愆。民离散而相失兮，方仲春而东迁。”诗人愤激地呼问苍天，责问它为什么让百姓遭受如此摧残。他又追述了自己被放逐远方，在甲日之晨离开郢都的情形。当时，诗人内心充满了哀痛：“望长楸而太息兮，涕淫淫其若霰”，望着故国的乔木，他徘徊叹息不忍离去，眼泪像雪珠一样纷纷洒落。诗人登上大堤远眺，看到的是大片丰饶的土地，想到的是久已居住在这片土地之上的有着古朴之风的人民。可是，如今大好河山或将易入他人之手，先人的遗风难以流存，诗人不禁感到无限悲痛：“哀州土之平乐兮，悲江介之遗风。”接着，诗人抒发了自己被长期放逐后忧国思归的心情，并愤怒斥责了无耻小人蔽贤误国，使君子失位远行的罪行。诗的结尾深沉地写道：

鸟飞反故乡兮，狐死必首丘。信非吾罪而弃逐兮，何日夜而忘之！

鸟飞千里，终必返回生身之地的故巢；狐死时，必以首枕丘，不忘其自生之所。自己无罪而遭放逐，怎能不日夜怀念故都家园！这里，表现了诗人对故国何等诚挚的眷恋！

《怀沙》即怀抱沙石投水而死的意思。《史记》在录载《怀沙》全文之后说明：“于是怀石，遂自投汨罗以死。”东方朔《七谏·沈江》也写道：“赴湘沅之流澌兮，恐逐波而复东。怀沙砾而自沉兮，不忍见君之蔽壅。”可以看出，《怀沙》是屈原的绝笔辞。诗中表达了诗人保持美好品质，决不变心从俗的一贯思想。诗人所痛苦的是，自己虽有“内厚质正”的美好品质，但不能为世所用。因为他所处的是一个“变白以为黑”、“倒上以为下”的黑暗社会。当一切希望都已破灭的时候，他终于下决心以死来最后表明自己的正确和忠诚。“知死不可让，愿勿爱兮。明告君子，吾将以为类兮”，这是诗人向人世间的最后诀别。写了这首诗，我们的伟大诗人便结束了他的生命，社会造成了一幕千古遗恨的悲剧！

《怀沙》通篇少见长语，多以短句相属，文意质直，繁音促节。这样的表达方式，正与诗人当时的思想感情相符。

除了上述作品之外，《招魂》一篇，司马迁认为也是屈原所作。至于是招何人之魂？有说是屈原自招其魂(楚人有招生魂的习俗，近代仍有遗风)，但一般认为是屈原招怀王之魂，系作于怀王客死于秦之时。《招魂》的创作与楚国当时巫风的流行有密切关系，其形式与巫祝招魂词的形式是一样的。“凡禁咒句尾皆称‘些’，乃楚人旧俗。”(沈括：《梦溪笔谈》)《招魂》即遵从楚国巫觋禁咒语中这一习惯。诗中正文部分，每隔一句都以楚国方音“些”字作语尾。

《招魂》开始是序言，以下为作者托巫阳之口表现招魂本意。诗人告诫亡魂不可到东、西、南、北四方去，也不要上天或入地，因为那些地方都存在着许多凄惨恐怖的事物。以天上为例，那里的情形是这样：

> 虎豹九关，啄害下人些。一夫九首，拔木九千些。豺狼从目，往来侁侁些。悬人以娭，投之深渊些，致命于帝，然后得瞑些。

吃人的虎豹把守着九重大门，九头怪物力拔千树，眼睛竖长的豺狼恶狠狠地奔来奔去。到了那里的人会被提起来戏弄一番，然后投入深渊。在受尽折磨之后，却还必须等害人者禀告了天帝，才能闭上眼睛死去。“天堂”如此，地底下的“幽都”以及其他各处也同样极其可怕。因此，诗人劝魂回到楚国来，把楚国作为自己的归宿。因为对怀王来说，这里有奢侈享乐的生活条件。诗人百般铺叙怀王故居的宫室苑囿之富丽堂皇，饮食乐舞之美盛，车马服饰之华奢，劝告亡魂归来安享洪福。最后，在“乱辞”(尾声)中，诗人追忆往昔楚王游猎之盛况，感念目前的国忧君难，全诗在“魂兮归来哀江南”的沉痛之音中结束。

《招魂》富于浪漫主义色彩。它以神话传说和巫文化中的奇异之想为基础，建构起描绘上下四方存在种种危险的招魂之词，写来惊心动魄，光怪陆离，鲜明地体现了南方文学的一个特点。诗中关于天地四方以及楚王室享乐生活的描写都很有层次。它那种依东、西、南、北顺次言及的结构方式，夸张铺叙、辞藻华丽的表现手法，对汉赋的创作产生了影响。

第三节 其他楚辞作家

司马迁在《史记·屈原贾生列传》中说："屈原既死之后，楚有宋玉、唐勒、景差之徒者，皆好辞而以赋见称；然皆祖屈原之从容辞令，终莫敢直谏。"秦汉以前，今人所知道的楚辞作家只有楚国的宋玉、唐勒、景差三人。

关于宋玉，其生平只有司马迁上述几句话较为可靠。王逸《楚辞章句》云："宋玉者，屈原弟子也。"据当代学者考证：宋玉，楚国鄢人，生在屈原以后，和楚国的唐勒、景差同时，作过楚顷襄王的大夫。宋玉是一位贫士，远走京邑，谋得一个位置，以一抒抱负。但不久便失职，于是潦倒终身，贫困到无衣裘以御冬的地步。宋玉的生平大致如此。

关于宋玉的作品，《汉书·艺文志》说有"十六篇"，但相传只有十三篇，分别见于下列各书：《楚辞章句》载有《九辩》、《招魂》；萧统《文选》载有《风赋》、《高唐赋》、《神女赋》、《登徒子好色赋》、《对楚王问》、《九辩》(五章)、《招魂》；无名氏辑《古文苑》载有《笛赋》、《大言赋》、《小言赋》、《讽赋》、《钓赋》、《舞赋》；此外，严可均辑《全上古三代文》载有《高唐对》一篇。但是，据清代以来的许多学者考证，上述作品中，《招魂》一篇为屈原所作，只有《九辩》才是真正的宋玉的作品，其余全是后人伪托。

《九辩》，亦是古乐曲名，宋玉绍古体为新裁。学者对宋玉《九辩》多有分章者，不一定恰当，它实际上与《离骚》一样，是完整、连贯的。《九辩》也是一首抒情长诗，诗人通过对萧瑟秋景的描写，抒发自己身世飘零、贫困愁苦的心境，以及对恶劣环境的憎恨情绪。其第一段对秋景的描写，历代推为绝唱：

> 悲哉，秋之为气也！萧瑟兮，草木摇落而变衰。憭慄兮，若在远行；登山临水兮送将归。

这确实是借景抒情的形象之作。开篇四句，刻画出深秋景色的寥落、萧瑟。作者本来是一个"贫士"，现在又遭"失职"，又遇上秋天肃杀、寂寥的季节，眼前是草木摇落，寒意袭人，触物生情，感叹身世，不也正同萧秋一样衰落、枯萎吗？前两句写景，三、四句又进一层，作者并未停留在对景物的抽象感叹上，而是进一步作了比喻、形容，使抽象的感叹可触、可感；自己如同远行之游子，思乡心切，愁苦万端，又像游子登山远望，故乡渺渺，凄愁寂寥；又像临近流水，感叹"逝者如斯夫"，联想自己青春年华已逝，不胜感伤；又像送别亲人远行，自己更加感到孤独、困顿。这两句，以“远行”、“登山”、“临水”、“送归”分四层表达出孤凄、烦乱的情绪，是相当细致和高超的。所以鲁迅也说，通过这种描写，“凄怨之情，实为独绝”(《汉文学史纲要》)。接下来，作者又进一步绘声绘色地对秋景进行描写：

　　泬寥兮，天高而气清；寂寥兮，收潦而水清。憯凄增欷兮，薄寒之中人；怆怳懭悢兮，去故而就新；坎廪兮，贫士失职而志不平。廓落兮，羁旅而无友生；惆怅兮，而私自怜。

这是第一小节意思的进一步发挥。双声叠韵字的巧妙安排，反映感情的激动变化，富于抒情韵味，读起来也抑扬顿挫。

　　燕翩翩其辞归兮，蝉寂寞而无声，雁廱廱而南游兮，鹍鸡啁哳而悲鸣。独申旦而不寐兮，哀蟋蟀之宵征。时亹亹而过中兮，蹇淹留而无成。

这里通过燕子辞归、蝉的无声、大雁南游而感叹自己不如这些候鸟昆虫，无所归宿。自己一晃过了中年，却一无所成，因而无限悲痛。这里的情调是伤感的，作者虽是屈原的弟子，但却没有屈原的那种不屈不挠的斗争精神。正如鲁迅所说，宋玉只不过“掇其(指屈原)哀愁，猎其华艳，而‘九死未悔’之概失矣”(《汉文学史纲要》)。但是，我们可以从以上一段看出，《九辩》善于以形象的语言来状写自然景物，如写“秋”，则通过写候鸟、秋虫、高天、静水、凄风、薄寒，而收到绘声绘色的艺术效果。又通过写景来表达感情，情景衬托，融为一体，细腻、曲折、形象，开拓了诗的意境，提高了诗歌表情达意的作用，仍不失其特色。

自宋玉始，开了失意、悲凉、飘零、潦倒的文人悲秋的先例，影响很大。“悲秋”的主题在封建文人的创作中延续了两千余年，“宋玉悲秋”成为文学史上一个独特的主题。

关于唐勒、景差，这两位作家的生平材料更少，只知道他们与宋玉同时，除此之外没有记载。《汉书·艺文志》说唐勒作品有四篇，今皆失传。景差的作品，《汉书》无记载。王逸《楚辞章句》收有《大招》一篇，但却说：“《大招》者，屈原之所作也，或曰景差，疑不能明也。”可见，这两位作家的作品早已失传。但是，他们与宋玉一起，作为屈原之后的楚辞作家，在楚辞的发展上应该是起过比较重要的作用的。

第四节　楚辞在中国诗歌史上的地位和影响

以屈原作品为代表的楚辞的出现，在中国诗歌史上具有划时代的意义。它是“有意识地成就了一番伟大的革命”（郭沫若：《屈原研究》）。这“一番伟大的革命”主要表现在以下几个方面：

第一，它标志着先秦南方文化已发展到相当高的水平。战国以前，中国的文化发展实际上属于两大系统：一是北方文化系统，一是南方文化系统。或者说，一是以黄河流域为中心的文化系统，一是以长江流域为中心的文化系统。这两大系统的语言、文字、风俗、制度、历史都有许多不同。在北方文化中，诗歌方面以《诗经》为代表。《诗经》之后，北方诗歌无大的发展。而在《诗经》中，亦未见有“楚风”。这固然与楚之立国较晚有关，也与北方轻视南楚有关。然而，南方文化却以其独特的风格发展着。

《诗经》时代，楚地即有与中原文化并驾媲美的诗歌。其中虽无“楚风”，但《周南》、《召南》实际上保存了江汉间不少优秀的民歌，如《汉广》即是。诗中的“汉有游女，不可求思”，讲的就是西周时期郑交甫赴襄阳，于汉水岸边月夜遇神女、神女解佩相赠的故事。至今湖北襄阳万山还有一个叫“解佩渚”的地方。诗中的“江”（长江）、“汉”（汉水）同时出现，足见其产地在“楚”。大约在《诗经》成书的时代，即公元前6世纪中叶，楚国有一首根据越人口语翻译出来的诗歌，为《越人歌》：

> 今夕何夕兮，搴舟中流？今日何日兮，得与王子同舟？蒙羞被好兮，不訾诟耻。心几烦而不绝兮，得知王子。山有木兮木有枝，心悦君兮君不知！
>
> ——见刘向《说苑·善说》

这是楚康王（前559—前545）的兄弟鄂君子皙的故事。他驾舟出游，船户女子是越人，她一边划船一边唱了这首追慕王子的情歌。大意是说：今晚是个什么样的夜晚啊，它如此美好，王子您竟然乘船夜游长江。今天这个日子是个什么样的日子啊，小女子我居然有幸与王子同在一条船上！我含着羞涩的心情希望得到您的爱，却又怕被人骂为太不自量；我心烦意乱愁思不绝，是因为您的身份让我仰望。山上密密的树林啊，树树都有枝条，王子您莫非没有枝叶依傍？要不然，小妹的爱心您怎么全不知！全诗对船户女子心理活动的描写十分细致，已超出《诗经》的艺术水准。其中“山有木兮木有枝”，以“枝”喻“知”，语义双关，这种手法对楚辞以及后世民歌创作有很大的影响。诗中“兮”字的广泛运用，也是后来楚辞中所常见。

《越人歌》之后，还有一首民歌，名《孺子歌》(一名《沧浪歌》)，据说是孔子在楚国听见一个小孩唱的，是一首真正有着楚风的民歌。其歌如下：

沧浪之水清兮，可以濯我缨。沧浪之水浊兮，可以濯我足。

——《孟子·离娄》

诗中的“沧浪水”指的是汉水中下游，为楚地。诗的主题代表了楚人思想，且诗意清新明白，韵调流畅活泼，亦不失为一首优秀民歌。此外，流传下来的早期南楚诗歌尚有《子文歌》、《楚人歌》、《接舆歌》等，均达到一定的艺术水平。

屈原之出现于南国诗坛，以其广博的知识和深厚的文化素养，以其不同寻常的坎坷经历，以其对楚文化历史积淀的汲取，有意识地将民间创作加以提高，使得诗歌的发展产生了新的飞跃。一种全新的诗歌样式——楚辞体出现了。它以其高度的思想性和独创的艺术性，与中原地区的《诗经》同为双璧，并为双峰，共同显示了中华民族高度的古代文明。

第二，楚辞为我国文学开辟了积极浪漫主义的优良传统。我国诗歌在《诗经》时代已经具有现实主义精神，到了屈原的作品，则具有积极浪漫主义的精神。从此，在诗歌发展史上形成了现实主义与积极浪漫主义两大优良传统，这两大优良传统几千年来承袭不断，放射出永久不灭的光辉。应该指出的是，屈原诗歌的浪漫主义创作精神，继承了《诗经》现实主义传统，是在现实主义基础上，以其独特的创造，形成既强烈干预现实，又充满浪漫色彩的积极浪漫主义特色。它将现实主义融入其中，它不同于庄子的消极浪漫主义，也有别于对自然界充满幼稚认识的神话浪漫主义。

第三，作为第一位有主名的诗人，屈原的名字不仅仅作为一个普通作者的姓名存留在诗歌史册上，而且他的名字也作为一个伟大的艺术形象、不朽的爱国诗人的典型，矗立在中国古代的诗坛。屈原在自己的作品中，以全部的热情来表达他对祖国命运的关切、对故土的眷念、对理想的追求、对邪恶势力的抗争，使得抒情主人公具有鲜明的个性特征，而成为划时代的艺术典型。“他使得诗坛上从此有了诗人，他在诗之外争取了人的地位；人不仅是诗的作者，而且人本身就是诗；这就是屈原首次带到诗坛的事件。”(林庚：《诗人屈原及其作品研究》)

屈原作为一位世界性文学巨匠，受到中国和全世界人民的爱戴和崇高评价，在他逝世2230周年(1953)的时候，世界和平理事会将他作为世界四大文化名人之一而隆重纪念。当时受到纪念的有世界四大文化名人：中国爱国诗人屈原，波兰天文学家哥白尼，法国文学家拉伯雷(法朗索亚·拉伯雷，法国16世纪文艺复兴前期作家，代表作有《巨人传》等)，古巴诗人和民族运动领袖何塞·马蒂。同时，屈原的名字，又作为一个艺术典型而永远教育着后代。在中国民间，人民群众将屈原投江的忌辰(农历五月初五)作为一个节日(端午节)，永远纪念他。五月初五原本是一个古老的节日，屈原于五月初五投江，可能是巧合，也可能是有意选了这个特殊的日子。屈原死后每年的这一天，当地老百姓都用竹筒装上米，投入江中祭奠他，但据《续齐谐记》(南朝梁·吴均)记载："汉建武中，长沙区回白日忽见一人，自称三闾大夫。谓回曰：'闻君常见祭，甚善。但常年所遗，并为蛟龙所窃，今若有惠，可以练树叶塞上，以五色丝转缚之，此物蛟龙所惮。'回依其言。世人五月五日作粽，并带五色丝及练叶，皆汨罗之遗风。"这记载是说，东汉光武帝建武年间，长沙地区有一个人名叫区回，白天遇见一人，自称是三闾大夫屈原。屈原说，你们以前丢到江中的大米，都被蛟龙吃了，请以后用练树叶包上，用五色丝缠住，蛟龙畏怯此物，必不敢吃。又据《荆楚岁时记》(南朝梁·宗懔)记载："五月五日竞渡，俗为屈原投汨罗日，伤其死，故并命舟楫以拯之。"是说汨罗的老百姓得知屈原投江，便纷纷划船去搭救他。这就是五月初五包粽子、赛龙舟风俗的来历，始于沅湘一带，后迁沿至全中国。从汉代算起，人们五月初五划龙舟、吃粽子的习俗已有两千多年了，说明端午节已专属屈原，纪念屈原是端午节最重要的内容。由此可以看出，屈原在中国乃至在世界文化史上的地位。同时，屈原那笃行君子的形象，代表着一种积极的文化精神，永远激励着中华民族前进。

第四，楚辞相对于《诗经》的四言体制，是一次诗体的大革命、大解放。它突破四言，将句式拉长，参差错落，极为自由，创造了诗歌的新体裁。这既有利于表现奔腾澎湃的感情，又为后来五言诗、七言诗的产生和发展创造了一定的条件。楚辞还具有"书楚语，作楚声，纪楚地，名楚物"的地方特色(宋黄伯思：《东观余论·翼骚序》)，是南楚文化的杰出代表。

屈原的一生和他那雄视百代、冠绝千古的诗篇，给后世的文学创作以巨大而深远的影响。历代有许多优秀作家，对屈原深怀敬慕之心，从做人的准则到为文的风格都志在继其踵武。如西汉初期的贾谊，曾作赋以吊屈原，寄托了自己的身世之感。伟大的史学家、文学家司马迁，曾从"屈原放逐，乃赋《离骚》"中受到启发和鼓舞，忍辱负重，发愤著述，完成了被鲁迅赞之为"史家之绝唱，无韵之离骚"的巨著——《史记》。唐代大诗人李白雄放不羁，蔑视权贵，但对屈原却满怀景仰之情。他在《江上吟》一诗中说：“屈平辞赋悬日月，楚王台榭空山丘。”在诗歌创作上，他继承发展了屈原所开创的浪漫主义文学传统。他的《蜀道难》、《梦游天姥吟留别》等诗，都创造性地运用了屈原驰骋想象、升天下地、乘龙使风的浪漫主义手法，写来谲怪神奇，气象宏阔。如“霓为衣兮风为马，云之君兮纷纷而来下。虎鼓瑟兮鸾回车，仙之人兮列如麻”(《梦游天姥吟留别》)，正和屈原的诗一脉相承。浪漫主义诗人是如此，即使是现实主义诗人也十分注意从屈原作品中吸取艺术营养。杜甫对屈原亦非常推崇，他在《戏为六绝句》中说：“不薄今人爱古人，清辞丽句必为邻，窃攀屈宋宜方驾，恐与齐梁作后尘。”像这样受到屈原思想和作品影响的作家，不胜枚举。

屈原的作品还对汉赋的产生有着直接的影响。尽管楚辞与汉赋不能归为同一种文体，并且汉赋在内容上完全失去了楚辞那种强烈的抒情色彩和接触社会现实的精髓，失去了楚辞忧国忧民的思想感情，但是，它继承了楚辞铺张扬厉的形式，在章法上回环往复，表现手法上极力铺陈，遣词用字上极尽华丽、僻奇。这正如班固所指出的，屈原作品“博丽宏雅，为辞赋宗”。屈原在创作方法和艺术风格方面给后世文学的影响是十分深远的。不同的时代、不同的作家在不同的方面都接受了以屈原作品为代表的楚辞艺术的滋润。所以刘勰在《文心雕龙·辨骚》中说：“……是以枚、贾追风以入丽，马、扬沿波而得奇，其衣被词人，非一代也。故才高者菀其鸿裁，中巧者猎其艳辞，吟讽者衔其山川，童蒙者拾其香草。”

我们为拥有屈原而骄傲，我们为拥有楚辞而自豪！屈原走了，端午节还在；楚国早已统一于华夏大家庭了，但“楚辞”还在。屈原给中华民族留下的文学遗产，是极其宝贵而又具有无限生命力的。它超越了时间、空间的界限，成为世界文学宝库中永放异彩的瑰宝。屈原的作品早在19世纪中叶就开始译成多种文字，流行传播于许多国家。屈原已成为世界性的伟大诗人，这是我们民族的光荣与骄傲。

中国文学史

秦汉文学

拥雍州之地，
君臣固守，
以窥周室，
有席卷天下、
包举宇内、
囊括四海之意，
并吞八荒之心。

秦汉文学

中国文学史

第一章　秦汉文学概说

第一节　秦汉社会的大一统特征

公元前278年，曾经照亮一代诗坛的伟大的爱国诗人屈原怀石自沉，以身殉国。就在屈原死后的五十多年，即公元前221年，秦最终消灭六国，结束了战国时代二百余年七国纷争的局面，建立了中央集权的多民族的封建专制国家。秦王朝建立于秦始皇二十六年(前221)，灭亡于秦二世三年(前207)，共二代，都城在咸阳(今陕西咸阳)，共15年。

贾谊在《过秦论》中描述了商鞅变法以后，秦国强盛的情况。称其“席卷天下，包举宇内，囊括四海之意，并吞八荒之心”。战国时期，经过一系列的连横合纵，秦的实力渐渐强大，到公元前246年，秦王嬴政继位时，可以说统一六国的政治、经济、文化、社会等诸方面的基础均已成熟。万事俱备，只差嬴政去发动兼并战争了。而他也不负众望，在公元前230年果断地兼并了韩，此后只用了不到十年的时间，将六国悉数并吞，一统天下。

秦统一全国后，为了打击原六国贵族的反秦活动，同时防止各地农民此起彼伏的反抗斗争，很快就建立起一个从朝廷一直延续到地方的各级政权机关，虽然其主体不过是之前秦国统治机构的扩充，但始皇帝嬴政还是根据形势发展的需要，采取了一系列重大的变革。主要有：树立至高无上的皇权；建立权力相对集中的封建朝廷；废除分封制，确立郡县制等。

秦代以前，“王”是封建统治者的最高称号，从商、周一直到战国七雄的统治者都称“王”。然而，秦统一六国后，嬴政认为山东六国的国王都是他的阶下囚，再使用“王”号，不足以体现他的威严及天下至尊的地位，于是颁布了他统一六国后的第一道重要诏令——“议帝号”。满朝文武商量后，最终决定以“皇帝”取代“王”，成为秦王嬴政的称号，此称号一直为历代最高封建统治者沿用。而且，因为嬴政自诩是中国历史上第一位皇帝，所以称始皇帝。从此，在历史的称呼中，“秦始皇”取代了“秦王嬴政”。

议帝号，确定皇权后，秦始皇还建立了以他为首脑的封建朝廷，该朝廷主要由“三公”和诸卿组成。“三公”即丞相、太尉和御史大夫。诸卿则主要分掌朝廷和国家各项行政事务，习惯上称为“九卿”，但实际名额更多，主要有：奉常、郎中令、卫尉、太仆等。

朝廷建立后，如何在全国范围内建立地方行政机构，成了秦王朝君臣们急需考虑的问题。一开始曾经出现过“分封”和“郡县”之争。大部分官员建议承袭西周以来的分封制度，唯独廷尉李斯主张郡县制。后来，秦始皇肯定了李斯的建议，实行郡县制，分天下为三十六郡，构筑了一座金字塔式的从地方到朝廷的管理体系，而金字塔最底端的，则是数以千万计的劳动人民。

秦兼并六国，建立封建皇朝之后，立即开始了进军岭南的大规模军事行动，并反击匈奴，修筑了我国历史上最大的军事防御工程——万里长城。同时，为了维护多民族的大一统局面，秦朝还颁布了全国统一的法律，统一货币、统一度量衡、统一文字。

由于春秋战国时代长期的分裂割据，我国文字出现了“言语异声，文字异形”的局面，相同的字，各国往往写法不同，甚至在同一国家之内，一个字的写法也不尽相同。秦统一六国后，采取李斯的建议“书同文字”。当时统一文字的原则为：1. 以秦字为基础，废除原六国的异体字；2. 简化繁杂的大篆，整理为全国规范的小篆（后世亦称“秦篆”）；3. 命李斯、赵高、胡毋敬分别撰《仓颉》、《爰历》、《博学》三篇，用小篆写成，作为文字范本全国推广。此外，针对各国度量衡制度混乱、计量单位不一致及货币制度混乱等现状，秦始皇又下令以秦制为基础，统一度量衡和货币。

上述一系列政治、经济、文化的改革措施，在历史上是有进步意义的。但是，秦王朝毕竟是地主阶级的政权，封建制度由战国初期出现至秦王朝的建立，经历了两个多世纪，已进入巩固时期，地主阶级已经由重点对付奴隶主势力的复辟而转为重点镇压农民阶级的反抗斗争。这就很快激化了地主阶级同农民阶级的矛盾，终于在秦始皇死后的第二年（前209），爆发了陈胜、吴广领导的我国第一次农民大起义。在农民起义的风暴中，秦王朝于公元前207年灭亡。

而在秦王朝建立之初，曾推行“燔灭文章，以愚黔首”的文化专制政策，这与秦王朝力图加强政治思想统治是紧密联系在一起的。关于秦代实行文化专制的决策过程以及禁令项目，在《史记·秦始皇本纪》中有较详细的记载。事情的大体经过是这样的：公元前213年，博士淳于越提出恢复分封制的主张。他说："事不师古而能长久者，非所闻也。"丞相李斯对此加以反驳。他指出，时代不同，治理的方法也应该不同。儒生"不师今而学古"，"道古以害今"，如不加以禁止，则"主势降乎上，党与成乎下"，国家的统一可能遭到破坏。因此，李斯建议，除医药、卜筮、农书以外，"史官非秦记皆烧之；非博士官所职、天下敢有藏《诗》、《书》、百家语者，悉诣守尉杂烧之；有敢偶语《诗》《书》者弃市；以古非今者族，吏见知不举者与同罪。令下三十日不烧，黥为城旦"。严禁私学，"若欲有学法令，以吏为师"。秦始皇支持了李斯的建议。这就是历史上的"焚书"事件。

不久以后，公元前212年，也就是"焚书"的次年，又发生了一起坑儒事件。这起事件是由几个方士的畏罪潜逃引发的。秦始皇十分迷信方术，希望方士为他炼长生不老之丹药。而方士们为了得到皇帝宠信，也极力鼓吹自己的能力，然而时间一长，种种许诺和丹药并无奇效，骗局即将揭穿。方士侯生、卢生密谋逃亡，逃亡之前还诽谤秦始皇"刚戾自用"、"专任狱吏"、"贪于权势"，未可为之求仙药。秦始皇知道后大怒，以"为妖言以乱黔首"的罪名，下令追查，共逮捕了四百六十余人，全部坑杀在咸阳。这就是历史上所说的"坑儒"。

秦始皇焚书坑儒实际上是当时"师古"与"师今"两种政治思想斗争激化的表现。在特定的历史条件下，为了巩固统一，禁止"以古非今"的反动活动，采取统一思想的措施是必要的。但是，焚书坑儒的手段愚蠢而又残忍，特别是焚书毁灭了许多古代的文化典籍，给中国文化造成了不可弥补的重大损失。另一方面，当如此严酷的文化专制推行以后，战国时代"百家争鸣"的局面自然不复存在。在此后秦王朝的全部统治时期，文学上没有取得任何引人瞩目的成就。吕不韦门客的集体著作《吕氏春秋》(完成于公元前239年)和著名的李斯《谏逐客书》比较富于文学意味，但都是秦统一全国之前的作品。一般只是为了叙述上的方便，将之放在秦代加以论述。

秦朝建立以后，实行封建专制统治，赋役繁重，民不聊生。这样，直接把广大人民群众推到了朝廷的对立面。在秦始皇去世之前，秦朝已经是民怨沸腾，反者四起。秦二世继位后，在大泽乡以陈胜、吴广等为首的900名贫苦农民举事起义，一时应者云集，迅速组织起一支农民起义军，一场具有划时代意义的农民革命战争爆发了！陈胜吴广的起义最终虽然失败了，但点燃了各地此起彼伏的起义运动，汉元年(前206)十月，刘邦率领起义军大举进驻霸上，秦王子婴投降。

秦王朝灭亡后，接着是四年的楚汉战争，最后刘邦打败项羽，于公元前202年建立了西汉王朝。刘邦称帝之初，到处是一片荒凉残破的景象。由于秦王朝的残暴统治，加上连年战争，社会生产遭受严重破坏，经济凋敝，人民大量逃亡。汉初的人口，较之秦代大大减少，大城市人口只剩下十分之二三。《汉书·食货志》记载当时的状况说："汉兴，接秦之敝，诸侯并起，民失作业而大饥馑。凡米石五千，人相食，死者过半。高祖乃令民得卖子，就食蜀汉。天下既定，民亡盖藏，自天子不能具醇驷，而将相或乘牛车。"可见当时社会经济残破到何等地步。

在这种情况下，如何恢复封建统治秩序，发展封建经济，是关系到西汉地主政权能不能维持并巩固下去的首要问题。对于西汉统治者来说，农民起义的风暴刚刚过去，氓隶亡秦的事实时刻萦绕在他们的脑际。这也使他们不能不采取一些比较现实的措施。例如"约法省禁，轻田租，什五而税一；量吏禄，度官用，以赋于民。而山川、园池、市肆租税之入，自天子以至封君汤沐邑，皆各为私奉养，不领于天子之经费。漕转关东粟以给中都官，岁不过数十万石"(《汉书·食货志》)。从汉高祖五年开始，统治者颁发了一系列诏令，主要内容有：组织军队复员，赐军吏卒以爵位，招抚流亡，释放奴婢等。这些"与民休息"的政策措施一方面扶植了一大批军功地主，扩大了汉王朝的统治基础，另一方面也在一定程度上承认了农民战争的胜利成果，使脱离生产的农民回到土地上。这样，客观上缓和了阶级矛盾，安定了社会秩序，对恢复生产起了促进作用。到了文帝、景帝时期，倡导以农为本，进一步推行"轻徭薄赋"、"约法省禁"的政策，生产得到发展，出现了"文景之治"，为汉王朝的强盛奠定了基础。

在汉初六七十年休养生息的基础上，到公元前140年汉武帝即位后，西汉王朝达到了空前繁荣的阶段。此时，国家经济发生很大变化。《汉书·食货志》记载：

> 至武帝之初七十年间，国家亡事，非遇水旱，则民人给家足，都鄙廪庾尽满，而府库余财。京师之钱累百巨万，贯朽而不可校。太仓之粟陈陈相因，充溢露积于外，腐败不可食。众庶街巷有马，仟伯之间成群；乘牸牝者摈而不得会聚。守闾阎者食粱肉；为吏者长子孙；居官者以为姓号。人人自爱而重犯法，先行谊而黜愧辱焉。于是罔疏而民富，役财骄溢，或至并兼……宗室有土，公卿大夫以下争于奢侈，室庐车服僭上亡限……

这与汉初“民亡盖藏，自天子不能具醇驷，而将相或乘牛车”的状况形成十分鲜明的对照。在这样的经济基础上，统治者的思想及其所推行的政策随之发生了很大的变化。汉武帝不仅在政治、经济方面采取一系列措施，加强封建专制，而且在思想上也加强了统治。此时，主张无为而治的黄老思想已不能适应地主阶级的要求。主张加强君主集权，实现大一统的儒家思想便起而代之。于是，汉武帝接受董仲舒的建议，“罢黜百家，独尊儒术”，采用经董仲舒改造过的儒学思想，作为统治思想。

董仲舒学说的思想核心，是从维护统一的封建中央集权的立场出发。神化专制皇权，并力图把封建政权、神权、族权、夫权结合起来，为地主阶级服务。它之所以能够成为占统治地位的指导思想，正在于它能够适应统治阶级的政治需要。首先，董仲舒非常强调“大一统”，他说：“春秋大一统者，天地之常经，古今之通谊也。”(《汉书·董仲舒传》)这种思想适合政治上大一统的需要，可以作为加强中央统一集权制的理论根据。其次，董仲舒的儒学思想吸收了道、法、阴阳五行等学派中有利于地主阶级统治的学说，他说：“道之大原出于天，天不变，道亦不变。”(《汉书·董仲舒传》)即利用道家的天道观，为封建政权服务，把道家的道统，变成封建的法统。董仲舒还特别强调法治，把儒法两家糅合为一体，既主张“以教化为大务”，又主张“正法度之宜”，实质上是外儒内法。这种统治思想一直为历代封建统治者所奉行。

汉武帝雄才大略，他在位五十四年，消除了中国封建社会前期的动乱局面，在政治、财政、军事和文化上进行了一系列重大改革。加强了中央集权。他派兵三击匈奴；使张骞两通西域；拓疆展域，建立起空前辽阔的多民族大帝国。至宣帝时，匈奴入朝，汉盛之极。然而，西汉盛时已隐伏着深刻的危机。至西汉后期，统治阶级政治黑暗腐败，地主、商人、贵族、官僚疯狂兼并农民土地，土地高度集中，农民大批破产、流亡、沦为奴婢。阶级矛盾空前尖锐，社会危机加深。元寿二年(前1)，哀帝死后，西汉王朝统治的危机进一步加剧，出身于外戚世家的王莽趁机夺取了刘氏政权，实行托古改制。王莽改制不仅没有挽救社会危机，反而给社会经济带来极大的破坏，给人民生活带来极大的灾难。于是爆发了赤眉、绿林农民起义，推翻了王莽的反动统治。曾经参加反莽斗争的汉室宗亲、南阳豪强地主刘秀，利用农民起义的力量重建汉政权，公元25年，刘秀称帝，定都洛阳，历史上称为东汉或后汉。

东汉初年，由于经历了长期战乱和伴之而来的饥荒疫疾，生产破坏，人口锐减，社会经济凋敝。刘秀建立政权以后，实行了一些恢复生产、安定社会秩序的措施，如释放奴隶和囚徒，组织军队屯田和精兵简政，利用假民公田的办法安置流民等。但是，东汉王朝是豪强地主的政权，在东汉政权的保护下，豪族地主势力迅速膨胀，他们不仅兼并大量土地和财产，控制大量的依附农民，拥有雄厚的经济势力，而且还通过察举和征辟，把持中央和地方官位，结成垄断实权的政治集团。豪强地主势力的发展，以及由此引起的统治阶级内部的长期争斗，政治的极端黑暗，促成了东汉中期以后各种社会矛盾的大量积聚。桓、灵以后，朝政完全为外戚、宦官所把持，连皇帝的废立，都操纵在他们手中。政治更加败坏，人民的苦难也越发深重。面对这种黑暗的现实，一部分官僚和地主阶级知识分子联合起来，投入反对外戚宦官腐朽势力的斗争，结果遭到镇压，造成了历史上有名的“党锢之祸”。东汉后期，阶级矛盾也愈加尖锐，社会动荡不安，小规模的农民起义此伏彼起，连绵不断。公元 184 年，爆发了张角领导的黄巾起义。在黄巾起义的打击下，传世近二百年的东汉政权随之瓦解。

同汉武帝一样，光武帝刘秀也依靠儒学作为维护封建统治的重要武器，他最提倡的是今文经学，并将之与谶纬之学联系起来。谶纬是一种庸俗经学和封建迷信的混合物。所谓“谶”，是用诡秘的隐语、预言作为神的启示，向人们昭告吉凶祸福、治乱兴衰的图书符箓。所谓“纬”，是用宗教迷信的观点对儒家经典所作的解释。因为经文是不能随意改动的，为了把儒学神学化，纬书就假托神意来解释经典，把它们说成是神的启示。这些荒唐的谶纬迷信，都是统治阶级为了愚弄群众、维护自己的特权而编造出来的。这种学说本身也具有不可弥补的缺陷，即：大家都可以根据自己的政治需要，作出能够自圆其说的解释。刘秀以图谶之助而作天子，便想继续依靠它来巩固手中政权，于是压抑不信谶的古文经学家，要求臣僚信奉谶纬之学。刘秀死前，更是宣布“谶于天下”，命令全国都要信奉。由于统治阶级的大力提倡，谶纬之学十分兴盛。于是，在政治思想领域内，充斥着谶纬迷信。建初四年(公元79)，章帝主持了一次大规模的经学讨论会，即白虎观会议。这次会议的讨论记录，后来由班固整理成书，名为《白虎通德论》，或简称为《白虎通义》、《白虎通》。它把董仲舒的“天人感应”学说和谶纬迷信融合在一起，加以系统化、完整化、神圣化。白虎观会议的举行和《白虎通》一书的编辑，使儒学独尊的地位通过政治权力最后确定了下来。它明确提出“三纲”是“君为臣纲，父为子纲，夫为妻纲”。以唯心论的天命论为中心，将一些自然现象和封建社会秩序穿凿附会，来证明“三纲六纪”的合理性，将皇帝神化，认为皇帝“受命于天，不受命于人”，由谁做皇帝，乃是天命所归，不以人的意志为转移，所以，皇帝是神圣而不可侵犯的。《白虎通》还将君与臣的关系，定位为太阳和月亮的关系，认为臣民要永远对君主竭尽忠诚，不可违背天意。这就从理论上将封建纲常伦理系统化、绝对化，同时还把当时流行的谶纬迷信与儒家经典糅合为一，使儒家思想进一步神学化。

然而，从东汉初年开始，一些学者不断对谶纬迷信进行揭露批判，桓谭、王充、张衡是其中最为著名的代表人物。桓谭的文章流传于后世的不多，但在当时，他所阐发的唯物论和无神论观点，在哲学史上有重大意义。他对稍后的唯物主义思想家王充有着直接的影响。王充学识渊博，博览群书，他经过三十年艰苦努力写成的《论衡》一书，是反对谶纬迷信和批判唯心哲学的不朽著作，其中还提出了一些文学理论方面的重要见解。张衡也具有唯物主义思想，他反对谶纬之学，写有《请禁绝图谶疏》。

两汉时期统一帝国的建立，为生产力的发展提供了巨大的空间，比如在汉武帝时期，国家经济实力就十分雄厚，所以，武帝一方面大兴土木满足自己的奢欲，另一方面大力向外开疆拓土，解除了长期以来北方地区受游牧民族武力侵扰的威胁。另外，两汉时期奉行的“独尊儒术”政策，极大地束缚了文化、思想的自由发展，春秋战国时期的“百花齐放、百家争鸣”的盛况不复出现。一直到东汉中期以后，由于连续出现几个幼年登位的皇帝，开始出现权力结构不稳定。这时候，士人阶层特别是豪门士族力量逐渐壮大，他们要求与皇权达成某种平衡，强调“士大夫”的责任和权力。在这个过程中，尽管官方体系中依然是以今文经学占主导，但在民间的私学中，古文经学发展很快，渐渐成为主流。

概而言之，秦汉两朝实行的是封建集权统治，疆域辽阔，思想一统，文化专制。特别是汉代(无论是西汉还是东汉)，从总体上看，它是一个稳定、繁荣的大一统社会。而且，自秦始皇“书同文”以来，至汉代，社会文化普及，整个社会较之前代，文明程度大大提高。中国社会发展的奴隶社会(商、周)阶段，只有少数贵族才有受教育的权利；至春秋末期，孔子兴办教育，提倡私人办学，“有教无类”，文化开始下移。到了汉代，大一统的社会为教育的发展创造了前提条件。在中国，以国家为主提倡教育，始自汉朝。特别是东汉，“四海之内，学校如林，庠序盈门”，官办太学和私立学校同时达到前所未有的兴盛，据《后汉书·儒林传》载，仅顺帝时的太学，“更修黉宇，凡所构造，二百四十房，千八百五十室”，“自是游学日盛，至三万余生”。私学更远盛于太学。当时经师讲学和生徒求学的盛况是令人瞠目的，一名经师所收弟子动辄成千上万。如《后汉书·牟长传》载：“诸生讲学者，常有千余人，著录前后万人。”《杜抚传》：“弟子千余人。”《谢该传》：“为世名儒，门徒数百千人。”《宋登传》：“教授数千人。”《马融传》：“教养诸生，常有数千。”《丁恭传》：“诸生自远方至者，著录数千人。”《楼望传》：“诸生著录九千余。”《蔡玄传》：“门徒常千人，其著录者万六千人。”这种规模，后世私学无法与之比拟，即便是官办学校，其学生人数也不过如此。

社会的统一，文化的专制，教育的普及，为文学的发展创造了条件，同时也决定了这种条件下文学的特色。秦汉文学就是在这一背景下发生的。

第二节　秦汉社会文化与文学

秦王朝虽是统一的封建王朝，历史太短，同时因其“焚书坑儒”，毁灭文化，扼杀文学，因此，在文学史上，秦朝留给后人的作品乏善可陈。仅有一部《吕氏春秋》和李斯的《谏逐客书》值得一提。

《吕氏春秋》又称《吕览》，全书由十二纪、八览、六论组成，共二十余万字。由于吕不韦集宾客著书，是在秦并六国以前，那时对著书立说尚无严格限制，故此书在思想上兼容儒、道、墨、法、农诸家学说。《吕氏春秋》取材很广，文字平实朴素，但也不乏精彩笔墨。有的篇章善于取譬设喻，借寓言故事说理，如《察今》篇中的一节：

> 楚人有涉江者，其剑自舟中坠于水，遽契其舟，曰：“是吾剑之所从坠。”舟止，从其所契者入水求之。舟已行矣，而剑不行。求剑若此，不亦惑乎？以故法为其国，与此同。时已徙矣，而法不徙，以为治，岂不难哉！

这便是著名的“刻舟求剑”的故事，文章形象生动，说理有力，显示出对先秦诸子散文某些特色的继承。

李斯是秦代唯一的著名散文家。他是战国时楚国上蔡(今河南上蔡一带)人。少为郡小吏。曾与韩非一同从荀卿学“帝王之术”，以后去楚入秦，为吕不韦舍人。始皇拜为长史，进至左丞相。李斯《谏逐客书》的写作，时在秦王嬴政十年(前237)。当时李斯已为客卿。在这以前，韩国派水工郑国来秦作客。为了消耗秦的国力，使之不能对韩用兵，郑国劝秦大兴水利。此事被发觉以后，秦王接受了宗室大臣的建议，下令逐客。李斯也在被逐之列，于是上书劝谏。文中以历史事实为依据，反对秦王逐客之举，提出应当善于利用人才，以实现“跨海内、制诸侯”，“成帝业”的政治目标。李斯慷慨陈词，直言利害。文章写得气势奔放，颇具文采，如文中的一段：

> 今陛下致昆山之玉，有随和之宝，垂明月之珠，服太阿之剑，乘纤离之马，建翠凤之旗，树灵鼍之鼓。此数宝者，秦不生一焉，而陛下悦之，何也？必秦国之所生然后可，则是夜光之璧不饰朝廷，犀象之器不为玩好，郑、卫之女不充后宫，而骏良駃騠不实外厩，江南金锡不为用，西蜀丹青不为采。所以饰后宫、充下陈、娱心意、悦耳目者，必出于秦然后可，则是宛珠之簪、傅玑之珥、阿缟之衣、锦绣之饰不进于前，而随俗雅化、佳冶窈窕赵女不立于侧也。

这是文章的第二部分，作者继前一部分追叙客卿对秦国历史发展的功绩和作用之后，在此又以秦王日常所爱多非秦产的大量事实，批驳了不问可否而逐客之谬。文章最后一部分进一步从正面提出了广揽贤才的主张，肯定这是“五帝三王之所以无敌”于天下的重要原因，并且又从反面说明逐客的害处：“资敌国”，“业诸侯”，“内自虚而外树怨于诸侯，求国无危，不可得也”。全文广征博引，分析透辟，铺张扬厉，多用排比，很有战国纵横家游说人主的气魄。同时语言生动，辞采华丽，善于以形象的比喻说明问题，例如，用“泰山不让土壤，故能成其大；河海不择细流，故能就其深”来说明“王者不却众庶，故能明其德”。这篇文章有一定的骈偶化倾向。

秦统一以后，除了一些阿谀歌颂秦始皇巡狩封禅的石刻文外，几乎没有什么文学作品流传下来。这些石刻文是官方文字，作者为丞相李斯。它虽不名为赋，实际与赋同类，文中多溢美之词。李斯的刻石之文，见于《史记》者有《泰山刻石》、《琅琊台刻石》、《之罘刻石》、《东观刻石》、《碣石刻石》和《会稽刻石》等。其中《会稽刻石》为他的代表作。

汉朝是中国文学史上文学的价值开始受到重视的时代，尽管当时作为统治阶级思想基础的儒学，为了维护统治阶级利益而强调伦理道德等实用功能，忽视了文学的审美和娱乐功能。但正是由于具有这样复杂的历史背景，汉朝的文学形成了许多自身的特点，并在中国文学史上占有重要地位。

西汉前期的经济状况，促使统治者在思想文化方面较少限制，百家之学重又兴盛起来，其时，士人陆贾以黄老道家之说，总结秦亡教训，写成《新语》一书，成为西汉前期的施政纲领。黄老学说的特点是：在政治上肯定新的封建一统王朝的统治秩序，承认君臣关系不可改变的前提下，极力主张“无为而治”。认为统治者用少所作为的办法，就能缓和社会矛盾，稳定统治秩序。相反，统治阶级愈“有为”，民就愈“难治”，统治者的法令太多，反会使“盗贼多有”。这和原来老子主张的小国寡民的政治理想不同，它作为一种维护大一统封建制度的政治思想，成为汉初统治阶级的政治指导思想。当时的几任丞相，如萧何、曹参等，大都“治黄老之术”，实行“无为而治”。

“无为”政治对西汉前期的文学产生了影响。在一个时期里，学术思想相当活跃，纵横之学尤为时人所重，因而当时文章的一大特色是尚存战国余风。贾谊、晁错是汉初著名的政论文作者。他们积极参与现实政治，在文章中就当时政治上的重大问题进行议论，提出了一些进步的政治见解，写出了一批情辞恳切、鞭辟入里的政论散文。以贾谊的《过秦论》、《陈政事疏》、《论积贮疏》，晁错的《论贵粟疏》等最为著名。他们的文章言词激切，富于情感，文学性亦较强。散文之外，辞赋也得到发展。贾谊是汉初辞赋的优秀作家，他的作品主要继承了骚体传统，于其中抒发了自己的政治见解和身世感慨。贾谊之后，枚乘的《七发》标志着新赋体的正式形成。

诗歌方面，楚汉战争之际和刘邦建立政权之初，有两首较好的短诗流传。一是项羽兵败垓下时所写的《垓下歌》：“力拔山兮气盖世，时不利兮骓不逝。骓不逝兮可奈何，虞兮虞兮奈若何！”表现了项羽作为“失败的英雄”，个性魅力、情感特征都十分感人。一是刘邦衣锦还乡时所写的《大风歌》：“大风起兮云飞扬，威加海内兮归故乡。安得猛士兮守四方！”表现了刘邦作为成功者的霸气和胸怀，值得一读。二诗中项诗慷慨悲歌，刘诗踌躇满志，是秦汉相交之际较有特色的作品。

自从汉武帝以“独尊儒术”作为重要的治国之策以后，以孔孟为正宗的儒学成了封建统治阶级的正统思想，攻读五经成了干禄仕进的敲门砖，而“治申商韩非苏秦张仪之言”者则被视为“乱国政”的人，罢而不用。汉初以来继承战国百家争鸣传统，在思想、学术上呈现出来的比较活跃的局面结束了，文学发展上也开始了新的变化。武帝时最重要的思想家董仲舒的对策，文字典雅醇正、含蓄婉转，俨然书生面貌，汉初贾谊、晁错笔下所仍具有的那种纵横驰骋之风已荡然无存。但是，统治思想的变化并未能真正彻底地让人们的思想趋于一尊，各种思想实际上还是并存的，特别是黄老思想，仍占有比较重要的地位。产生于这个时期的历史、文学巨著《史记》的作者司马迁，便是一个没有蛰伏于“独尊儒术”的正统思想之下的伟大史学家、文学家。后来班彪、班固父子指责他“是非颇谬于圣人：论大道则先黄老而后六经，序游侠则退处士而进奸雄，述货殖则崇势力而羞贵贱”，正反映了司马迁思想不受束缚的进步方面。为了总结历史的经验教训，“以究天人之际，通古今之变，成一家之言”，司马迁著述了不朽的《史记》。《史记》记述和整理了上自传说中的三皇五帝，下至汉武帝时期的历史事迹，成为我国第一部体例完整的通史。它以人物为中心，开创了纪传体历史散文的写作传统，是历史散文发展的重要阶段。在史学、文学上都有着很高的价值。

与前代帝王相比，汉武帝虽然“文治武功”均有成就，但他更重文事、重文治，他“招选天下文学材智之士，待以不次之位”，并扩大了官方掌管音乐的机构——乐府的规模，给它规定了“采诗”等具体任务，以便“观风俗，知得失”。继《诗经》、《楚辞》之后，两汉乐府民歌在我国诗歌发展史上放射出异彩。它继承《诗经》中民歌的现实主义精神，揭露社会矛盾，反映人民群众的思想感情，在艺术上也取得了新的成就，丰富了诗歌的艺术表现方法，促进了五言诗的发展。汉乐府民歌中叙事诗的发展尤为引人注目，出现了以《孔雀东南飞》为代表的杰出的叙事诗篇，这在中国诗歌史上是一个有意义的进展。

从武帝到宣帝，统治者为满足好大喜功的心理和“润色鸿业”的需要，都曾奖励作赋。元帝、成帝继其余绪，一时辞赋的创作出现高潮，汉赋(泛称辞赋)成为一代文学的主要形式。《汉书·艺文志》所载汉赋九百余篇、作者六十余人，大都出自这一时期。当时，“言语侍从之臣……朝夕论思，日月献纳。而公卿大臣……时时间作。孝成之世，论而录之，盖奏御者千有余篇”(班固《两都赋序》)，汉赋之兴盛状况可想而知。这一时期的汉赋从汉初以抒情言志为主的骚体赋演变为散体大赋，其内容大抵以歌功颂德、劝百讽一为宗旨。司马相如是当时最享盛名的辞赋家，以他的作品为代表的汉代大赋，文辞极尽夸张铺陈之能事，颂扬大一统帝国的气魄声威，但也从一个角度反映了统治者的骄奢逸乐，具有一定的认识意义。汉赋作为一种完全以文学感染力为目标的新的文学样式的出现，说明了在汉朝，文学尽管依然不如政治、哲学等显学般重要，但已经成为人们生活中不可缺少的精神食粮了。汉赋是从楚辞演变而来，这种文学样式主要通过华丽的文字、整齐的句式和严谨的结构来表现各种奇特事物和瑰丽景象，使读者获得阅读快感和审美享受。汉赋扩展了文学的表现手法，成为我国诗、词、曲、赋的传统文学样式之一体，对后世影响很大。

整个东汉时期，在今文经学和谶纬之学笼罩下，文学的发展受到不良影响，但在散文、辞赋和诗歌的创作上仍然取得了一些成就。

继西汉司马迁《史记》之后，又一部重要的历史著作《汉书》诞生于东汉班固之手。《汉书》沿袭《史记》的体例，并以其史料的翔实，语言的精美、典雅，部分人物形象的鲜明，而与《史记》并称“史汉”，在历史散文的发展史上也占有较重要的位置。东汉政论散文的作者主要有王符、仲长统、崔寔等人。他们的文章指斥时弊，在一定程度上反映了东汉中期以后社会矛盾的复杂和政治斗争的激烈。

东汉的辞赋创作不如西汉兴盛。西汉司马相如赋出现以后，后辈的作者大抵以模拟为能事，外表华丽非凡，内里空虚贫弱。这种模拟的风气一直延续到东汉中叶以后，在张衡手中才开始发生变化。这主要是社会状况的发展变化所决定的。当时，宦官外戚争权，政治日趋腐败，社会动乱频仍，不能不使文人对现实感到失望。而且，此时也已经没有以献赋为进身之阶的可能。汉赋的思想、内容、风格、体制都开始随之转变，出现了批评现实政治、反映社会黑暗、抒情咏物的短篇小赋。张衡《归田赋》在这方面具有一定的开创意义，蔡邕《述行赋》、赵壹《刺世疾邪赋》等也是这方面比较优秀的作品。

东汉的文人五言诗是在乐府民歌的基础上产生和发展的。五言诗是汉代新兴的文学体裁，它首先出现于民歌之中，后来由文人拟作、提高，经魏晋南北朝时期的巩固发展，遂成为我国古典诗歌的主要形式之一。现存最早的汉代文人五言诗，是班固所写的《咏史诗》。班固以后，有张衡《同声歌》、秦嘉《赠妇诗》等，五言诗技巧上渐趋成熟。东汉末年还有许多无主名的五言诗流传下来，其中《古诗十九首》代表了汉代五言诗的最高艺术水平。《古诗十九首》所反映的社会生活没有乐府民歌广泛，但它继承了乐府民歌中抒情诗的写作技巧，并从前代诗歌创作中汲取了营养，因而在艺术上有很高的成就，被后人誉为“五言之冠冕”。

汉朝文学对后世文学的一个重要贡献就是：出现了许多新的文学样式。汉代的五言诗，在东汉中后期开始在文人中流行，并在魏晋南北朝时期占据诗歌创作的主流，唐代以后又与七言诗并列，成为中国古典诗歌的两大基本样式。另外，七言诗在汉朝也开始出现了萌芽。肇始于汉代的辞赋，尽管后来发生了诸多变化，分为大赋、小赋、骈赋、律赋等各种形式，但却始终作为一种独立的文体存在，而其整齐的节奏与华丽的辞藻等特征也基本保存不变。在辞赋的推动下，汉代还出现过一批四言韵文样式，如颂、赞、吊文、碑铭、连珠等，产生过大量作品。东汉后期出现的一批以政论为主的实用性散文，作者不自觉地将创作辞赋的修辞技巧运用于其中，推进了散文的修辞化，出现了对偶相当工整的文章，到魏晋时，正式发展为中国文学史上最精致的文学样式——骈文。骈文风靡数百年，对后代文学产生了广泛的影响，追根溯源，汉代辞赋及散文功不可没。

总的来说，汉代文学综继先秦，下启魏晋，取得了较高的成就。而且，作为大部分时间里安定、繁荣的大一统的帝国其文学面貌也反映了太平盛世的文化特征和社会心理。

第二章　两汉的政论散文

第一节　西汉时代的散文

先秦，是我国散文创作发展的黄金时代。而秦汉以来，国家统一，中央集权，社会政治发生了极大的变化。特别是汉代，曾经出现过封建统治下的太平盛世。汉代散文因其社会政治、文化的原因亦得到一定的发展，呈现独特的面貌，产生了一些在散文发展史上有着重要地位的作家。

西汉散文由先秦散文发展而来，直接继承了先秦散文发展的成果，同时，它又与西汉时的社会政治状况相联系。

刘邦统一天下以后，首先面临的是严重的经济问题，无暇顾及文事。且刘邦本人文化程度不高，自以为天下乃“自马上而得之”，可以不事诗书，对文学并不重视。统治者信奉黄老之学，政治上推行无为而治，文化上相应地有所放任。文网既疏，百家之学便又重新活跃起来。当时文士多推重纵横之学，承战国游士余风。另一方面，西汉初期面临着三大社会问题：社会经济极端贫弱，政治上还存在着诸侯王国的分裂割据势力，边境上还时常受到匈奴的侵扰。这些问题直接关系着西汉王朝的生存发展。采取什么对策来解决这些重大问题，是当时的政治家们所迫切关心的。于是，出现了一批积极发表政治见解、对解决各种社会问题出谋划策的政论文章。特定的社会政治条件、文化背景决定了这些文章的内容以及文风上的特色。其中以贾谊、晁错、邹阳的文章最有代表性。

到了汉武帝时，随着国力的强大，统治者改弦更张，儒学成为新的统治思想。元帝时今文经学进一步发展，董仲舒始倡的儒者文风也影响日深。此时儒者之文多讲阴阳灵异、天人感应，引经据典，谈吐雍容，文风由纵横驰骋变为坐而论道。这一时期，散文之作几乎无可称道。

西汉中叶以后，政治矛盾的加深影响到学风的转变。这时期出现了两个比较重要的作家桓宽、刘向。桓宽所著《盐铁论》不像当时儒者那样侈谈天人感应、灾异谴告，而是直率、简明，多少保留了汉初的文风。刘向著述很多，大抵都是有为而作，某些文章亦有一定特色。西汉末，以刘歆为代表的古文学派开始揭穿今文学派的盲目、偏私，以古学反今学。刘歆现存的代表作是《移让太常博士书》。文章畅所欲言，毫无神学迷信色彩，文风上也有“复古”的趋势，没有世儒的迂腐之气。

总的来看，西汉散文以初期成就为高，中期以后则呈现衰落状态，只有个别作家能够写出比较出色的文章。以下就西汉时期几个比较重要的散文作家分别加以介绍：

贾谊(前200—前168)，洛阳人，少年博学多才，18岁时即以“能诵诗属书闻于郡中”，“颇通诸子百家之书”。20余岁，文帝召以为博士，是当时最年轻的博士。贾谊的见解往往超出别人：“每诏令议下，诸老先生不能言，贾生尽为之对。”博士们都很佩服他，他也因此而受到文帝的破格擢升，一年之内官至太中大夫。这就遭到以周勃、灌婴、张相如、冯敬为首的老臣们的反对。他们攻击他“年少初学”，又害怕他“专欲擅权，纷乱诸事”(贾谊主张削藩，提出“列侯就国”的建议)，因而在文帝面前肆意攻击他的短处，终于使天子疏远了贾谊。天子不采用他的政治主张，将他贬为长沙王太傅。在去长沙途中，他写了著名的《吊屈原赋》，感慨屈原遭遇，抒发自己内心的苦闷和忧愤。四年后，文帝将他召回长安，后又叫他去做梁怀王(汉文帝少子)的太傅。在为梁怀王太傅时，怀王坠马而死，贾谊“自伤为傅无状，常哭泣，后岁余，亦死”。死时三十三岁(据《史记·屈原贾生列传》)。

贾谊是一位有远见、有抱负的政治家，他一生的遭遇与屈原有相似之处，但他本人的胸怀不及屈原那样宽阔。苏轼曾写过一篇《贾谊论》，评论贾谊“志大而量小，才有余而识不足也”。“量小”，则不善于处穷，受不得一点挫折打击，一旦遭逢逆境，便悲观失望，怨天尤人，“自伤哭泣，至于夭绝”。“识不足”，指其脱离老臣宿将，不善于争取他们的支持，因而无法实现那些革新朝政的措施。苏轼对贾谊的这一评价是颇有见地的。

贾谊的著作，今存《新书》，由刘向删定，亦称《贾子》、《贾子新书》，共五十八篇(其中《问孝》、《礼容语上》两篇有目无文)。另见于《汉书》、《通典》的有奏疏七篇，又有赋五篇。

贾谊的政治思想，基本上属于儒家一派，他的著作的主要内容包括以下几个方面：第一，总结亡秦的教训，认为打天下可以用霸道，而守天下则必须施仁义，行王道。即主张“免刑戮”，“发仓廪，散财币”，“轻赋少事”，“约法省刑”等(见《过秦论》)。第二，发展了先秦的“民本”思想，认为“民无不为本也：国以为本，君以为本，吏以为本”。同时指出，如果违背这一思想，与民为敌，就会自取灭亡。他说：“夫民者，万世之本，不可欺。”“自古至于今，与民为仇者，有迟有速，而民必胜之。”为此，他反复向统治者发出警告：“呜呼！戒之！戒之！”“戒之哉！戒之哉！”(《大政》)可见他对这个问题认识之痛切。第三，主张重农抑商，以农为本，发展农业生产，加强积蓄，反对富人奢侈浪费(见《论积贮疏》)。第四，主张削藩，即不管是与王室同姓诸侯或是异姓诸侯，都要削弱他们的势力。具体的“削藩”办法是“众建诸侯而少其力”。也就是说，多封一些诸侯，使他们的势力都小些。他们的势力小，就容易使之以“义”行事而不会生叛乱之心(见《治安策》)。第五，主张反击匈奴的侵扰(见《匈奴》)。

贾谊散文的代表作是《过秦论》、《治安策》(一名《陈政事疏》)、《论积贮疏》，风格有似战国纵横家文章。以《过秦论》艺术上最有特色。《过秦论》旨在评述秦王朝的过失，揭示其二世而亡的原因。文章由两大部分组成，第一部分叙史事，第二部分发议论。叙史先由秦孝公时国之“兴”谈起，继写惠文王、惠武王、昭襄王，一直到孝文王、庄襄王时国之“强”，然后描绘始皇之世国之“盛”，最后写陈涉首难，秦二世而亡。概括了秦国百余年间兴衰的全过程。议论时，以陈涉势力之弱小与秦王朝之强大相比映，由事见意，结论自出。这篇文章写作上主要特点是：

第一，语势纵横，气魄恢宏。使人读之如江河直下，不可遏阻。以文中两小段为例：

> 秦孝公据崤函之固，拥雍州之地，君臣固守，以窥周室，有席卷天下、包举宇内、囊括四海之意，并吞八荒之心……
>
> 及至始皇，奋六世之余烈，振长策而御宇内，吞二周而亡诸侯，履至尊而制六合，执敲朴以鞭笞天下，威震四海……

仅此两小段，便绘出龙腾云卷之态，给人以十分强烈的感染。文中的气势主要通过两种艺术手法而表现出来，一是排比的句式：“据崤函之固，拥雍州之地”，“振长策而御宇内，吞二周而亡诸侯”。读来流畅而有节奏，急促而富于力量，如高崖瀑布，飞流直下；一是夸张用词：“席卷天下”、“包举宇内”、“囊括四海”、“并吞八荒”、“鞭笞天下”、“威震四海”等，壮阔辽远，磅礴千钧，气势雄伟。须知，不如此，不足以形容秦孝公、秦始皇的霸业宏图。

第二，同义相叠，反复渲染。《过秦论》文中常以数句共言一意，又以整齐的句式相叠，以便更充分地表达主题。例如前面提到的“有席卷天下，包举宇内、囊括四海之意，并吞八荒之心”。这里，四句讲的都是一个意思。“席卷”、“包举”、“囊括”、“并吞”均同义；“宇内”、“四海”、“八荒”、“天下”亦皆意同。然而如此反复渲染，便突出了秦孝公的大志雄心。至于像“振长策而御宇内，吞二周而亡诸侯，履至尊而制六合，执敲朴以鞭笞天下”。这四句意思也是大体相同的，即写始皇凭借帝权奴役天下。作者同样采用了同义相叠的手法反复描绘，且又文势酣畅，成功地突出了所要表现的内容，使人读来印象深刻，而并无文字臃肿之感。

第三，潜义于内，极化对比。《过秦论》的题旨在于探究秦之过失，然而作者并未直接从正面落笔谈出自己的见解。而是先以昂扬之笔墨极写秦之强大兴盛：秦孝公时“君臣固守，以窥周室”，“拱手而取西河之外”；惠文王、武王、昭襄之时，“南兼汉中，西举巴蜀，东据膏腴之地，收要害之郡”。面对各国的合力攻秦，“秦无亡矢遗镞之费，而天下诸侯已困矣”。于是“强国请伏，弱国入朝”。及至始皇，更是威震四海：南取百越，北却匈奴，“胡人不敢南下而牧马，士不敢弯弓而报怨”。接着，作者转而极言陈涉方面之地位卑微、力弱势孤：“陈涉瓮牖绳枢之子，氓隶之人，而迁徙之徒也。才能不及中庸，非有仲尼、墨翟之贤，陶朱、猗顿之富，蹑足行伍之间，倔起阡陌之中，率罢散之卒，将数百之众，转而攻秦。”可是，就在这种两方尊卑悬殊、利钝大别、众寡极异、智愚径庭、看似完全不可同日而语的情况下，陈涉“斩木为兵，揭竿为旗，天下云集而响应。赢粮而景从。山东豪俊，遂并起而亡秦族矣”。声势赫赫的秦王朝竟然如此“一夫作难，而七庙隳，身死人手，为天下笑”。作者在将双方力量极化对比的过程中，将自己的见解深蕴于内，为文章结尾揭示秦政权二世而亡之因蓄足了语势，那便是：“仁义不施，而攻守之势异也。”

贾谊的散文还有笔锋犀利，议论深刻，言辞激切，感情强烈的特点。以《治安策》、《论积贮疏》最为典型。《治安策》是贾谊向汉文帝呈献的一份关于国家政治矛盾及解决办法的奏疏。一般写此类文章，似应平和从容，娓娓道来，而贾谊为了打动文帝，使之接受自己的建议，以能解决国家所存在的问题，便在奏疏的一开头几乎是声泪俱下，痛切哽咽地写下来：

臣窃惟事势，可为痛哭者一，可为流涕者二，可为长太息者六。若其它背理而伤道者，难遍以疏举。进言者皆曰天下已安已治矣，臣独以为未也，曰安且治者，非愚则谀，皆非事实知治乱之体者也。夫抱火厝之积薪之下而寝其上，火未及燃，因谓之安，方今之势，何以异此！

接着，他陈述了他认为值得痛哭、流涕、太息的事件，都是针砭时弊，出言不惮，观察敏锐，愤激慷慨，情和泪涌。又如《论积贮疏》中的一段：

管子曰："仓廪实而知礼节。"民不足而可治者，自古及今，未之尝闻。……生之有时，而用之亡度，则物力必屈。古之治天下，至纤至悉也，故其畜积足恃。今背本而趋末，食者甚众，是天下之大残也；淫侈之俗，日日以长，是天下之大贼也。残贼公行，莫之或止；大命将泛，莫之振救。生之者甚少，而靡之者甚多，天下财产，何得不蹶？汉之为汉，几四十年矣。公私之积，犹可哀痛！失时不雨，民且狼顾，岁恶不入，请卖爵子，既闻耳矣，安有为天下阽危者若是，而上不惊者！

贾谊写出如此深刻痛切的言辞，其主要原因当然是由于他对时势有着深刻痛切的感触。同时，从政论散文的写作角度来说，为了透辟地说明事理，增强文章的说服力和感染力，不如此恳切地提出问题就不能打动读者。正如白居易所指出的："……是时汉兴四十余载，万方大理，四海大和，而贾谊非不见之。所以过言者，以为词不切，志不激，则不能回君听，感君心，而发愤至于理也。"(《才识兼茂明于体用策》)

除上述文章外，贾谊《请封建子弟》等疏，也都写得"疏直激切，尽所欲言"(鲁迅《汉文学史纲要》)。

贾谊也是著名的辞赋家，不过，就他本人的创作来说，散文的成就在辞赋之上。

晁错，颍川(今河南禹县)人，生年不详，景帝前元三年(前154)被斩。文帝时，晁错为太子家令，被称为"智囊"，后被任命为博士，曾几次上书，主张改革政治。景帝时，深得信任，官至御史大夫，其位仅次于丞相。晁错坚决主张削藩，以巩固中央政权，维护国家统一，因而遭到诸王和权贵的激烈反对与忌恨。吴楚七国打着"请诛晁错，以清君侧"的旗号，兴兵造反。开始，景帝还相信晁错，正当他与晁错商议调拨军粮准备平叛之际，曾做过吴王国相的袁盎应召见景帝。袁盎建议斩晁错以谢七国，方可平息兵祸。景帝平叛立场动摇，轻信袁盎，晁错因而被腰斩于东市，全家亦被害。晁错已诛，但七国并未退兵。震荡汉初政权的吴楚七国之乱，最后仍是靠军事力量平定下去的。

晁错的散文，亦即他给皇帝所上的奏疏，据《汉书·艺文志》记载，有三十一篇，但流传至今的只有八篇。其中以《守边劝农疏》、《论贵粟疏》最有名。晁错政论散文的主要内容包括三个方面：一是主张重农抑商。因为在当时情况下，农业经济是维系封建政权的命根子，所以他提出“务民于农桑”。二是坚决主张削藩，他认为“削之亦反，不削亦反”，倒不如先发制人，强行“削藩”。措施就是把各王国的土地划小，收回一部分归中央直接管理。这比贾谊的“众建诸侯而少其力”又进了一步。三是主张反击匈奴的侵扰，还提出“徙民实边”，也就是将内地居民迁到边疆居住，平时生产，战时守边，以为长久之计。

晁错散文简洁明快，深厚警刻，有战国时商鞅、韩非之遗风。他论事说理，能够从实际出发，不作架空之谈，这一点与贾谊散文是相近的。如晁错在《论贵粟疏》中言及重农抑商之必要性时写道：

> 今农夫五口之家，其服役者不下二人，其能耕者，不过百亩，百亩之收，不过百石。春耕夏耘，秋获冬藏。伐薪樵，治官府，给徭役。春不得避风尘，夏不得避暑热，秋不得避阴雨，冬不得避寒冻。四时之间，亡日休息。又私自送往迎来。吊死问疾，养孤长幼在其中。勤苦如此，尚复被水旱之灾。急政暴虐，赋敛不时，朝令而暮改。当具，有者半贾而卖，亡者取倍称之息。于是有卖田宅，鬻子孙，以偿责者矣。而商贾，大者积贮倍息，小者坐列贩卖，操其奇赢，日游都市，乘上之急，所卖必倍。故其男不耕耘，女不蚕织，衣必文采，食必粱肉。亡农夫之苦，有仟佰之得。因其富厚，交通王侯，力过吏势，以利相倾，千里游敖，冠盖相望，乘坚策肥，履丝曳缟。此商人所以兼并农人，农人所以流亡者也。

这样的文章，可谓句句切实，毫无浮辞。

晁错的散文还表现出善于推理的特点。有时，前一推理的结论是后一推理的前提，连锁式的推论下去，一环扣一环，首尾呼应，具有很强的逻辑性。例如：

> 民贫，则奸邪生。贫生于不足，不足生于不农，不农则不地著，不地著则离乡轻家。……
>
> 方今之务，莫若使民务农而已矣。欲民务农，在于贵粟；贵粟之

道，在于使民以粟为赏罚。……

——《论贵粟疏》

这样严密的推理，在一般散文中是罕见的。

晁错的散文立论精辟，分析透彻，体现出他对事物的深刻观察。与贾谊的散文相比较，两人在为文的疏直激切上有共同之处，但晁错的文章比较朴实平淡，略乏文采，贾谊则激扬、热烈，在深刻沉实方面稍有逊色。鲁迅曾将贾谊、晁错的文章称为“西汉鸿文”，并言其“沾溉后人，其泽甚远”(《汉文学史纲要》)。

西汉初期的散文家除贾谊、晁错之外，还有邹阳。邹阳也是文、景时代人，他以文辞著称，与著名辞赋家庄忌、枚乘等友善。邹阳为人有智谋才略，慷慨任气，不与世苟合。他最初在吴王刘濞手下任职。吴王谋反，邹阳写了一篇政论杂文劝谏，题为《上吴王书》。吴王不纳，邹阳便改投梁孝王门下为客卿。后来梁孝王听信谗言，将邹阳下狱，准备将之处死。邹阳又写了《狱中上梁王书》(又称《狱中上书自明》)，得以免罪释放，后为梁王上客。《史记》中有《邹阳列传》；《汉书·艺文志》载，邹阳有作品七篇，《文选》录有《上吴王书》和《狱中上梁王书》两篇。

邹阳的文章具有善于辨析事理且巧于运用辞令的特点。例如《狱中上梁王书》，这是一篇书信形式的论说散文。开头一段写道：

> 臣闻：忠无不报，信不见疑。臣常以为然，徒虚语耳。昔者荆轲慕燕丹之义，白虹贯日，太子畏之。卫先生为秦画长平之事，太白食昴，昭王疑之。夫精诚变天地，而信不谕两主，岂不哀哉！今臣尽忠竭诚，毕议愿知，左右不明，卒从吏讯，为世所疑。是使荆轲、卫先生复起，而燕秦不寤也。愿大王熟察之！
>
> 昔玉人献宝，楚王诛之；李斯竭忠，胡亥极刑。是以箕子阳狂，接舆避世，恐遭此患也。愿大王察玉人、李斯之意，而后楚王、胡亥之听，毋使臣为箕子、接舆所笑。

由于当时是处于梁王对邹阳还心有余怒的情况下，邹阳不便一上来即直接为自己辩护，于是首先大量引述古人之事，反复陈说忠而见疑、贤而被谤的历史教训，以期引起梁王的思考。接着，作者指出人主有知人与不知人之别：不知人者，忠臣捐命；知人者，必须不惑于众口，不移于浮辞。只有如此，忠臣才能得尽其力。不然，则会“偏听生奸，独任成乱”。文章的中心意思是劝人主要明于知人，虚心待士，不要受谗言之惑，也不要接受士人的阿谀奉承。只有这样，才能得到士人的效忠。邹阳通过事物正反两个方面的比较说明利害关系，写法上博引史实，排比铺张，层层深入，具有战国纵横家之风。

此外，邹阳还善于运用先从具体事物设问、再作概括性回答、继而展开论述的手法，引导读者一同思考，从比喻或史实中悟出一定的道理。例如《狱中上梁王书》：

> 苏秦相燕，人恶之于燕王，燕王按剑而怒，食以駃騠。白圭显于中山，人恶之于魏文侯，文侯赐以夜光之璧。何则？两主二臣，剖心析肝相信，岂移于浮辞哉！……感于心，合于意，坚如胶漆，昆弟不能离，岂惑于众口哉！
>
> 昔鲁听季孙之说，而逐孔子；宋信子冉之计，囚墨翟。夫以孔墨之辩，不能自免于谗谀，而二国以危。何则？众口铄金，积毁销骨。是以秦用戎人由余，而霸中国；齐用越人子臧，而强威宣；此二国岂拘于俗，牵于世，系奇偏之浮辞哉？公听并观，垂明当世。

通过《狱中上梁王书》，既可见出邹阳的文风，亦可看出他的智略。

西汉中期以后的散文家有桓宽、刘向。桓宽，字次公，汝南(今河南上蔡)人，生卒年不详。汉宣帝时举为郎，官至庐江太守(一曰“太守丞”)。治《公羊春秋》。桓宽的著名著作是《盐铁论》。

汉昭帝始元六年(前81)，朝廷召集丞相田千秋和御史大夫桑弘羊以及贤良(科举之一种，士人被选拔为贤良方正，给予功名，但无一定官职)、文学之士六十余人，讨论盐铁国营和酒类专卖问题，会议上以拥护这一政策的经济名臣、御史大夫桑弘羊和丞相田千秋为一方，以主张用仁义治国的贤良、文学为另一方，展开了辩论。桓宽根据会议记录，整理成一部对话体的书，即《盐铁论》。《盐铁论》一书兼收对立双方的辩论言辞，虽然作者的立场是站在贤良文学一方，但对桑弘羊的论辩并未加以歪曲。这部书对研究中国古代经济思想史有重要的参考价值。同时，由于它的文字比较生动、形象，使这部著作也具有一定的文学价值。

从散文写作的角度看，《盐铁论》记述双方的辩论，充分表现双方针锋相对，有声有色，而且能传达出发言者不同的语言面貌。如《相刺篇》片断：

> 大夫曰：“古者经井田，制廛里，丈夫治其田畴，女子治其麻枲，

无旷地，无游人。故非商工不得食于利末，非良农不得食于收获，非执政不得食于官爵。今儒者释耒耜而学不验之语，旷日弥久而无益于理，往来浮游，不耕而食，不蚕而衣，巧伪良民，以夺农妨政。此亦当世之所患也。”

文学曰：“禹蹙洪水，身亲其劳，泽行路宿，过门不入。当此之时，簪坠不掇，冠挂不顾，而暇耕乎？孔子曰：‘诗人疾之不能默，丘疾之不能伏。’是以东西南北七十说而不用，然后退而修王道，作《春秋》，垂之万载之后，天下折中焉。岂与匹夫匹妇同耕织哉？传曰：‘君子当时不动而民无观也。’故非君子莫治小人，非小人无以养君子，不当耕织为匹夫匹妇也。君子耕而不学，则乱之道也。”

大夫曰：“文学言治尚于唐虞，言义高于秋天，有华言矣，未见其实也。……夫仲尼之门七十子之徒，去父母，捐室家，负荷而随孔子，不耕而学，乱乃愈滋。故玉屑满箧不为有宝，诵诗书负笈不为有道，要在安国家、利人民，不苟繁文众辞而已。”

文学曰：“虞不用百里奚之谋而灭，秦穆用之以至霸焉。夫不用贤则亡，而不削何可得乎？……故有粟不食，无益于饥；睹贤不用，无益于削。……夫言而不用，谏而不听，虽贤，恶得有益于治也？”

桑弘羊从生产生活实际出发，批判儒者“释耒耜而学不验之语，旷日弥久而无益于理”、“夺农妨政”，显示出务实的态度和文风的朴质。文学之士则引经据典予以反驳，表现出道古而不合于事物的迂腐之气。双方各不相让，你争我辩。或运用排比以加强论辩的气势；或引用史实、运用比喻，以突出对方论点的鄙陋；或抓住对方言论中的漏洞，予以猛烈的攻击。《盐铁论》则在记述中比较客观地保存了双方的主要论点和论据，因而后来王充曾说它“二论相订，是非乃见”(《论衡·案书》)。可以说，《盐铁论》是西汉中期以后政论散文的代表作之一。

刘向，字子政，本名更生，彭城(今江苏徐州)人，汉宗室。生于昭帝元凤四年(前77)，卒于哀帝建平元年(前6)。刘向在元帝时代眼见外戚宦官弄权，皇室衰微，国政日非，而十分不满，曾多次上书弹劾外戚宦官，因此两次获罪入狱，被废多年。成帝时才又被起用，任光禄大夫。

刘向是我国学术史上有极大贡献的学者，他不但擅长今文经学，还擅长天文和算学，而且学术精湛。据《汉书·艺文志》载：“成帝时，以书颇散亡，使谒者陈农求遗书于天下(事在河平三年，即公元前26年)。诏光禄大夫刘向校经、传、诸子、诗赋，步兵校尉任宏校兵书，太史令尹咸校数术，侍臣李柱国校方技。每一书已，(刘)向辄条其篇目，撮其意旨，录而奏之。”刘向是当时古籍整理总其成的人，是我国最早的目录学家。刘向校书二十余年，为整理我国古籍文献作出了不可磨灭的贡献。刘向死后，他的儿子刘歆继续完成他的工作。

现今保存下来的刘向的文章，主要是一些奏疏和校书时对古书作的《叙录》等，其中以《谏营昌陵疏》和《战国策叙录》最有名。《谏营昌陵疏》反对成帝大营昌陵。写此文时，刘向已因触犯宦官被废达十余年之久，但他依然勇于为文论事。这篇文章的一个突出特点是锋芒锐利，直言不讳。例如，文章开头一段即提到“自古及今，未有不亡之国”。然后举例说明“圣帝明王、贤君智士”都是从长远考虑，躬行薄葬。而那些暴乱之君才竞为厚葬。刘向还特别以秦为戒，论述厚葬之害：

> 秦始皇帝葬于骊山之阿，下锢三泉，上崇山坟，其高五十余丈，周回五里有余，石椁为游馆，人膏为灯烛，水银为江海，黄金为凫雁。珍宝之藏，机械之变，棺椁之丽，宫馆之盛，不可胜原。又多杀宫人，生薶工匠，计以万数。天下苦其役而反之。骊山之作未成，而周章百万之师至其下矣。项籍燔其宫室营宇，往者咸见发掘。其后牧儿亡羊，羊人其凿，牧者持火照求羊，失火烧其藏椁。自古及今，葬未有盛如始皇者也。数年之间，外被项籍之灾，内罹牧竖之祸，岂不哀哉！

作者首先铺写始皇陵墓之豪华富丽，继之引出为营造这一巨大工程给百姓带来的灾难，以及它所引起的后果：“天下苦其役而反之。”其后展现了始皇陵屡遭劫难之后的一派破败景象，说明始皇厚葬终落得个可悲的下场。然而，刘向并没有仅止于论古，而是紧接着言今：

> 陛下慈仁笃美甚厚，聪明疏达盖世，宜弘汉家之德，崇刘氏之美，光昭五帝三王，而顾与暴秦乱君竞为奢侈，比方丘陵，说愚夫之目，隆一时之观，违贤知之心，亡万世之安。臣窃为陛下羞之。

作者的批判矛头直接指向当朝君王。前两句颂扬是虚，后几句规讽为实。言辞尖锐而又不失诚挚恳切，像这样的文章，写于成帝之世，是很有胆识的。

此外，刘向在《战国策叙录》中分析六国倾覆和秦亡的原因，写来从容不迫，说理畅达，而且言辞舒缓平易，娓娓动听，也有一番佳境。

刘向的作品还有《新序》、《说苑》、《列女传》等，都是大量采集先秦经、传、子、史中和民间流传的故事、寓言、传说，加以剪裁加工，分门别类，写成短小的文章，是其整理古籍的“副产品”，虽不属政论散文范畴，但由于其主旨在于“论证”封建伦理道德的高尚性，故仍值得在此一提。这类文章中有一些流传众口、寓意深刻的故事，对后世笔记、小说创作影响很大，如《新序》中的《叶公好龙》：

叶公子高好龙，钩以写龙，凿以写龙，屋宇雕文以写龙。于是天龙闻而下之，窥头于牖，施尾于堂。叶公见之，弃而还走，失其魂魄，五色无主。是叶公非好龙也，好夫似龙非龙者也。

——《新序·杂事篇》

故事描写叶公子高看似喜欢龙，到处画着龙的图像，结果一旦真龙到来，他却吓得失魂落魄，五色无主。此篇刻画了喜尚空谈、不务实际的封建士大夫的虚伪面貌，短小精悍而又耐人寻味。又如《丑女无盐》：

齐有妇人，极丑无双，号曰“无盐女”。其为人也：臼头深目，长壮大节，昂鼻结喉，肥项少发，折腰出胸，皮肤若漆。行年三十，无所容人；衒嫁不售，流弃莫执，于是乃拂拭短褐，自诣宣王，愿一见，谓谒者曰：“妾齐之不售女也，闻君王之圣德，愿备后宫之扫除。”顿首司马门外，惟王幸许之。谒者以闻，宣王方置酒于渐台，左右闻之，莫不掩口而大笑曰：“此天下强颜女子也。”于是宣王乃召而见之，谓曰：“昔先王为寡人取妃匹，皆已备有列位矣。寡人今日听郑卫之声，呕吟感伤，扬激楚之遗风。今夫人不容乡里布衣而欲干万乘之王，亦有奇能乎？”无盐女对曰：“无有。直窃慕大王之美义耳。”王曰：“虽然，何喜？”良久曰：“窃尝喜隐。”王曰：“隐，固寡人之所愿也，试一行之。”言未卒，忽然不见矣。宣王大惊，立发《隐书》而读之，退而惟之，又不能得。明日复更召而问之，又不以隐对，但扬目衔齿，举手拊肘，曰：“殆哉！殆哉！”如此者四。宣王曰：“愿遂闻命。”无盐女对曰：“今大王之君国也，西有衡秦之患，南有强楚之雠，外有三国之难，内聚奸臣，众人不附。春秋四十，壮男不立，不务众子而务众妇，尊所好而忽所恃。一旦山陵崩弛，社稷不定，此一殆也。渐台五重，黄金白玉，琅玕龙疏，翡翠珠玑，莫落连饰，万民罢极，此二殆也。贤者伏匿于山林，谄谀强于左右，邪伪立于本朝，谏者不得通入，此三殆也。酒浆流湎，以夜续朝；女乐俳优，纵横大笑；外不修诸侯之礼，内不秉国家之

> 治，此四殆也。故曰：'殆哉，殆哉'！"于是宣王掩然无声，意入黄泉，忽然而昂，喟然而叹曰："痛乎，无盐君之言，吾今乃一闻寡人之殆，寡人之殆，几不全。"于是立停渐台；罢女乐；退谄谀；去雕琢；选兵马；实府库；四辟公门，招进直言，延及侧陋；择吉日立太子，进慈母；显隐女，拜无盐君为王后，而国大安者，丑女之力也。
>
> ——《新序·杂事篇》

作者描写齐国的丑女无盐，"臼头深目，长壮大节，昂鼻结喉，肥项少发，折腰出胸，皮肤若漆"，其外形奇丑无比。但她却机智地先以"善隐"(能隐形不现)而接近齐王，后又以独到的治国安邦的言论打动齐王，最后居然被立为王后。作者以相反相成的手法，将无盐的貌丑与智高融为一体，收到意外的艺术效果。

再如《边亭之瓜》：

> 梁大夫有宋就者，尝为边县令，与楚邻界。梁之边亭与楚之边亭皆种瓜，各有数。梁之边亭人劬力，数灌其瓜，瓜美；楚人窳而稀灌其瓜，瓜恶。楚令因以梁瓜之美怒其亭瓜之恶也。楚亭人心恶梁亭之贤己，因往夜窃搔，梁亭之瓜皆有死焦者矣。梁亭觉之，因请其尉，亦欲窃往报搔楚亭之瓜。尉以请宋就，就曰："恶是，何可搆怨祸之道也？人恶亦恶，何褊之甚也？若我教子，必每暮令人往，窃为楚亭夜善灌其瓜，弗令知也。"于是梁亭乃每暮夜窃灌楚亭之瓜。楚亭旦而行瓜，则又皆以灌矣。瓜日以美，楚亭怪而察之，则乃梁亭也。楚令闻之大悦，因具以闻楚王。楚王闻之，惄然愧以意自闵也，告吏曰："征搔瓜者得无他罪乎？此梁之阴让也。"乃谢以重币而请交于梁王。楚王时称则祝，梁王以为信。故梁楚之欢由宋就始。
>
> ——《新序·杂事篇》

梁国(魏)和楚国交界处各有一守边哨所(边亭)，双方守军又各在自己地中种瓜。梁的守军勤于浇灌，瓜果又大又甜；楚军因疏于管理，其瓜果则又小又涩，楚军因而受到县令的责骂。于是楚军乘夜越境骚扰、破坏梁的瓜地，梁军打算报复，两国边境战争一触即发。但梁的县令宋就却劝士兵们不要以恶报恶，而是每晚悄悄越境帮助楚国浇灌瓜地。不久，楚国的瓜果也变得硕大甜美，楚兵奇怪，发觉系梁军帮助所致。楚人十分感动，报与楚王，于是梁楚联盟结欢。文中所写，以小见大，生动有趣，却又蕴含着十分深刻的政治、外交、生活的道理，颇耐咀嚼。

《说苑》纂辑了先秦至两汉的许多逸闻史事，描写精细，人物形象的塑造已近后世小说。如《东海孝妇》：

东海有孝妇，无子，少寡，养其姑甚谨。其姑欲嫁之，终不肯。其姑告邻之人曰："孝妇养我甚谨，我哀其无子，守寡日久，我老累丁壮，奈何?"其后，母自经死，母女告吏曰："孝妇杀我母。"吏捕孝妇。孝妇辞不杀姑，吏欲毒治，孝妇自诬服具狱以上府。于公以为养姑十年以孝闻，此不杀姑也。太守不听，数争不能得，于是于公辞疾去吏。太守竟杀孝妇，郡中枯旱三年。后太守至卜求其故，于公曰："孝妇不当死，前太守强杀之，咎当在此。"于是杀牛祭孝妇冢，太守以下自至焉，天立大雨，岁丰熟。

——《说苑·贵德篇》

东海郡(辖境相当于今山东南部、江苏北部)有一妇人，夫丧无子，供养她的婆母甚是恭敬。婆婆多次劝她改嫁，此女不肯，一直奉养婆婆达十年之久。婆婆深感拖累了这位贤惠媳妇，心中不安，便自缢而死。谁知该女的小姑竟然跑到官府状告嫂子杀害了母亲，并说嫂子是不堪婆婆的负担而杀死她。郡太守听信小姑之言，不问青红皂白，判了这位孝妇死罪。孝妇蒙冤而死，东海郡"枯旱三年"，直到为她平反昭雪之后，"天立大雨"。这则故事对孝妇的描写十分感人，她的冤情类似后世窦娥，而大旱三年的上天感应这一情节，显然影响了《窦娥冤》的构思。

概言之，西汉散文成就重在汉初，而西汉中后期在主题上虽然不及贾谊、晁错之沉重，但它的灵活性和广泛性，以及叙述水平的提高，仍值得关注。

第二节 东汉时代的散文

在西汉以来散文和辞赋发展的推动下，东汉开始出现"文章"的概念。文章成为专门，文章家和经学家分化。《后汉书》在《儒林传》之外另立有《文苑传》。不少文士以文章显，出现了一些比较典型的文人作者。但是，东汉散文并没有因此而取得较前更高的成就。与西汉相比，不免逊色。其原因主要在于当时社会政治思想状况的影响。

东汉时代，今文派经学和谶纬之学十分兴盛，天人感应、谶纬符命的邪说禁锢着人们的思想，整个学术文化领域充斥着愚妄和迷信。但也正是在这种形势下，出现了反对神学迷信最有力的政论文作者王充。王充“伤伪书俗文多不实诚”而著《论衡》。他以朴素唯物的思想，对当时各种虚妄荒诞之说加以猛烈抨击。同时，在文学理论上提出了自己的一些主张。王充在写作上亦能大胆创新，富于一定特色。

东汉散文一般在用语造句上，注重工丽，有趋于骈偶的倾向。缺少西汉那种浑朴自然的风格。但仍有一些政论文作家继承了汉初贾谊、晁错的优良传统，能够针对社会问题著文进行尖锐的揭露和批评。其中较著名的是王符的《潜夫论》、崔寔的《政论》以及仲长统的《昌言》。他们的文章风格相似，共同倾向是大胆指斥时弊，有郁郁不平之气。而散文家蔡邕的碑记亦有可观之辞。

王充，字仲任，会稽上虞(今浙江上虞)人。生于东汉光武帝建武三年(公元27)，卒年大约在和帝永元十三年(公元101)前后。王充年轻时家以农桑为业，是“细族孤门”，家贫无书，常常到街头书肆阅读所卖书籍，而且一见即能诵记。及长，师事班彪。曾任扬州治中，后罢职，家居著作。王充所著《论衡》八十五篇，是我国思想史上一部唯物主义的重要著作，充满着批判的精神。

王充的《论衡》在文学发展史上也有较为重要的意义和价值。首先，王充在《自纪》、《对作》、《案书》、《须颂》、《艺增》、《佚文》、《超奇》等篇中，针对当时“华而不实，伪而不真”的文风，作了尖锐的批判，并提出了不少进步的文学主张。这些主张主要包括以下几个方面：

第一，重视文章的实用价值，认为文学应当起到“劝善惩恶”、“匡济薄俗”的教育作用。他认为写文章不是徒然地调墨弄笔，为了好看，而是为了记载人们的言行，使那些为善的人因为其事迹被载入文章而更加勉力为善；使那些奸邪之人也因为担心其劣迹被文章所披露而约束自己。他说：“夫文人文章，岂徒调墨弄笔，为美丽之观哉？载人之行，传人之名也。善人愿载，思勉为善；邪人恶载，力自禁裁。”这无疑是一种有意义的见解。

第二，重视文章的内容与形式统一，认为文章的内容和形式应当是“外内表里，自相副称”。他把文章的内容和形式比作一只禽鸟，内容是其体，形式是其毛。内容起决定作用，没有内容，“毛妄生也”；同时，形式也不是可有可无，一只没有羽毛的鸟，是没有美感可言的。“文辞恶美”，“足以观才”。总之，文章既要有充实的内容，又要有绚烂的文采。内容，可以看出作者的识见；形式，可以见出作者的才华。

第三，重视文章的独创性，反对模仿因袭。汉代文坛，模拟因袭的风气很盛，作者大抵以模拟为能事，即使像扬雄那样著名的辞赋家，也模拟司马相如的作品，“卷舌而同声，拟足而投迹”（扬雄：《解嘲》），对所谓古人先贤则“信之入骨”。王充对这种弊习进行了辛辣的讽刺和批判。他认为写文章好比“百夫之子，不同父母，殊类而生，不必相似，各以所禀，自为佳好”，为什么要“文辞相袭”呢？

第四，重视文章的通俗性，主张书面语言应当与口语相一致。西汉以来，辞赋盛行，且喜用艰涩生僻的词句，文章佶屈聱牙，文坛上蔓延着一股“深复典雅，指意难睹”的坏风气。针对这种风气，王充主张文章要写得朴实、浅显。他说：“口言以明志，言恐灭遗，故著之文字。文字与言同趋，何为犹当隐闭指意？”他认为文章应该“晓然若盲之开目，聆然若聋之通耳”，不要隐晦难懂，不要过分讲求华丽的辞藻。

王充的文学观点对后世产生了积极的影响，他较为系统地论述到文学理论中的一些问题，在中国古代文学批评史上有着不可忽视的地位。

从写作方面看，《论衡》也很有特点。其一，王充为文质朴流畅而具内在力量，显示出作者思力的超绝和言论的大胆。例如在《实知》篇中，他辩驳了当时儒者伪造的托名孔子的“谶书”，指出“此皆虚也”。《问孔》中更是公然发出了非议圣人之言。其中说：

> 孔子曰：“凤鸟不至，河不出图，吾已矣夫！”夫子自伤不王也。己王，致太平；太平，则凤鸟至，河出图矣。今不得王，故瑞应不至。悲心自伤，故曰：“吾已矣夫！”
>
> 问曰：凤鸟、河图审何据？［如据］始起，始起之时，鸟图未至；如据太平，太平之帝，未必常致凤鸟与河图也。五帝三王皆致太平，案其瑞应，不皆凤皇为必然之瑞。于太平，凤皇为未必然之应。孔子，圣人也，思未必然以自伤，终不应矣。
>
> 或曰：“孔子不自伤不得王也，伤时无明王，故己不用也。凤鸟河图，明王之瑞也。瑞应不至，时无明王，明王不存，己遂不用矣。”
>
> 夫致瑞应，何以致之？任贤使能，治定功成；治定功成，则瑞应至矣。瑞应至后，亦不须孔子。孔子所望，何其末也！不思其本而望其末也，不相其主而名其物。治有未定，物有不至，以至而效明王，必失之矣。孝文皇帝可谓明矣，案其《本纪》，不见凤鸟与河图。使孔子在孝文之世，犹曰“吾已矣夫”！

“孔子所望，何其末也”这样的话，显然是非圣立异之语。但王充并非攻其一点，不及其余。他只是认为孔子虽为圣人，言论也不免有失于不当之处。因此他是就某些问题“问孔”，而不是全面非孔。王充特别选择“凤鸟不至，河不出图，吾已矣夫”这些话予以反驳，乃是由于“凤鸟”、“河图”等是东汉儒者伪造图谶的主要依据。反驳了这些话，便是从根本上动摇了神学迷信的理论基础。对于王充这样的文章，后人曾有评论。刘熙载说他“独抒已见，思力绝人”(《艺概·文概》)；章太炎说他“怀疑之论，分析百端。有所发擿，不避上圣”(《检论·学变》)，都给了很高的评价。

其二，王充在文章中善于采用多方举例、反复申说的手法，以明主题。如《论死》篇驳人死为鬼之说：

> 人见鬼若生人之形。以其见若生人之形，故知非死人之精也。何以效之？以囊橐盈粟米，米在囊中若粟在橐中，满盘坚彊，立树可见。人瞻望之，则知其为粟米囊橐。何则？囊橐之形，其容可察也。如囊穿米出，橐败粟弃，则囊橐委辟，人瞻望之，弗复见矣。人之精神藏于形体之内，犹粟米在囊橐之中也。死而形体朽，精气散，犹囊橐穿败，粟米弃出也。粟米弃出，囊橐无复有形，精气散亡，何能复有体而人得见之乎？……
>
> 天地开辟，人皇以来，随寿而死，若中年夭亡，以亿万数，计今人之数不若死者多，如人死辄为鬼，则道路之上一步一鬼也。人且死见鬼，宜见数百千万，满堂盈〔庭〕，填塞巷路，不宜徒见一两人也。……
>
> 天地之性，能更生火，不能使灭火复燃；能更生人，不能令死人复见。能使灭灰更为燃火，吾乃颇疑死人能复为形，案火灭不能复燃以况之，死人不能复为鬼明矣。……

文章述及上下古今，大量举例，反复论证，看似信笔所至，却又都紧紧围绕一个中心。相当透辟地揭示出人死为鬼之说的荒谬无稽。比如，文中举例说，如果人死为鬼，那么，自人皇以来，鬼的数量远远多于今人，那便会是“道路上一步一鬼”、“满堂盈庭”、“填塞巷路”，人间岂不成了鬼的世界？这种反证，幽默、机智，又生动有力，显示出其论说技巧的高超。不过，在王充的文章中，有时举例过于繁复，以致影响了文字的精练，当是玉中一瑕。

王符，字节信，安定临泾(今甘肃镇原)人，生卒年不详。他与张衡、崔瑗等人友善。张衡是东汉中期人，因此王符大约也生活在这个时代。他出身寒微，为时人所贱。但王符为人耿介，少年好学，不肯追随世俗、趋炎附势。《后汉书·王符传》说：“自和、安之后，世务游宦，当途者更相荐引，而符独耿介，不同于俗，以此遂不得升进。志意蕴愤，乃隐居著书三十余篇，以讥当时失得，不欲章显其名，故号曰《潜夫论》。其指讦时短，讨谪物情，足以观见当时风政。”这段记载说明了王符的性格，为人颇有骨气。同时说明了他所著的《潜夫论》的内容和价值，在于揭露了当时社会的弊病，反映了当时的社会面貌，“足以观见当时风政”。

王符奉信自然天道观，政治上力主革新，他和东汉末年另一位思想家崔寔，对后来的政治革新家曹操影响很大。

王符所著《潜夫论》凡十卷，三十六篇。作为政论散文，其最大特色是批判性强，如《思贤》篇批判用人不当。《考绩》篇批判官场的黑暗，并指出：“大人不考功，则子孙惰而家破穷；官长不考功，则吏怠傲而奸宄兴；帝王不考功，则直贤抑而口伪胜。”强调要考核而用人。《实边》篇强烈谴责当时边境将帅官吏避敌玩寇、虐害人民的罪行，批判了把边郡人民内迁的错误政策，并主张采取各种积极措施来充实边防地区；《浮侈》篇深刻揭露“京师贵戚”奢过王制，而劳动人民“一夫耕百人食之，一妇桑百人衣之”，“以一奉百”，深受惨重的剥削。其战斗锋芒是尖锐的。

王符的散文流畅、犀利，语言刚健有力。如《三式》篇：

> 赏不隆则善不劝，罚不重则恶不惩。故凡欲变风改俗者，其行赏罚者也，必使足惊心破胆，民乃易视。……

文中那种令人“惊心破胆”的力量于此可略见一二。又如他在《论荣》篇中对豪门世族、门阀制度的指责：

> 所谓贤人君子者，非必高位厚禄，富贵荣华之谓也。此则君子之所宜有，而非其所以为君子者也。所谓小人者，非必贫贱冻馁辱厄困穷之谓也。此则小人之所宜处，而非其所以为小人者也。……故论士，苟定于志行，勿以遭命，则虽有天下，不足以为重；无所用，不足以为轻；处隶圉，不足以为耻；抚四海，不足以为荣。……故君子未必富贵，小人未必贫贱。……

文中对那种“以族举德，以位命贤”的“俗士之论”予以驳斥，写得很有生气。王符的文章在情调上与王充不无相近之处。

蔡邕(132—192)，字伯喈，陈留圉(今河南杞县)人。灵帝时为议郎，后因纠弹宦官权贵被流放朔方。遇赦后亡命江海十余年。董卓专权，强迫他入朝做官，征为祭酒，累迁为左中郎将。董卓被诛之时，他因闻讯叹息而被下狱致死。

蔡邕深于经术，并晓音律，文章讲究音节谐协。他在东汉末年散文风格趋于骈俪的转变中，是一位有代表性的作家。蔡邕以擅写碑记见称，是汉末著名的碑文作者(又是著名书法家)。他所写碑文工整典雅，多用偶句，内容上则多属阿谀颂扬之词，并非实录。但亦有比较朴素切实之作，如《郭泰碑》。郭泰是汉末名士，《后汉书·郭泰传》记载，郭泰死时，“四方之士千余人皆来会葬，同志者乃共刻石立碑，蔡邕为文。既而谓涿郡卢植曰：‘吾为碑铭多矣，皆有惭德，惟郭有道无愧之耳。’”此碑文中有云：

> 先生诞应天衷，聪睿明哲，孝友温恭，仁笃慈惠。夫其器量弘深，姿度广大，浩浩焉，汪汪焉，奥乎不可测已。若乃砥节厉行，直道正辞，贞固足以干事，隐括足以矫时。遂考览六经，采综图纬，周流华夏，随集帝学。收文武之将坠，拯微言之未绝。于时缨緌之徒，绅佩之士，望形表而影附，聆嘉声而响和者，犹百川之归巨海、鳞介之尊龟龙也。……

《文心雕龙·诔碑》云：“自后汉以来，碑碣云起，才锋所断，莫高蔡邕。”蔡邕确为汉代碑文集大成者，对后世碑铭之文影响很深。

蔡邕另作有《述行赋》流传于世。

仲长统，字公理，山阳高平(今山东邹县西南)人，生于汉灵帝光和三年(公元180)，卒于献帝建安二十五年(公元220，献帝最后一年，亦即献帝延康元年、魏文帝黄初元年)。仲长统少年好学，博览群书，长于文辞。二十余岁时，漫游青、徐、并、冀诸州之间。为人敢于直言，不拘小节，时人谓之狂生。尚书荀彧奇其才，举为尚书郎，后参曹操军事。《后汉书》本传说他“每论说古今及时俗行事，恒发愤叹息，因著论名曰《昌言》，凡三十四篇，十余万言。”《昌言》已散佚，《后汉书》载有《理乱》、《损益》、《法诫》三篇，《群书治要》中也保存了他的一些零断篇章。严可均辑《全后汉文》将他的这些著作编为二卷。

仲长统的文章议论深刻，说理透彻，带有很强的批判性。同时，仲长统擅于文辞，下笔常骈散相间，挥斥自如。如《理乱》一文的片断：

汉兴以来，相与同为编户齐民，而以财力相君长者，世无数焉。而清洁之士，徒自苦于茨棘之间，无所益损于风俗也。豪人之室，连栋数百，膏田满野，奴婢千群，徒附万计。船车贾贩，周于四方。废居积贮，满于都城；琦赂宝货，巨室不能容；马牛羊豕，山谷不能受。妖童美妾，填乎绮室；倡讴伎乐，列乎深堂。宾客待见而不敢去，车骑交错而不敢进。……睇盼则人从其目之所视，喜怒则人随其心之所虑。此皆公侯之广乐，君长之厚实也。苟能运智作者，则得之焉。苟能得之者，人不以为罪焉。源发而横流，路开而四通矣。……

东汉末期，地主阶级在兼并农民土地的过程中，内部分化加剧，一些中小地主的利益遭到侵犯。仲长统这样的“清洁之士”对当时的豪门大族深怀不满，发为文章，便内蕴有一股抑郁不平之气。与同时的其他几位作者相比，仲长统的文章更富于文学气息。

如前所述，东汉的散文创作没有取得引人注目的成就。散文的发展处于低潮。这种状况到魏晋时期才有了改变。

此外，从广义的散文的角度看，在汉代值得一提的还有小说。中国古代小说亦具有悠久的历史。历来研究小说者皆云中国小说史只能从魏晋以来算起，先秦两汉只能是小说“溯源”，至于署名汉人所作的小说，皆属伪托。其实，这种看法是不够全面的。可以这样说，汉代已经存在许多可以称作“小说”的作品了。

“小说”一词，最早见于《庄子·外物篇》：“饰小说以干县令。”此外“小说”的含义，指琐屑的言谈，小的道理，与后世所说的“小说”不属同一定义。东汉桓谭《新论》云：“小说家合残丛小语，近取譬喻，以作短书，治身治家，有可观之辞。”(《文选》李善注引)《汉书·艺文志》云：“小说家者流，盖出于稗官。街谈巷语，道听途说者之所造也。”根据汉代人的说法，“小说”就是指那些“残丛小语”、“街谈巷语”、“道听途说”之辞；其作者是闾巷民众；其搜集记录者为“稗官”；其写作目的是为了“治身治家”；其表现手法是“近取譬喻”；其艺术成就亦“有可观之辞”。清纪昀《四库全书总目提要》说得更加明白：“……迹其流别，凡有三派：其一叙述杂事，其一记录异闻，其一缀缉琐语也。”就是说，所谓“小说”，无非是一些“异闻”、“杂事”、“琐语”。其功用，纪昀又说是：“寓劝戒，广见闻，资考证。”汉代小说，实际上已由“残丛小语”的杂文向以塑造人物为中心、有较完整的故事情节和具体的环境描写方面前进了一大步。

汉代小说，较为著名的有东方朔的《神异经》、《十洲记》，皆模仿《山海经》。还有班固的《汉武故事》、《汉武内传》(此二书，宋时尚不题撰人，至明乃称班固作)，郭宪的《汉武洞冥记》(上三书皆述汉武故事，多神仙道术及远方怪异之事)。还有桓麟的《西王母传》、刘歆的《西京杂记》，以及伶玄《飞燕外传》、无名氏《杂事秘辛》等。这些作品的作者，后人多有怀疑。鲁迅说："现存之所谓汉人小说，盖无一真出于汉人"，"文人好逞狡狯，或欲夸示异书，方士则意在自神其教，故往往托古籍以衒人"(《中国小说史略》)。这是问题的一个方面。

除上述作品之外，尚有许多作者可靠的著作，如《淮南子》中的神话传说故事："武王伐纣"、"女娲补天"、"羿射十日"、"九方堙相马"、"塞翁失马"、"神农尝百草"等；东汉人托名刘向撰《列仙传》；东汉赵晔有《吴越春秋》，其中"伍子胥奔吴"一节，情节曲折，人物性格鲜明，描写相当生动：

伍员与胜奔吴。到昭关，关吏欲执之，伍员因诈曰："上所以索我者美珠也，今我已亡矣，将去取之。"关吏因舍之，与胜行去。追者在后，几不得脱。

至江，江中有渔父乘船从下方泝水而上。子胥呼之，谓曰："渔父渡我。"如是者再。渔父欲渡之，适会旁有人窥之，因而歌曰："日月昭昭乎侵已驰，与子期乎芦之漪。"子胥即止芦之漪。渔父又歌曰："日已夕兮予心忧悲，月已驰兮何不渡为？事寖急兮当奈何！"子胥入船。渔父知其意也，乃渡之千浔之津。子胥既渡，渔父乃视之有其饥色。乃谓曰："子俟我此树下，为子取饷。"渔父去后，子胥疑之，乃潜身于深苇之中。有顷，(渔)父来，持麦饭鲍鱼羹盎浆，求之树下，不见。因歌而呼之曰："芦中人，芦中人，岂非穷士乎?"如是至再，子胥乃出芦中而应。渔父曰："吾见子有饥色，为子取饷，子何嫌哉?"子胥曰："性命属天，今属丈人，岂敢有嫌哉！"二人饮食毕，欲去，胥乃解百金之剑以与渔者："此吾前君之剑，中有七星，价直百金，以此相答。"渔父曰："吾闻楚之法令：得伍胥者赐粟五万石，爵执圭，岂图取百金之剑乎?"遂辞不受，谓子胥曰："子急去勿留，且为楚所得。"子胥曰："请丈人姓字。"渔父曰："'今日凶凶，两贼相逢'，吾所谓渡楚贼也。两贼相得，得形于默，何用姓字为！子为芦中人，吾为渔丈人，富贵莫相忘也。"子胥曰："诺。"既去，诫渔父曰："掩子之盎浆，无令其露。"渔父："诺。"子胥行数步，顾视渔者，已覆船自沉于江水之中矣。子胥默然，遂行。

至吴，疾于中道，乞食溧阳。适会女子击绵于濑水之上，筥中有饭。子胥遇之，谓曰："夫人可得一餐乎?"女子曰："妾独与母居，三十未嫁，饭不可得。"子胥曰："夫人赈穷途，少饭亦何嫌哉。"女子知非恒人，遂许之。发其簞筥，饭其盎浆，长跪而与之。子胥再餐而止。女子曰："君有远逝之行，何不饱而餐之?"子胥已餐而去，又谓女子曰："掩夫人之壶浆，无令其露。"女子叹曰："嗟乎，妾独与母居三十年，自守贞明，不愿从适，何宜馈饭而与丈夫？越亏礼仪，妾不忍也。子行矣!"子胥行，反顾女子，已自投于濑水矣。於乎！贞明执操，其丈夫女哉！

——《吴越春秋·王僚使公子光传》

这一篇中写伍子胥逃出楚国，江边遇渔父搭救，渔父数次以唱歌的方式与伍子胥对话，甚为生动，又颇具传奇色彩，凸显了渔父那民间高人义士的形象。后渔父"覆船自沉"而死，另一位搭救了伍子胥的女子也投水而死，以保障伍子胥的安全，其刚烈大义，读来令人欷歔。此外，《吴越春秋》中的"吴钩"、"要离"、"孙武试兵法"等节亦佳，都为后世的小说、戏剧提供了参照榜样。再如东汉袁康的《越绝书》，内有"吴王占梦"等节，铺叙详尽，人物突出，已具小说特色。这些，或为野史，或为子书，皆非小说专集。但作者可靠，某些章节或虚构，或传闻，或志怪，或志人，均有情节、有人物。且情节生动曲折，人物体现出一定的性格特征，都可以说是真正的小说，只要我们细心地辑佚钩沉，是可以见出汉代小说的粗略面貌的。汉代小说，在我国文言小说发展史上应该占有一定的地位。

第三章 汉 赋

第一节“一代之文学”汉赋

赋，是中国文学史上产生较早的文体之一。作为一种文学体裁，它有其独特的演进历史。“赋”本是《诗经》中的“六义”之一，是诗歌艺术表现手法之一种。刘勰说：“赋者，铺也。铺采摛文，体物写志也。”(《文心雕龙·诠赋》)钟嵘说：“直书其事，寓言写物，赋也。”(《诗品》)朱熹说：“赋者，敷陈其事而直言之者也。”(《诗集传·葛覃》)即“赋”是诗歌创作中的一种铺叙、描写的手法。《诗经》之后，这种表现手法在楚辞中得到更大的发展。楚辞扩大了诗的篇幅，语言上更加铺张华丽，“赋”的手法表现尤为突出，所以后人或以“赋”名之，称屈原作品为“屈赋”。到了荀子，制作“赋篇”，重在说理，形式上设为问答，韵散间出，半诗半文，并且以赋名篇，“赋”也就成了一种文学体裁的名称。

汉代，赋发展成为具有鲜明特色的独立的文学样式。西汉时，文人袭用楚辞的体制和夸饰铺陈的表现手法，来叙事写物，而仿效荀子以“赋”名篇，创造了一种散文和韵文相结合的文学体裁，这便是“汉赋”。它不能算是诗歌，但却是从诗歌衍变而来，是“古诗之流”(班固：《两都赋·序》)，受到楚辞表现手法上的很大影响；它篇幅很长，洋洋大观；它夸饰铺陈，达到无以复加的程度；它多采用人物对话或主客问答的方式展开对内容的铺叙；它好用艰深的词句和生僻的文字。因为汉赋继承了楚辞的一些表现手法，所以人们也称汉赋为汉代辞赋。

汉赋带有很强的形式主义倾向。虽然西汉初年如贾谊的一些赋，抒发了作者的政治见解和身世感慨，“湛思渺虑，具有屈心”（王芑孙《读赋卮言》），形式上又模拟楚辞，多用“兮”字，是一种“骚体”。但从西汉中期到东汉中期所产生的赋，多是典型的大赋，内容上完全没有楚辞那样强烈的以现实主义为基础的抒情性。它们既没有反映当时的现实生活，也没有揭示当时的社会矛盾，只是以夸张的手法，板滞的形式，描写宫苑的富丽，都市的繁华，物产的丰饶，以及统治者追求成仙的渴望和畋猎的乐事，对统治者极尽歌功颂德之能事。其中有一点点讽谕的意味，也不过是“讽一而劝百”（扬雄：《法言·吾子》），“竞为侈丽闳衍之词，没其风谕之义”（《汉书·艺文志》）。所以扬雄晚年也为做了这“雕虫篆刻”之事以及“辞人之赋丽以淫”而感到后悔（扬雄：《法言·吾子》）。

在形式上，汉代大赋作者往往“推类而言，极靡丽之辞，闳侈钜衍”（《法言·吾子》），以炫耀自己的才学，因而那些典型的大赋都存在繁缛夸饰，辞藻叠垒的缺点。汉初，十分注重文字学。据《汉书·艺文志》载：“汉兴，萧何草律，亦著其法曰：太史试学童，能讽诵九千字以上，乃得为史。又以六体试之，课最者以为尚书御史。史书令史、吏民上书，字或不正，辄劾举。”可见，当时对进入仕途的知识分子，都要求识字多，掌握词汇量大，且对汉字的形、音、义都能精通，赋家如司马相如、扬雄、班固等，都通晓文字学，都有文字学专著传世：司马相如著有《凡将》篇。扬雄著有《方言》与《训纂》，班固著有《续训纂》。因为这些作者大都有深厚的语言文字基础，知识广博，所以他们在修辞方面比起前代有较大的进步，另一方面也因此而尽量地堆砌辞藻，甚至几乎将赋作变成了类书、志书和字汇，“言木则若干，言鸟则若干，必待搜辑群书，广采风土，然后成文。果能才藻富艳，便倾动一时，洛阳所以纸贵者。直是家置一本，当类书、郡志读耳”（袁枚：《随园诗话》）。所以，无论是内容还是形式，从总的倾向看，汉赋的形式主义缺点显而易见。

王国维云：“楚之骚，汉之赋，六代之骈语，唐之诗，宋之词，元之曲，皆所谓一代之文学。”（《宋元戏曲史》）汉赋正是汉代“一代之文学”，也就是说，作为“一代鸿文”的汉代大赋，是汉代文学的代表。一定的文学艺术总是一定的社会生活的反映。汉赋的产生和兴盛也有其特定的原因。西汉建国后六七十年，到汉武帝时，社会已较为安定。经过休养生息，农业生产得到了恢复和发展，社会经济繁荣起来了，人民得以安业，国库得以充裕。因而具备了发展文学艺术的社会基础。绘画、百戏、雕刻、建筑等艺术都繁荣起来了。以百戏为例，当时的长安，常常有故事歌舞、杂技幻术等节目集中于广场表演，规模宏大，气派极盛：“临迥望之广场，程角抵之妙戏”，

“衡侠燕濯，胸突铦锋。跳丸剑之挥霍，走索上而相逢”，“吞刀吐火，云雾杳冥”，“建戏车，树修旃。侲僮程材，上下翩翻。突倒投而跟结，譬陨绝而复联。百马同辔，骋足并驰”(张衡:《西京赋》)。而且，这种种艺术活动的影响达于中外，据史书记载：“(武帝元封)六年，京师民观角抵于上林平乐馆”(《汉书·武帝本纪》)，“孝武之世，开玉门，通西域，设酒池肉林以飨四夷之客，作巴俞都卢、海中《砀极》、漫衍鱼龙、角抵之戏以观之”(《汉书·西域传》)。这确实有太平盛世的气象。在国内经济得到安定繁荣的同时，西汉王朝又取得了对匈奴作战的胜利，完成了军事、政治的对外扩展，巩固了强大的帝国政权。这时的统治者可以说是意志骄满，因此，他们需要有为其歌功颂德的作品，以适应自己政治上的需要。另一方面，由于政治上较为安定，统治阶级生活上的淫侈、享乐便更甚，声色犬马，求仙访道，田猎巡游，祭望名山大川，修建宫殿林苑，都十分热衷。而以这些生活为描写对象的作品也就应运而出现在人们的笔下。汉赋实际上是当时社会人们的精神与物质生活，特别是统治阶级的精神世界在文学作品中的反映。

汉赋的兴盛与统治者的提倡以及当时有关的制度保证分不开。汉高祖刘邦统一中国后，很重视楚文化。他喜欢江南，重视自己的民族传统，特别提倡楚辞，因而受楚辞影响的汉赋也就大为发展。汉初的一些王侯贵族都奖励提倡作赋，曾招揽四方名士，在其门下写作。如“吴王濞招致四方游士(邹)阳与吴严忌、枚乘等俱仕吴”(《汉书·邹阳传》)，淮南王刘安也“招致宾客方术之士数千人”(《汉书·淮南王安传》)，梁孝王刘武则“使诸游士各为赋；枚乘作《河柳赋》；公孙诡作《鹿赋》；邹阳作《酒赋》；公孙乘作《月赋》，韩安国作赋不成，邹阳代作”(《西京杂记》)。汉武帝爱好文学，更加重视文人，身边聚集了一批御用文人。一些辞赋家因而步入仕途。同时，作赋又可得利，相传枚乘赋《柳》，赐绢五匹；相如赋《长门》，得黄金百斤。因有君主提倡于上，于是群臣鼎沸于下，献赋、考赋也就出现了。至东汉，考赋取士便正式成为一种制度。但是，这种考试，情形极为混乱。凡参加考试的人，不管成绩好坏，一概录取，给以俸禄。而赋则日趋没落，“连偶俗语，有类徘优；或窃成文，虚冒名氏”(见张衡《张河间集》、蔡邕《陈政要七事疏》)，从赋的内容、形式，到赋作者的行为，都十分庸俗。

此外，从文学发展史上文体本身的发展来看，《诗经》之后，至汉代四言诗已趋衰落，五、七言诗正在民间酝酿但尚没有进入文人的创作领域。而诗歌中的楚辞这种铺张扬厉的表现形式和荀子的“赋”体得到发展，并且影响到汉赋这种半诗歌半散文的文学样式的兴盛。同时，又因为汉武帝兴乐府，大量地从民间采集歌谣，民歌在某种意义上一时压倒了文人的诗歌创作，他们便专注于写赋，赋几乎成为文人创作的唯一形式了。最后，从学术思想的统制上看，汉武帝罢黜百家，独尊儒术，儒家的文学宗旨是宗经原道。汉赋以歌颂为主，辅以讽谕，完全符合儒家学术思想的要求，因而在文坛上得到很高的地位，这是不奇怪的。

第二节 汉赋的发展与流变

汉赋的发展，大抵上经历了四个时期(时期的划分参照刘大杰1957年版《中国文学发展史》)。

第一，汉赋的形成时期。自汉高祖至汉景帝，大约六七十年间，是汉赋由模拟楚辞到独立的体制的确立时期。这时期的赋可称作“骚体”赋。汉初的赋以贾谊的作品为代表，内容上多是抒发政见与身世之慨，形式上多用“兮”字，有着楚辞的明显特征，尚未流入形式主义。

贾谊有赋五篇，著名的是《吊屈原赋》和《鹏鸟赋》。这两篇赋是他被贬赴长沙的途中以及到达长沙之后所作。贾谊富有学识，政见卓绝，年轻有为，以汉王朝政治秩序的稳定、国家的兴旺发达为己任，但却遭到守旧的将相大臣的忌恨，因而不得施展其抱负，反遭贬斥。他的遭遇与屈原极为相似，因此，当他路过汨罗江屈原自沉之所时，呜咽的湘流引起了他对屈原的怀念，并产生切身的共鸣。他临水凭吊，热泪滂沱：

> 恭承嘉惠兮，俟罪长沙；侧闻屈原兮，自沉汨罗。造托湘流兮，敬吊先生：遭世罔极兮，乃殒厥身。呜呼哀哉！时逢不祥。鸾凤伏窜兮，鸱枭翱翔。阘茸尊显兮，谗谀得志；贤圣逆曳兮，方正倒植。……

贾谊在他的《吊屈原赋》的开头，就正面对屈原的身世遭遇表示愤慨和悼惜。接着又以反复的譬喻来比拟贤者遭谗，世道溷浊，黑白不分，寄寓着自己的身世感慨。《吊屈原赋》完全具备楚辞那种强烈的抒情性和批判现实的精神。在形式上，其句式亦与楚辞相同。表现手法上运用比兴，以鸾凤比忠贞之士，以鸱枭比奸佞小人，正所谓楚辞之“善鸟香草以配忠贞，恶禽臭物以比谗佞”(王逸《楚辞章句》)。可见，汉初的赋是学习楚辞，模拟楚辞的，是近乎《离骚》的“骚体”。

《鹏鸟赋》是贾谊到达长沙之后见鹏鸟(猫头鹰)入其室而作。当地风俗观念，鹏鸟至于人家，极为不祥，主人必死。且因长沙在当时是偏僻卑湿之地，贾谊自以为寿命不长，甚伤悼，因此写了这篇《鹏鸟赋》，以遣忧累。

赋中写道：

> 祸兮福所倚，福兮祸所伏；忧喜聚门兮，吉凶同域。彼吴强大兮，夫差以败；越栖会稽兮，勾践霸世。斯游遂成兮，卒被五刑；傅说胥靡兮，乃相武丁。夫祸之与福兮，何异纠纆；命不可说兮，孰知其极！水激则旱兮，矢激则远；万物回薄兮，振荡相转。云蒸雨降兮，纠错相纷；大钧播物兮，坱圠无垠。天不可预虑兮，道不可预谋；迟速有命兮，焉识其时！

这里，贾谊用道家齐生死、等荣辱的思想来宽解自己，以为万物变化是常事，生死祸福不足介意。《鹏鸟赋》是一篇体现了道家人生思想的哲理赋。但是，才高命薄的贾谊，胸中不平之气依然难抑。他那怀才不遇的情绪和不愿妥协的精神，依然渗透于字里行间。因此，这篇赋也具有一定的思想性，其形式基本上是骚体。

枚乘的作品反映了汉赋在形式上的转变。枚乘，字叔，淮阴(今属江苏)人。生年不详，主要生活在文、景两代。景帝时做过弘农都尉。先后游于吴、梁，做过吴王刘濞、梁孝王刘武的宾客，职务是文学侍从。后来武帝慕他的文名，派专车去迎接他进京，因为年纪太大，半路上死去。

枚乘的代表作是《七发》。《七发》写"楚太子"有疾，"吴客"用七段话向"楚太子"进说，终于打动对方，"楚太子""涊然汗出，霍然病已"。这篇作品，"盖七窍所发，发乎嗜欲，始邪末正，所以戒膏粱之子也"(刘勰：《文心雕龙·杂文篇》)。"七发"：一发之以琴音之赏，二发之以滋味之腴，三发之以车马之快，四发之以游观声伎，五发之以畋猎，六发之以观涛，逐层指出物质享受之不足贵，最后(七发)以圣人辩士的"要言妙道"启发太子，亦即用各种学术思想启迪太子，指出追求真理才是最终目的，终于医治了太子的心病。这里举其中第一发如下：

> 客曰："龙门之桐，高百尺而无枝；中郁结之轮菌，根扶疏以分离。上有千仞之峰，下临百丈之溪；湍流溯波，又澹淡之。其根半死半生：冬则烈风、漂霰、飞雪之所激也，夏则雷霆、霹雳之所感也；朝则鹂黄、鳱鴠鸣焉，暮则羁雌、迷鸟宿焉。独鹄晨号乎其上，鹍鸡哀鸣翔乎其下。于是背秋涉冬，使琴挚斫斩以为琴，野茧之丝以为弦，孤子之钩以为隐，九寡之珥以为约。使师堂操畅，伯子牙为之歌，歌曰：'麦兮蕲兮雉朝飞，向虚壑兮背槁槐，依绝区兮临回溪。'飞鸟闻之，翕翼

而不能去；野兽闻之，垂耳而不能行；蚑、蟜、蝼、蚁闻之，拄喙而不能前——此亦天下之至悲也。太子能强起听之乎?”

《七发》的这些描写，实际上是当时贵族以文学为娱乐、弥补精神空虚的享乐生活的一种反映。据《汉书·王褒传》载，当时的统治者常诏使文学侍从为之朗诵他人所作或文人自作的文学作品，以供他们消遣。“太子体不安，忽忽善忘不乐，诏使褒等皆至太子宫虞侍太子，朝夕诵读奇文及所自造作，疾平复，乃归。”这与《七发》的描写略同。

《七发》的出现，标志着汉赋体制的定型，其主要特征是：(1)辞藻华美，篇幅扩大，“腴辞云构，夸丽风骇”(刘勰《文心雕龙·杂文篇》)。(2)离开楚辞的抒情性和贾谊《鹏鸟赋》的说理性，完全是叙事写物的。(3)离开诗歌而接近散文，并且采用反复的主客问答的方式，演成一段故事的形式。这些，都是纯粹的汉赋的体制。枚乘《七发》问世之后，仿作的很多，《七激》、《七兴》、《七启》、《七命》、《七依》、《七说》、《七举》之类纷然而出，“七”竟成为赋中的一种专体。

第二，汉赋的全盛时期。武帝、宣帝时期，汉赋大盛；直至元帝、成帝时，余风不衰。《汉书·艺文志》载，汉赋九百余篇，作者六十余人，其中十分之九是这一时期的作品。

这时期，名望最高，在赋的发展史上占有显著地位的作家是司马相如。司马相如(？—前118)，字长卿，蜀郡成都人。景帝时曾为武骑常侍，后为梁孝王门客，著《子虚赋》。梁孝王死，相如归蜀，在临邛以琴挑富商卓王孙之寡女卓文君，文君夜奔相如，同归成都。因“家徒四壁立”，贫穷难以安身，又同文君回临邛，卖酒谋生，卓王孙以为耻，乃分给家僮和财物。武帝好辞赋，读《子虚赋》，曰：“朕独不得与此人同时哉!”狗监杨得意曰：“臣邑人司马相如自言为此赋。”武帝惊异，召问相如，封为郎。

司马相如学问渊博，文采焕发，因口吃，不善言谈而长于写文。《汉书·艺文志》载他有赋二十九篇，大都失传，现存最能代表他所作也最能代表整个汉赋风格面貌的作品有《子虚赋》、《上林赋》、《大人赋》、《长门赋》、《美人赋》、《哀二世赋》等。如《子虚赋》和《上林赋》，写楚使者子虚(“虚言”)使齐，齐王带他畋猎，王以车骑之盛夸耀于子虚，子虚则以楚之云梦泽对之。事后，子虚将此事告诉齐国的乌有(“乌有此事”)先生，乌有先生以齐的疆域夸耀于子虚。最后，亡是公(“无是人也”)以天子上林苑的壮丽及天子射猎的盛举来压倒齐、楚，表明诸侯之事不足道，唯天子最有气派。赋中的“子虚”、“乌有”后世作为成语，形容凭空捏造事实的代名词，而其中故事、人物亦纯属虚构，目的是歌颂天子的伟大。

司马相如的作品，最突出的特点是写景状物极尽铺叙夸张，无论什么珍禽怪兽，异草奇花，只要头脑中想到的，都一齐排列出来，以至于失去真实性。如《上林赋》写汉天子率领部曲将帅在上林苑中畋猎，捕获猎物不计其数：

> 生貔豹（生擒貔、豹），搏豺狼（搏击豺狼），手熊罴（以手击杀熊、罴），足壄羊（用脚踏住野羊）……椎蜚廉（锤杀蜚廉），弄獬豸（摆布獬豸）、格虾蛤（格杀虾蛤），铤猛氏（刺杀猛氏），羂騕褭（张网捕住騕褭），射封豕（放箭射死野猪）。……

其中“貔”、“豹”、“豺”、“狼”、“熊”、“罴”、“壄羊”、“蜚廉”、“獬豸”、“虾蛤”、“猛氏”、“騕褭”、“封豕”等，都是兽名，有些还是少见或传说中的怪兽，是否确为“上林苑”中所实有，不得而知，想或是夸张居多。又如写“珍禽”：

> 蹦玄鹤（践踏玄鹤），乱昆鸡（扰乱昆鸡），遒孔鸾（追迫孔雀、鸾鸟），促鵕鸃（赶动鵕鸃），拂翳鸟（打击翳鸟），捎凤凰（捎动凤凰），捷鹓雏（赶出鹓雏），揜焦明（捕住焦明）。……

这里“玄鹤”、“昆鸡”、“孔鸾”、“鵕鸃”、“翳鸟”、“凤凰”、“鹓雏”、“焦明”等，都属“珍禽”类。至于异草奇花，珍稀果木，更是尽量罗列，如：

> 卢橘夏熟，黄甘橙楱，枇杷橪柿，亭柰厚朴，梬枣杨梅，樱桃蒲陶，隐夫薁棣，答遝离支。……沙棠栎槠，华枫枰栌，留落胥邪，仁频并闾，欃檀木兰，豫章女贞。……

而且，这种典型的大赋，在写景时其结构方式都是：上、下、左、右边怎样，东方怎样、西方怎样、南方怎样、北方怎样、中间如何如何。几乎成为一种板滞的模式。以《子虚赋》之写云梦泽为例：

> ……臣闻楚有七泽，尝见其一，未睹其余也。臣之所见，盖特其小小者耳，名曰云梦。云梦者，方九百里，其中有山焉。其山则盘纡岪郁，隆崇嵂崒；岑崟参差，日月蔽亏。交错纠纷，上干青云；罢池陂

陁，下属江河。其土则丹青赭垩，雌黄白坿，锡碧金银；众色炫耀，照烂龙鳞。其石则赤玉玫瑰，琳瑉昆吾；瑊玏玄厉，碝石碔砆。其东则有蕙圃：蘅兰芷若，芎藭昌蒲；江离蘪芜，诸柘巴苴。其南则有平原广泽：登降陁靡，案衍坛曼；缘以大江，限以巫山。其高燥则生葴菥苞荔，薛莎青薠；其埤湿则生藏莨蒹葭，东蘠彫胡，莲藕觚卢，庵闾轩于。众物居之，不可胜图。其西则有涌泉清池，激水推移：外发芙蓉菱华，内隐钜石白沙；其中则有神龟蛟鼍，瑇瑁鳖鼋。其北则有阴林：其树楩柟豫章，桂椒木兰，檗离朱杨，樝梨梬栗，橘柚芬芳；其上则有鹓雏孔鸾，腾远射干；其下则有白虎玄豹，蟃蜒貙犴。……

可以看出，司马相如赋的艺术特点。其一，多视角，多中心，对称整齐，堆砌繁富。以上举文字为例，作者写云梦，分别取东、西、南、北、中为其视点；分别以山、蕙圃、平原广泽、涌泉清池、阴林为其描写中心。同时讲求句式整齐，运用了大量的华词丽句。其二，重写景，重铺排，重夸饰，追求声音美和字形的排列美。作者为了描绘云梦景色，夸奇炫博，极力铺排，堆积了许多动植物的名词以及形容词，多方渲染，百般夸耀。又十分注重词句的排比对偶和音韵的和谐。由于这种赋的散文意味重，篇幅又很长，所以称之为散体大赋。相如赋的这种模式一直延续至东汉，班固、张衡的大赋也还是这种写法。因为这种文字缺乏思想感情，不如此，则不能延长篇幅，表现自已的辞章和学问。

相如赋是汉赋的最高代表，后代作家都追随他，模拟他，而无法越过他的藩篱。

司马相如之后，宣帝时代的代表作家是王褒。王褒赋的代表作是《洞箫赋》。这是一篇描写音乐的赋，先写“箫干之所生”，实际上描写竹林中的景物；次写箫声之动人，亦极尽铺陈夸张之能事。例如：

听其巨音，则周流泛滥，并包吐含，若慈父之畜子也。其妙声，则清静厌瘱，顺叙卑达，若孝子之事父也。科条譬类，诚应义理，澎濞慷慨，一何壮士。优柔温润，又似君子。故其武声，则若雷震輘輷，佚豫以沸渭。其仁声则若飖风纷披，容与而施惠。或杂遝以聚敛兮，或拔摋以奋弃。悲怆怳以恻惐兮，时恬淡以绥肆。被淋洒其靡靡兮，时横溃以阳遂。哀悁悁之可怀兮，良醰醰而有味。……

《洞箫赋》作为描写音乐的作品，也作为咏物篇，对后代有一定的影响。

第三，汉赋的模拟时期，司马相如之后，汉赋的形式、格调无能越其藩篱者，因而，从西汉末年到东汉中叶，模拟之风大盛。这一时期最有代表性的作家是扬雄和班固。

扬雄(前53—18)，字子云，蜀郡成都(今四川成都)人，主要活动在汉成帝时代。其代表作品《甘泉》、《羽猎》、《长杨》、《河东》四赋，全是模拟相如的《子虚》、《上林》而作的。尤其是《甘泉》、《羽猎》，系从成帝游猎而成，处处仿效司马相如赋。但因扬雄才学宏富，模拟起来也别成一格。较之相如赋，显得思理密察，气态沉雄。有的已富于一点新意。如看似游戏笔墨，实则蕴含着作者一定的思想感情的《逐贫赋》。赋中先是离俗独处，遁居崇山，惆怅失意的"扬子"呼"贫"而与之语，然后是"扬子"向"贫"诉苦，且下逐"贫"之令：

人皆文绣，余褐不完。人皆稻粱，我独藜飧。……朋友道绝，进官凌迟。厥咎安在，职汝为之。舍汝远窜，昆仑之颠，尔复我随，翰飞戾天。舍尔登山，岩穴隐藏，尔复我随，陟彼高岗。……我行尔动，我静尔休。岂无他人，从我何求？今汝去矣，勿复久留！

于是"贫"为自己申辩："三省吾身，谓予无諐，处君之家，福禄如山。""人皆重蔽，予独露居。人皆怵惕，予独无虞。"它责备"扬子""忘我大德，思我小怨"，于是降阶下堂，誓将离去。最后"扬子"醒悟，向"贫"道歉，表示"长与汝居，终无厌极"。扬雄这类作品与歌功颂德、劝百讽一的大赋显然是很不相同的。后世韩愈《送穷文》、柳宗元《乞巧文》等皆受扬雄《逐贫赋》影响。虽然文中表面上是以宣传安贫乐道为旨归，但在某种意义上，它或可说是"士不遇"赋的一种变体。不过，在扬雄的赋作之中，这样的篇章不具有代表性。他有影响的作品主要还是那些模拟司马相如赋的篇章。在汉赋发展史上，通常以"扬马"并称，也说明扬雄在散体大赋创作上的重要地位。扬雄晚年后悔作赋，曾说那是"壮夫不为"的"雕虫篆刻"。又指出汉大赋的实质不过是"讽一而劝百"(《法言·吾子》)，颇能切中要害。

班固(32—92)，字孟坚，扶风安陵(今陕西咸阳县东北)人，是东汉初年重要的历史学家和文学家。班固的赋，代表作是《两都赋》。赋中假设西都(西汉都城长安，相对于东都洛阳而言)宾客向东都(东汉都城洛阳)主人夸耀西都的繁盛和宫苑的富丽，而东都主人则对以今朝的盛事。其格式也是模仿《子虚赋》、《上林赋》的，仍是西汉大赋的继续。东汉中期，有张衡的大赋《两京赋》。张衡(78—139)，字平子，南阳西鄂(今河南南阳)人。其

《两京赋》，亦是以汉朝的西都长安和东都洛阳为描写对象，“精思傅会，十年乃成”(《后汉书·张衡传》)，意在压倒班固的《两都赋》，但也莫过于模拟相如的《子虚赋》。

第四，汉赋的转变时期。东汉中叶以后，宦官、外戚争夺政权，国势日衰。加以帝王贵族奢侈成习，横征暴敛，社会民生日益穷困，社会矛盾也日益激化。在这种情况下，地主阶级中的不少知识分子奋起批判这种黑暗现象，要求改变这种现实。王充还提出了写真实、去虚伪的文学观。这些不能不影响到赋的创作，因而以“铺采摛文”为能事的汉代大赋，也渐渐发生了变化。迎合这种转变的机运而在创作上卓有成效的作家是张衡、赵壹、蔡邕等。

如前所述，张衡的《两京赋》仍然是模拟作品，但他的《思玄赋》、《归田赋》，《髑髅赋》等，篇幅短小，字句平浅，内容上描写自己的胸怀、田园的生趣、人生的理想、道家的哲学等，一扫汉代大赋的形式主义的恶习，脱离了铺陈繁缛的陈规旧矩，显得质朴真挚，简短明畅。其中以《归田赋》最值得注意。

《归田赋》作于张衡任河间相时。当时顺帝幼弱无能，朝政腐败。张衡因多次上书，指斥宦官，预感到自己处境危险，于是奏章请求罢职还乡。同时写下这篇赋以抒归田之志，表示对现实的不满。赋中先述自己与世不合，愿离开都邑归隐田园之心，然后以清新明净的笔墨描述了仲春时节乡间野外风物的优美和田居吟啸弋钓之乐：

于是仲春令月，时和气清，原隰郁茂，百草滋荣。王雎鼓翼，鸧鹒哀鸣，交颈颉颃，关关嘤嘤。于焉逍遥，聊以娱情。

尔乃龙吟方泽，虎啸山丘。仰飞纤缴，俯钓长流，触矢而毙，贪饵吞钩，落云间之逸禽，悬渊沉之鲨鰡。

最后作者写自己发思古之幽情而挥笔为文。这首赋写得情景相生，清丽朴质，语言晓畅，且篇幅简短，从内容到形式都预示着汉赋发展上的一个转机。

张衡之后，现出了赵壹的《刺世疾邪赋》、蔡邕的《述行赋》、祢衡的《鹦鹉赋》等，都是具有积极思想意义的抒情小赋。

赵壹，生卒年不详，字元叔，汉阳西县(今甘肃天水县南)人。他生活在顺帝、桓帝、灵帝年间。赵壹为人恃才傲物，不趋炎附势，因而为权奸豪绅所忌恨，遭受迫害，几乎丧生。幸为朋友所营救才免于一死。他善为赋，以《刺世疾邪赋》最为有名。在这篇赋中，作者暴露了当时政治的黑暗混乱、官吏的腐败无耻、人情风俗的势利与败坏，描写了人民生计的贫困和自己的愤恨心情，正是恢复、继承和发扬了楚辞的优良传统：

原斯瘼之所兴，实执政之匪贤。女谒掩其视听兮，近习秉其威权。所好则钻皮出其毛羽，所恶则洗垢求其瘢痕。虽欲竭诚而尽忠，路绝险而靡缘。九重既不可启，又群吠之狺狺。安危亡于旦夕，肆嗜欲于目前。奚异涉海之失柁，坐积薪而待然？荣纳由于闪榆，孰知辨其蚩妍？故法禁屈挠于势族，恩泽不逮于单门。宁饥寒于尧、舜之荒岁兮，不饱暖于当今之丰年。乘理虽死而非亡，违义虽生而匪存。

这一段揭露当时朝政之腐败、社会风气之恶劣，愤激而又深刻。作者对朝廷中狐假虎威、排斥异己、粉饰太平、贪赃枉法的谄佞小人表示了极端的鄙视和痛恨。同时，一针见血地指出这些社会弊端的根源，在于"执政之匪贤"，矛头直指包括皇帝在内的封建统治者，表现出作者鲜明的爱憎和强烈的批判精神，也体现了他为"理"而存，为"义"而生，决不同流合污的正直品格。

蔡邕，生平见前(第一章)。公元159年秋，宦官徐璜为讨好桓帝，推荐蔡邕去京师洛阳为桓帝鼓琴。蔡邕被迫应召，行至偃师托病不前，返回家乡。他的《述行赋》即是记述他此行途中的经历、见闻。作者联系所经之处的史事，抒思古之幽情，发哀今之感慨。名为"述行"，实为"抒愤"。赋中描写了"穷变巧于台榭兮，民露处而寝湿。消嘉穀于禽兽兮，下糠秕而无粒"的社会现实，反映了当时贫富相差之悬殊。对统治阶级的荒淫逸乐有所谴责，对下层穷苦人民表示了一定的同情。在艺术上，作者继承了楚辞的某些表现手法，例如用玄云凝结，零雨溱溱，道路阻败泥泞等，比喻当时在宦官贵宠专权下，政治黑暗，小人得势，忠谏耿直之士路途坎坷，无道获入的状况，寓意深沉，言近旨远。

祢衡(173—198)，字正平，平原般(今山东临邑县)人。少有才辩，长于笔札。祢衡性刚傲物，触怒了曹操。曹操将之遣送给荆州刘表。复不合，又被转送到江夏太守黄祖处。终因辱谩黄祖而被杀。祢衡的《鹦鹉赋》是他寄寓黄祖处时所作。在这篇赋中，作者以鹦鹉自况，借写鹦鹉的不幸遭遇及其诉说的悲伤心曲，抒写了生于末世屡遭迫害的才志之士内心隐藏的苦痛与悲哀：

感平生之游处，若壎篪之相须。何今日之两绝，若胡越之异区。顺笼槛以俯仰，窥户牖以踟蹰。想昆山之高岳，思邓林之扶疏。顾六翮之残毁，虽奋迅其焉如。心怀归而弗果，徒怨毒于一隅。

作者用寄兴的手法，将自己寄人篱下、不得不仰人鼻息的痛苦心境曲折地表现出来，同时控诉了统治者残害贤才的罪恶。祢衡被杀后葬于江夏长江中一小洲，因其生前写过《鹦鹉赋》，此洲遂名鹦鹉洲，现已没于江中。

相对于前代那洋洋千言的大赋而言，这一时期的赋因其篇幅短小，被人们称作小赋。小赋的形式、风格与大赋相比，变板滞为疏荡，变典雅为通俗，变含蓄为直率，新人耳目。它为魏晋南北朝时期抒情小赋的勃兴作了准备。

汉赋的这种转变，也是社会原因所造成的。社会动乱，不可能再有那种歌功颂德的“艺术纸花”了。

赋，作为一种独立的文学样式，兴盛于汉，至六朝之时，仍有余绪，拟作者不乏其人，而对于骈文的产生，则更是直接促成的原因，甚至对七言诗的产生也有一定的影响。赋的衰落，大致在盛唐时代，章太炎在《国故论衡·辨诗篇》中说：“赋之亡盖先于诗，继隋而后，李白赋《明堂》，杜甫赋《三大礼》，诚欲为扬雄台隶，犹几弗及。世无作者，二家亦足以殿。自是赋遂泯绝。”赋，作为我国文学史上韵文“诗、词、曲、赋”四体之一，亦是应当引起学习者注意的。

第四章 两汉的史传文学

两汉时代，是中国史传文学发展的重要时期。在中国历史散文中，以人物为中心来记述历史，以人物传记为主体来构成一部史著，其开山第一人是西汉伟大的历史学家、文学家司马迁。司马迁的不朽巨著《史记》，代表着两汉史传文学的最高成就。

《史记》在西汉的出现，是社会历史发展的必然要求，也是史传文学发展的必然产物。西汉建国以后，经过六七十年的休养生息，到汉武帝时，经济力量已十分雄厚。随着统一帝国政治上的强大和物质条件的充裕，统治阶级迫切需要对从古以来的政治、历史、文化等各方面的经验教训加以总结，以适应进一步巩固发展封建国家的需要。另一方面，先秦以来，具有传记文学因素的散文创作为司马迁写作《史记》提供了必要的文学方面的准备。特别是春秋战国时期出现的《左传》、《国语》、《战国策》等历史著作，虽然从全书看还不是完整、成熟的传记文学，但是在运用文学手段描写人物性格、展现历史环境方面，给史传文学创作积累了十分丰富的经验，直接为两汉史传文学的发展开辟了道路。正是在这样的历史、文学背景下，司马迁写出了空前成功的传记文学作品，将我国史传文学的发展推向一个新的阶段。

第一节 司马迁的生平事迹

司马迁，字子长，龙门(今陕西韩城)人，生于公元前145年(一说生于公元前135年)。司马迁少年时，曾“耕牧河山之阳”(《太史公自序》)。大约在6岁到10岁之间，父亲司马谈到长安作了太史令(职掌天时星历，记录、搜集并保存典籍文献)，司马迁随父到了长安。20岁以前，他刻苦学习，受到父亲的教育和影响，并师从董仲舒学习《公羊春秋》，向孔安国学习古文《尚书》。司马谈崇尚黄老，董仲舒、孔安国是著名儒学大师，因此，司马迁年轻时多受道家和儒家的影响。

20岁时，司马迁曾经进行过一次为期一两年的全国漫游，主要路线在中原和南方的一些省份。后来他在做郎中、太史令、中书令任上，因为侍从皇帝或奉令出差，又有很多旅行的机会。在交通极不发达的汉代，他一生的游踪，东至会稽、禹穴、泰山、琅琊、东海等地；南至江、淮、庐山、沅、湘、长沙、九嶷、邛笮、昆明等地；西至空峒、岷山、离碓、巴蜀以南等地；北至龙门、朔方、长城、涿鹿等地，足迹差不多遍及全国。司马迁的漫游实际上成为他写作《史记》的重要准备阶段，是一次广泛、深入的历史考察。通过调查，他掌握了大量的第一手资料，这不但为他后来写作《史记》提供了丰富的史实，而且还使他能以调查得来的真实材料订正簿书上的错误。在汨罗江畔，在屈原当年投江处，他诵读着屈原的诗篇，想见屈原的为人，曾经痛哭流涕。在韩信的故乡淮阴，他搜集了许多有关韩信的故事，其中有关“韩信葬母”和“受胯下之辱”两件事情给他印象最深，也影响最大。在曲阜，他瞻仰了孔子墓，还随同当地儒生揽衣挽袖一步一揖，学乡射，习古礼，以表达对孔子的纪念。在孟尝君的故乡薛城，他走乡串巷，考察民风以及这里的民风同当年孟尝君“好客养士”之间的关系……所以后来班固便称誉：“其文直，其事核。”(《汉书·司马迁传》)司马迁在漫游中遍历名山大川，饱受祖国美好的大自然的陶冶，因而影响到他的文章，具有文气开阔、风格雄奇的特点。司马迁还注意深入民间生活，广泛地接触人民，这不但在一定程度上培育了他同情人民、同情被压迫者、伸张正义、追求光明的思想品质，而且还使他有机会学习了民间口头创作，因而他的文章语言生动，文笔流畅，生活气息浓厚。

司马迁不仅注重实践，也十分注重读书。仅在《史记》中经他评论、介绍的书籍有目可查的即达近百种。在《史记》中，他纵谈历史，议论得失，批评百家，或上下千年，或纵横中外，或天文地理，或卜筮异怪，无不通晓，正得力于他读万卷书、行万里路的生活经历和治学态度。

司马迁在22岁的时候做了一个“掌守门户，出充车骑”的郎中。36岁时，父亲司马谈去世。这一年，汉武帝东巡，在泰山举行封禅大典。封禅大典是祭祀天地的一种特别隆重的典礼。先要到泰山顶上祭天，然后在泰山底下的梁父(小山)祭地，“告太平于天，报群神之功”。这是千载难逢的盛典，作为太史令，当时司马谈侍从武帝到了洛阳，因为有病，留了下来。临死之前，司马谈告诫司马迁，希望在他死后，司马迁仍然做一个太史。做了太史，不要忘记他所欲论著的一切。他看到自孔子死后，至今四百多年，诸侯兼并，史记断绝。而当今海内一统，明主贤君、忠臣义士等应该论述的人物很多，他作为一个太史没有去论述，实际上是废弃历史事业，因此感到惶惧。他希望司马迁记住这件事。司马迁流着眼泪回答父亲："小子不敏(儿子虽然缺乏才能)，请悉论先人所次旧闻(一定要把父亲及前人所整理的历史旧闻论述无遗)，弗敢阙(不敢稍缺)。"表示决心继承父志，为撰写一部系统的史书贡献自己毕生的精力。司马谈的遗嘱是中国文化史上一件大事，也是激励司马迁终生奋斗的重要精神力量。其后三年，司马迁承父职而为太史令，开始收集史料，准备写《史记》，时年38岁。

司马迁42岁时，主持了改秦历为夏历的工作。汉朝开国之初，沿袭了秦朝的许多旧制，采用秦历便是一例。秦历，也称《颛顼历》，是一种古历。这种历法以"阴阳五行"为理论根据，与自然天象很不符，更不适应新兴的汉王朝的社会生活。于是司马迁作为主管天时星历的太史令，便与太中大夫公孙卿、壶遂等人上书汉武帝，倡议改革历法。武帝也认为自己作为受命于天的帝王，理应有自己的典章制度，以示与旧王朝的不同。于是欣然同意了司马迁等人的建议，并正式诏令他们主持制定历法。司马迁是制定新历的主持人，参加者除了公孙卿、壶遂外，还有天文学家唐都、射姓和历数学家落下闳、邓平以及民间精通历法者共数十人。这是一项重大的创造性的改革工作。从当年五月开始，他们经过反复精密地计算，到了十一月，一部新的历法终于问世，并正式颁布使用。汉武帝非常高兴，特地将这一年的年号改为"太初"，新历法也就称作《太初历》。《太初历》的制订，是司马迁对我国历史文化的一大贡献。这一历法的科学性主要表现在两个方面：一是计算的精密准确。它采用了邓平的"八十一分律历"，也就是将一日分为八十一分；一月为二十九日八十一分之四十三；一年平均为三百六十五日又一千五百三十九分之三百八十五；平年为十二个月；大月三十日，小月二十九日；每三年闰一个月，五年再闰，十九年闰七个月。这种算法，基本上符合日月运行的规律，反映了当时历数学的发展水平。二是历法与我国的农时季节相适应。旧历法以十月为一年之首，《太初历》则规定元月为一年的开始，称为正月，这就比较符合春夏秋冬季节转换的规律。同时，《太初历》还将二十四节气订入历法，这对于指导农业生产和人民的生活有着重要的意义。《太初历》是我国历史上第一部最为完整的历法，至今仍作为"农历"而被采用。

主持制订《太初历》之后，司马迁便借助于太史令这个职务之便，全力开始撰写《史记》了。他是那样地执著，乃至于一些朋友都误以为他过于追求名利。如长安有一位名叫挚峻的人，素来与司马迁交往甚好。他因对朝政和现实不满，躲进深山隐居，声称自己是“退身修德”，并希望司马迁也这样做。可司马迁牢记父亲的遗训，要在著述上做一番大事业。而要完成这一事业，必须充分利用为官的便利条件，因此他不能超脱于现实生活之外。于是，司马迁给挚峻写了一封信，劝挚峻出山为官，博取功名。司马迁说，正人君子毕生所追求的无非三个目标：最高目标是立德，其次是立言，再次是立功。你才能卓著，志气高尚，又十分注意自身修养，品行端正，冰清玉洁，不因为某些具体行为而牵累自己的声名。这些固然是难能可贵的，但却未能达到人生立德、立言、立功之极致(参见《高士传》)。挚峻却不理解司马迁这种积极进取的思想，他认为司马迁一心营职，是为了亲媚于主上，而这正是他所不齿的。他在给司马迁的复信中反复告诫说，君子要“料能而行，度德而处”，即要估计自己的才能而行事，衡量自己的德性而处身。并且说，“利不可以虚受，名不可以苟得”，一个人要想得到某种利益或名声，那是要付出代价甚至牺牲的。他怕司马迁的过人才学和良史品性会招致祸患，因为他对汉武帝的为政处事和用人纳谏方面的缺陷看得十分透彻。他认为，在这种形势下，如果过于执著，将来或许会自取其辱，那时就会悔恨不及了。

事情果然被挚峻所不幸言中。尽管司马迁断绝了宾客的往来，忘掉了家室的事务，日夜都在考虑全部献出自己的才干和能力，专心供职，以求得皇上的信任和宠幸；尽管司马迁想以此换得一个撰写《史记》的安定、平和的环境，但巨大的灾难还是降临到了他的头上。

天汉二年(前99)，司马迁47岁。这一年秋天，汉朝与匈奴又发生了战争，武帝宠姬李夫人之兄李广利率三万骑与匈奴正面作战，汉名将李广之孙李陵率五千壮士从侧面牵制敌人。不料李陵遇到匈奴主力，孤军作战，终因得不到李广利的支援，兵败被俘而降。李陵投降的消息传到朝廷之后，汉武帝大怒，原来朝中说李陵好话的公卿们，都改口说李陵有罪。当武帝询问司马迁对此事的意见时，司马迁便为李陵说了几句公道话。没等他说完，武帝便大怒，认为他是为李陵游说，攻击李广利。于是不容分说，将司马迁投入死牢。司马迁犯的是“死罪”，如果有钱是可以赎免的。但是司马迁官微家贫，无钱自赎，又无亲友出来替他说话。这样，要想不死，就只有接受腐刑(亦称“宫刑”和“下蚕室”，汉代刑法，犯死罪者，一可以五十二万钱免死；二可接受宫刑，“减死一等”)。司马迁为了将《史记》写下去，以发愤著述的先贤作为自己的榜样，终于在下狱后的次年，亦即天汉三年，接受了最残酷、最耻辱的腐刑。狱中三年，他“隐忍苟活”，仍坚持著述《史记》。

大约是在武帝太始元年(前96)，司马迁被赦出狱，当了中书令，此时他已50岁。中书令一职，从表面上看比太史令高，它的经常职责是把皇帝的诏令下到尚书，也把尚书的奏事转呈给皇帝。从此以后，司马迁以一个宦者的身份在内廷侍候。但是，他对朝廷内外的事务毫无兴味，往往精神恍惚，“居则忽忽若有所亡，出则不知所往”，内心忍受着痛苦的煎熬，“每念斯耻，汗未尝不发背霑衣也”。只有一个伟大的理想在支持着他，那就是著述事业。

汉武帝太始四年(前93)十一月，司马迁给他的朋友任安写了一封信，这就是著名的《报任安书》，信中说到《史记》百三十篇基本完成，这时他53岁。此后，司马迁的事迹已无法详考。历史的记载在这里留下了一页空白，后人只能从零星的，甚至是互相矛盾的传说中去揣测他的结局：

其一，司马迁可能是自杀身亡。《史记》完稿之后，生命对于司马迁而言已经无足轻重了，特别是受宫刑之后人们对他所谓“贪生怕死”的误解，该是洗刷的时候了。这从《报任安书》中已透露出不少信息。司马迁给任安写信，其时任安因事下狱，正羁押在牢中，随时可能行刑处斩。司马迁何以要对一个行将殒命的朋友写下如此长篇而又悲愤激昂的书信呢？他何以要在信中反复诉说忍受不了腐刑之后的耻辱呢？他何以要选择这样一个时机和对象来宣告《史记》一百三十篇的完成呢？他又何以在信中大谈“人固有一死，死有重于泰山，或轻于鸿毛”，“要之死日，然后是非乃定”(一个人要到死后的若干年中，人们才能给他论定是非)呢？所以，《报任安书》也许就是一封遗书。其二，司马迁受任安一案牵连，被武帝下令腰斩于市。据卫宏《汉旧仪注》记载，任安下狱是因事涉宫廷兵乱，而当司马迁辗转托人将《报任安书》送到狱中后，任安即被腰斩，狱吏在抄检狱室时，发现了司马迁的信，便呈奏汉武帝。武帝读罢，见信中充满怨愤之辞，勃然大怒，有人又乘机诬告司马迁与任安是同党，于是，武帝便下令将司马迁打入天牢，随后腰斩于市。这样看来，似乎是《报任安书》惹的祸。其实，司马迁并非不知道，任安作为死囚犯，可能终生读不到这封信。司马迁也并非不知道，此信可能成为一封“公开信”，自己在信中所发泄的不满会招致灾祸。但他不能不说，因为当他完成《史记》的伟大著述之后，灾祸对于他已经无足轻重了。况且，他选择给患难与共的朋友写信的方式，向世人公布《史记》的完成，这本身便是一种抗争，也是对朋友甚至是对他死后的灵魂一种极大的安慰。其三，司马迁再次下狱，随同长安狱中罪犯无辜地被集体处死。据《汉书·宣帝纪》所载，当《报任安书》被汉武帝获知后，武帝见信中多有怨言，便下诏将司马迁拘捕，交御史台论罪。不久，武帝病重，有巫师告诉武帝，说是长安狱中有天子气冲撞了当今圣上。于是武帝下令将长安狱中囚犯无论轻重一律处死。一代史家就这样死于非命。其四，司马迁寿终正寝。其实，关于司马迁被杀，史料还不能充分地予以证实，自杀也不过是一种推测。在史料不足的情况下，只能看成是正常病故，寿终正寝，大概活了60岁。

司马迁死了，在《史记》完成之后，悄然无声地离开了人世。他以生命的终结，换来了《史记》的诞生；他的死留下一个历史之谜，他的著作却矗立起一块历史的丰碑！司马迁用生命写成的《史记》，是我国历史上第一部规模宏大、体例完整的通史。它是采用纪传体的方式写的，开创了纪传体通史的先例。全书共一百三十篇，五十二万六千五百字(《太史公自序》所称，今本《史记》字数与之不符)，全书分为"本纪"、"表"、"书"、"世家"、"列传"等五个部分。"本纪"十二篇，记叙帝王事迹；"表"十篇，贯通史事之脉络，是各个历史时期简单的大事记；"书"八篇，分论天文、历法、水利、经济、文化、艺术等方面的发展和现状；"世家"三十篇，记载诸侯王国的兴衰和辅汉功臣的事迹；"列传"七十篇(包括《太史公自序》)，是人物志，传写各类人物的言行。一百三十篇中，以"本纪"、"列传"为主体，故称"纪传"体。

《史记》本称《太史公书》(见《太史公自序》及《论衡》)、《太史公记》(见《汉书·杨恽传》)，《汉书·艺文志》又称作《太史公著百三十篇》。至东汉桓帝年间的《东海庙碑》中用了《史记》之称，后人沿袭至今。本来，汉人所谓"史记"，一般泛指古史，司马迁在他的书中也屡称古史为"史记"。但自从司马迁的这部历史巨著被称作"史记"之后，《史记》便成为司马迁这部著作的专用名称了。《史记》所记，上自三皇五帝，下至汉武帝太初年间，上下三千余年，是一部通史。

《汉书·司马迁传》说，司马迁著书一百三十篇，其中"十篇缺，有录无书"，后经褚少孙补了上去。褚少孙，西汉元、成间博士。褚少孙所补，一般有"褚先生曰"可识。但是，今本《史记》中除褚先生所补之外，尚有后人补缀的文字。另外，《史记》中很可能有司马迁的父亲司马谈原来已经写好的旧稿。司马迁行文时避父讳，凡有"谈"字即使是别人的名字也改掉，如改"李谈"为"李同"(《平原君列传》)、"张孟谈"为"张孟同"(《赵世家》)、"赵谈"为"赵同"(《季布栾布列传》)等。因此，凡不讳"谈"的篇章便可视为司马谈遗稿(如《李斯列传》、《晋世家》)。

《史记》是司马迁准备"藏之名山"的私人撰著，汉宣帝时，才由司马迁的外孙杨恽献出。东汉中期，据记载王充就曾在书肆看过《史记》。可见，此时《史记》已开始流布于民间。

除《史记》之外，据《汉书·艺文志》记载，司马迁还有赋八篇，今存《悲士不遇赋》，其余早已失传。司马迁的《报任安书》，是一篇饱含感情的杰出的散文。任安，字少卿，荥阳（今河南省郑州市西）人，历任郎中、益州刺史、北军使者护军等职，曾写信给司马迁，要他"推贤进士"，司马迁便写了这封信答复他。文中历述自己的身世遭遇和为了完成自己的著述而忍辱含垢的痛苦心情。有申辩，有控诉，表达了对汉朝统治者的不满和自己政治、思想及处世态度，以情事动人，有着强烈的感染力，是研究司马迁生平思想的重要资料。《悲士不遇赋》也是他晚年的作品，抒发了他受腐刑后不甘于"没世无闻"的愤激情绪。

第二节 《史记》的思想内容

司马迁撰写《史记》是为了总结历史的经验教训，为当时统治阶级提供治理天下的借鉴，这一点是很明确的。他认为，孔子"因史记作《春秋》，以当王法"（《儒林列传赞》），而他的著作是第二部《春秋》。他又说他写《史记》是要"究天人之际，通古今之变，成一家之言"，通过"网罗天下放失旧闻，考之行事"，而"稽其成败兴坏之理"（《报任安书》）。而为了真正能够总结出正确的经验教训，足以使他的著作起到"王法"的作用，就必须尊重历史事实，"不虚美，不隐恶"，敢于"实录"。一部《史记》的高度的思想价值，正是在这种"实录"精神中体现出来。

第一，《史记》敢于揭露统治阶级的丑行，揭露社会矛盾，即使是对当代皇帝，也采取有善必扬、有恶亦述的比较实事求是的态度，体现出强烈的批判精神。

例如对汉代开国皇帝刘邦，除了描写他坚韧不拔的精神，肯定了他在历史上的作用之外，同时也描写了他丑恶的一面。如在《留侯世家》中写他贪财好色："沛公入秦宫，宫室、帷帐、狗马、重宝、妇女以千数，意欲留居之。樊哙谏沛公出舍，沛公不听。"在《萧相国世家》中写刘邦对第一功臣萧何的猜忌："益封五千户，以卒五百人、一都尉为相国卫。……召平谓相国曰：'祸自此始矣。上暴露于外而君守于中，非被矢石之事而益君封置卫者，以今者淮阴侯新反于中，疑君心矣。夫置卫卫君，非以宠君也。愿君让封勿受，悉以家私财佐军，则上心说。'相国从其计，高帝乃大喜。"刘邦带兵击黥布时，萧何留守关中，拊循勉力百姓，悉以所有佐军，而刘邦还多次派使者问萧何最近在做些什么，甚是疑忌。于是"客有说相国曰：'君灭族不久矣。夫君位为相国，功第一，可复加哉？然君初入关中，得百姓心，十余年矣，皆附君，常复孳孳得民和。上所为数问君者，畏君倾动关中。今君胡不多买田地，贱贳贷以自汙？上心乃安。’于是相国从其计，上乃大说。”后萧何为民请上林苑空地为耕田，刘邦居然一度将萧何枷锁囚禁起来。在《淮阴侯列传》中，司马迁借韩信之口说出：“狡兔死，良狗烹；高鸟尽，良弓藏；敌国破，谋臣亡。天下已定，我固当烹！”深刻揭露了刘邦与部下可共患难、不可共安乐、肆意残害功臣的卑劣行径。在《项羽本纪》中，作者深刻描写了刘邦自私无情和虚伪无赖的性格。在一次战斗中，他被项羽打败，为了逃命，他三次将嫡子(即后来的孝惠帝)、女儿(即鲁元公主)推堕下车：“楚骑追汉王，汉王急，推堕孝惠、鲁元车下，滕公常下收载之。如是者三，曰：‘虽急不可以驱，奈何弃之？’于是遂得脱。”又在一次战斗中，项羽以俘获的刘邦之父要挟他尽快决战，“为高俎，置太公其上，告汉王曰：‘今不急下，吾烹太公。’汉王曰：‘吾与项羽俱北面受命怀王，曰：约为兄弟。吾翁即若翁。必欲烹而翁，则幸分我一杯羹。’”在《张丞相列传》中，作者还写了刘邦的流氓行为：“(周)昌尝燕时入奏事，高帝方拥戚姬，昌还走，高帝逐得，骑周昌项，问曰：‘我何如主也？’昌仰曰：‘陛下即桀纣主也。’”

司马迁不仅不为刘邦隐讳，就是对当时的皇帝刘彻也颇有讥讽之辞。《封禅书》中写武帝迷信方士，屡次被骗，最后还是想遇神仙，“羁縻不绝，冀遇其真”，使人觉得武帝非常可笑。《平准书》中，写武帝对外用兵和奢侈浪费，造成财政困难，便派遣官吏向民间搜刮，司马迁对此给予严厉批判。《酷吏列传》中，他讽刺和批判了汉武帝的暴虐统治。此传中所写酷吏十人，其中九人就是汉武帝手下的爪牙，司马迁写到他们的暴行时，总是特意指出“上以为能”，说明是汉武帝纵容其所为。至于今本《史记》中的《孝武帝本纪》，记载这位赫赫的当朝皇帝，其一生事迹竟多是祭祀、求仙之举。这篇本纪虽然是褚少孙补的，但褚少孙是西汉时人，距司马迁时代不远，所补当是有所据的。至于汉人卫宏在《汉旧仪注》中说，司马迁在《今上本纪》中，多论武帝之过，武帝读了大怒，“削而投之”，因而《今上本纪》不传。此事虽未可信，但从上述各篇看来，从司马迁对汉王朝的认识以及他的悲惨遭遇看来，如果司马迁真有一篇《武帝本纪》，肯定是批判性的。

作为“实录”，《史记》还在不少地方揭露了统治阶级内部的矛盾，表现了他们自私残忍的丑恶本质。如《吕太后本纪》，写吕后“断戚夫人手足，去眼，煇耳，饮瘖药，使居厕中，命曰‘人彘’”，直接揭露了宫廷内部的矛盾和吕太后的凶残。再如《魏其武安侯列传》，写窦婴与田蚡两代外戚之间的明争暗斗，互相倾轧，以及他们同归于尽的下场。《荆燕世家》揭露燕王刘定国禽兽般的乱伦行为，他与庶母通奸，生子男一人，“夺弟妻为姬”，“与子女三人奸”，无耻之极。

《史记》除了揭露统治阶级的丑恶嘴脸和内部矛盾外，还多方面地反映了当时的阶级矛盾。如《酷吏列传》中描写了酷吏对“无势者，视之奴；有势家虽有奸如山，弗犯”，又用严刑峻法来镇压农民起义的暴行。这些，都可以使读者在一定程度上认识当时社会阶级斗争的生活。《史记》就是这样广泛、深刻地揭露统治者罪恶、反映当时的社会矛盾的，不愧为当时社会的一部“实录”。

第二，《史记》“究天人之际”（探求“天道”与“人事”的关系），在一定程度上表现出“天人相分”的唯物思想。

汉武帝时期，董仲舒大谈“天人感应”、“君权神授”。他以天象附会人事，把人间的一切都说成是上天有目的的安排。自然和社会的一切变化，都是上天意志的表现，天意与人事紧密相连，天以祥瑞灾异影响人，人的活动也能感动天。他还宣扬“天子受命于天，天下受命于天子”，把皇帝说成是代天意进行赏罚的权威，以此来论证皇权之神圣不可违。就在这种神学思想受到统治者的大力支持而风靡一时之际，司马迁却继承先秦以来“天人相分”的唯物思想，力求对自然与社会作出科学的解释。在《太史公自序》中，他全文引用了父亲司马谈的《论六家要旨》，认为那种把“阴阳四时”加以神秘化的观点是“未必然”的。他从唯物主义观点出发，解释所谓阴阳五行，指出人要研究自然现象，其目的和意义只在于能够按照一定的自然规律从事生产活动。司马迁还批评当时的所谓占星术等许多迷信思想，说那些星气之书“多杂祯祥”，荒诞不经。

在对历史事物的认识上，更突出地体现出司马迁的进步思想。自古以来，各种史书的作者大都受着自然力量、神权、天命观的支配，由此出发解释各种历史现象。司马迁则不然，他不是把朝代的兴废更替和历史人物的成功与失败归之于天意，而是努力探求客观事物的本来面貌。

例如论及个人的成败。《项羽本纪》中，记载项羽在战败自刎前，曾反复说“天之亡我，非战之罪”。司马迁在论赞中则十分明确地指出，项羽的失败是由于他“背关怀楚，放逐义帝而自立”，“自矜功伐，奋其私智而不师古”，“欲以力征经营天下”，“五年卒亡其国，身死东城，尚不觉悟而不自责，过矣。乃引‘天亡我，非用兵之罪也’，岂不谬哉”。在这里，司马迁认为项羽的失败不是天要亡他，而是由于他自己的过失，否定了“天道”对“人事”的决定作用。而且，十分难能可贵的是，司马迁所指出的项羽失败的原因，基本上是符合实际情况的。

又如论及善恶报应。司马迁在《伯夷列传》中指出：“或曰：‘天道无亲，常与善人。'若伯夷、叔齐，可谓善人者非邪？积仁絜行如此而饿死！……天之施报善人其何如哉？……若至近世，操行不轨，专犯忌讳，而终身逸乐，富厚累世不绝。……余甚惑焉。傥所谓天道，是邪非邪？"这里提出的问题是十分尖锐的，按照传统的观念是"恶有恶报，善有善报"，但是历史的例子和当时的现实则往往是善人恶报，恶人善报；不轨犯法之徒享受安乐富贵，而纯洁公正的人遭受祸害。这"天道"究竟公正不公正？司马迁声明自己对此甚为怀疑。

再如论及国家的兴亡。司马迁在《楚元王世家》的论赞中说："国之将兴，必有祯祥——君子用而小人退。国之将亡——贤人隐，乱臣贵。"这和那种认为国家兴亡必有"天道"征兆的传统观念是针锋相对的。他认为国家兴亡是会有"祯祥"或"妖孽"的，不过，那不是什么怪异的力量，而是指的政治的清明与黑暗。政治清明，则君子用而小人退，这就是祯祥，国家就强盛；政治黑暗，则贤人隐而乱臣贵，这就是妖孽，国家就会灭亡。可见，国家兴亡也是由"人事"决定的。

当然，由于时代和阶级的局限，司马迁没有也不可能完全否定"天道"，但他对"天道"提出了大胆的怀疑，这种朴素唯物主义的精神是十分可贵的。

第三，《史记》"稽其成败兴坏之理"，能以进步的历史观来考察、探寻历史发展进程中的成败兴衰的规律。当然，从整体上讲，司马迁的历史观是唯心的，这就是"英雄创造历史"的观念。而这一点在马克思主义唯物史观产生之前，是封建社会中任何一个伟大的历史家和思想家都不可能超出的。但是，前代的历史学家虽然同囿于唯心史观中，也还有进步与落后之分。

司马迁的历史观的进步性，首先表现在：对于历史人物能以进化的历史观和从广大被压迫人民的愿望出发去衡量他们。凡是在政治、军事、经济、文化、教育、科学等方面有过贡献的人，以及具有高尚道德品质的人，甚至连策士、隐士、说客、刺客、游侠、土豪、医生、卜者、商人、俳优等各个阶层、各种类型的人，司马迁都为之立传，对值得肯定的人物都大胆予以肯定。尤其难得的是，他敢于打破阶级的偏见，为秦末农民起义领袖陈胜、吴广立传，并将他们的传记列入"世家"，同王侯将相以及孔子一类"圣人"并列，这是十分了不起的。不仅如此，司马迁还充分肯定陈胜、吴广在灭秦战争中的首难功绩和对其后社会历史发展的开拓作用。他热情地指出："秦失其政而陈涉发迹，诸侯作乱，风起云蒸，卒亡秦族。天下之端，自涉发难。"(《太史公自序》)又如对待项羽，司马迁既批判了他的错失，同时又从对历史的发展所起的实际作用的角度，充分肯定他的历史功绩。司马迁说："乘势起陇亩之中，三年，遂将五诸侯灭秦，分裂天下，而封王侯，政由羽出，号为霸王。位虽不终，近古以来，未尝有也。”(《项羽本纪》)司马迁不但能站在历史进化的立场上来看待历史人物，而且对那些有才干、品德高尚而遭遇不幸的人物深怀同情和尊敬。例如《屈原贾生列传》，司马迁在写作之前就曾“适长沙，观屈原所自沉渊，未尝不垂涕，想见其为人”，为屈原的遭遇而“垂涕”，被屈原的“为人”所感动，于是第一个为屈原作传。不仅如此，司马迁在其他许多人物传记中，也都表现出对下层人物和对人民的同情。

其次，《史记》体现了大一统的思想。统一是历史发展的趋势，在任何一个朝代，主张统一，反对分裂，都具有进步的意义。司马迁把从黄帝起，历代帝王的更替，顺次编成十二“本纪”，构成一条历史发展的基本线索，说明国家的统一是我国历史的主流。他甚至将传说中的黄帝也写成统一中国的英雄。他对秦始皇虽然给予了严厉的批评，但对于他统一中国的历史功勋，却作了很高的评价，他在《六国年表》中说：“秦取天下多暴，然世异变，成功大”(随时世的不同而变易其政，取得了很大的成功)。司马迁还谴责了汉初破坏统一的吴楚“七国之乱”，总结了汉王室分封诸侯，“大者叛逆，小者不轨于国”的历史教训。从大一统的思想出发，《史记》还写了《匈奴列传》、《南越列传》、《东越列传》、《西南夷列传》、《大宛列传》，记载了这些少数民族的历史和国内各民族之间经济、文化等方面交流、融合的状况，这是极为珍贵的少数民族史料。

总之，《史记》正是以其在政治上能大胆揭露统治阶级、揭露社会矛盾，在思想上具有朴素唯物观，在历史观方面具有历史的、人民性的褒贬尺度，赋予了这部伟大的历史著作以高度的认识价值和思想价值。

第三节 《史记》的文学价值及其对后世的影响

司马迁不仅是一位伟大的历史学家，同时也是一位伟大的文学家。他的《史记》不仅是一部伟大的历史著作，具有重要的历史价值，而且是一部伟大的文学作品。在史传文学的发展史上，在以人物为描写对象的文学发展的历程中，它的艺术价值是空前的。在文学史上，司马迁的名字是同屈原的名字并列而受到景仰的。

第一，《史记》的文学价值首先表现在它塑造了一系列有血有肉、栩栩如生的人物形象。

《史记》是以人物为中心的，主要部分是“本纪”、“世家”和“列传”，其中绝大部分是记人物，因而是历朝历代一系列人物的塑像。司马迁以人物为中心来构思他的伟大著作，这样，从纵的方面可以看出，从上古到汉代三千年的历史是历代统治人物不断更替的历史，它具体地说明了历史不是永久不变，而是不断变化和发展的。从横的方面，它生动地展示了我国三千年历史的广阔画面，即在每一个时期中包含着各个社会阶层、各种不同地位和职业的人物的历史活动。

《史记》以人物为中心来叙写历史，它在描写人物方面的成就最为突出。《史记》之前，《左传》已长于写人物，但因为它是编年史，受着时间限制，它只能在某段时间的范围之内来描写人物，因而往往只能写出人物在某一段时间内的行动或人物的某一生活片断，难以从人物一生的全貌上去塑造人物的形象和性格。《战国策》是国别体，也长于写人物，由于它不受纪年的限制，因而在描写人物方面比《左传》自由，往往能集中笔墨描写单个的人物。但《战国策》侧重于记事，即以重大事件为中心，通过叙述事件来写人物，在写人物时又尤为注重人物的论辩语言，因而在描写人物方面也欠完整性。总的来说，《左传》和《战国策》是从横的方面、截取人物的生活横断面来描写人物。《史记》人物传记的着眼点则不同，它是从人物的一生去完整地叙写，从把握人物的全貌上去塑造人物。由于司马迁吸收了前代的写作经验，并且广泛地掌握材料，予以精心提炼，所以他把塑造人物的文学水平，提高到空前的高度。

《史记》展现了丰富多彩的历史人物画卷，其中性格鲜明的人物不下八九十人，有一部分具有典型意义。在具体塑造这些人物形象方面，它所采用的艺术手法又是极有特点的：

(1)长于在矛盾冲突中刻画人物，即通过许多紧张的斗争场面，把人物推到矛盾冲突的尖端，让人物在紧张的斗争中展示他们各自的形象，表现他们各自的性格特征。矛盾的对立和斗争是事物的普遍法则，当矛盾的对立和斗争发展到顶点时，事物就会从量的渐变进到质的突变。因而在矛盾最尖锐的时刻，最容易将一个人的本质特征暴露出来，抓住这一点来刻画人物，往往能获得较好的艺术效果。《项羽本纪》中的“鸿门宴”一节，就善于在矛盾斗争最尖锐、最激烈的时候来刻画人物，是这方面的典型例子。

“鸿门宴”是写陈胜、吴广领导的农民革命失败后，反秦的起义运动继续在全国蓬勃发展。项羽在巨鹿(今河北平乡)消灭了章邯统率的秦军主力二十余万，刘邦则乘虚攻取秦都咸阳，秦王子婴降刘。刘邦随即与民约法三章(“杀人者死，伤人及盗抵罪”)，并派兵据守函谷关，企图独霸关中。而在刘邦、项羽起兵反秦之初，楚怀王(战国时楚怀王的孙子，名心，也号“怀王”)曾与刘、项等有过约言：“先入定关中者王之。”刘邦先入关，按约当称王；但项羽自恃消灭秦军主力有功，且实力大大强于刘邦，故而不让。“鸿门宴”的故事正是在这尖锐的政治、军事斗争的矛盾冲突中展开的。整个故事主要由三部分组成。

第一部分描绘的是鸿门宴前“山雨欲来风满楼”的气氛。项羽被拒之于函谷关，又闻刘邦已破咸阳，盛怒之下破关而入。此时刘邦军中内奸曹无伤使人前来告密，说刘邦有“欲王关中”之心；范增进一步为项羽分析形势，说刘邦其“志不在小”，且有“天子气”。这些更如同火上浇油激怒了项羽，气氛骤然紧张，项、刘之间矛盾激化，大有一触即发之势。鸿门宴帷幕未开，已是一片杀气腾腾。这里主要是写项羽一方，项羽气势咄咄逼人，同时却又是以只知一味发怒的形象出现的。刘邦方面则显得形势岌岌可危。作者接着转向对刘方宴会前情况的描写：项羽的族叔项伯为个人情谊私通敌方，将项羽即将进攻刘邦的消息透露给张良。张良为刘邦出谋划策，拉拢了项伯，使他反过来在项羽面前为刘邦说话。勇武而少谋的项羽果然听信了项伯之言，答应以礼待刘。从表面上看，这时气氛有所缓和，实际上却隐藏着更大的矛盾。在这场斗争的第一个回合，刘邦取胜而项羽失败了。刘邦一方的上下一致、团结一心，与项羽的沽取仁义之名、项伯的纳敌纵患，形成对比，已为双方最后的胜负埋下了伏笔。

第二部分写鸿门宴上双方的正面交锋。宴会上的斗争始终围绕着对刘邦杀与不杀的问题进行：刘邦冒着生命危险前来赴宴谢罪，屈体下礼，卑辞言好，自称“臣”而尊对方为“将军”，以示毫无僭越之意，使项羽妄自尊大之心得到满足。刘邦那谦恭的态度，委婉的言辞，巧妙的开脱（“小人之言，令将军与臣有隙”），使项羽视之悦目，闻之入耳。他为消除“误会”，尽去前嫌，轻易道出“此沛公左司马曹无伤言之”，无意之中便断送了一个于己有用的奸细。刘邦的虚伪、狡诈和项羽的直率、愚蠢形成鲜明对比。紧接着，由于范增识破了刘邦的用心，采取了一系列行动，把刚刚缓和下来的矛盾又推向高潮。范增“数目项王”，“举所佩玉玦以示者三”，促项羽下手，但项羽默然不应。范增只得改变原计划，招来项庄，伺机下手。一时形势突变，刀光剑影，险象环生。项庄舞剑，意在沛公；樊哙闯宴，气慑项羽。双方明争暗斗，杀机四伏，冲突极为尖锐。可是项羽却仍未醒悟，如同置身局外，反而对樊哙倍加赞赏，呼之“壮士”，并“赐之卮酒”、“赐之彘肩”、赐之以坐。项羽对刘邦先前于该击时而不击，此时又于可杀之际而不杀，一再坐失良机。刘邦方面以退为进的策略完全奏效，第二个回合中又取得了胜利。在这个回合中，两方的人物刘邦、樊哙、张良与项羽、范增、项庄、项伯的形象都得到十分生动的表现。

第三部分写事情的结局和尾声。刘邦不因一时的现象而迷惑，断然逃席而去。可见其内心对自己如履薄冰的处境一刻也未曾放松警惕；项羽却在刘邦心迹真相大白之时依然执迷不悟，纵虎归山而毫不知错。项羽从张良手中“受璧，置之坐上”，宜追之时又不追，最终使自己由主动变为被动，在斗争的第三个回合又一次失败。这一次次失败最终导致了他兵困垓下、自刎乌江的结局。

鸿门宴斗争波澜起伏，形势张弛变化。作者正是在这尖锐、复杂的冲突中，通过人物的语言、行动，形象地、对等地刻画了老练、精细的刘邦与豪爽、少谋的项羽，沉着、机智的张良与老谋深算的范增，粗中有细的樊哙与一介武夫项庄，因通敌被杀的曹无伤与虽通敌而安然无恙的项伯等性格鲜明生动的人物形象。

(2)长于细节描写，善于选择具有典型意义的细节来表现人物的性格或烘托气氛。典型细节往往最能体现人物的面貌和性格特征，司马迁笔下的人物大多个性鲜明，栩栩如生，就是因为他十分注意选择典型的细节进行描写。例如樊哙，此人与刘邦共同起义反秦，是汉开国功臣之一。司马迁在“鸿门宴”一节写他的勇猛粗豪行动时，着重描写了几个细节，例如，当“项庄舞剑，其意常在沛公”的危急之时，樊哙与张良谋划后，便“带剑拥盾入军门”，遭到项营卫士的阻止，“樊哙侧其盾以撞，卫士仆地，哙遂入”。“侧其盾以撞”这一细节值得重视，樊哙不用剑拨开卫士的戟，而用盾牌撞击，既可达到冲破阻拦进帐的目的，又表示仅仅是自卫而非进攻，以免激化矛盾，增加危险性。足见樊哙勇猛而又精细。樊哙进帐后，“披帷西向立，瞋目视项王，头发上指，目眦尽裂”，这些细节又渲染了樊哙的非凡胆气和勇烈。此后又写了他“立饮卮酒”、“生啖彘肩”，其人粗豪之状呼之欲出。樊哙在《项羽本纪》中不过是因事件牵涉而写到的人物，但写得如此有个性，应该说其中一些典型细节的刻画起了重要的作用。又如“鸿门宴”中写项羽乍见樊哙闯宴时，便“按剑而跽”。这一细节形象地反映出项羽的戒心：“按剑”是为了便于拔剑相斗，“跽”是挺身半跪，便于拔剑而起，动态非常逼真。鸿门宴尾声时范增接受张良转赠的玉斗之后，“置之地，拔剑撞而破之”，并伴随着一声“竖子不足与谋”的恨骂，这一细节，形象地表现了范增对形势的清醒认识和对项羽的不满，以及计谋破产后无可奈何的心情。《廉颇蔺相如列传》中写蔺相如在秦庭：

> 秦王饮酒酣，曰：“寡人窃闻赵王好音，请奏瑟。”赵王鼓瑟。秦御史前书曰：“某年月日，秦王与赵王会饮，令赵王鼓瑟。”蔺相如前曰：

“赵王窃闻秦王善为秦声，请奏盆缻秦王，以相娱乐。”秦王怒，不许。于是相如前进缻，因跪请秦王。秦王不肯击缻。相如曰：“五步之内，相如请得以颈血溅大王矣!”左右欲刃相如，相如张目叱之，左右皆靡。于是秦王不怿，为一击缻。相如顾召赵御史书曰：“某年月日，秦王为赵王击缻。”秦之群臣曰：“请以赵十五城为秦王寿。”蔺相如亦曰：“请以秦之咸阳为赵王寿。”秦王竟酒，终不能加胜于赵。赵亦盛设兵以待秦，秦不敢动。

渑池之会，为维护赵国的尊严，当秦王左右欲以刀刃相如的时候，蔺相如“张目叱之，左右皆靡”。“张目叱之”的细节，表现了蔺相如不辱于诸侯的凛然正气。“负荆请罪”一节，“廉颇闻之，肉袒负荆”，既表现了廉颇勇于改错的精神，又映衬了蔺相如心胸开阔，品质高尚。《魏公子列传》写信陵君谦虚下士，是通过他为夷门监者(大梁城东门看守城门的役吏)七十岁的侯嬴赶车的细节(嬴“上坐不让，公子执辔愈恭”、“俾倪故久立，与其客语，微察公子，公子颜色愈和”)来表现的。《刺客列传》写易水送别，荆轲慷慨悲歌，“就车而去，终已不顾”，表现了荆轲大义凛然、慷慨赴敌的英雄气概。

《史记》中的细节描写，不仅形象地凸显了人物的性格，也在情节的开展上起着关联作用，同时还往往暗示出事件的发展和结局，以及人物的下场。“鸿门宴”中项羽受璧，“置之坐上”，麻木无知；范增击破玉斗，叹惋“竖子不足与谋”等细节，实际上暗示了后来项羽的失败。《陈涉世家》中也有一个“故人见陈涉”的细节。陈涉自称陈王之后，昔日与之同为庸耕者，自恃与陈涉过去的友情，“遮道而呼涉”，“出入愈益发舒，言陈王故情”，“陈王斩之，诸陈王故人皆自引去，由是无亲陈王者”，也起到了预示陈涉失败结局的作用。

第二，《史记》长于结构，善于剪裁和安排情节，谋篇布局，匠心独运。作为史传文学，《史记》不同于后世的小说，它同时要给许多人物立传，在人物与人物之间要发生错综复杂的关系。司马迁通过传写这些历史人物，还要记下大量的历史事实，因此它头绪纷繁，同一时期的历史事实，在同一时期的不同人物传记中都要涉及。怎样通过写他们的传记，把这段历史有系统、有条理地反映出来而又不致互相重复，这是很不容易做到的，需要有巨大的驾驭材料和组织材料的能力。在这一方面，司马迁表现出来的高超的组织结构的才能，是令人吃惊的。他之善于剪裁主要表现在两个方面：

其一，对于许多人物所共同经历的事件，用“互见法”来处理。如果各传皆非写不可的话，或详此略彼；或某传已写了，其他传则注明“语在某传中”、“事在某传中”。如“鸿门宴”这一事件，牵涉到的人物很多，在刘邦、项羽、樊哙等人的传记中又都非提不可。为了不重复，司马迁“详此略彼”，在《项羽本纪》中写得极为详尽，有声有色，而在《高祖本纪》、《樊哙列传》中则极为简略，几乎没有多少具体的细节的描写，而只是用叙述的语言交代过去。至于何者该详，何者该简，司马迁的剪裁标准就是看事件与谁的关系最大，则在谁的传记中详写。

其二，对于人物一生中的许多事件，则以突出重点、突出性格特征作为剪裁的标准。人物一生所经历的事件很多，像项羽、刘邦这样的人物，要记的事迹肯定不少，与他们有关的历史事件也甚广，都不能一一地记下来。司马迁则选择那些既有历史意义，又能表现人物性格的事件进行重点描述，而对其他的与表现人物性格关系不大的历史事件，只是作为历史线索穿插其中，用叙述的语言带过。例如《项羽本纪》就是主要通过“项梁起义”、“巨鹿之战”、“鸿门宴”和“垓下之围”等重要事件的细致描写来塑造项羽的形象的。《史记》在勾画人物一生面貌时是这样剪裁的，其他即使是在记述某一重要事件，亦即以事件为主时，也是这样善于安排情节、善于剪裁的。

第三，《史记》长于运用语言艺术，取得了创造性的成就。

(1)在当时通俗语言的基础上，灵活运用古代语言，从而形成通俗、简洁、流畅的散文语言风格。司马迁叙述古代历史，依据了大量的古代史料，因而面临着如何对待古代典籍的语词含义、表述句式及修辞方法等问题。他把那些僵化或含义不明的语词和句式，按照当时的一般理解，改为通俗易懂的语词和句式。以下列两段话为例：

帝曰：“畴咨若时登庸？”放齐曰：“胤子朱启明。”帝曰：“吁，嚚讼可乎？”帝曰：“畴咨若予采？”驩兜曰：“都，共工方鸠僝功。”帝曰：“吁，靖言庸违，象恭滔天。”

——《尚书·尧典》

尧曰：“谁可顺此事？”放齐曰：“嗣子丹朱开明。”尧曰：“吁！顽凶，不用。”尧又曰：“谁可者？”讙兜曰：“共工旁聚布功，可用。”尧曰：“共工善言，其用僻，似恭漫天，不可。”

——《史记·五帝本纪》

可以看出，司马迁将《尧典》中那些含糊、拗口的古代语言，翻译、改写为明白、流畅的通俗语句了。这样改写，可以使读者容易读懂和理解，同时也因为融进了当时的新鲜语汇，对古代历史的叙述和人物的描绘就更加鲜明生动。因此，司马迁在对古代历史的规范化的整理中，实际上也包含着对古代语言的整理工作。而对于时代较近的先秦史籍，司马迁在节录时则极少更动，有些极为简练、通俗流畅的近代文学往往一字不易地录用。例如宋代洪迈论“《史记》简妙处”，谈到《史记·魏世家》中信陵君论韩国的一段话：“存韩安魏而利天下……韩必德魏、爱魏、重魏、畏魏，韩必不敢反魏。”洪迈说：“十余语间五用‘魏’字”，读后“未尝不惊呼击节，不自知其所以然”。其实，《魏世家》中的这些材料完全是转录于《战国策·魏策》的。司马迁不是所谓“厚今薄古”的历史虚无主义者，也不是一个“颂古非今”的复古主义者，他完全是从现实的要求出发，以能否鲜明生动地叙述历史和塑造历史人物为取舍依据。司马迁在当时通俗语言的基础上继承并灵活运用古代语言，创造出通俗、流畅、朴实、鲜明的散文语言，标志着古汉语由先秦以《尚书》为代表的佶屈古奥阶段，进入流畅、平易、实用阶段。司马迁不愧为改造语言的大师，两千年来，文坛上称誉、仿效不断。

(2)运用口语和个性化语言来刻画人物的情态，以增强人物的个性和典型性，这在《史记》中也是较为突出的。略举数例即可明了：

如《陈涉世家》中写陈涉旧时伙伴(故人)进入陈涉宫殿时惊呼：“夥颐！涉之为王沈沈者！”(真多呀！陈涉为王，宫室深邃啊！)“夥颐”是楚人土语，用在这里，见出“故人”大开眼界时诧异不已的情态。这是对乡下人的描绘。

又如《李将军列传》中写李广谪居在家，“尝夜从一骑出，从人田间饮。还至霸陵亭，霸陵尉醉，呵止广。广骑曰：‘故李将军。’尉曰：‘今将军尚不得夜行，何乃故也！’止广宿亭下。”按常理，霸陵尉一听“故李将军”大名，便会放行，但他却说“今将军尚不得夜行，何乃故也”，活见出霸陵尉不甚清醒、不讲情面的懵昏之态。这是对醉汉的勾勒。

再如《韩长孺列传》写御史大夫韩安国因事下狱，蒙县狱吏田甲侮辱他，安国曰：“死灰独不复然(燃)乎?”田甲曰：“然即溺(尿)之!”韩安国与田甲的对话，生动地表现了龙游浅滩被虾戏、虎落平阳遭犬欺的世态炎凉。而田甲那一句“然即溺之”的横话，生动地显现出他那蛮横、粗鄙之状。这是对横吏的刻画。

流氓无赖者的语言则是另一种面貌。《淮阴侯列传》中写道，韩信年轻时，曾在街头遭到流氓无赖的纠缠，那一群恶少挑衅地说：“若虽长大，好带刀剑，中情怯耳。”并且侮辱他说：“信能死，刺我；不能死，出我袴(胯)下!”这种流氓无赖的口吻，使人联想起后来《水浒传》中撩拨杨志的“没毛大虫”牛二，读后给人的印象是深刻的。

口吃者的言辞情状又有不同。《张丞相列传》写到周昌口吃，又逢刘邦征询废太子立赵王之事，周昌盛怒，说：“臣口不能言，然臣期期知其不可。陛下虽欲废太子，臣期期不奉诏。”这里，“期期”二字便是模拟口吃之声的。

司马迁还写了豪爽坦率者之语。《项羽本纪》中写项羽曾见秦始皇车骑，项羽快人快性，对其叔父项梁说：“彼可取而代也!”语气极为率直，充满着反抗和蔑视的神情。

又写了向往富贵名位者之声。《高祖本纪》中也曾写到刘邦服徭役时，看见秦始皇仪仗之盛。刘邦喟然叹曰：“嗟乎，大丈夫当如此也!”语气中充满羡慕之情，表现了他垂涎富贵的思想。

凡此种种，不胜枚举。可以说，《史记》人物之所以有血有肉，栩栩如生，一个重要原因就是作者善于描写人物的语言，即以逼真的口语表现人物的个性和典型性，收到了很好的艺术效果。

(3)广泛采用歌谣、谚语、俗语来叙事或论赞，从而丰富其内容，增强对于事件或人物的认识，这尤其是《史记》语言的一大特色。下列数例：

《淮南衡山列传》引“民歌”歌淮南厉王曰：“一尺布，尚可缝，一斗粟，尚可舂，兄弟二人，不能相容。”

《魏其武安侯列传》引“颍川儿歌”曰：“颍水清，灌氏宁；颍水浊，灌氏族。”

《李将军列传》论赞引“谚曰”：“桃李不言，下自成蹊。”

《货殖列传》引“谚曰”：“天下熙熙，皆为利来；天下攘攘，皆为利往。”“百里不贩樵，千里不贩籴。居之一岁，种之以谷；十岁，树之以木；百岁，来之以德。”

《白起王翦列传》论赞引“鄙语”曰：“尺有所短，寸有所长。”

《张释之冯唐列传》论赞引“鄙语”曰：“不知其人，视其友。”

这些歌谣、谚语、俗语，都是不断产生、流传和修改的民间口头创作，它概括了广阔的社会生活，因而是特别富有战斗性和表现力的一种特殊的精粹的语言。广泛采用这种语言，有助于体现文章的思想内容，增强现实主义的战斗精神。这是司马迁深入生活，努力向民间文学学习的必然结果。这一特点，在他以前的作家身上是少见的。概言之，上述三个方面，远远不能概括《史记》的语言艺术成就，但它们是重要的，历来为后世作家所推重和学习。

第四，《史记》的人物传记与先秦历史散文相比，明显地增加了故事情节和戏剧性冲突，使这些篇章更富于文学色彩。例如，范雎的事迹在《战国策·秦策》中写得十分简括，而在《史记·范雎蔡泽列传》里则有非常生动的描述。特别是其中描写范雎离魏入秦的一段，情节相当曲折，有很强的故事性。范雎先事于魏中大夫须贾，从须贾使齐。归来后须贾诬范雎通齐，魏之相国魏齐大怒，“使舍人笞击雎，折胁摺齿，雎佯死。即卷以箦，置厕中，宾客饮者醉更溺雎。……雎从箦中谓守者曰：‘公能出我，我必厚谢公。’守者乃请出弃箦中死人。”于是范雎得以死里逃生。后来，范雎遇秦昭王手下的王稽，随之入秦。在进入秦境之后，作者描写了路遇穰侯的一段小插曲，尤为生动传神：

> 王稽辞魏去，过载范雎入秦，至湖关，望见车骑从西来，范雎曰：“彼来者为谁?”王稽曰：“秦相穰侯东行县邑。”范雎曰：“吾闻穰侯专秦权，恶内诸侯客，此恐辱我，我宁且匿车中。”有顷，穰侯果至，劳王稽，因立车而语曰：“关东有何变?”曰：“无有。”又谓王稽曰：“谒君得无与诸侯客子俱来乎？无益，徒乱人国耳。”王稽曰：“不敢。”即别去。范雎曰：“吾闻穰侯智士也，其见事迟，乡者疑车中有人，忘索之。”于是范雎下车走，曰：“此必悔之。”行十余里，果使骑还，索车中无客乃已。王稽遂与范雎入咸阳。

文章既叙述了范雎入秦的经过，又将他足智多谋的个性通过被笞佯死、下车避穰侯等情节活灵活现地表现出来，给读者留下很深的印象。这样生动曲折的故事情节的描绘，在先秦历史散文中是很少见的，颇接近于后世小说的写法。不过，尽管增添了许多文学因素，《史记》的人物传记还是致力于写实的。对离奇的情节并不是不加分析，而是有所取舍。例如作者在《刺客列传》赞语中写道：“世言荆轲，其称公子丹之命，天雨粟、马生角也，太过。又言荆轲伤秦王，皆非也。始公孙季功董生与夏无且游，具知其事，为余道之如是。”司马迁处理史料的态度是严肃认真，尽力求实的。

综上所述可知，《史记》既是一部规模空前的伟大历史著作，同时又是一部杰出的史传文学巨著，它无论在史学上还是在文学发展史上，都具有重要的历史地位，对后世发生了巨大的影响。

首先，从史学方面看，司马迁是一个开山的人物，他开创了纪传体历史著作的体例，成为后世历史著作的楷模。宋人郑樵说：“百代之下，史官不能易其法，学者不能舍其书。六经之后，惟有此作。”(《通志·总序》)清人赵翼也说：“自此例一定，历代作史者遂不能出其范围，信史家之极则也。”

(《廿二史札记》)他又开创了“论赞”这一形式(《史记》中称“太史公曰”，后来班固《汉书》、范晔《后汉书》称“赞”，陈寿《三国志》称“评”，荀悦《汉纪》称“论”，刘知几《史通》总称“论赞”，后世遂习称“论赞”)，附于史传之后，主要内容包括：某人某事采访的经过；某些补充说明的材料；对某人某事的评语等。它体现了司马迁的求实精神，体现了他的文学观、史学观，是《史记》很有价值的一部分，值得研究。确实，自太史公之后两千年封建时代的史官，都是以《史记》为“极则”，无不承袭他的体制，司马迁进步的历史观，对后世的影响也很大，他评人论史，褒贬是非，指斥现实，往往能突破阶级的偏见，所以鲁迅称《史记》为“无韵之《离骚》”(《汉文学史纲要》)。他的“实录”精神，也为后世史家所仿效。此外，从整理中华民族历史资料来看，他网罗了汉以前散碎的历史资料，科学地、系统地建设了规模宏大的第一部中国史，开创了中国历史学的一个新的阶段，实在堪称“史家之绝唱”(鲁迅：《汉文学史纲要》)。

其次，从文学方面看，《史记》的影响更是多方面的。《史记》之善于写人叙事，是令后人叹服的。“同叙智者，子房有子房风姿，陈平有陈平风姿。同叙勇者，廉颇有廉颇面目，樊哙有樊哙面目。同叙刺客，豫让之与专诸，聂政之与荆轲，才一出语，乃觉口气各不同。《高祖本纪》见宽仁之气，动于纸上；《项羽本纪》觉喑恶叱咤来薄人。读一部《史记》，如直接当时人，观睹其事，亲闻其语，使人乍喜乍愕，乍惧乍泣，不能自止。是子长叙事入神处。”(泷川龟太郎《史记会注考证》引《拙堂文话》)由于《史记》人物传记故事情节生动、曲折，人物形象鲜明，因而对后世小说、戏剧影响也很大。如后世的《东周列国志》、《西汉通俗演义》等小说和《鸿门宴》等戏曲，都取材于它。后世的一些传奇小说和志怪小说的写作，从唐传奇到清代的《聊斋志异》，也都曾从《史记》的人物传记中吸取了丰富的营养。今人研究中国小说发展史，也往往追溯到《史记》的影响。在文学语言上，后代散文家无不推崇《史记》并努力向它学习。《史记》在语言上务求平易简洁，不求艰深，因之唐宋以来的古文家和散文家，在反对形式主义的繁缛和艰涩古奥的文风时，往往标举《史记》。从韩愈、柳宗元到归有光，以及清代的桐城派等，都很明显地受到了《史记》的影响。

第四节 班固与《汉书》

汉代的史传文学，除了《史记》之外，还有与之并称“史汉”，东汉班固所撰的《汉书》。

班固(32—92)，字孟坚，扶风安陵(今陕西咸阳东北)人。班固之前，他的父亲班彪采集前史遗事，旁贯异闻，曾作《史记后传》六十五篇。班固二十余岁时，在他父亲《史记后传》的基础上撰写《汉书》。过了几年，被人告发他私自改作国史，因而下狱。其弟班超上书为他辩白，汉明帝又阅读了他著作的初稿，知道他的著作是维护统治阶级的利益的，便未加惩罚，而召他做兰台令史。兰台，汉代收藏秘书之宫观，以御史中丞掌管，兰台令史则职掌书奏，这就给班固撰写《汉书》提供了方便。所以，可以说，《汉书》是奉旨编撰的“官史”。它和《史记》不一样，是“追述功德，傅会权宠”的。班固写《汉书》二十余年，未竟，因受窦宪谋反事件牵连，下狱而死。班固死后，《汉书》的“八表”及“天文志”由其妹班昭受诏“踵而成之”；班昭之后，马续“继昭成之”。所以，一部《汉书》的编成，实际上前后经过了班彪、班固、班昭、马续四人之手，而班固是主要编撰人。

《汉书》是我国第一部断代史，记载了自汉高祖元年至王莽地皇四年(前206—23)共229年的历史。《汉书》在体制上沿袭《史记》而稍有改动，其改“书”为“志”；取消“世家”，并入“列传”。《汉书》共一百篇，下为：“帝纪”十二，“表”八，“志”十，“列传”七十，基本上还是由“纪”、“传”两部分组成，所以，仍然是纪传体。

《汉书》同《史记》一样，在我国史书“二十四史”中地位是最高的。《史记》、《汉书》及后来的《后汉书》、《三国志》合称为“四史”。但是，从整体上讲，《汉书》的文学价值不及《史记》。

《汉书》关于汉武帝以前的史事，大都引用《史记》的原文，郑樵讥评它“尽窃《史记》”、“事事剽窃”(见《通志·总序》)，但也有人认为由于后人窜补《史记》，往往将《汉书》的文字补入其中，因而反说《史记》“抄”《汉书》。不过，《汉书》引用《史记》原文，并非原封不动，而是做了改动、删削和补充。如《晁错传》就增加了不少材料，内容更为丰富。说它“尽窃《史记》”，不完全符合事实。

从历史学的角度看，《史记》是对三千年历史的通盘整理，因而规模宏伟，气魄壮大；它又开创了纪传体的体制，这都是开创性的。当然，也正由于《史记》所叙是上下数千年的通史，年代久远，史事繁杂，有些甚至是传说的历史，再加上司马迁写《史记》所依据的前代史料、典籍大都散乱、零碎，需要他进行大量的整理、剪裁、编纂的工作，因此难免有疏略和牴牾之处。班固对此便曾批评说：“甚多疏略，或有牴牾。”(《汉书·司马迁传》)而《汉书》所记史实只有二百多年，都是近代的历史，前面又有《史记》内容可作参考，同时又有班彪《史记后传》作为基础，体例上有《史记》可以遵循。

因此，《汉书》叙事较为详细、严整、确凿。从这个意义上看，有人尤其看重《汉书》的史料价值。

从思想内容上看，《史记》是司马迁准备“藏之名山”的私家史著，是成一家之言的独创性的著作。虽然其总体上是为统治阶级提供借鉴的，但往往能在某些问题上突破阶级局限，体现出关心人民疾苦、批判帝王罪恶的进步观点。《汉书》也具有一定的“实录”精神，因而在思想内容上也有较为突出的地方。如《苏武传》表彰了苏武的爱国精神和民族气节；《外戚列传》暴露了宫闱的种种黑幕；《霍光传》描写了外戚的专横暴虐和他们的爪牙鱼肉人民的罪行；《张禹传》刻画出封建官僚剥削人民、淫侈腐化而又善于阿媚取宠以保持禄位的嘴脸。这些都是有进步意义的。但是，由于《汉书》是受诏而作的官书，是为封建王朝服务的，缺少批判现实的精神，其阶级倾向性十分鲜明，因而在思想内容上受到较大的局限。如班固批评司马迁“是非颇谬于圣人”，又将“本纪”、“世家”中的项羽、陈涉等人贬入“列传”（当然也有体例上的原因），仇恨那些反抗暴政、同情人民的游侠人物，说他们“不入于道德”，“杀身亡宗，非不幸也”，且“罪不容诛”（《游侠传》），便是其思想局限的例证。所以，可以肯定地说，《汉书》的思想性不及《史记》。

从文学上看，《汉书》的语言艺术与《史记》各有千秋。总的来说，《史记》文笔流畅，风格潇洒奇谲，善指事类情，且具有通俗化、口语化的特点，因而简洁明朗，浅易近人而又变化多端。《汉书》文笔古朴，风格典雅工丽，人称“三日不读《汉书》，便觉俗气逼人”（宋黄庭坚语）。因为班固是赋家，因而《汉书》语言具有整齐、藻饰、严谨、详赡的特点。

《汉书》在人物形象的塑造上是远远比不上《史记》的，但有些人物传记也写得摹声绘形，生动形象。最有名的是《苏武传》中的苏武。例如写李陵劝降而苏武坚决不降的一段：

> 初，武与李陵俱为侍中。武使匈奴明年，陵降，不敢求武。久之，单于使陵至海上，为武置酒设乐，因谓武曰：“单于闻陵与子卿素厚，故使陵来说足下，虚心欲相待。终不得归汉，空自苦亡人之地，信义安所见乎？前长君为奉车，从至雍棫阳宫，扶辇下除，触柱折辕，劾大不敬，伏剑自刎，赐钱二百万以葬。孺卿从祠河东后土，宦骑与黄门驸马争船，推堕驸马河中溺死，宦骑亡，诏使孺卿逐捕，不得，惶恐饮药而死。来时，大夫人已不幸，陵送葬至阳陵。子卿妇年少，闻已更嫁矣。独有女弟二人，两女一男，今复十余年，存亡不可知。人生如朝露，何久自苦如此！陵始降时，忽忽如狂，自痛负汉，加以老母系保宫。子卿

> 不欲降，何以过陵？且陛下春秋高，法令无常，大臣亡罪夷灭者数十家，安危不可知，子卿尚复谁为乎？愿听陵计，勿复有云。”武曰：“武父子亡功德，皆为陛下所成就，位列将，爵通侯，兄弟亲近，常愿肝脑涂地。今得杀身自效，虽蒙斧钺汤镬，诚甘乐之。臣事君，犹子事父也。子为父死亡所恨。愿勿复再言。”
>
> 陵与武饮数日，复曰：“子卿壹听陵言。”武曰：“自分已死久矣！王必欲降武，请毕今日之驩，效死于前！”陵见其至诚，喟然叹曰：“嗟乎，义士！陵与卫律之罪上通于天。”因泣下沾衿，与武决去。

文中热情歌颂了苏武精忠报国、不为威胁利诱所屈的品格。写得感情充沛，慷慨激昂。李陵以苏武的两个兄弟均以服侍皇帝有失乃至身亡之事，以及帝王法令无常、许多大臣无罪而被灭族的现实说明“信义安所见”。并告诉苏武他的母亲已故去，妻子也改嫁了，余下的亲人“存亡不可知”，一切都没有什么指望。劝他“人生如朝露，何久自苦如此”。但这一切都不能使苏武为之所动，他为国为君情愿肝脑涂地。在苏武的忠直面前，李陵只有羞愧自责，喟然叹息。作者通过李陵与苏武的对话，既映现出苏武的节亮风高，也写出了李陵投降后的复杂心情和前来劝降苏武时的百感交集。《苏武传》历来备受后人称道。《廿二史札记》说：“《史记》无《苏武传》，盖迁在时，武尚未归也。《汉书》为立传，叙次精采，千载下犹有生气，合之《李陵传》，慷慨悲凉，使迁为之，恐亦不能过也。”在《汉书》中，与《苏武传》类似的人物传记还有《霍光传》。其他如《东方朔传》写东方朔其人的诙谐善讽等也较出色，有比较鲜明的人物个性。不过，就整部《汉书》而言，写得这样成功的、文学价值较高的人物传记还是很少的。

总的来说，《汉书》具有一定的思想性，在某些方面反映了当时的社会面貌。作为历史散文，也有较高的艺术成就。它的篇章结构严密，语言简练，对后世影响很大。《汉书》亦不失为汉代历史散文的典范之作。

第五章　两汉的诗歌

第一节　盛世与乐府

我国诗歌发展的历史，如果从《诗经》算起，已有三千年了。这三千年的诗歌发展史，就像我们中华民族的黄河、长江，传之不朽的优秀的诗篇汇成了滔滔的诗歌巨流。在这滔滔巨流之中，《诗经》和楚辞是最初的两大波峰，而唐诗则是我国古典诗歌发展的最高潮。然而，唐诗的高潮不是突然出现的，也不是一天出现的，它是诗歌发展的自身规律所促成的。在这一发展进程中，汉代诗歌有着极为重要的地位。汉诗以乐府民歌为代表的现实主义精神，上继《诗经》，下贯建安、唐代，形成一条现实主义优良传统的红线。从诗歌的形式看，汉代出现杂言和五言的新形式。五言诗经魏晋南北朝时期的固定，遂发展为我国古典诗歌的主要形式之一。汉代诗歌，是继楚辞的诗体大解放之后，我国诗坛上又一次出现的开创性的新局面，其中最能代表汉诗成就的当首推乐府民歌。

“乐府”一词，早在秦代就有了。1977年在秦始皇陵墓附近出土的编钟，上有用小篆刻记的“乐府”二字。汉初，“乐府”二字已见于史籍。司马迁在《史记·乐书》中追述说：“高祖崩，令沛得以四时歌舞宗庙。孝惠、孝文、孝景无以增更，于乐府习常隶旧而已。”《汉书·礼乐志》也有“孝惠二年，使乐府令夏侯宽备其箫管”之语。可见，惠帝时已有乐府。不过，这时的“乐府”只是一个“太乐”官署，“乐府令”也只是像周秦时代的乐官那样，掌管郊庙朝会的贵族宫廷乐章。只是到了汉武帝时，才“外兴乐府协律之事”（班固：《两都赋·序》）。这时的“乐府”，实际上是一个在“太乐”之外，专掌俗乐的音乐机构。“至武帝定郊祀之礼……乃立乐府，采诗夜诵。有赵、代、秦、楚之讴。以李延年为协律都尉。多举司马相如等数十人造为诗赋，略论律吕以合八音之调，作十九章之歌”(《汉书·礼乐志》)。这说明，当时的乐府，其任务有三：(1)采诗，即收集民间歌辞，所收集的范围主要有赵、代、秦、楚等地的民歌。据记载，当时收集有一百三十八篇，惜未全部保存下来。(2)将文人创作的诗歌(有司马相如等数十名宫廷文人专门写的诗赋)和采集来的民歌谱成曲调(“略论律吕以合八音之调)，以供歌舞演奏之用。(3)训练歌舞人员，当时以李延年(武帝李夫人之兄，故倡)为首组织训练。

很显然，“乐府”的最初含义只是一个音乐机关的名称。“乐”即音乐；“府”即官府。但是，“乐府”名称的含义在文学史上是不断演变的。在汉代，人们将乐府中那些被谱成曲调以供歌唱的诗歌及民谣，称作“歌诗”，意即可供歌唱的诗。在魏晋南北朝时期，人们将入乐的诗看成一种诗体，把汉人所说的“歌诗”称为“乐府”。这样，“乐府”便成为可供入乐歌唱的诗体的名称。唐代以后，“乐府”的含义又有所扩大。文人袭用乐府古题而写的并不入乐的诗，或没有袭用乐府古题，但继承了古乐府创作精神的即事名篇的诗，也叫“乐府”。此外，元稹、白居易等人标举“乐府”，以其现实主义精神为旗帜，倡导了“新乐府”运动。这些“乐府诗”往往撇开音乐性，而作为一种批判现实的诗歌流派的名称。宋元以后，也有称词、曲为乐府的。这是因为词曲能唱，从音乐的角度来看待这些诗的别体，而不考虑其内容与创作精神了。这是“乐府”一词的引申之义。

汉武帝设立管理俗乐的音乐机构，收集民歌，其目的大致在于两方面。一是宫廷享乐生活的需要，因为民歌的清新气息对于统治者是一种精神上的调剂，这对于功成名就的统治者而言，是一种文化追求。二是通过采诗来观民风，衡量政治得失，这对于汉朝这样一个大一统的帝国，也是一种政治胸怀。《汉书·艺文志》说：“自孝武立乐府而采歌谣，于是有赵、代之讴，秦、楚之风，皆感于哀乐，缘事而发，亦可以观风俗，知厚薄云。”到了东汉，光武帝刘秀也曾“广求民瘼，观纳风谣”(《后汉书·循吏列传》)；和帝刘肇曾“分遣使者，皆微服单行，各至州县，观采风谣”(《后汉书·李郃传》)。民歌民谣往往反映了人民的政治、思想意向。统治者为了巩固自己的统治，自然十分重视这些民歌，民歌也幸而因此得到保存。西汉末期，哀帝曾“诏罢乐府”，罢去俗乐，裁减乐工，使得西汉乐府民歌散失甚重，现存汉乐府民歌以东汉为多。哀帝“罢乐府”，并没能禁止乐府诗的流传，在当时，被裁减的乐工转徙民间，起到了一定的传播作用，而“豪官吏民，湛洒自若”(《汉书·礼乐志》)。东汉初年，乐府恢复(说见萧涤非《汉魏六朝乐府文学史》)，乐府中一方面继续采集民歌，一方面文人拟作之风大盛，推动了汉乐府的发展繁荣。

最早为汉乐府民歌编集的是南朝时齐之沈约所作的《宋书·乐志》。后来宋人郭茂倩在前人所集基础上编成《乐府诗集》，收罗乐府诗最为完备。其书将西汉至唐代所产生的乐府诗，不管是民间的，还是文人创作的，统统收集起来，并分为十二类，汉乐府诗中的民间作品，在这部书的《鼓吹曲辞》、《相和歌辞》和《杂曲歌辞》中保存最多；而《杂歌谣辞》中保存的汉代民谣，虽未入乐，亦与民歌近似。《乐府诗集》是研究乐府诗，特别是汉乐府诗的一部重要的书。

第二节 汉乐府民歌的内容及其思想性

汉乐府诗中，民歌是其精华所在。汉乐府民歌的内容极为丰富，反映社会生活的面很广。在汉代，地主阶级同劳动人民之间的阶级矛盾十分深刻、尖锐，劳动人民在封建制度统治下，过着极其痛苦的生活。因此，他们有对统治者残酷统治的抗议和对社会各种弊端的揭露，有对自己悲苦生活的泣诉。同时，在劳动人民之间，共同的命运、共同的感情将他们联系在一起，他们又有着各种形式的爱。人们总是有爱有恨的，于是他们“感于哀乐，缘事而发”，用诗歌来反映社会生活，表达自己的思想感情。正是在对当时社会现实的深刻、广泛的描写中，正是在对劳动人民爱憎情感的强烈抒发中，体现出乐府民歌重要的社会认识价值和高度积极的思想性。

第一，汉乐府民歌直接揭露、讽刺了统治阶级的丑恶面目，控诉了劳动人民受剥削、受压迫的悲惨命运，并反映了他们对统治阶级的强烈不满和反抗情绪。整个两汉时期，阶级压迫和阶级剥削的状况极为惨重，人民生活痛苦不堪。班固在《汉书·食货志》中记载：“贫民常衣牛马之衣，食犬彘之食”，并且“卖田宅，鬻子孙以偿债”。更有甚者与牛马同栏，出卖自身及妻子作奴婢。这说的是西汉后期的情况。至于东汉，土地兼并更为严重，地主阶级的剥削和压迫更为加剧，再加蝗、旱、地震等自然灾害不断发生，人民所受的痛苦，较之西汉有过之无不及。因此，在乐府民歌中有不少诗篇反映了当时贫富分化、阶级对立十分尖锐的社会现实。在《鸡鸣》、《相逢行》等作品中，揭露了贵族们侵吞劳动人民的血汗，过着“黄金为门，碧玉为堂”，“黄金络马头，颎颎何煌煌”的豪华生活，揭露了他们为了谋求权力，就连兄弟之间也是“李代桃僵”、互相倾陷，各自苟全的丑恶嘴脸。

当时的社会暗无天日，贪官暴吏有时竟用抢劫的手段勒索财物。《平陵东》控诉了这种明火执仗的强盗式的掠夺罪行：

平陵东，松柏桐，不知何人劫义公。劫义公，在高堂下，交钱百万两走马。两走马，亦诚难，顾见追吏心中恻。心中恻，血出漉，归告我家卖黄犊。

在汉昭帝陵墓(平陵)前，居然发生了一起绑架勒索事件，“不知何人劫义公”，不知什么人将我们的主人公绑架了。绑架到哪里去了呢？绑至“高堂”下，原来是官府所为。官府绑架的目的是“交钱百万两走马”，要想活命，以百万钱、两匹快马来交换，这与强盗何异！而被绑架者“心中恻，血出漉，归告我家卖黄犊”，老百姓不得不将自己唯一值钱的生产资料——小黄牛卖掉以赎身，其悲惨境遇可以想见。

在一些诗篇中，主人公泣诉自己的悲苦生活，啼饥号寒，十分哀切动人。如《妇病行》，描写一个贫穷久病的妇女临终前向丈夫托付亦是奄奄一息的儿子，以及妇人死后父子不能相保的悲惨故事，写来极为伤痛：

妇病连年累岁，传呼丈人前，一言当言；未及得言，不知泪下一何翩翩。“属累君两三孤子，莫我儿饥且寒，有过慎莫笪笞，行当折摇，思复念之！”

乱曰：抱时无衣，襦复无裹。闭门塞牖，舍孤儿到市。道逢亲交，泣坐不能起。从乞求与孤买饵。对交啼泣，泪不可止。“我欲不伤悲不能已。”探怀中钱持授交。入门见孤儿，啼索其母抱。徘徊空舍中，“行复尔耳！”弃置勿复道。

诗中的“病妇”临终前对丈夫说：“属累君两三孤子，莫我儿饥且寒，有过慎莫笪笞，行当折摇，思复念之！”妇人伤痛，读者亦复歔欷！而病妇的丈夫，“舍孤儿到市”乞食，“入门见孤儿，啼索其母抱”，自己“徘徊空舍中”，无可奈何的情状引人同情。此诗虽然没有从正面揭露残酷的阶级压迫和阶级剥削，但却从一个家庭反映出汉代社会劳苦人民生活的一个侧面，暴露了统治阶级给人民制造的黑暗现实，具有深刻的现实意义。又如《孤儿行》，描写一个孤儿受兄嫂虐待的故事：

孤儿生，孤子遇生，命独当苦。父母在时，乘坚车，驾驷马。父母已去，兄嫂令我行贾。南到九江，东到齐与鲁。腊月来归，不敢自言苦。头多虮虱，面目多尘当有“土”。大兄言办饭，大嫂言视马。上高堂，行取殿下堂。孤儿泪下如雨。

使我朝行汲，暮得水来归。手为错，足下无菲。怆怆履霜，中多蒺藜。拔断蒺藜肠肉中，怆欲悲。泪下渫渫，清涕累累。冬无复襦，夏无单衣。居生不乐，不如早去，下从地下黄泉。

春气动，草萌芽。三月蚕桑，六月收瓜。将是瓜车，来到还家。瓜车反覆。助我者少，啗瓜者多。“愿还我蒂，兄与嫂严。独且急归，当兴校计。”

乱曰：里中一何譊譊，愿欲寄尺书，将与地下父母：兄嫂难与久居。

在旧时代，地主阶级为了发财致富，不仅残酷地剥削劳动人民，有的甚至连自己的亲骨肉也不放过。本篇即是对封建统治阶级宣传的“友于兄弟”的道德观念的绝妙讽刺。一个地主家庭，父母死了，兄嫂竟然惨无人道地折磨其兄弟，致使这个孤儿产生了死去的念头，他们对待其他劳动群众便可想而知了。所以，“这是一篇血泪文字。它写的是一个孤儿的遭遇，也反映了当时奴婢的生活。它提出的是家庭问题，也是社会问题”（余冠英：《乐府诗选》）。从家庭问题透视社会问题，便是这首诗的思想意义所在。况且，《孤儿行》这样的题材，在文人诗歌或民歌中都属少见，因而具有典型意义。

乐府民歌中还有一些表现了不合理的兵役、徭役制度给人民带来的苦难，如《十五从军征》：

十五从军征，八十始得归。道逢乡里人：“家中有阿谁？”“遥看是君家，松柏冢累累。”兔从狗窦入，雉从梁上飞。中庭生旅谷，井上生旅葵。舂谷持作饭，采葵持作羹。羹饭一时熟，不知贻阿谁。出门东向看，泪落沾我衣。

这首诗描写了一位十五岁从军、八十岁侥幸生还的老兵，回家后面临家破人亡的破败景象，以及他的孤独、悲凉的心境，实在是那个时代的统治者对于劳动人民的残酷奴役和损害的真实写照。汉制，男子年届二十三岁为正卒，五十六岁免兵役，此诗言“十五从军征，八十始得归”，足见其悲惨。这类题材，对后世影响很大。唐代杜甫著名的《无家别》显然脱胎于此，令狐楚《塞下曲》有“黄尘满面长须战，白发生头未得归”句，也与此诗意旨相同。

在残酷的剥削压榨面前，劳动人民忍无可忍。乐府民歌中的一部分诗篇突出表现了他们铤而走险、敢于“作乱”的反抗情绪。如《东门行》：

> 出东门，不顾归；来入门，怅欲悲。盎中无斗米储，还视架上无悬衣。拔剑东门去，舍中儿母牵衣啼：“他家但愿富贵，贱妾与君共餔糜。上用仓浪天故，下当用此黄口儿。今非！”“咄！行！吾去为迟！白发时下难久居。”

这首诗所描写的社会现实，是当时阶级矛盾极为尖锐的反映。诗中这位城市贫民拔剑“为非”，是因为“盎中无斗米”、“架上无悬衣”的缘故。统治者造成了劳动人民无衣无食的悲惨境遇，劳动人民毅然反抗，正是官逼民反的写照。诗的结构曲折跌宕，反映了主人公内心的复杂矛盾和斗争。他先是下定决心“出东门，不顾归”，但是想到出门造反可能会有的严重后果，他又“来入门”(返回家门)。然而“盎中无斗米储，还视架上无悬衣”的贫寒景况，又促使他再下决心：“拔剑东门去。”此时，哪怕妻子“牵衣啼”，他也顾不上了，大声喊出：“呸！走开！我今反抗已经迟了！白发飘下，这日子如何过得下去！”诗的语句短促，人物激愤之情溢于言表。

还有的诗篇描写了劳动人民不畏强暴、机智勇敢地同统治者展开面对面斗争的场面，如《陌上桑》：

> 日出东南隅，照我秦氏楼。秦氏有好女，自名为罗敷。罗敷喜蚕桑，采桑城南隅。青丝为笼系，桂枝为笼钩。头上倭堕髻，耳中明月珠。缃绮为下裙，紫绮为上襦。行者见罗敷，下担捋髭须。少年见罗敷，脱帽著帩头。耕者忘其犁，锄者忘其锄。来归相怨怒，但坐观罗敷。
>
> 使君从南来，五马立踟蹰。使君遣吏往，问是谁家姝？“秦氏有好女，自名为罗敷。”“罗敷年几何？”“二十尚不足，十五颇有余。”“使君谢罗敷：宁可共载不？”罗敷前置辞：“使君一何愚！使君自有妇，罗敷自有夫。”
>
> “东方千余骑，夫婿居上头。何用识夫婿？白马从骊驹；青丝系马尾，黄金络马头；腰中鹿卢剑，可值千万余。十五府小吏，二十朝大夫，三十侍中郎，四十专城居。为人洁白皙，鬑鬑颇有须。盈盈公府步，冉冉府中趋。坐中数千人，皆言夫婿殊。”

这是一首民间叙事诗，描写了采桑女子秦罗敷反抗一个五马太守对她的调戏，揭露批判了当时上层社会官僚们的骄横和荒淫无耻，塑造了一个美丽、勤劳、机智、勇敢、坚贞的反抗强暴的女性形象。诗歌所表现的是一个严肃的主题，但写来却幽默风趣，痛快淋漓。因为"在封建社会里，那些有权有势的人物，人民是不容易直接制裁他的。《陌上桑》的故事巧妙地把使君引到这位又漂亮、又能干、丈夫又有很高地位的罗敷面前，让他重重地碰上一个钉子。这正如《水浒传》里小霸王招亲，销金帐里摸着了花和尚，《红楼梦》里呆霸王调情，碰着柳湘莲，挨一顿臭揍，是同样的趣剧"(王季思：《陌上桑人物》，见作家出版社《乐府研究论文集》)。而且，此诗的幽默、风趣，以及它的题材，引起了后世作家的兴趣，他们从不同的角度对其进行演绎与改编，如唐代的秋胡变文，元代的《秋胡戏妻》杂剧，近代京剧的《桑园会》等，研究者认为均与《陌上桑》有一定的渊源关系。

总之，正是这些诗篇从不同的角度反映出当时的阶级压迫和阶级剥削的社会面貌，集中体现了乐府民歌的现实主义精神。

第二，封建阶级对农民的剥削和压迫，不仅体现在政治上和经济上，而且体现在封建礼教、封建道德方面。汉武帝以来，"三纲五常"的精神枷锁严重束缚着劳动人民，所谓"三纲"，据班固等所撰《白虎通》解释是："谓君臣、父子、夫妇也。……故《礼纬含文嘉》曰：'君为臣纲，父为子纲，夫为妻纲。'"所谓"五常"，大儒董仲舒解释为："仁、谊(义)、礼、知(智)、信五常之道"(《举贤良对策一》)。而妇女所受的压迫尤甚。早在先秦时代，统治阶级即要求妇女遵守"三从"(《仪礼·丧服·子夏传》云："未嫁从父，既嫁从夫，夫死从子")、"四德"(《周礼·天官·九嫔》云："妇德、妇言、妇容、妇功")，至汉代尤为严酷。汉代妇女不但必须恪守上述礼教，还随时可能被男子以"七去"(《大戴礼记·本命》云："妇有七去：不顺父母去，无子去，淫去，妒去，有恶疾去，多言去，窃盗去")之律条而驱逐、遗弃，命运更为悲惨。因此，在汉代文学中，一方面是"烈女"、"孝妇"的故事开始出现(大多反映在文人作品里)，另一方面是弃妇怨女题材的作品多了起来。乐府诗中就颇多反映弃妇怨女命运的篇章。《上山采蘼芜》即是典型的一篇：

上山采蘼芜，下山逢故夫。长跪问故夫："新人复何如？""新人虽言好，未若故人姝。颜色类相似，手爪不相如。""新人从门入，故人从閤去。""新人工织缣，故人工织素。织缣日一匹，织素五丈余。将缣来比素，新人不如故。"

诗中所描写的是一位被抛弃的勤劳、能干、柔顺的妇女，人们对她的遭遇抱有深刻的同情。她被丈夫“休”回娘家，在一次采蘼芜劳动的途中，偶遇“故夫”，她仍然十分温柔、贤惠地“长跪问故夫”，当故夫虚伪地告诉她“新人虽言好，未若故人姝”时，她委屈地问故夫：为什么当初从前门迎新人，从后门将自己逐出？“温柔”却又尖锐地揭露了“故夫”喜新厌旧的丑恶灵魂。而从“故夫”对“新人”的厌弃上看，那位“新人”的命运也不会比“故人”好。这一悲剧虽然是由这个负心的“故夫”直接造成的，但根源却是那个以男性为中心的社会和维系那个社会制度的封建礼教。从这首诗中，我们可以看到弃妇内心的深深的痛苦，也可以看到她内心蕴藏的对不合理婚姻制度和封建礼教的满腔怒火。她虽然忍受着，但总会公开喷发出来的。《白头吟》这首民歌，则表现了这种敢于反抗的妇女的典型性格：

> 皑如山上雪，皎若云间月。闻君有两意，故来相决绝。今日斗酒会，明旦沟水头；躞蹀御沟上，沟水东西流。凄凄复凄凄，嫁娶不须啼；愿得一心人，白头不相离。竹竿何嫋嫋，鱼尾何簁簁。男儿重意气，何用钱刀为！

全诗以“皑如山上雪，皎若云间月”起兴，比喻了爱情的纯洁和光明。而诗中的女主人公听说对方不忠诚，便“故来相决绝”，态度十分坚决，表现出对封建礼教的蔑视和反抗。诗中还提出“男儿重意气，何用钱刀为”的观点，大胆否定金钱对婚姻的主宰作用，而主张“重意气”（重感情），这是具有进步意义的。

第三，表现健康纯美的爱情。男女情爱，是民歌中常见的题材，汉乐府民歌在这方面的描写颇具特色。如《江南》：

> 江南可采莲，莲叶何田田。鱼戏莲叶间。鱼戏莲叶东，鱼戏莲叶西，鱼戏莲叶南，鱼戏莲叶北。

这是一首具有浓烈生活气息的民歌，它歌唱了劳动人民采莲时的愉快情绪，描写了江南水乡明丽秀美的风光。诗的第一句“江南可采莲”，可以从三方面理解：一是指明了地点——这是江南水乡。南国雨水充足，气候湿润，河湖水网密布，山清水秀，引人遐想；二是描写出江南水乡的特有景物——莲荷万顷，映日接天；三是特别点明季节——正是采摘莲蓬的时候。所以，这一句可以看作是整首诗的巨幅背景画：荷塘、游鱼、莲舟、采莲人，都在画中。第二句“莲叶何田田”是写景名句，它好像是一个摇近的“镜头”，写出一望无边的荷塘，莲叶是那样的鲜碧、劲秀，真是美不胜收。第三句则是一个特写“镜头”：“鱼戏莲叶间”。荷叶茂盛，莲蓬饱满，已经够美的了。再细看水中，成群的鱼儿，悠游自在，在莲叶间游戏作乐，这情景真是天然自成，乃大自然所造。但这一句还有耐人寻味的地方：当鱼儿用它那小巧的唇吻去触动莲叶茎秆的时候，当莲叶被鱼儿摇动得轻轻颤抖的时候，那不正可象征“爱”吗？所以，“鱼戏莲叶”决不是一般的写景，它还有喻义，它透露出采莲人的情感。况且，在古代，凡表现爱情题材，“鱼”是常见的比喻；而莲叶的“莲”字与爱怜的“怜”字谐音，有一语双关的韵味。

按照上面的理解，诗的后四句就有韵味了：“鱼戏莲叶东，鱼戏莲叶西，鱼戏莲叶南，鱼戏莲叶北”，表面上看起来与“鱼戏莲叶间”重复，其实不然。首先，它表现了鱼儿的活泼，“东、西、南、北”，不仅仅是写鱼儿与莲叶相戏的方位，而且说明鱼儿对莲叶的依恋。其次，诗句表面上写鱼，实际上却另有含蕴。它反映了采莲人因鱼戏莲叶的活泼可爱神态而激发出来的愉快心情，以及劳动者之间友爱的情感。再者，这是一首劳动者的集体歌唱，采莲人有男有女，前三句可能由一位女子或一个小伙子领唱，后四句则是大家齐声相和，回环往复，抒情效果极佳。

又如被视为中国民歌经典作品的《上邪》：

> 上邪！我欲与君相知，长命无绝衰。山无陵，江水为竭，冬雷震震，夏雨雪，天地合，乃敢与君绝！

乐府中的某些诗，因为乐曲的限制或保存过程中的缺佚，以及其他一些原因，句式往往长短不齐，本诗就是这样。但这首诗总的句式特征是短促、激越，因为作者急于向对方表白自己的忠贞，感情像火山一样爆发出来，只能用较短的句子来宣泄，所以一开头就指天长叹：“上邪！”未闻其言，先听到一声撼人心魄的呼号：“天哪！”真好似霹雳乍起，石破天惊！接下来，女主人公直抒胸臆：“我欲与君相知，长命无绝衰。”这两句话是说给对方听的，也是对天明志，意思是说：“我愿与你相亲相爱，让爱情永远不要衰绝。”为了进一步表明这种决心，女主人公突发奇想，对着苍天，假设了五种情况。她说道：除非发生以下这些事儿，我才可能与你决裂。“山无陵，江水为竭，冬雷震震，夏雨雪，天地合，乃敢与君绝”，就是表达这种意思。这是本诗最有名，也是最精彩的几句。“山无陵”，是说山峰崩塌，被夷为平地；“江水为竭”，是说浩浩江水断流，干涸枯竭；“冬雷震震”意思是冬日里雷声隆隆；“夏雨雪”的“雨”作动词用，意思是降落，这句说，炎夏时节，大雪飘飘；“天地合”更属奇异，古人云，天数极高，地数极厚，天地之间本是永不重合的茫茫宇宙空间。可如今天荒地老，合而为一了。

以上假设，看起来是信手所指几种互不关联的事物，实际上这几件事之间的一个共同点就是同属“必无之事”，换句话说，它们都不可能出现。“山无陵”还成其为山吗？大江又何曾枯干过？谁曾见过冬天里的暴雷闪电？夏天飞雪那只有神话传说中才有，“天地合”，宇宙也就无存。既然这些现象都不可能出现，那么，推而言之，女主人公与心上人的“决绝”也不可能。这是从反面来假设的，正面的效果则印证了“我欲与君相知，长命无绝衰”的心志。

综上所述可见，此诗的特色就在于以坚定的誓言来表达火一般的感情，而誓言的本身又非常生动、具体，令读者可以想见，能够理解。这样，抒情主人公的形象、她对爱情忠贞不渝的品格，都深深印在读者的心里。非但如此，《上邪》的艺术表现手法对后世表现爱情题材的诗歌、特别是民歌影响很大，历代情歌中各种各样的海誓山盟，显然都有《上邪》的影子。例如唐敦煌曲子词有一首《菩萨蛮》：“枕前发尽千般愿：要休且待青山烂。水面上秤锤浮，直待黄河彻底枯。白日参辰现，北斗回南面。休即未能休，且待三更见日头。”这誓言也一样的坚定。

再如《有所思》：

> 有所思，乃在大海南。何用问遗君？双珠瑇瑁簪，用玉绍缭之。闻君有他心，拉杂摧烧之。摧烧之，当风扬其灰。从今以往，勿复相思！相思与君绝！鸡鸣狗吠，兄嫂当知之。妃呼狶！秋风肃肃晨风飔，东方须臾高知之。

这首诗通过对一位女子遇到爱情考验时复杂、烦乱心情的描写，表现了她对真挚、纯洁的爱情的追求，是一首情感深挚、热烈的民间情歌。诗中的女主人公是一位痴情的女子，她思念着自己的恋人，深情地拔下自己头上的瑇瑁簪，并且细心地用银丝线缠绕，准备作为信物寄赠给他。但当她听说对方变心，便将准备赠给他的信物“拉杂摧烧之，摧烧之，当风扬其灰”，将信物折断、砸碎、毁弃、焚烧，并且连灰烬也扬撒掉。但当她回忆起当初定情时的甜蜜生活，“鸡鸣狗吠，兄嫂当知之”，却又不了了之。诗中对她的这种复杂、矛盾的心情的描写极为细腻、传神，颇耐人寻味。

除上述内容之外，汉乐府民歌中还有的反映了东汉后期的社会动乱给知识分子造成的忧惧漂泊之苦以及消极的思想情绪，如《乌生》、《枯鱼过河泣》、《满歌行》、《西门行》等。其中，《乌生》和《枯鱼过河泣》采取了寓言诗的形式，别具一格。

总之，两汉乐府民歌继承和发扬了《诗经》中民歌的现实主义精神，比较真实、广泛地反映了当时的社会面貌。有些诗所表现的题材，如《平陵东》、《妇病行》、《孤儿行》等，在《诗经》中是没有见过的。《东门行》所表现的人民的反抗性，也比《诗经》中的《伐檀》、《硕鼠》更为强烈。在表现妇女反抗不合理的婚姻方面，《白头吟》、《有所思》等诗，较之《诗经》中的同类篇章，其斗争性更强。这些均说明，时代不同，社会条件不同，民歌的现实主义精神已在向前发展。

第三节　汉乐府民歌的艺术成就

汉乐府民歌多方面地继承了《诗经》的现实主义精神，从它们所反映的社会生活和由此所体现出来的高度思想性看，它们有着直接的继承关系。“《诗经》本是汉以前的‘乐府’，‘乐府’就是周以后的《诗经》。”(余冠英：《乐府诗选》)并且，“乐府”之于《诗经》又有较大的发展。因而，为在我国诗歌发展史上奠定现实主义的优良传统起了重要作用。汉乐府民歌在艺术上的成就很高，它在我国诗歌艺术本身的发展进程中，也有着极为重要的地位。

第一，汉乐府民歌中，叙事诗有了空前的发展。我国叙事诗的出现，较之西方为晚。西方古希腊史前时代(原始社会末期)，产生了歌颂其祖先生活的比较成熟的叙事诗——荷马史诗(荷马修订约在公元前9世纪至公元前8世纪之间，文字写定则在公元前6世纪)。我国是否也有这样一个史诗的阶段呢？现在无法得出准确的结论。也许由于中国文化发展较早，诗歌园地过早地被抒情诗所淹没。同时，又由于中国散文发达(《尚书》中的商代散文，其时代大大早于荷马史诗的时代)，散文代替了叙事诗的作用。因此，我国最早的叙事诗只是出现在《诗经》之中，《大雅》中的《生民》、《公刘》、《緜》、《皇矣》、《大明》等篇便是。但这些叙事诗也只是粗陈梗概，故事情节和人物形象都还缺乏完整性。《国风》中的《卫风·氓》和《邶风·谷风》、《郑风·溱洧》等篇，虽然带有叙事成分，但基本上还是通过诗中主人公倾诉自己心中的感情，来反映当时社会情况的，依然是抒情诗。只是到了汉代，乐府民歌的出现，叙事诗才有了显著的发展。

汉代叙事诗的发展，主要原因有两个：一是社会生活所决定的，现实生活中的人和事太具有典型性和戏剧性了。因此，民间众多的无名诗人“缘事而发”，用诗歌的形式记叙和描写了这些人和事。二是由于文学本身的发展规律所决定的。汉代，自《史记》之后，传记文学十分发展，成就很高，它的叙事方式和表现手法不能不影响到诗歌创作。因此，汉乐府民歌的重要成就之一，是完整的叙事诗的出现，《孔雀东南飞》是其杰出代表。

《孔雀东南飞》在南朝梁代徐陵《玉台新咏》中题作《古诗为焦仲卿妻作》，《乐府诗集》题作《焦仲卿妻》。今人多取该诗首句题为《孔雀东南飞》。徐陵在《玉台新咏》里，写有一篇小序，介绍了这个故事的大概情节：

> 汉末建安中，庐江府小吏焦仲卿妻刘氏，为仲卿母所遣，自誓不嫁。其家逼之，乃投水而死。仲卿闻之，亦自缢于庭树。时人伤之，为诗云尔。

《孔雀东南飞》凡353句，1765字(或算作357句，1785字，因有的本子多“贱妾留空房，相见常日稀”、“新妇初来时，小姑始扶床”等四句)，是我国文学史上第一首完整的长篇叙事诗。根据“序文”有“汉末建安中”(“建安”：汉献帝年号)，“时人伤之，为诗云耳”等语，一般都认为，此诗为汉末的诗歌，并且为民间作品。

这首长诗通过焦仲卿、刘兰芝的婚姻悲剧，形象有力地揭露了封建礼教、封建家长制的罪恶，热情歌颂了刘兰芝、焦仲卿这一对青年夫妻宁死不屈地反抗封建恶势力的斗争精神，也表达了广大人民群众反抗封建压迫、争取婚姻自由的必胜信念，在中国封建社会里具有深刻的社会意义和高度的典型性。

作为汉乐府叙事诗发展的高峰，作为我国诗歌发展史上第一首长篇叙事诗，《孔雀东南飞》的艺术成就是多方面的。

首先，它成功地塑造了几个鲜明的人物形象，并通过这些人物形象来表达反抗封建礼教的主题。如刘兰芝，这是一个反抗封建压迫的女性形象，是作者以无比热情和深切同情着意刻画和歌颂的正面人物。刘兰芝是一个劳动妇女，她聪明美丽、勤劳能干(“鸡鸣入机织，夜夜不得息”，“三日断五匹”，“昼夜勤作息，伶俜萦苦辛”)、纯洁大方(“女行无偏斜”)，这是我国封建社会广大劳动妇女优秀品德的集中写照。有人根据“十五弹箜篌”、“十六诵诗书”等语，根据她被驱逐时有“箱帘六七十”和离开焦家时“穿戴豪华”来判定刘兰芝是“贵族妇女”，其实这是一种误解。作者这样描写，是排比、铺叙、夸张的写法，并非实际情况就是这样。刘兰芝在反抗封建礼教的斗争中当机立断，不向压迫者示弱，不向恶势力低头。在封建家长制的压迫之下，她敢于起来控诉，起来斗争，并十分清醒、十分明智地主动提出把她遣送回娘家。被驱逐回娘家，这在当时被认为是最耻辱的事，但刘兰芝却理直气壮地回答："儿实无罪过。"从容镇定，不掉一滴眼泪，不露一点可怜相。当封建家长制的另一代表刘兄因畏权势、贪富贵逼刘兰芝再嫁，并责骂她时，刘兰芝是"仰头答"，话语中充满了控诉和讽刺。当太守迎娶，统治者的淫威、封建家长制的逼迫一齐施加到她的身上，要她屈服时，她毅然决然地选择了自杀的方式，"举身赴清池"，以表示最后的强烈的反抗。在这场斗争中，刘兰芝还表现得沉着机智。当逼婚再嫁势在必行之时，她佯作答允，麻痹家人，以寻找与焦仲卿相见和自杀的机会，显示了其性格的成熟的一面。同时，刘兰芝又忠于爱情，家长逼迫屈服不了她，太守淫威吓不倒她，荣华富贵引诱不了她。这是刘兰芝形象的典型性的另一面。刘兰芝与焦仲卿的爱情是深挚的："君既为府吏，守节情不移。贱妾留空房，相见常日稀。""共事二三年"，"黄泉共为友"。特别是当封建礼教的势力压迫到他们头上时，更加深了他们的反抗的情感。临分别时，刘兰芝的誓言是："君当作磐石，妾当作蒲苇。蒲苇纫如丝，磐石无转移。"刘兰芝回家后第一次被逼时，她便坚决地声明她与焦仲卿的爱情不可违弃："兰芝初还时，结誓不别离。今日违情义，恐此事非奇。"当刘兄以荣华富贵引诱她抛弃与焦仲卿的爱情而嫁给太守的儿子："先嫁得府吏，后嫁得郎君。否泰如天地，足以荣汝身。"刘兰芝毫不动心，而是毅然打定死的主意。当最后一切都无可挽回的时候，她与焦仲卿相约："黄泉下相见，勿违今日言"，并以"举身赴清池"的行动实现自己的诺言，以身殉情而传名千古。刘兰芝是我国古典文学中光辉的妇女形象之一，具有深刻的社会意义和典型性。

此外，《孔雀东南飞》还塑造了焦仲卿这个忠于爱情、富有斗争精神的封建社会青年的形象。焦仲卿是庐江府的一名小吏，是封建时代的下层人物。他连保护自己妻子的权利也没有，同样是一个受迫害者。但他忠实于与刘兰芝的爱情，当听说刘兰芝受到婆母的刁难之后，立即"堂上启阿母"，为兰芝求情，并坚决表明态度："今若遣此妇，终老不复取！"当刘兰芝离开焦家时，他真诚地说："不久当归还，还必相迎取。"送别时，他"下马入车中，低头共耳语"，发誓不相违弃。当听说刘兰芝将改嫁太守之子时，他急急赶到刘家，"摧藏马悲哀"，痛不欲生。但是，当焦母声言"东家有贤女，窈窕艳城郭"，要为他另娶时，他却决计以死表示对兰芝的忠诚。最后，"自挂东南枝"，与刘兰芝共同走上了以死相抗的道路。他的反抗性格在诗中是有发展的。开始，他较为软弱，当母亲迫害刘兰芝时，他只是"长跪告”，谨慎地“伏惟启阿母”。当兰芝被驱赶回娘家时，他对夫妻团圆还抱着幻想。直至最后，当一切希望破灭之时，他才不顾母亲孤单，走上了以死抗争的道路。焦仲卿形象的塑造也是很成功的。

除此之外，《孔雀东南飞》还描写了封建礼教的代表人物焦母和趋炎附势之徒刘兄等反面形象，作者让他们成功地反衬出刘兰芝、焦仲卿的可爱，也都颇为生动。《孔雀东南飞》对封建礼教的揭露和批判，正是体现在这几个人物形象的成功塑造上。

其次，《孔雀东南飞》人物形象的塑造之所以获得成功，是因为作者着力于对人物个性的刻画。作者采取的表现手法首先就是以人物的语言来体现其个性，这是这首叙事诗的一个重要特点。贯穿全诗的大量的对话，对表现人物性格起了重要作用。刘兰芝和焦仲卿的大段对话自不必说，其他如焦母、刘兄以及县丞等人物的语言也极有个性。如焦母斥责焦仲卿：“小子无所畏，何敢助妇语!”专横的封建家长的气势溢于言表。又如刘兄教训刘兰芝：“否泰如天地，足以荣汝身。”一副趋炎附势的可憎面目活活现出。再如县丞到刘家为太守的儿子提亲，先是“直说太守家……”一派傲慢无礼的神气；当刘家答允亲事之后，县丞顿觉大功告成，“媒人下床去，诺诺复尔尔。”喜不自禁之状可见可睹。而当他回复太守时，一改对下的傲慢姿态，卑躬地报告：“下官奉使命，言谈大有缘。”阿谀奉承的嘴脸可在语气之中想象得出。再者，以人物的行动来体现其个性，也是极富艺术性的。如焦母“捶床便大怒”，可见其泼辣、凶悍；刘母见女儿被遣归家，“阿母大拊掌”，可见其惊异、灰心；刘兰芝回娘家时，“入门上家堂，进退无颜仪”。可以看出其尴尬的处境和情绪；而当她受到哥哥的斥责之后，“兰芝仰头答”，可以看出她的抗议和拿定主意之后的决心；当焦仲卿闻变赶到刘家时，兰芝知道诀别的时刻已经到来，她“举手拍马鞍”，悲痛欲绝之状引人同情。正是这些富有个性的语言、动作，使得整首诗中的人物形象栩栩如生，呼之欲出。

此外，《孔雀东南飞》的情节结构较为完整，叙事有头有尾，有矛盾的发生、发展经过及其结局。而且全篇繁简得当，没有芜笔。《孔雀东南飞》以刘兰芝与焦仲卿爱情悲剧的发展过程为结构线索，全诗分为几大层次：第一部分写兰芝不堪焦母虐待，主动要求离去。焦仲卿为妻子向母亲求情遭到训斥；第二部分写兰芝离家情形；第三部分叙述兰芝回到娘家后的不幸遭遇；第四部分是兰芝、仲卿双双殉情自杀的结局。全篇不仅层次清晰，而且详略得当。用笔简处如兰芝返回母家后，面对母亲质问所作的答辞，仅只一句，没有重复前边读者已经知道的故事情节，写来十分经济。但在需要多用笔墨时，作者却是精雕细刻的。如诗中写兰芝离开焦家以前的精心装扮："鸡鸣外欲曙，新妇起严妆。著我绣裌裙，事事四五通：足下蹑丝履，头上玳瑁光，腰若流纨素，耳著明月珰……"兰芝在即行之时如此极意装束，正反映了她刚强的性格和复杂的心情：一方面，她有着美丽的容貌体态，愿临别之际再呈现于丈夫面前以加深他的恋妻之情；另一方面，这又是以一种特殊的形式向焦母表示抗议。同时，"事事四五通"的反复动作，也未尝不含有兰芝不忍离去，愿在丈夫身边多捱一点时光的心情和分别在即不免心烦意乱、一遍两遍不能装扮妥帖之意。这组镜头同兰芝个性的刻画很有关系，故作者不吝笔墨浓彩重抹。

《孔雀东南飞》在叙事中还善于作抒情性的穿插。在这首长诗中，作者着意写的是整个事件的发展进程和人物的对话、行动，但有时也在叙事中穿插了抒情性的语言，以便深入一层地表现主题。如诗歌开头两句以"孔雀东南飞，五里一徘徊"起兴，在故事的序幕一拉开，就借孔雀的往返留恋、徘徊不前创造出一种忧郁悲凉的氛围，与全诗的悲剧性故事内容相和谐。又如描写兰芝与仲卿第一次分手时，作者不禁发出叹息："举手长劳劳，二情同依依。"而当两人最后诀别时，作者更是充满无限同情地歌咏道："生人作死别，恨恨那可论！念与世间辞，千万不复全。"这种感情既是作者的，又可以说是诗中主人公的。全诗在叙事中适当地穿插抒情，很好地增强了诗作的艺术感染力。

《孔雀东南飞》是现实主义的诗作，但它又同浪漫主义表现为一定程度的结合。如作品最后一节写到兰芝、仲卿死后，"两家求合葬，合葬华山傍。东西植松柏，左右种梧桐。枝枝相覆盖，叶叶相交通。中有双飞鸟，自名为鸳鸯，仰头相向鸣，夜夜达五更。行人驻足听，寡妇起彷徨"。写来极富传奇色彩。这是一种浪漫主义的幻想，它增强了这一悲剧的感人力量，同时又象征着刘、焦爱情的不朽，象征着他们在同封建礼教的斗争中获得了自由，充满了人们追求理想生活的美好愿望。这样的结尾余音不绝，发人深省。

汉乐府民歌的叙事诗中，除《孔雀东南飞》外，《陌上桑》、《妇病行》、《东门行》等也都取得了较高的成就。这些诗篇的共同特点是：(1)有故事情节。一般都能围绕一个中心事件(如《平陵东》写官府绑架勒索；《东门行》写一城市贫民拔剑造反)或中心人物(如《陌上桑》中的秦罗敷；《孔雀东南飞》中的刘兰芝、焦仲卿)来进行描绘。(2)一般都能塑造出具有一定性格面貌的人物形象，如秦罗敷、刘兰芝都成为文学史上著名的艺术典型。(3)多用第三人称来叙述事件的发生、发展和结局，而少用第一人称来诉说自己的感受，叙事性胜于抒情性(当然，叙事也是在某种意义上的抒情)。正是因为上述特点，使得汉乐府民歌在反映现实方面显得更真实，更具体，和《诗经》、楚辞比较，有了自己独特的面貌。

第二，丰富了诗歌的表现手法。汉乐府民歌的叙事性决定了它写人叙事都极为具体、形象。特别是在描写人物方面，更有独特之处。读了乐府诗，其中的老兵、流浪汉、农民、孤儿、病妇、城市贫民、采桑女子、卖酒姑娘等人物，都活现在读者面前。乐府诗是通过什么样的表现手法来收到这样的艺术效果呢？

其一，通过描绘人物的典型对话或典型动作，来揭示人物的内心矛盾，展示人物的性格，塑造人物的形象。如《十五从军征》中的老兵形象，是通过他和"乡里人"的对话，通过对故园荒凉破败景象的描写，通过老兵舂谷作饭、采葵作羹的行动，通过"羹饭一时熟，不知贻阿谁"的凄凉心境表现出来的。全篇用白描手法，无一奇字奇句，真实动人，以鲜明的艺术形象表达了一个深刻的主题。又如《妇病行》，病妇临终遗言，出自一个垂危的妇人之口，而且是在"泪下翩翩"的情景下说的，可谓声泪俱下，揪人心肺。它是病妇一生贫困的生活经历的痛心回顾，又是一位母亲临死前必然说出的牵心的话，同时，也只有一个行将咽气的人才会用这种听了叫人断肠的口气来留下最后的嘱托。再如《东门行》，写那位城市贫民"出东门"、"来入门"、"视米盎、衣架"、"拔剑东门去"等行动，表现出他内心的愤懑和复杂矛盾的心理状态，极为形象、具体。而诗的后半，其妻与他的对话，也显示了妻子的忧虑和内心深深的痛苦，以及"为非"者经过一番思想斗争后而抱定的铤而走险的决心。

其二，通过外形描写和侧面描写来塑造人物形象。《诗经》也有写人物外貌的，如《卫风·硕人》写庄姜服饰："衣锦褧衣"；写庄姜外貌美："手如柔荑；肤如凝脂；领如蝤蛴；齿如瓠犀；螓首蛾眉，巧笑倩兮，美目盼兮。"很显然，这是比较简略的比喻。而乐府中的《陌上桑》，这样来写秦罗敷的服饰："青丝为笼系，桂枝为笼钩。头上倭堕髻，耳中明月珠。缃绮为下裙，紫绮为上襦。"写来极为周到、细腻、铺排、夸张。而写罗敷容貌之美，则运用侧面烘托、先声夺人的手法，通过"行者"、"少年"、"耕者"、"锄者"的眼睛和表现来写，写他们为罗敷之美而惊奇、发呆："行者见罗敷，下担捋髭须。少年见罗敷，脱帽著帩头。耕者忘其犁，锄者忘其锄。"写他们"来归相怨怒，但坐观罗敷"，回家后还因为看过秦罗敷而心理失衡，竟然对着家人发怒，那么，罗敷有多美，只有让读者根据自己的经验去猜想了。这是活泼新鲜的构思和艺术的夸张手法，表现了作者高超的艺术才能。

辛延年的《羽林郎》同《陌上桑》有不少相似的地方，它描写那位抗拒贵族家奴调戏的卖酒姑娘胡姬的美貌，也是通过对服饰的夸张描写来进行烘托的："胡姬年十五，春日独当垆。长裾连理带，广袖合欢襦，头上蓝田玉，耳后大秦珠。两鬟何窕窕，一世良所无。一鬟五百万，两鬟千万余。"可以看出，乐府诗人十分注意把人物的外在美与内在美有机、和谐地统一起来，其艺术造诣确是很深的，比前代民歌有明显的进步和发展。

其三，抓住一系列富有典型意义的细节，从多方面去描写人物。如《孤儿行》，从某些琐事写开去，抓住一些细节进行描绘，深刻反映了实际上的汉代奴婢的悲惨生活。如写孤儿行贾归来，蓬首垢面，还不敢说半个"苦"字。又如孤儿从早到晚汲水，天寒地冻，赤脚单衣，蒺藜刺脚，也只能暗自流泪。"瓜车翻覆"一节，孤儿所推瓜车翻了，众人趁火打劫抢瓜，这个可怜的孤儿在气极而又无可奈何之中，只得向抢瓜人提出"还蒂"的哀求。这个哀求把他那孤怜无助的精神痛苦非常深刻地表达出来了。诗的最后写孤儿想给黄泉下的父母寄书一节，更是以孤苦的童心向社会发出呼吁。诗中所描写的这些"琐事"和"细节"，正像是点点滴滴的血泪，连缀成"孤儿"这一悲惨的人物形象。所以沈德潜说："极琐碎，极古奥，断续无端，起落无迹，泪痕血点，连缀而成。"(《古诗源》)又如《有所思》中，那位少女毁掉礼物时是"拉杂摧烧之。摧烧之，当风扬其灰。"这种动作细节的描写，正凸显了姑娘对负心人的痛恨情绪和对爱情无比忠诚的典型性格。

乐府民歌描写人物的这些艺术表现手法，同叙事诗的写作特点有关。以上所举有的是《诗经》中出现过的，但并不多见；有的是《诗经》中没有用过的、全新的艺术表现手法。这是因为叙事诗是一种全新的诗歌体裁，它的出现必然要求有与之相适应的新的表现手法。因此，乐府民歌将前代民歌、特别是《诗经》的艺术表现手法大为拓展了。

第三，艺术风格的丰富多彩。汉乐府民歌除了题材的广泛多样之外，艺术风格上也是丰富多彩的。无论是叙事诗与抒情诗的比较，还是抒情诗与抒情诗、或叙事诗与叙事诗之间的互相比较，都呈现出不同的艺术风格，它们以不同的色彩装点着乐府诗这枝艺术奇葩。

以抒情诗而言，《古歌》、《悲歌》、《饮马长城窟行》等，同是表现征夫离妇题材的诗，但《古歌》、《悲歌》莽莽苍苍，感情强烈，如急风骤雨，倾洒无余；《饮马长城窟行》则情调忧郁缠绵，深厚含蕴，大不相同。同是反映爱情题材的如《有所思》、《上邪》和《怨歌行》，前二首于激情之外，又有强烈的反抗精神和浪漫大胆的想象；而《怨歌行》，含蓄婉转，哀怨忧郁，"辞旨清捷，怨深文绮"(钟嵘《诗品》)，风格也各不相同。《乌生》和《枯鱼过河泣》通过将自然事物拟人化的寓言形式来抒情，更是非常新鲜和富于想象力的艺术创造，极具浪漫色彩。

以叙事诗而论，也是风格、色彩各异。《孤儿行》、《妇病行》情节断续，但却以朴素真切的情事打动读者；《陌上桑》、《羽林郎》情节完整，诗句整齐，又有丰富活泼的艺术夸张；《十五从军征》以第一人称口吻；《上山采蘼芜》又是客观叙事，全用对话来表现。上述所引，虽然篇数有限，但已可见乐府诗丰富多彩的艺术的独特创造。

第四，汉乐府民歌语言清新、朴素、自然。前面我们已经谈到乐府民歌人物对话或独白的语言富于典型性，质朴自然。其实，不只是人物语言，就是一般的叙述和抒情语言也是如此。由于民歌流转民间，因之语言朴素易懂，又极流畅。乐府诗中，除有些篇章由于“字多讹误”（智匠：《古今乐录》），以及文字上“声辞相杂”、“胡汉相杂”等情况造成字句难读之外（沈约：《宋书·乐志》），一般都是好懂的。有些还极具语言上的艺术性，如《饮马长城窟行》：

> 青青河边草，绵绵思远道。远道不可思，宿昔梦见之。梦见在我傍，忽觉在他乡。他乡各异县，展转不可见……

每两句之间，将上句句末之词用于下一句句首，使得语言极为流畅。这种形式旧称“顶真体”，亦称“连珠格”，是民歌的一大特色。后来的词、曲，每每采用此种形式。

第五，形式的自由与多样化。我国诗歌的发展，就形式而言，由《诗经》整齐的四言体，到汉乐府已没有固定的章法、句法了。乐府诗相对于《诗经》等古老的诗歌来说，已是解放了的新诗、自由诗。乐府诗中除极个别作品为四言体外，主要为五言、杂言两种。这种形式也是有发展的，开始尚未定型，句式也长短不齐，但诗中往往五言的居多，以后便逐渐向整齐的五言诗发展，以至出现像《孔雀东南飞》、《陌上桑》这样长篇的五言诗。五言诗的出现，扩大了诗歌的表现能力，为民歌的大发展准备了有利条件，也为文人五言诗的成熟、繁荣开辟了广阔的道路。

第四节　五言诗的起源和发展

五言诗，是我国古典诗歌的主要形式之一。早在《诗经》和楚辞当中，就已经出现过五言的诗句，如《大雅·緜》的最后一章：“虞芮质厥成，文王蹶厥生。予曰有疏附；予曰有先后；予曰有奔奏；予曰有御侮。”这里，虽然每句有五个字，但其句法结构与后来的五言诗是不相同的，除去句中的语助词，实际上仍是四言。《召南》中的《行露》有“谁谓雀无角，何以穿我屋”等句子；《小雅》中的《北山》也有“或不知叫号”等五言的句子，其句法结构也与后代五言诗不同，且这些句子亦是偶然所见。楚辞用字较为自由，也偶然有五言的句子，如“名余曰正则兮，字余曰灵均”，“纵欲而不忍”，“告余以吉故”等，但句中有连词“而”、“以”，也不是五言诗的结构方式，不能算是五言诗的萌芽。但是，楚辞突破四言体，对后来五、七言诗的产生、发展有着重要影响。

相传秦始皇时期，有一首民谣，叫《长城歌》，系《水经注·河水篇》引杨泉《物理论》所载，陈琳《饮马长城窟行》曾全文借用。这首歌谣是完整的五言诗：

生男慎勿举，生女哺用脯。不见长城下，尸骸相支拄？

但是，它也可能经过后人的加工整理，并非当时就以这样完整的五言形式唱出来。

西汉初年，汉惠帝时，高祖的戚夫人受吕后迫害，被禁永巷罚舂。据《汉书·外戚传》载，戚夫人悲苦交集，曾作了一首怀念儿子赵王的歌：

子为王，母为虏。终日舂薄暮，常与死为伍。相离三千里，当谁使告汝。

又据《汉书·外戚传》载，汉武帝时，李延年为了将自己的妹妹推荐给武帝，曾经唱了一首歌：

北国有佳人，绝世而独立。一顾倾人城，再顾倾人国。宁不知倾城与倾国，佳人难再得。

这两首诗是比较可靠的，而戚夫人与李延年都不是士大夫文人，特别是李延年，倡优出身，原来的地位低下，他们所作的诗不全是五言的句子，但基本上可算作五言诗，而这大概是模仿当时已经存在的民间五言歌谣。西汉民间五言歌谣，《汉书·禹贡传》记载武帝时有一首：

何以孝弟为？财多而光荣。何以礼仪为？史书而仕宦。何以谨慎为？勇猛而临官。

又据《汉书·五行志》、《汉书·尹赏传》及《汉书·马廖传》记载，成帝时有三首：

邪径败良田，谗口害善人。桂树华不实，黄雀巢其颠。昔为人所羡，今为人所怜。

安所求子死？桓东少年场。生时谅不谨，枯骨后何葬？

城中好高髻，四方高一尺。城中好广眉，四方且半额。城中好大袖，四方全匹帛。

三首诗中前二首写世事无常，荣枯变化，给人以许多启迪，第三首则写社会风尚的流行与影响，说城中女子喜欢将头发盘在头顶，发髻高高的，四方郊区、乡村跟着模仿，有过之而无不及：“四方高一尺”；城市中的女子流行画宽眉，“四方”女子则将半个额头描黑；城中流行大袖衣裳，四方女子则用整匹布来做衣袖。这些都很有趣，它写的是民间现象，用的是百姓语言，是典型的民谣式的诗歌，且为规范的五言体。正因为在民间已经有了五言歌谣，所以进入乐府中的歌诗便也有了五言诗。如《铙歌》中《上陵》即是五言，大约是汉宣帝时代的作品，《有所思》也基本上是五言。西汉时代没有文人的五言诗，《玉台新咏》指出《古诗十九首》中《青青河畔草》等八首及《兰若生春阳》一首为枚乘所作；又最早见于《文选》的有苏武诗四首以及李陵《与苏武诗三首》等，都是一些较为成熟的五言诗，但经许多学者考证，不是西汉时代的作品，而是后人伪作的，大约为东汉末年的作品。概言之，西汉时代，民间有五言歌谣，乐府中有五言歌诗，而文人没有五言诗。西汉，是五言诗在民间产生，并开始进入乐府歌诗的时期。

东汉时代，是五言诗发展的重要阶段。民间继续产生着五言歌谣，而且大量的优秀的民歌进入了乐府。乐府中，五言诗占了统治的地位。由于五言民歌进入乐府，使得文人有了更多的接触和学习五言形式的机会，他们也开始了模仿写作的活动。最初的文人五言诗是极为粗糙的，东汉初的班固有一首《咏史诗》，写的是西汉文帝时代孝女缇萦人身为官婢以赎免父亲刑罚的故事：

> 三王德弥薄，惟后用肉刑。太仓令有罪，就逮长安城。自恨身无子，困急独茕茕。小女痛父言，死者不可生。上书诣阙下，思古歌鸡鸣？忧心摧折裂，晨风扬激声。圣汉孝文帝，恻然感至情。百男何愦愦，不如一缇萦。

缇萦的父亲(太仓令)因罪被捕，身受肉刑，他抱怨自己没有儿子顶替他受刑，其女缇萦便向皇上上书，要求代父受过。这事感动了汉文帝，最后赦免了太仓令，表彰了缇萦。这虽然是一首完整的叙事诗，但它只是叙述了这个简单的故事，还缺乏生动的艺术描绘和人物形象，所以钟嵘在《诗品·总论》中评它是“质木无文”。

班固之后，张衡有一首《同声歌》，以妇人事夫之情比喻臣子事君之道：

> 邂逅承际会，得充君后房，情好新交接，恐慄若探汤。不才勉自竭，贱妾职所当，绸缪主中馈，奉礼助蒸尝。思为莞蒻席，在下蔽匡床。愿为罗衾帱，在上卫风霜。洒扫清枕席，鞮芬以狄香。重户结金扃，高下华烛光。衣解巾粉御，列图陈枕张。素女为我师，仪态盈万方。众夫所希见，天老教轩皇。乐莫斯夜乐，没齿焉可忘。

这首诗辞采流丽，婉转细致，艺术性超过班固的《咏史》。在班固、张衡这样一些有地位、有影响的大作家的倡导之下，创作五言诗的文人多起来了，艺术成就愈来愈高。比较突出的有秦嘉《赠妇诗》三首、赵壹《刺世疾邪诗》一首以及郦炎的《见志诗》、孔融的《杂诗》等，其中尤以赵壹诗最富战斗性，秦嘉诗抒情技巧较高。

总之，五言诗起自民间，整个两汉时期在民间及乐府中都有人民的五言谣谚和民歌，《孔雀东南飞》是五言叙事诗的杰出代表。东汉时代，五言诗的形式已为文人所学习和掌握，并且在表现技巧上加以提高。无名氏文人《古诗十九首》的出现，则标志着五言抒情诗艺术发展取得的最高成就。

所谓《古诗十九首》，是南朝梁代昭明太子萧统收入其所编的《文选》中的十九首诗。因不知作者是谁；将它们编在一起，统称为“古诗”；因有十九首，故又称为“古诗十九首”，《古诗十九首》遂成为这一组诗的专名。沈德潜在《说诗晬语》中说：“《古诗十九首》，不必一人之辞，一时之作，大率逐臣弃妻，朋友阔绝，游子他乡，死生新故之感。”这段话说明了《古诗十九首》非一人一时之作，又说明了作者的身份和作品的大致内容。

《古诗十九首》产生的时代，大约在东汉末年桓、灵时期。这一时期，社会矛盾极为尖锐，下层人民身受水深火热的痛苦，小股农民起义不断发生，大规模农民起义又如火山下的岩浆，动荡、奔涌。在统治阶级内部，政治腐败黑暗，外戚、宦官和地方豪强垄断政治，彼此又争斗不息。在这种情况下，一些落魄知识分子既无社会地位，又无政治前途，他们往往落魄江湖，背井离乡，辛苦辗转，走投无路，失意彷徨。《古诗十九首》就是这个危机四伏的时代生活的病态反映。

《古诗十九首》的作者正是上述这些落魄的知识分子，诗的内容多为游子思妇之辞。由于当时的社会动乱和这些作者的潦倒窘迫的地位，因而这些诗作或热衷仕宦；或感伤离别；或指责世态炎凉；或慨叹怀才不遇，知音难得；或喟叹人生短促，吟哦及时行乐；或追求避世的仙境。通过这些作品，读者可以折光地看到当时的社会现实。

《古诗十九首》的主要成就是艺术上的成功，它在文学史上的地位也主要是由它的艺术成就所决定的。它继承并提高了乐府诗中抒情诗的技巧，融合了《诗经》、楚辞的艺术成果，而形成自己独特的艺术风格。

第一，叙事、写景、抒情水乳交融，善于摄取生活中的典型片断或典型事件，进行细腻的描写，来抒发情思；同时又善于描写景物，注意融情于景，寓情于景，情景交融。例如《迢迢牵牛星》：

> 迢迢牵牛星，皎皎河汉女。纤纤擢素手，札札弄机杼。终日不成章，泣涕零如雨。河汉清且浅，相去复几许。盈盈一水间，脉脉不得语。

诗中没有明写出思妇，但从它所表现的思想感情来看，这是一首描写思妇离怀的诗作。诗的开篇是写景："迢迢牵牛星，皎皎河汉女。"然而这景是由思妇抬头所见，苍天夜境本来就极易使人产生遐想，更何况是一位孤寂的思妇，更何况她所见到的是那两情相阻、只能隔河相望的牵牛织女。此情此景自然会勾起思妇无尽的思绪。但是，诗人并没有就此展开对观景之人直接的心理刻画，而是引出了对牛郎织女故事的描写："纤纤擢素手，札札弄机杼。终日不成章，泣涕零如雨。"诗人具体设想织女的劳作情景：她举起美丽纤细的双手穿梭织布，然而伴着札札机杼声的却是忧伤的泪水，以致终日也未能织成经纬。那么，这是什么缘故呢？原来，"河汉清且浅，相去复几许。盈盈一水间，脉脉不得语"。全诗几乎都是在叙写织女，写她的美丽、勤劳和苦闷相思，找不出纯然是作者抒情的语句。可是，它虽"不著论议"，却“咏叹深致，托意高妙”（方东树：《昭昧詹言》），写景、叙事与抒情十分巧妙地交织在一起。作者摄取思妇夜望星空这一生活中有典型意义的镜头，从她的眼中观可伤之景，由可伤之景中引出可痛之事，于其中写出伤心之人，使抒情格外形象、生动。

此外如《明月何皎皎》，这是一首专门咏月的作品：

> 明月何皎皎，照我罗床帏。忧愁不能寐，揽衣起徘徊。客行虽云乐，不如早旋归。出户独彷徨，愁思当告谁。引领还入房，泪下沾裳衣。

诗中描写思妇因月圆而勾起对丈夫的思念，愁思徘徊，夜不能寐，十分感人。“明月”在这里成了思妇唯一可以倾诉的朋友，也显得十分亲切。

第二，善于运用比兴手法是《古诗十九首》的一个明显特点。诗中常用比兴来映衬、烘托人物的思想感情，着墨不多而言近旨远，语短情长。例如一首描写新婚夫妇别离之情的诗篇《冉冉孤生竹》：

> 冉冉孤生竹，结根泰山阿；与君为新婚，兔丝附女萝。兔丝生有时，夫妇会有宜；千里远结婚，悠悠隔山陂。思君令人老，轩车来何迟！伤彼蕙兰花，含英扬光辉，过时而不采，将随秋草萎。君亮执高节，贱妾亦何为！

诗的开篇比中有兴，以“孤生竹”比喻女子未嫁时的处境，以“结根泰山阿”说明她渴望以丈夫为强有力的依托。接着，诗人又用比喻描写夫妻婚后的实际关系，那便是“兔丝附女萝”。兔丝比女子，女萝比男人。这两种植物皆是柔弱的。“兔丝附女萝”的现实并不完全合于女主人公婚前“结根泰山阿”的理想。然而，更不堪的是夫妇间的别离：“兔丝生有时，夫妇会有宜；千里远结婚，悠悠隔山陂。”思妇叹息自己的青春像兔丝生有定时那样终究是短暂的，而丈夫却在“会有宜”时离家远行。她回顾过去自己远离故乡嫁到这里，面对的却是眼前夫妻别离的现实，不禁黯然神伤。这里，虽仍是以“兔丝”作比，但所取的是它“生有时”之意，故与前边“附女萝”之旨又有区别。接下来，写久别的思念和怨情：“思君令人老，轩车来何迟！伤彼蕙兰花，含英扬光辉；过时而不采，将随秋草萎。”女主人公又用蕙兰花自况，说人的青春容颜正如花一般美好。但如果过时不采，那“含英扬光辉”的花儿将随着秋草一同衰败，自己也会像它那样一天天衰老。想到此，她内心充满了感伤和忧虑。诗末“君亮执高节，贱妾亦何为”，表现了女主人公在无限幽怨中对丈夫抱着希望而又怀有隐忧的复杂心理。全诗婉转附物，多用比兴，写来含蓄蕴藉，形象生动。

《古诗十九首》中运用比兴的例子很多。又如《青青陵上柏》一诗，开头两句“青青陵上柏，磊磊涧中石”，也是采用传统起兴的手法，以所见之物起咏，同时兼有从反面作比之意，即将柏、石这样能够长久存在的东西与人生之短促的现实相对比，发出仕途失意之人的深沉慨叹：“人生天地间，忽如远行客。”比兴手法的运用，增添了诗歌的艺术魅力。

第三，《古诗十九首》的语言浅近自然，不假雕琢，朴实简练，如《行行重行行》。这是思妇内心独白式的一首抒情诗。亲人远行，她独自在家，深情地思念着心上人：

> 行行重行行，与君生别离。相去万余里，各在天一涯。道路阻且长，会面安可知？胡马依北风，越鸟巢南枝。相去日已远，衣带日已缓。浮云蔽白日，游子不顾返，思君令人老，岁月忽已晚。弃捐勿复道，努力加餐饭。

全诗章法结构回旋复沓，很有特色。首句写游子在异地他乡孤单飘荡；次句写思妇与亲人死别生离，两句总写“伤心别也”。第三句又写游子：此一去万里相隔无音讯；第四句再写思妇的感受：与亲人海角天涯各一方，这两句写“去之远也”。第五句从游子角度写其漂泊在外，道路艰险漫长；第六句从思妇角度写其相会遥遥无期，二句写“见面难也”。七、八两句写北方的马儿终身恋着北风，南方的鸟儿窠巢朝向南方，二句暗寓：“物犹有情，何况于人?”九、十两句写游子离家越走越远，而思妇因思念而日渐消瘦，言其“思念切也”。十一、十二两句曲折虚拟：言天上的白日也有被浮云遮蔽的时候，莫非游子也不再朝故乡回首一望？十三、十四两句则写思妇在相思中一天天衰老，岁月流逝，无可奈何，言其无法排遣，“终不能已”。最后两句用《妇病行》和《饮马长城窟行》成句，“弃捐无复道，努力加餐饭”，是思妇为游子遥相祷祝，亲切感人。历来评论者多言此诗意为忠臣遭佞人谗谮而见放逐，因发不平之愤，恐有牵强。其实这是一篇思妇辞，诗有民歌之风，声调婉转，语言流畅，文浅情深，意在言外。

第四，构思铸局，紧凑契合，层次清晰。例如《古诗十九首》中反映游子思乡之作《涉江采芙蓉》一诗：

涉江采芙蓉，兰泽多芳草，采之欲遗谁？所思在远道。还顾望旧乡，长路漫浩浩。同心而离居，忧伤以终老。

这首诗写一位失意的下层知识分子，为生活计不得不背井离乡，辛苦辗转于道路之上。他思念亲人，怀念故乡，唱出一支幽怨哀伤的歌。全诗八句之中，每两句有起、承、转、合之意，行文舒缓而又结构谨严。抽轻毫，蘸淡墨，平淡无奇而情致深婉。又如《驱车上东门》：

驱车上东门，遥望郭北墓。白杨何萧萧，松柏夹广路。下有陈死人，杳杳即长暮。潜寐黄泉下，千载永不寤。浩浩阴阳移，年命如朝露。人生忽如寄，寿无金石固。万岁相更迭，圣贤莫能度。服食求神仙，多为药所误。不如饮美酒，被服纨与素。

这首诗哀叹人生如寄，鼓吹及时行乐的思想情调正是《古诗十九首》思想内容消极一面的反映，固不足取。但是，它提出了一个关于宇宙、人生的大命题："浩浩阴阳移，年命如朝露。人生忽如寄，寿无金石固。万岁相更迭，圣贤莫能度。服食求神仙，多为药所误。"作者指出，宇宙间阴阳更替，无穷无尽，而人生短暂，忽如寄客。这一规律，"圣贤莫能度"，人人不可避免；同时，也不可能改变，即使是求神仙、服丹药，也无济于事。这一点，应算是实事求是的，所以后世诗人都这样写道："对酒当歌，人生几何？譬如朝露，去日苦多。"（曹操：《短歌行》）"天地无终极，人命若朝露。"（曹植：《送应氏》）"人生若尘露，天道邈悠悠。"（阮籍：《咏怀》）"人生易老天难老。"（毛泽东：《采桑子·重阳》）当然，不同的人面对"宇宙无穷，人生有限"的规律，答案是不相同的，这与他的世界观、人生观和个人经历是密切相关的。此外，就艺术上而言，这首诗在表达上由实而虚，写来也很有层次，值得一读。

自六朝以来，关于《古诗十九首》的评论很多，刘勰在《文心雕龙·明诗篇》中说它"结体散文，直而不野，婉转附物，怊怅切情，实五言之冠冕也。"钟嵘《诗品》评它"几乎一字千金"。胡应麟《诗薮》则说它："随语成韵，随韵成趣，辞藻气骨，略无可寻。而兴象玲珑，意致深婉，真可以泣鬼神，动天地。"《古诗十九首》直接影响了建安及魏晋作家，并且自六朝迄至清末都有拟作者，其在诗歌发展史上的影响是深远的。

